奇幻文學——想像力的泉源

我們需要故事。愈是荒誕離奇、天馬行空，愈是引人入勝，難以忘懷。在種種不可能之中，我們找到自己的可能，在幽暗遙遠的未知中，我們獲得了勇氣與慰藉。

我們需要想像力。不是教唆逃避現實，陷溺虛無，卻是要鼓勵轉換視野，伸展心智。奇幻故事獨特的神祕本質，無限的幻想空間，正是想像力的泉源。

因此，謹於新世紀之初，位所有的閱讀者獻上一份小禮物，希望能引領每個人享用甘美的想像泉源，也祝福這股泉源噴湧不盡。

繆思奇幻館敬上
二〇〇二年春

於此尋得夢境者，將握有開啟現實奧祕之鑰。

neil gaiman

無有鄉

尼爾・蓋曼 著

蔡佳機 譯

奇幻館 35

無有鄉

作　　者　尼爾・蓋曼（Neil Gaiman）
譯　　者　蔡佳機
總 編 輯　徐慶雯
責任編輯　陳瀅如
文字校對　陳敬旻　陳瀅如　徐慶雯
編輯協力　吳維剛
美術設計　林宜賢
行銷企畫　陳美妏

社　　長　郭重興
發行人兼出版總監　曾大福
編輯出版　繆思出版有限公司
E-mail: muses@sinobooks.com.tw
發　　行　遠足文化事業股份有限公司
網　　址　http://www.sinobooks.com.tw
地　　址　23141臺北縣新店市中正路506號4樓
客服專線　0800-221029
傳　　真　(02)8667-1065
郵撥帳號　19504465
戶　　名　遠足文化事業股份有限公司
法律顧問　華洋國際專利商標事務所　蘇文生律師
印　　製　成陽印刷股份有限公司

初版一刷　2004年11月
再版一刷　2008年6月
定　　價　380元

國家圖書館出版品預行編目資料

無有鄉 / 尼爾.蓋曼(Neil Gaiman)著 ; 蔡佳機譯. -- 再版. -- 臺北縣新店市 : 繆思出版 : 遠足文化發行, 2008.06
面 ;　公分. -- (奇幻館 ; 35)
譯自 : Neverwhere
ISBN 978-986-6665-05-9 (平裝)

873.57　　97005753

獻給我的朋友暨同事Lenny Henry，他讓這本書能夠順利完成；
還有我的朋友暨經紀人Merrilee Heifetz，她讓一切都變得很美好。

HEAD "DEAR DIARY," HE BEGAN. ON
D A LIFE THAT MADE SENSE. (WELL,
AN INJURED GIRL BLEEDING ON THE
ARITAN. NOW I'VE GOT NO FIANCEE,
UND A COUPLE OF HUNDRED FEET
E PROJECTED LIFE EXPECTANCY OF
REDS OF PEOPLE IN THIS OTHER
COME FROM HERE, OR PEOPLE WHO
WANDERING AROUND WITH A GIRL
SYCHOTIC GRAND VIZIER. WE SLEPT
R SAID WAS ONCE A SECTION OF RE-
AKE WHEN I WENT TO SLEEP, AND
THINK SHE EVER SLEEPS. WE HAD
RQUIS HAD A LARGE LUMP OF IT IN
LARGE LUMP OF FRUITCAKE IN HIS
HILE I SLEPT. I WANT TO GO HOME.
AST SENTENCE THREE TIMES, RE-
ND CIRCLED IT BEFORE PUTTING A
IT IN HIS MENTAL MARGIN.

目錄

序章 011
第一章 017
第二章 039
第三章 067
第四章 083
第五章 121
第六章 149
第七章 165
第八章 181
第九章 199

FRIDAY I HAD A JOB, A FIANCEE, A H
AS ANY LIFE MAKES SENSE.) THEN I
PAVEMENT, AND I TRIED TO BE A GO
NO HOME, NO JOB, AND I'M WALKI
UNDER THE STREETS OF LONDON W
A SUICIDAL FRUITFLY. THERE AR
LONDON. THOUSANDS MAYBE. PEOP
HAVE FALLEN THROUGH THE CRAC
CALLED DOOR, HER BODYGUARD, AN
LAST NIGHT IN A SMALL TUNNEL TH
GENCY SEWER. THE BODYGUARD W
AWAKE WHEN THEY WOKE ME UP.
SOME FRUITCAKE FOR BREAKFAST;
HIS POCKET. WHY WOULD ANYONE
POCKET? MY SHOES DRIED OUT MOS
THEN HE MENTALLY UNDERLINED
WROTE IT IN HUGE LETTERS IN RE
NUMBER OF EXCLAMATION MARKS

第十章 217
第十一章 247
第十二章 263
第十三章 277
第十四章 293
第十五章 313
第十六章 331
第十七章 349
第十八章 367
第十九章 371
第二十章 389

怯而不曾去聖約翰之森。懼樅木林下無盡暗夜；
懼見血紅之杯，懼聞鷹隼振翼。

——G．K．卻斯特頓

若蒙主賜鞋襪
　往後的每個黑夜
坐下來穿戴吧
　主啊，請納此亡靈

黑夜來，黑夜來
　往後的每個黑夜
室內燭火熒然
　主啊，請納此亡靈

若蒙主賜飲膳
　往後的每個黑夜
聖火永保身暖
　主啊，請納此亡靈

——傳統守靈夜歌

neverwhere

RICHARD WROTE A DIARY ENTRY IN HIS HEAD. DEAR DIARY, HE BEGAN.
FRIDAY I HAD A JOB, A FIANCEE, A HOME AND A LIFE THAT MADE SENSE. (WE
AS ANY LIFE MAKES SENSE.) THEN I FOUND AN INJURED GIRL BLEEDING ON
PAVEMENT, AND I TRIED TO BE A GOOD SAMARITAN. NOW I'VE GOT NO FIANC
NO HOME, NO JOB, AND I'M WALKING AROUND A COUPLE OF HUNDRED F
UNDER THE STREETS OF LONDON WITH THE PROJECTED LIFE EXPECTANCY
A SUICIDAL FRUITFLY. THERE ARE HUNDREDS OF PEOPLE IN THIS OTH
LONDON. THOUSANDS MAYBE. PEOPLE WHO COME FROM HERE, OR PEOPLE W
HAVE FALLEN THROUGH THE CRACKS. I'M WANDERING AROUND WITH A G
CALLED DOOR, HER BODYGUARD, AND HER PSYCHOTIC GRAND VIZIER. WE SL
LAST NIGHT IN A SMALL TUNNEL THAT DOOR SAID WAS ONCE A SECTION OF
GENCY SEWER. THE BODYGUARD WAS AWAKE WHEN I WENT TO SLEEP, A
AWAKE WHEN THEY WOKE ME UP. I DON'T THINK SHE EVER SLEEPS. WE H
SOME FRUITCAKE FOR BREAKFAST: THE MARQUIS HAD A LARGE LUMP OF IT
HIS POCKET. WHY WOULD ANYONE HAVE A LARGE LUMP OF FRUITCAKE IN
POCKET? MY SHOES DRIED OUT MOSTLY WHILE I SLEPT. I WANT TO GO HO
THEN HE MENTALLY UNDERLINED THE LAST SENTENCE THREE TIMES,
WROTE IT IN HUGE LETTERS IN RED INK, AND CIRCLED IT BEFORE PUTTIN
NUMBER OF EXCLAMATION MARKS NEXT TO IT IN HIS MENTAL MARGIN.

序章

prologue

序章

出發到倫敦前的夜晚，理查．馬修並不快樂。

他的心情在傍晚時還不錯：高興讀著祝福卡，接受幾位熟識、多少有些吸引力的年輕女子的擁抱；輕鬆聽著別人警告倫敦的邪惡和凶險，一邊瞧著朋友湊錢買來、印著倫敦地鐵圖的白色雨傘，還愉快享用了幾品脫啤酒。但在此之後，馬修發現啤酒帶來的樂趣愈來愈少。他最後甚至呆坐在蘇格蘭小鎮某間酒吧外的人行道，身子微微顫抖，兀自設想生病與否的得失。這時的他一點也不快樂。

酒吧內，理查的朋友仍大肆慶祝他不久的遠行，對他而言，這已經過頭了。他坐在人行道上，手裡撐著捲起的雨傘，心想南下倫敦的念頭究竟好不好。

「你最好留意一下，」一個沙啞蒼老的聲音說，「他們一轉眼就會把你趕走，就算把你抓進牢裡，我也不意外。」兩道銳利的眼神從一張尖削污穢的臉孔射了出來。「你還好吧？」

「還好，謝謝妳。」理查說。他是個稚氣未脫的年輕小夥子，有一頭微捲的深色頭髮和一對淡褐色大眼睛。而臉上那彷佛剛睡醒的迷糊表情，讓他對異性更具吸引力，他自己卻怎麼也無法理解或相信。

污穢的臉孔和緩下來。「拿去吧，真是可憐。」她邊說邊塞了一枚五十便士硬幣到理查手中。

「那麼，你在街頭待多久了？」

「我不是流浪漢。」理查尷尬地解釋，試圖把硬幣還給老婦人。「請把錢拿回去吧。我很好，只是出來透透氣而已。我明天就要去倫敦了。」他補充道。

老婦人用懷疑的眼神上下打量他，把五十便士拿了回去，迅速收在外套與圍巾間的暗袋。「我去過倫敦，」她放下了戒心，「我就是在那裡結婚的，嫁給了一個混蛋。我媽叫我不要嫁給外地人，可是我那時候年輕又漂亮——當然你現在看不出來啦。還很任性。」

「我相信妳那時是這樣沒錯。」理查說，認為自已快要生病的念頭慢慢消退了。

「一點好處也沒有，最後搞到無家可歸，所以我知道這是什麼感覺。」老婦人說，「我才以為你也無家可歸。你去倫敦做什麼？」

「我有份工作。」理查自豪地告訴她。

「做什麼的？」她問。

「嗯，證券方面。」理查回答。

「我以前是舞者。」老婦人邊說邊踮起腳尖，笨拙地繞著人行道轉了一圈，嘴裡還哼著不成調的曲子。然後像旋轉的陀螺快要停下來般左右搖晃，最後終於停住，面對理查。「把你的手伸出來，」她對理查說，「我幫你算命。」理查照著做。她伸出蒼老的手，抓住理查的手，將掌心扳了開來，瞇眼看了一會兒，表情就像剛吞下老鼠的貓頭鷹，而老鼠開始在牠肚裡掙扎。

「你有一段很長的路要走……」她茫然說道。

「到倫敦去。」理查告訴她。

「不只是倫敦，」老婦人頓了一下，「不是我知道的倫敦。」這時天空開始下起毛毛雨。「很遺憾，這段旅程是從門開始的。」

「門？」

她點點頭。雨變大了，啪嗒啪嗒灑落在屋頂和柏油路面。「如果我是你，一定會提防門。」

查理站了起來，身形不太穩。「好吧，」他不太確定該如何處理這樣的訊息，「我會的。謝謝。」

酒吧的門打開，裡面的燈光及噪音隨之傾瀉到街道上。「理查？你還好吧？」

「嗯，我很好，一會兒就進去。」老婦人已沿著街道搖晃而去，溼漉漉的，隱沒在滂沱大雨中。理查覺得自己該為她做些什麼，卻沒辦法給她錢。他沿著狹窄的街道，急忙追上去，冰冷雨水浸溼他的臉和頭髮。「吶。」理查說，在傘柄上摸索，想找到撐開傘的按鈕。一按之下，雨傘綻成巨型的白色倫敦地鐵路線圖，每條路線都用不同的顏色描繪，每個車站都標示出名稱。

老婦人很感激地接下雨傘，微笑表達謝意。「你心地真好，」她對理查說，「有時候，不管你在哪兒，這樣就足以確保自己的安全。」她甩了甩頭。「但大多數情況可不是這樣。」她緊抓著雨傘，以免被一陣突如其來的強風吹走或吹翻開來。她用手臂環抱著傘，身體幾乎彎成九十度，以抵擋風雨。她步入雨夜，帶著一個白色圓狀物，上面覆蓋許多倫敦地鐵站的名稱——伯爵庭、大理石拱門、黑修士、白城、維多利亞、天使、牛津馬戲團……

醉醺醺的理查發現自己在沈思，「牛津馬戲團」真的有馬戲團嗎？一個真正的馬戲團，有小丑、美女、猛獸。酒吧的門再度打開，一陣爆音傳來，恍如裡面的控音鈕才剛調高。「理查，你這白癡，這個死聚會是為你舉辦的，結果你什麼樂子都錯過了。」他走回酒吧，想要生病的衝動，全在奇異間消失。

「你看起來好像淹死的老鼠。」有人說。

「你又沒看過淹死的老鼠。」理查說。

另一個人遞給他一大杯威士忌。「拿去。灌下去，你就暖起來了。你也知道，你在倫敦可找不到真正的蘇格蘭威士忌。」

「我相信我找得到。」理查嘆了口氣，水滴從髮際掉入酒杯。「倫敦什麼都有。」他灌下那杯威士忌，接著又有人買了一杯給他，然後那天晚上模糊起來、裂成了碎片。之後，他只記得自己正要離開小而理性的某處——一個合理的地方——到一個巨大古老卻不理性的某處；然後在下半夜的某個時候，在流著雨水的排水溝裡嘔吐不止；一個標有怪色符號的白影子，像圓滾滾的小甲蟲，在雨中離他遠去。

隔日清晨，理查搭火車南下，六小時的旅程，將帶他到有奇特的哥德式尖頂與拱門的聖潘克拉斯車站。

理查的母親做了一小塊胡桃蛋糕讓他帶上路，還幫他準備裝滿茶的保溫瓶。前往倫敦的理查・馬修感覺糟透了。

neverwhere

RICHARD WROTE A DIARY ENTRY IN HIS HEAD. DEAR DIARY, HE BEGAN.
FRIDAY I HAD A JOB, A FIANCÉE, A HOME AND A LIFE THAT MADE SENSE. (WE
AS ANY LIFE MAKES SENSE.) THEN I FOUND AN INJURED GIRL BLEEDING ON
PAVEMENT, AND I TRIED TO BE A GOOD SAMARITAN. NOW I'VE GOT NO FIANC
NO HOME, NO JOB, AND I'M WALKING AROUND A COUPLE OF HUNDRED F
UNDER THE STREETS OF LONDON WITH THE PROJECTED LIFE EXPECTANCY
A SUICIDAL FRUITFLY. THERE ARE HUNDREDS OF PEOPLE IN THIS OTH
LONDON. THOUSANDS MAYBE. PEOPLE WHO COME FROM HERE, OR PEOPLE W
HAVE FALLEN THROUGH THE CRACKS. I'M WANDERING AROUND WITH A G
CALLED DOOR, HER BODYGUARD, AND HER PSYCHOTIC GRAND VIZIER. WE SL
LAST NIGHT IN A SMALL TUNNEL THAT DOOR SAID WAS ONCE A SECTION OF
GENCY SEWER. THE BODYGUARD WAS AWAKE WHEN I WENT TO SLEEP, A
AWAKE WHEN THEY WOKE ME UP. I DON'T THINK SHE EVER SLEEPS. WE H
SOME FRUITCAKE FOR BREAKFAST; THE MARQUIS HAD A LARGE LUMP OF IT
HIS POCKET. WHY WOULD ANYONE HAVE A LARGE LUMP OF FRUITCAKE IN
POCKET? MY SHOES DRIED OUT MOSTLY WHILE I SLEPT. I WANT TO GO HO
THEN HE MENTALLY UNDERLINED THE LAST SENTENCE THREE TIMES,
WROTE IT IN HUGE LETTERS IN RED INK, AND CIRCLED IT BEFORE PUTTIN
NUMBER OF EXCLAMATION MARKS NEXT TO IT IN HIS MENTAL MARGIN.

第一章

chapter one

她已經跑了四天，跌跌撞撞穿過走廊及地道，慌亂逃亡。她又餓又疲憊，身體已累得撐不下去，而每多開一道門，也愈力不從心。逃亡四天，她找到的藏身之所是地表下一個很小的岩石洞穴。她在這裡會很安全——至少她這麼祈求。最後，她終於睡著了。

格魯布在上次於西敏寺舉行的流動市集裡雇用了羅斯。「就把他想成——」他告訴凡德摩，「是金絲雀。」

「會唱歌嗎？」凡德摩問。

「我懷疑，我打從心底懷疑。」格魯布用手順了順平直的橘色頭髮。

「不會，我的好友，我是用比喻的方式在思考。真正想表達的，不單只有鳥的輪廓而已。」

凡德摩點頭，意思慢慢明朗：沒錯，是金絲雀。羅斯跟金絲雀沒有其他相似之處。他塊頭很大，幾乎跟凡德摩一樣，髒得不得了，沒多少毛髮，而且話很少。不過羅斯已經讓他倆知道，他喜歡屠殺，而且相當在行，這點讓格魯布和凡德摩非常高興。但他是金絲雀，他自己從來就不曉得。就這樣，羅斯走在前面，身穿污穢的T恤和破舊的藍色牛仔褲，格魯布與凡德摩則穿著優雅的黑色西裝隨行在後。

有四個簡單的方法，可讓留心觀察的人分辨出格魯布與凡德摩。首先，凡德摩比格魯布高出兩個半頭；其次，格魯布有淡青色眼珠，而凡德摩的眼珠是棕色的；第三，凡德摩的右手戴了幾枚用四具烏鴉頭骨製成的戒指，而格魯布並未佩戴顯眼的首飾；第四，格魯布喜歡文字，而凡德摩老是肚子餓。還有，他們看起來一點也不像。

地道暗處傳來一陣窸窣。凡德摩小刀在手，轉眼刀子已不在手裡，而在約三十呎外的地方微微晃動。他走向刀子，抓住握柄拔起，刀口貫穿一隻灰色老鼠，老鼠的嘴巴因生命流逝而虛弱地開合。凡德摩用虎口捏碎牠的頭骨。

「好了，有隻鼠輩再也不會說別人壞話了。」格魯布說。他對自己的笑話咯咯發笑，但凡德摩沒有反應。「鼠輩，壞話。懂了吧？」

凡德摩將老鼠從刀刃上抽出，設想周到地從頭部開始咀嚼起來。格魯布一掌將他手中的老鼠摑開，說：「別吃了。」凡德摩收起小刀，有點不太高興。「退後。」格魯布帶著勸說的意味，嘶聲斥喝。「一定還會有老鼠，現在繼續前進。還有事要做、還有人要修理呢。」

三年的倫敦生活沒有改變理查，卻改變了他原先看待這城市的觀點。他從以前看過的照片想像倫敦是一座灰色、甚至是黑色的城市，卻訝然發現這城市充滿色彩。這是由紅磚與白石、紅巴士與黑色大計程車、鮮紅的郵筒與綠草如茵的公園和墓地所組成的城市。

這是古老與現代糾結混雜的城市，不難受，但也得不到敬重；由商店、辦公室、餐廳、住宅、公園和教堂、乏人問津的紀念碑與顯然失色的宮殿組成；由數百個有怪名字的行政區——蹲底、白堊農場、伯爵庭、大理石拱門——組成，每區的風貌也都很古怪。喧鬧、骯髒、歡樂、混亂，仰賴觀光客維生，需要他們卻也看不起他們。平均的交通速度，三百年來沒有增加，因為前五百年斷斷續續地拓寬路面，在交通（不管是馬車還是近代才有的汽車）與行人的需求之間笨拙妥協。住滿了不同膚色、不同習慣、不同種類的居民。

理查剛到倫敦時，就發現這城市巨大、古怪、全然無法理解。只有那張用許多顏色標示地鐵路線及車站的優雅地鐵平面圖，還能賦予一種表象的秩序。

他漸漸了解地鐵圖是方便的想像，讓生活比較輕鬆，卻與上方都市的現實形貌毫不相似。這就像隸屬一個政黨（他自豪地這樣想過）。某次宴會，理查試圖向滿臉困惑的陌生人解釋地鐵圖與政治的相似處後，他決定將來把政治留給別人去評論。

他遲緩地藉由滲透和累積雜學（就像雜音，只是雜學比較有用）的過程，繼續了解這座城市。當他明白實際的倫敦市本身不超過一平方哩，這個過程也就加速了。

這一平方哩從東邊的艾德門延伸到西邊的報社街和老貝利的法庭，是很小的自治區，目前是倫敦金融機構的大本營，也是這一切的發軔地。

兩千多年前，倫敦曾是泰晤士河北岸的居爾特村落，後來羅馬人偶然來此，安頓下來，倫敦便開始緩慢成長。莫約一千年後，西陲才與王室的西敏市接壤。而後，倫敦橋一建好，倫敦便跨越河流，直接連繫薩隆克鎮。倫敦不斷拓展，原野、森林、沼澤逐漸在繁榮的城鎮間消失。它持續擴張，在成長時接觸到其他小村落，諸如東邊的白教堂、狄普福，西邊的哈默史密斯、牧羊人草叢，北邊的肯登、伊斯靈頓，南邊泰晤士河對岸的巴特西、藍伯斯。倫敦把這些小村子全都合併，就如同一池水銀，遇到較小的水銀珠子便加以併入，只留下它們的名稱。

倫敦最後變得巨大而矛盾。這裡是好地方，也是不錯的城市，但所有的好地方都要付出代價，而且是所有好地方都必須付出的代價。

過了一陣子，理查發現自己把倫敦視為理所當然。不多久，他開始因為不曾參觀倫敦景點而自豪（只有倫敦塔例外，梅德姑媽來倫敦度週末時，理查發現自己成了不甘願的護花使者）。

但潔西卡改變了這一切。理查發現自己在那些無意識的週末，陪她去過國立美術館[1]、泰特美術館[2]等地。在這些地方，理查體認到：在博物館附近走太久腳會痛；過了一陣子，世上偉大的藝術瑰寶就會模糊成一片；而博物館的自助餐館竟對一塊蛋糕加一杯茶厚顏索價，幾乎超乎人類的置信範圍。

「這是妳的茶和奶油夾心餅。」理查對潔西卡說，「買一幅丁托列托[3]的畫也花不了這麼多錢。」

「別那麼誇張。」潔西卡愉快地說，「再說，泰特美術館也沒有丁托列托的作品。」

「我應該點那塊櫻桃蛋糕，」理查說，「這樣他們就可以再買一幅梵谷了。」

理查在兩年前的一趟週末巴黎行認識了潔西卡，事實上，是在羅浮宮發現她的。理查當時正在尋覓一同組團出遊的同事。他抬頭盯著一件龐大的雕塑品，後退時踩到了潔西卡，當時她正在欣賞一顆極大而兼具歷史價值的鑽石。理查設法用法語向她道歉，但因為不會說法語，只好放棄，轉用英語道歉，然後再對自己得用英語道歉一事，設法用法語道歉。後來他才發現潔西卡根本就是英國人。這時，她決定理查應該買一份昂貴的法式三明治加一杯價格有點離譜的氣泡蘋果汁向她賠罪。事情就是這麼開始，真的。自此之後，理查一直沒辦法說服潔西卡，自己不是那種會去美術館的人。

不去美術館或博物館的週末，理查會在潔西卡購物時尾隨其後。她的確會逛街。大體來說，她都去騎士橋[4]的高級商店街。從她位於肯辛頓[5]的公寓到騎士橋只有一小段路程，坐計程車距離更短。理查會一路伴隨潔西卡，去逛哈洛德或夏菲尼高這種令人生畏的大型百貨商場。在這些店裡，潔西卡才買得到珠寶、書籍、日常用品等所有東西。

理查深深受潔西卡吸引。她很漂亮，相當風趣，而且有確定的人生方向。潔西卡則認為理查擁有極大的潛能，只要有正確的女人在後面駕馭，就會成為完美的婚姻裝飾品。**要是理查能多用點心就好了**，潔西卡會自言自語，因此她送給理查《成功的穿著》、《成功男人的一百二十五種嗜好》之類的書，還有類似「經營如指揮戰役」的書。理查總是說「謝謝」，而他也向來打算要看。在夏菲尼高百貨的男裝部，潔西卡會為理查挑選她認為理查應該穿的衣服——而理查也會穿，無論星期一到五。離他們初次相遇滿一年的那天，她告訴理查，該去挑選訂婚戒指了。

1⊕國立美術館（National Gallery）：位於倫敦市中心的特拉法加廣場北側。

2⊕泰特美術館（Tate Gallery）：位於倫敦的國立藝術博物館，以十五世紀迄今的英國繪畫和各國現代藝術著稱。

3⊕丁托列托（Tintoretto, 1518-1594）：義大利威尼斯畫派畫家。

4⊕騎士橋（Knightsbridge）：倫敦地價最高的地段之一，區內精品名店林立，許多外國大使館也設立在此，充滿多國的貴族風情。著名的哈洛德百貨公司就位於此處。

5⊕肯辛頓（Kensington）：寧靜安詳的肯辛頓區人文薈萃，氣質淳厚，倫敦許多著名的博物館、美術館和科學館都聚集在此，是知識追求者必定造訪的地方。黛安娜王妃生前就住在肯辛頓區，海德公園也位於此處。

「你為什麼要跟她在一起？」蓋瑞問。地點在公司的企業客戶部，時間是十八個月後。「她好可怕。」

理查搖搖頭。「你一旦了解她，就會知道她真的很可愛。」

蓋瑞放下從理查桌上拿起來的塑膠巨魔玩偶。「我真訝異她還讓你玩這種東西。」

「這個話題還沒提過。」理查邊說邊從桌上的怪物玩偶裡拿起一隻。它有一頭亂蓬蓬的螢光橘色頭髮，還有一點困惑的表情，彷彿迷了路。

事實上，這個話題確實提過。潔西卡曾說服自己相信，理查收集巨魔玩偶是一種討人喜愛的古怪行為，可以媲美斯德頓先生的天使收藏。

潔西卡當時正籌畫斯德頓先生的天使收藏品巡迴展。她最後得到一項結論：偉人一向會收集某種東西。事實上，理查並非真的在收集巨魔。他是在辦公室外的人行道上撿到一隻巨魔玩偶，又企圖替自己的工作環境注入一點個性，便把玩偶放在電腦螢幕上面。其他巨魔玩偶在往後幾個月也隨之而來，都是那些注意到理查偏好這種小醜怪的同事送的禮物。理查收下禮物，在電話和潔西卡的相框旁，有條不紊地繞著桌子擺放好。

相框上黏著一張黃色便利貼。

這天是星期五下午。理查發現，事情都是懦夫：不會單獨發生，而是成群結隊冒出來，一口氣跳到他身上。就用這個特別的星期五當例子吧。潔西卡在上個月就提醒他不下十幾次，那是他生命中最重要的一天。所以很不幸，儘管他在家裡的冰箱上黏了便利貼，辦公桌上潔西卡的照片上也貼了一張，他還是把這件事給忘得一乾二淨。

此外，還有溫茲沃斯報告。這份報告已經遲交了，現在正占用掉他大部分腦袋。他檢查另一列數字，發現第十七頁不見了，趕緊將那一頁再列印一次，接著又看完一頁。如果他可以不受干擾地完成這件事……如果，奇蹟中的奇蹟，電話沒響……電話響了。他手忙腳亂地拿起話筒。

「喂？理查嗎？總經理想知道他什麼時候可以拿到報告。」

理查看了看手錶。「西維亞，再五分鐘。就快好了，只要再附上損益平衡表的投影片就行了。」

「謝了，迪克，我就下去拿。」西維亞是——就像她喜歡用的說法——**總經理特助**，而且帶來俐落的高效率氣氛。理查笨拙地掛上話筒，電話馬上又響了。「理查，」話筒傳來潔西卡的聲音，「我是潔西卡，你沒忘記吧，嗯？」

「忘記？」理查試圖想起自己可能會忘記的事。他盯著潔西卡的照片尋求靈感，結果發現自己需要的靈感都在一張黏在她額頭的黃色便利貼上。

「理查？把話筒拿起來。」

他拿起話筒，看著便利貼上的字。「對不起，潔絲。沒有，我沒忘，晚上七點，在瑪麥森義大利餐廳。我要到那裡跟妳會合嗎？」

「理查，我叫潔西卡，不叫潔絲。」她停了一會兒。「在上次那件事之後？我看不必了，理查，你在自家後院恐怕也會迷路吧。」

理查原想指出，**任誰**都有可能把國立美術館與國立肖像美術館搞混，而且在雨中站了一整天的人也不是她（就理查的觀點，淋這場雨，跟在上述兩個地方逛到腳痛一樣有趣）。但他考慮之後，決定不說了。

「我到你家跟你會合，」潔西卡說，「我們可以一起走過去。」

「也對，潔絲……潔西卡——對不起。」

「理查，你有確認我們的訂位吧？」

「有。」理查用誠摯的口氣撒謊，電話上另一線開始鈴鈴作響。「潔西卡，妳聽我說……」

「很好。」潔西卡說完就把電話掛了。他接起另一線電話。

「嗨，迪克！是我，蓋瑞啦！」蓋瑞就坐在離理查幾張桌子遠的地方，招了招手。「我們還要去喝一杯嗎？你說我們可以重看一次梅夏姆報表的。」

「蓋瑞，把這死電話掛掉！我們當然要去啦。」理查放下話筒。便利貼底端有個電話號碼，他在幾週前用便利貼寫了備忘錄給自己。理查訂了位，他幾乎確定有這件事，但他沒再確認。他一直想處理這件事，但要做的事實在太多，他知道自己時間還很多。但事情會成群結隊冒出來……

西維亞現在就站在他身邊。「迪克？溫茲沃斯報告呢？」

「西維亞，就快好了。呃，再等我一下，好嗎？」

他按完電話號碼，鬆了一口氣，電話有人接。「瑪麥森義大利餐廳，能為您服務嗎？」

「是這樣的，」理查說，「我要訂位，三個人，今天晚上。我想我有訂位，如果有的話，我要確認今晚的訂位。如果沒有，我想知道可不可以訂位。麻煩你了。」沒有。他們今晚的訂位紀錄中，沒有人叫馬修或斯德頓，也沒有巴特蘭（潔西卡的姓氏）。至於現在要訂位嘛……

令理查極為不快的並非那些字眼，而是傳達訊息的語調。**今晚**的訂位，應該在**幾年前**就訂好——或許，按照理查父母的說法，這只是暗示。**今晚不可能**訂到位。就算是教宗、英國首相或法國總統在今天傍晚蒞臨此處，若事先沒有確認訂位，也會被請到街頭，鬧出國際大笑話。「不過，這是為我未婚妻的上司訂的，我知道我應該早點打來。我們只有三個人，能不能**請你**……」

對方掛斷電話。

「理查？」西維亞說話了，「總經理正等著呢。」

「依妳看，」理查問，「如果我再打過去，說我願意多付點錢，他們會不會給我位子？」

在她的夢中，他們全在房子裡。她的父母，她的哥哥，她的小妹。他們全站在舞廳裡盯著她看。他們皆臉色蒼白，表情嚴肅。母親波緹亞撫摸她的臉頰告訴她，她正處於危險。朵兒在夢中笑著，說她知道。母親搖頭：不、不——她**現在**正處於危險，就是**現在**。

朵兒張開眼睛。門悄悄、悄悄打開；她屏住呼吸。石頭上的腳步聲很輕。**或許他不會注意到我**，她心想，**或許他會走開**。然後她強烈地感到：**我肚子餓了**。

腳步聲在猶豫。她知道自己很隱密地躲在一堆報紙和破布下。入侵者也可能無意傷害她。**聽不到我的心跳嗎？**朵兒心想。腳步聲更接近了，這時她知道自己該怎麼做，因而感到害怕。突然有隻手掀開她的掩蓋物，她把目光往上移，看到一張面無表情、毫無毛髮的臉，擠出邪惡的笑容。她滾開來，扭身，對準她胸口的刀鋒劃過她的上臂。

在此之前，她從沒想過自己辦得到。從沒想過夠勇敢、夠害怕，或夠絕望，能讓她敢於如此。但她伸出一隻手到對方的胸口，**打開**……

那人倒抽一口氣，倒在她身上，感覺又溼又溫又滑。她連滾帶爬從那人身下鑽了出來，腳步蹣跚地離開房間。

她在外面低窄的地道喘氣，靠著牆抽搐著嗚咽。那已經用盡她最後的力氣，現在她精疲力竭，肩頭也開始抽痛。她心想：**是那把刀**。但她已經安全了。

「天啊，噢，天啊！」有個聲音從她右側暗處冒出來。「她竟然逃出羅斯先生的手掌心，我就絕逃不過，凡德摩先生。」那聲音滲透出來，聽起來像是灰泥。

「嗯，我也絕逃不過，格魯布先生。」左側一個平板的聲音說。

一道光線劃亮閃爍。「儘管如此，」格魯布的雙眼在地底黑暗中微微發亮，「她不可能從我們手裡逃走。」

她奔跑。

朵兒抬起膝蓋用力撞他的鼠蹊，右手扶著左肩向前衝。

「迪克？」

理查揮開干擾。現在，生活幾乎都在他的掌握中，只要再一點點時間……

蓋瑞又叫了他的名字。「迪克，已經六點半了。」

「什麼！」他把紙筆、試算表、巨魔玩偶都塞進公事包，倏地闔上公事包，拔腿就跑。離開時，順便披上外套。蓋瑞跟在後面。「那我們要去喝一杯了嗎？」

理查停頓了一會兒，然後決定：如果沒趕去赴約，他就完蛋了。「蓋瑞，很抱歉，這次得爽約了。我今天晚上得去見潔西卡，我們要請她的老闆吃飯。」

「斯德頓先生？斯德頓家的人？那個斯德頓？」理查點點頭。他們迅速跑下樓梯。「我相信你會很開心，」蓋瑞語帶捉弄，「黑礁湖來的生物現在還好吧？」

「蓋瑞，潔西卡其實是依爾福人。她也仍然是我生命中的光明與愛情，非常感謝你這麼關心她。」兩人來到大廳，理查急忙衝向自動門，但門居然沒有打開。

「已經過六點了，馬修先生。」大樓警衛費吉斯先生說，「你必須簽退。」

「我受夠了，」理查喃喃自語，「我真的受夠了。」

費吉斯身上隱約聞得到藥膏味，而且謠言廣為流傳，說他軟調色情書刊的收藏量非常驚人。他用一種瀕臨瘋狂的勤勉看守門禁。就算整層樓值錢的電腦設備連同兩株棕櫚樹盆栽及總經理的黃麻羊毛地毯突然都搬走，一過傍晚，他還是沒有什麼生活可言。

「那所以今天不喝了？」

「蓋瑞，對不起，你星期一可以嗎？」

「好啊，星期一沒問題，那星期一見了。」

費吉斯檢視兩人的簽名，確定他們沒有隨身夾帶電腦、棕櫚樹盆栽或地毯，才按下桌下的按鈕，門滑了開來。

「這些門。」理查說。

地下通道分岔成幾條不同的路線，她漫無目標地挑選路徑，低頭穿過坑道，跌跌撞撞迂迴而跑。格魯布與凡德摩在她身後安步當車，如同維多利亞時代的貴族參觀水晶宮展覽般，悠閒愉快。遇到十字路口，格魯布就跪地找出最近的血跡，再循著血跡往下追。他們就像土狼，把獵物弄得精疲力竭。他們可以等。他們有的是時間。

運氣總算站在理查這一邊了。他攔下一部黑色計程車。司機是上了年紀的老頭，經由不太正規的路線載他回家——其中有些街道，理查根本從沒見過。老頭說個不停，從倫敦市內的交通問題、如何最有效對付犯罪，到當天引發爭議的政治議題。理查發現，只要車上有個活著、還在呼吸、會說英文的乘客，倫敦的計程車司機就會說個不停。理查跳下計程車，把小費和公事包都留在車上，又趕忙招手，在計程車開上大馬路之前攔住，拿回公事包，跑上樓梯，衝進自己的公寓。他一進玄關就開始脫衣服，公事包旋轉飛越客廳，砰然落到沙發上。他從口袋裡掏出鑰匙，妥當放在玄關桌上，確保自己不會忘了。

他衝進臥室。門鈴響了，就快套上最好的西裝的理查，急忙衝向對講機。

「理查？我是潔西卡。希望你已經準備好了。」

「喔，好了，馬上下去。」他套上一件大衣後就跑，把身後的門用力甩上。潔西卡在樓梯下面等，她一向在那裡等。潔西卡不喜歡理查的公寓，因為這裡讓身為女性的她感到不自在。公寓裡一定有機會看到理查的內衣褲——應該說到處都是，更甭提浴室洗臉槽上面有牙膏凝結而成的髒亂塊狀物。不，那不是潔西卡會喜歡的地方。

潔西卡長得很美，美得讓理查偶爾會不自覺盯著她，納悶**她怎麼會跟我在一起**？他們會在漆黑中做愛——在潔西卡時髦的肯辛頓公寓裡，黃銅床上鋪著涼爽的白色亞麻床單（因為潔西卡的父母告訴她，絨毛被單已退流行）。完事後，她會緊緊抱住理查，用鬈曲的棕色長髮摩擦理查的胸膛，低聲告訴他，自己有多麼愛他。而理查也會告訴她，自己非常愛她，希望能永遠跟她在一起。他們兩人都對此信以為真。

「好啊，凡德摩先生，她已經慢下來了。」

「是慢下來了，格魯布先生。」

「凡德摩先生，她一定流了不少血。」

「可愛的血，格魯布先生，可愛溼黏的血。」

「距離不遠了。」

卡嗒一聲，彈簧刀彈了開來，聲音空虛、寂寞又黑暗。

「理查？你在做什麼？」潔西卡問。

「沒什麼，潔西卡。」

「你該不會又忘了鑰匙吧？」

「沒有，我沒忘。」理查不再拍打自己，而把雙手深深伸進大衣的口袋裡。

「聽好，今天晚上見到斯德頓先生的時候，」潔西卡說，「你要明白他不只是非常重要的人，同時也是白手起家的企業主。」

「我迫不及待。」理查嘆口氣。

「你說什麼，理查？」

「我迫不及待。」理查說，語氣多加了些熱誠。

「喔，走快點啦。」潔西卡說，開始散發較沒有女人味的氣場，這氣場幾乎可描述成緊張兮兮。

「我們絕不能讓斯德頓先生等我們。」

「對，潔絲。」

「別這樣叫我，理查。我討厭暱稱，聽起來好貶低人。」

「給點零錢吧？」有個男人坐在門口。他的鬍子黃灰相間，雙眼深陷黯淡。手寫吊牌用磨損的細繩繞過脖子，掛在胸前，告訴所有看得見的人，他無家可歸，而且肚子餓。這一點不用吊牌也看得出來。理查的手已經在口袋裡摸索，想掏出一枚硬幣。

「理查，我們沒時間了。」潔西卡說。她無論施捨或投資都要合乎倫理。「聽好，我真的希望你給別人留下未婚夫的好印象。未來的配偶要留下好印象是非常重要的。」她露出笑容，抱了一下理查，說：「噢，理查。我**真的**愛你，這你是知道的吧？」

理查點點頭，他確實知道。

潔西卡看了一下手錶，加快腳步。理查慎重地將一鎊硬幣往後彈到空中，朝坐在門口的男人飛去，那人用污穢的一手接住。

「訂位沒什麼問題吧？」潔西卡問。不擅對直截了當的問題說謊的理查，只是說：「欸！」

她選錯了——通道盡頭是一片空白的牆。若是往常，這也很難讓她停下，但她好累、好餓，傷口也好痛……她倚在牆上，感覺臉上靠著粗糙的磚塊。她喘不過氣來，哽咽啜泣。她的手臂僵冷，左手已失去知覺。她走不動了，開始覺得世界十分模糊。她想要停下腳步，躺下來睡一百年。

「喔，真是老天爺保佑，凡德摩先生，你看到我看到的東西嗎？」聲音柔和接近，他們一定比朵兒想像的更靠近。「我的小眼睛偵查到東西了，那就是……」

「馬上就要死了，格魯布先生。」平板的聲音從朵兒上方說道。

「我們的委託人一定會很高興。」

女孩從自己的靈魂深處，從所有的痛楚、傷口和恐懼中，把派得上用場的東西都拉出來。她衰弱、疲倦，耗盡力氣。她無處可逃，精疲力竭，也沒有時間了。「如果這是我打開的最後一道門，」

她默默向聖殿與拱門祈求，「到什麼地方都好……只要是……安全的地方……」然後她的思緒一陣混亂。「遇到什麼人。」

即將昏倒前，她試圖開啟一道門。

黑暗將她吞沒，她聽到格魯布的聲音，彷彿來自遙遠的地方，說：「該死的混帳。」

理查與潔西卡沿著人行道走向餐廳。她挽著理查的手臂，踩著高跟鞋盡量快走，理查加快腳步跟上。街燈與打烊的商店正面照亮了路。他們經過一排高大隱約的建築物，建築物廢棄而孤寂，由高大的磚牆隔住。

「你真的是在告訴我，你答應他們要多付五十鎊，我們今天晚上才有位子？理查，你真是笨蛋。」潔西卡說，黑眼珠閃著怒火。

「他們沒有保留我訂的位子，又說位子都訂滿了。」兩人的腳步聲從高牆彈回。

「他們可能會讓我們坐在廚房邊，」潔西卡說，「或門邊。你有告訴他們是幫斯德頓先生訂的位嗎？」

「有啊。」理查回答。

潔西卡嘆了口氣，繼續拖著他走。一道門從牆上出現，就在他們前面不遠處。有人跨出門外，搖搖晃晃站了好長一段時間，倒臥在水泥地上。理查嚇了一跳，停下腳步。潔西卡用力拉著他往前走。

「聽好，你跟斯德頓先生說話時，千萬不要打斷他，也不要跟他唱反調——他不喜歡有人唱反調。他說笑話的時候，你就笑。如果你不確定他有沒有說笑話，就看我，我會……嗯，輕輕敲食指。」

他們已沿著人行道走到那人身旁，潔西卡跨過那團蜷縮的身軀。理查遲疑了一下。「潔西卡？」

「你說得對，他或許會以為我感到很無聊。」她沈默了一會兒。「我想到了，」她高興地說，「他如果說了個笑話，我就拉拉自己的耳垂。」

「潔西卡？」理查不敢相信她居然對腳下的人影視而不見。

「幹嘛啦？」她因自己的模擬想像被打斷而不悅。

「妳看。」

理查指著人行道，那人臉朝下，身上裹著笨重的衣服。潔西卡抓住他的手，把他拉到自己身邊。

「喔，我懂了。理查，如果你稍微留意他們，他們就會全都朝你走過來。事實上，他們都有家可歸。這女的只要睡飽了，我相信她就沒事了。」是女的？理查往下看，的確是女孩子。潔西卡繼續說，「對了，我告訴斯德頓先生，我們……」理查單腳跪地。「理查？你在做什麼？」

「她不是喝醉，」理查說，「她受傷了。」他看著自己的指尖。「她在流血。」

潔西卡低頭看著他，表情緊張又茫然。「我們就快遲到了。」她指出。

「**她受傷了**。」

潔西卡回頭看了人行道上的女孩一眼。優先順序：理查眼中沒有優先順序。「理查，我們就快遲到了。會有別人經過這裡，會有別人幫她。」

女孩臉上沾滿塵土，衣服也被血浸溼。「她受傷了。」理查只是這麼說，臉上有種潔西卡從未見過的表情。

「理查！」潔西卡警告他，然後稍微緩和下來，提出折衷方案。「不然就撥九九九叫救護車，快點，現在就撥。」

突然間，女孩張開雙眼，滿是塵土與血污的臉上出現蒼白大眼。「拜託不要去醫院，他們會找到我的。帶我去安全的地方，求求你。」她的聲音微弱。

「妳在流血。」理查說，一邊查看她是從哪裡來的，但牆上空無一物，也沒有破洞，只有磚頭。他把目光移回來，看著女孩動也不動的身體，問：「為什麼不去醫院？」

「救救我……」女孩低吟，閉上了眼睛。

理查又問她一次。「妳為什麼不想去醫院？」這次完全沒有回應。

「你打電話叫救護車的時候，」潔西卡說，「不要報自己的名字，不然你可能得做筆錄什麼的，那我們就會遲到……理查？你在做什麼？」

理查已經抱起女孩，托在手臂上。潔西卡露出驚訝的眼神。「我要把她帶到我住的地方，潔絲，我就是不能把她留在這裡。請轉告斯德頓先生，說我非常抱歉，但這是緊急狀況，我相信他會諒解。」

「理查・奧利佛・馬修，」潔西卡冷冷地說，「你馬上把那女的放下來回到這裡，不然我們的婚約立刻取消。我警告你！」

理查感覺黏稠溫熱的血浸溼了他的襯衫。他領悟到，有時候，你根本無能為力。他走開，把潔西卡留在身後；而她就站在人行道上，眼睛湧上了淚水。

理查一路走著，沒有停下來思考。這並不代表他沒有任何決斷力。他腦袋中某個理智的地方，有個人——一個正常明理的理查·馬修——正在述說他有多麼荒謬：他應該只要叫警察或救護車就行了；抬起一個受傷的人是很危險的；他真的嚴重傷了潔西卡的心；他今晚得睡沙發了；他把自己唯一最好的西裝給毀了；那女孩的味道真難聞……但理查發現自己邁出一步又一步，手臂緊抱，忍受背痛，不理會路過行人的目光，只是一直向前走。過了一會兒，他到了自己公寓的一樓大門，吃力爬上樓梯，站在自家門外，才想到他把鑰匙放在玄關的桌上……

女孩伸出污穢的手到門上，門旋即而開。

沒想到我會這麼高興大門沒鎖好，理查心想。他把女孩抱進去，用腳把身後的門關上，把女孩放到自己床上。他的襯衫浸滿鮮血。

女孩似乎是半清醒狀態。她雙眼閉著，眼皮卻在跳動。理查脫下她的皮衣，看見左上臂到肩膀有道很長的傷口。理查倒吸了口氣。「喂，我要去叫醫生，」他說得很小聲，「妳聽到了沒？」

女孩張開眼睛，露出恐懼。「求求你，不要。沒事的，情況沒有看起來那麼糟，我只要睡一下，不用醫生。」

「但妳的手臂……妳的肩膀……」

「我明天就好了，求求你？」聲音幾乎細不可聞。

「嗯，我想……好吧。」理查的理智已開始恢復正常，說道：「喂，我可以問一下——」

但女孩睡著了。理查從衣櫥裡拿出一條舊圍巾，緊緊繞住女孩的左上臂和肩膀——他可不希望女孩還沒看到醫生，就在他床上流血致死。他躡手躡腳走出臥室，順手把房門帶上，坐在電視機前的沙發，想弄清楚自己到底做了什麼事。

neverwhere

第二章

RICHARD WROTE A DIARY ENTRY IN HIS HEAD. DEAR DIARY, HE BEGAN
FRIDAY I HAD A JOB, A FIANCEE, A HOME AND A LIFE THAT MADE SENSE. (W
AS ANY LIFE MAKES SENSE.) THEN I FOUND AN INJURED GIRL BLEEDING ON
PAVEMENT, AND I TRIED TO BE A GOOD SAMARITAN. NOW I'VE GOT NO FIAN
NO HOME, NO JOB, AND I'M WALKING AROUND A COUPLE OF HUNDRED
UNDER THE STREETS OF LONDON WITH THE PROJECTED LIFE EXPECTANC
A SUICIDAL FRUITFLY. THERE ARE HUNDREDS OF PEOPLE IN THIS O
LONDON. THOUSANDS MAYBE. PEOPLE WHO COME FROM HERE, OR PEOPLE
HAVE FALLEN THROUGH THE CRACKS. I'M WANDERING AROUND WITH A
CALLED DOOR, HER BODYGUARD, AND HER PSYCHOTIC GRAND VIZIER. WE S
LAST NIGHT IN A SMALL TUNNEL THAT DOOR SAID WAS ONCE A SECTION O
GENCY SEWER. THE BODYGUARD WAS AWAKE WHEN I WENT TO SLEEP,
AWAKE WHEN THEY WOKE ME UP. I DON'T THINK SHE EVER SLEEPS. WE
SOME FRUITCAKE FOR BREAKFAST; THE MARQUIS HAD A LARGE LUMP OF
HIS POCKET. WHY WOULD ANYONE HAVE A LARGE LUMP OF FRUITCAKE IN
POCKET? MY SHOES DRIED OUT MOSTLY WHILE I SLEPT. I WANT TO GO HO
THEN HE MENTALLY UNDERLINED THE LAST SENTENCE THREE TIMES,
WROTE IT IN HUGE LETTERS IN RED INK, AND CIRCLED IT BEFORE PUTTI
NUMBER OF EXCLAMATION MARKS NEXT TO IT IN HIS MENTAL MARGIN.

chapter two

第二章

他在某個地底深處：可能是隧道，或下水道。光線閃爍而入，為黑暗下了定義。他不孤單，雖然他看不見別人的臉孔，但還有人在他身旁走著。現在，他們奔跑，穿越下水道內側，濺起泥水和穢物。小水滴緩緩滑落空中，在黑暗中顯得晶瑩剔透。

他繞過轉角，那頭野獸正在等他。

野獸非常巨大，塞滿了地下道：碩大的頭低垂，身體的毛髮倒豎，在冷冽的空氣中呼出溫熱鼻息。他最初猜想是某種野豬，隨即又想到野豬不可能這麼巨大。那是某種雄獸的體型。

野獸盯著他，時間暫停了一百年，他也舉起長矛。他瞄了自己的手，緊握長矛，察覺那不是自己的手：手臂上覆滿黑毛，指甲幾乎成了爪子。

野獸衝了過來。

他擲出長矛，卻已經太遲。他感覺野獸鋒利的獠牙劃開他體側，自己的生命正逐漸流失到泥地裡。他發覺自己臉朝下跌入水裡，窒血黏稠的漩渦將水染紅。他盡力想放聲大叫，他設法要醒過來，但他只能呼吸到泥和血和水，只能感覺到痛苦……

「做噩夢了？」女孩問。

理查從沙發上坐起身，大口喘息。窗簾仍然拉上，電燈和電視也還開著，但他從縫隙透進來的微光看得出已是早晨。他在沙發上摸索著找遙控器（整晚都卡在腰後）關掉電視。

「對啊，」他說，「算是吧。」

他揉揉眼睛，驅走睡意，檢視自己的狀況，很高興地發現自己至少在睡著前脫掉了鞋子和外套。他的襯衫前面有片乾掉的血跡和泥巴。無家可歸的女孩什麼也沒說，看起來很糟糕：污穢及乾掉的褐色血跡下是蒼白顏色，個子很小。她穿著各種衣服，一件套著一件：奇特的衣服、污穢的天鵝絨、泥濘的蕾絲，透過衣服上的裂縫和破洞還看得到裡層的其他樣式。理查覺得她看起來就像在午夜搶劫過維多利亞暨亞伯特博物館[1]的流行歷史區，現在仍把搶來的東西全穿在身上。她的短髮滿是污泥，泥巴下可能原是暗紅色。

「妳醒了。」理查說。

「這是誰的莊園？」女孩問，「誰的封地？」

「呃，什麼？」

她疑神疑鬼地環顧四周。「這裡是哪裡？」

「這裡是牛頓大廈，在小康姆丹街上……」理查停了下來。女孩拉開窗簾，對著刺眼的陽光眨眼。她從理查的窗口盯著外頭相當平常的景色，驚訝地瞪大眼睛，看著樓下的汽車和巴士、微小雜亂的麵包店藥局雜貨洋酒店等店鋪。

「我在倫敦上層。」她低聲說道。

「沒錯，妳是在倫敦。」理查感到不解，**什麼上層？**「我想妳昨晚可能是受了驚嚇還是怎樣吧，妳手臂上有道很嚴重的傷口。」理查等她開口解釋。她瞥了理查一眼，轉頭繼續看下面的巴士和店鋪。理查繼續說：「我……呃……在人行道上發現妳，妳流好多血。」
「別擔心，」她認真地回答，「大部分都是別人的血。」
女孩讓窗簾落回原處，解開手臂上那條浸滿血漬的皺圍巾。她查看傷口，皺了皺臉。「我們得想辦法處理一下，你要不要幫我？」
理查開始感到一陣噁心：「我對急救真的沒什麼概念。」
「好吧，」她回答，「你要是真的這麼容易嘔吐，那你只要拉好繃帶，在我搆不到的地方綁好就行了。繃帶你總有吧，嗯？」
理查點點頭。「喔，有，在急救箱裡。在浴室，洗臉槽下面。」說完，他走進臥室換衣服，邊想著襯衫上的污漬能不能清除（這是他最好的襯衫，是……天啊，是潔西卡買給他的，她一定會昏過去）。
血水讓他想起某件事，或許是以前做過的什麼夢，儘管他絞盡腦汁，卻再也想不起內容究竟是什麼。他拔起塞子，放掉洗臉槽的水，重新放滿清水，加進少量消毒水。刺鼻的消毒水味似乎具有十足的感情與藥效，剛好可以治療他目前詭異的狀況和他的訪客。女孩靠在洗臉槽旁，理查將溫水潑灑在

1⊕維多利亞暨亞伯特博物館（Victoria and Albert Museum）：位於倫敦西部，創立於一八五二年，館內收藏許多裝飾藝術品。

她的手臂和肩膀上。

理查從來沒有自己想得那麼容易嘔吐。應該這麼說吧：有血腥畫面時，他會想吐；好的殭屍片，甚至是露骨的醫學劇情片，都會讓他蜷縮在角落，呼吸急促，手摀雙眼，喃喃說些像是「播完再告訴我」之類的話。但面對真正的血、真正的痛苦，他就只是動手處理。他們清理好傷口——似乎比理查前一晚記憶中的好多了——用繃帶包紮起來。女孩盡力不在過程中亂動。理查發現自己腦海裡想著：她多大了？污泥下面的她長什麼樣子？她為何流落街頭？還有……

「你叫什麼名字？」女孩問。

「理查。理查・馬修，小名迪克。」女孩點點頭，彷彿要記入腦海裡。門鈴響了。理查看著亂七八糟的浴室，又看著女孩，心想這在外面的人看來會是什麼情景。好比說，像是……「天啊，」他想到最嚴重的情況，「我看一定是潔絲，她一定會把我給宰了。」**損害控制，損害控制**。「聽好，」他對女孩說，「妳在這裡等著。」

他隨手關上浴室的門，走到玄關，打開前門，悄悄地深呼吸，緊張的情緒頓時放鬆下來。按門鈴的不是潔西卡，而是——誰啊？摩門教徒？耶和華見證人？警察？他看不出來。總之，有兩個人。

他們身穿黑色西裝，上頭不但沾了些油污，邊緣也有些磨損，就算是自認對服裝有障礙的理查，也覺得他們大衣的剪裁很古怪。他們的西裝可能是某個兩百年前的裁縫，聽人描述了現代西裝的樣子，卻在沒有親眼見過的情況下裁製出來的。全身線條都不對，裝飾也一樣。

狐狸與狼，理查不由自主地想。眼前的人（也就是狐狸）比理查矮一點，頭髮油膩平直，是很不自然的橘色，臉色蒼白黯淡。理查開門後，他先是一笑，隨即張開嘴，露出像墳場一樣亂七八糟的牙齒。「早晨好，先生，今天真是風和日麗啊。」

「喔，你好。」理查回了一句。

「我們正挨家挨戶進行私人調查，此事有點棘手，你介意我們進門嗎？」

「呃，現在不太方便。」理查接著問道，「你們是跟警察來的嗎？」第二位訪客（就是他想成狼的高個子）留個小平頭，髮色灰黑，略站在同伴後，胸前抱著一疊影印紙。他到此刻都沒說話，只是巨大、面無表情地等候。現在他笑了一聲，音調低沈卑鄙。笑聲裡有種不良企圖。

「警察?唉呀，」個子較小的人說，「我們才沒那麼幸運呢。執法的職業的確很誘人沒錯，但命運女神並沒有把這種牌發給我跟我老弟。不，我們只是普通的老百姓。容我來介紹一下，我是格魯布，這位是我弟弟凡德摩。」

他們看起來不像兄弟。看起來不像理查看過的任何東西。「你弟弟?」理查問，「那你們應該同姓啊?」

「真讓我吃驚。凡德摩，他頭腦很好啊。機靈敏捷又算得了什麼。我們有些人太過敏銳……」他說著便往前靠，踮起腳尖，把臉湊向理查。「可能會割傷自己喔。」理查不由得退了一步。「我們可以進去嗎?」格魯布問。

「你們要做什麼?」

格魯布用一種顯然自以為是愁悶的心情嘆了口氣。「我們在找妹妹，」他解釋，「難以捉摸的孩子，任性又固執，都快把我們寡母的心給傷透了。」

「逃家了。」凡德摩輕聲解釋，把一張影印傳單塞到理查手中。「她有點……神智不清。」他補充，在太陽穴旁轉動一指，用這個全球通行的手勢表示她腦筋有問題。

理查低頭看著那張紙。

上面寫著：

你見過這個女孩嗎？

文字下有張女孩的影印照片，模樣就像留在浴室的那位小姐，只是比較乾淨，頭髮也比較長。

還寫著：

她的名字叫朵琳。
會咬會踢，逃家多時。
見到請惠予通知。
協尋歸來，定有重賞。

下面是一行電話號碼。理查把目光移回照片，絕對是在浴室裡的女孩。「沒有，對不起，我恐怕沒見過她。」

然而，凡德摩沒聽他說話，而是抬起頭，嗅著空氣，就像聞到怪味或臭味的人。理查伸手把那張紙還給他，大個子卻把理查推到一旁，直接走進公寓，像是四處覓食的狼。理查追上去。「你這是做什麼？給我站住，滾出去！聽好，你不可以進去……」凡德摩直接衝向浴室，理查只能指望那女孩（朵琳嗎？）夠鎮定，能把門鎖起來——但她沒有。凡德摩一推，門就開了。他走進浴室，而理查（覺得自己像沒用的小狗，對著郵差的腳後跟狂吠）也跟著進去。

浴室不大，裡面有浴缸、馬桶、洗臉槽、幾瓶洗髮精、一塊肥皂，還有一條毛巾。理查幾分鐘前離開浴室時，還有個全身血污的髒女孩、滿是血水的洗臉槽、打開的急救箱。如今，這裡只隱約留下清理過的痕跡。

浴室不可能有女孩藏身的地方。凡德摩踏出浴室，推開臥室的門，走進去四處查看。「我不知道你們這是在做什麼，」理查說，「但你們兩個如果不馬上滾出我的公寓，我就要打電話報警了。」

凡德摩原本在查看理查的客廳，此時轉身走向他，他突然發現自己這輩子從沒有這麼害怕另一個人類。

像狐狸的格魯布說：「哎呀，你是怎麼啦，凡德摩先生？我敢擔保，一定是我們親愛的好妹妹讓他太傷心，他才精神錯亂的。凡德摩先生，快向這位先生道歉。」

凡德摩點點頭，思索了片刻。「我以為剛剛想上廁所，現在不用了。對不起。」

格魯布推著前面的凡德摩穿過玄關。「好了，現在，我相信你一定會原諒我弟弟失禮的行為，他只是太擔心我們可憐的好寡母還有妹妹。即使在我們說話的當兒，她也還在倫敦街頭遊蕩，沒人疼愛也沒人關心，也難怪他這麼心神不定，就連我也是這樣。要不是這樣，他是很好相處的人。我說得對吧，大塊頭？」他們已走出理查的公寓，來到樓梯井。凡德摩什麼也沒說，看起來也沒有因哀傷而心神不寧。格魯布轉向理查，努力擠出狐狸般的笑臉。「你如果見到她，一定要告訴我們。」

「再見。」理查說完，便把門關好鎖上，扣上門鏈——這是他住在這裡後的頭一遭。

在理查一提到報警就把電話線剪斷的格魯布，正納悶自己是否剪對了線。二十世紀的通訊科技不是他最擅長的部分。他從凡德摩手中拿了一張影印傳單，放在樓梯井的牆壁上。「吐痰！」他對凡德摩說。

凡德摩從喉頭清出一大口痰液，俐落地吐在傳單背面。格魯布將傳單往牆上用力一拍，定在理查的門旁。傳單馬上黏住，黏得很牢。

上面寫著：**你見過這個女孩嗎？**

格魯布轉向凡德摩。「你相信他說的話嗎？」

他們轉身走下樓梯。「鬼才相信。」凡德摩說，「我都聞到她了。」

理查在前門等著，直到聽見數層樓之下的大門關上後，才沿著玄關走回浴室。這時電話突然大聲響，把他嚇了一跳。他急忙衝回玄關，拿起話筒。「喂？喂喂？」

話筒沒傳出聲音，反而是卡嗒一聲，潔西卡的聲音從電話旁的答錄機傳了出來。她說：「理查？我是潔西卡，很遺憾，你不在家，因為這是我們最後一次交談了，我好想要當面告訴你這件事。」理查發現電話完全不通。話筒拖著一條約三十公分的電線，尾端俐落剪斷了。

「你昨晚實在讓我非常難堪，理查。」對方繼續說，「我擔心，我們的婚約已經吹了。我不打算把戒指還給你，也不打算再跟你見面。再會。」

錄音帶停止轉動，又是卡嗒一聲，小紅燈號開始閃爍。

「壞消息？」女孩問。她就站在理查後面，在公寓的廚房裡，手臂的繃帶包紮得很妥當。她拿出茶包放進馬克杯，茶壺的水滾了。

「沒錯，」理查回答，「完蛋了。」理查走向她，把寫著**你見過這個女孩嗎？**的傳單遞給她。

「這就是妳，對吧？」

她揚起一邊眉毛。「照片是我沒錯。」

「那妳叫……朵琳？」

她搖搖頭。「我叫朵兒。理查理查理查馬修小名迪克，要加糖跟奶精嗎？」理查如今覺得自己配不上這種稱呼。他說：「理查，叫理查就行了。不要加糖。」接著又說：「呃，如果這不算私人問題的話，妳能不能告訴我，妳發生了什麼事？」

朵兒把滾水倒進馬克杯。「你還是**不要**知道比較好。」她簡單地說。

「喔，呃……如果我說錯了什麼——」

「不，理查。說實在話，你還是知道，對你不會有什麼好處。你已經做得太多了。」

朵兒拿掉茶包，遞給他一杯茶。他從朵兒手中接過杯子，才發現自己仍拿著聽筒。「嗯。我是說，總不能把妳丟在那裡不管吧。」

「你可以，」女孩說，「但你沒有。」她把身體靠在牆上凝視窗外。理查走到窗邊向外看。格魯布與凡德摩正從對街的麵包店走出來，你見過這個女孩嗎？就貼在窗戶上最顯眼的地方。

「他們真的是妳哥哥？」

「拜託，」朵兒說，「饒了我吧。」

他啜口茶，試圖假裝一切正常。「那妳剛才在哪裡？」

「我在這裡啊。」朵兒說，「喂，那兩人還在附近，我們得送個口信給……」她頓了一下，「給某個幫得上忙的人。我不敢離開這裡。」

「嗯，妳沒有地方可以去嗎？我們可以打電話給誰？」

她從理查手中拿起沒有用的聽筒，電線還垂著，搖搖頭。「我朋友不在電話上。」她說，放回聽筒。聽筒坐在話機上，顯得無用而寂寞。她很快露出淘氣的笑容，說：「麵包屑。」

「什麼？」理查說。

臥房後面有扇小窗戶，看出去就是屋瓦和導水管。朵兒站到理查床上，伸手搆著窗戶，打開，在四周撒下麵包屑。「我還是不懂。」理查說。

「你當然不懂。」她同意，「好了，噓。」窗外一陣翅膀拍動聲，來了一隻紫灰綠相間的鮮豔彩鴿，啄著麵包屑。朵兒伸出右手捉了起來，鴿子好奇看著她，卻不抗議。

他們坐在床邊。朵兒要理查捉住鴿子，好將紙條繫在鴿子腳上，用理查原本拿來收電費帳單的鮮藍色橡皮筋綁好。理查對鴿沒有狂熱，即使在順心如意的時候也一樣。「我看不出這有什麼意義，」他解釋，「我是說，這又不是傳信鴿，只是普通的倫敦鴿子——會在納爾遜將軍銅像上拉屎的那種。」

「沒錯。」朵兒說。她的臉頰上有擦傷，髒髒的紅髮也很紊亂——只是紊亂，而不糾結。她的眼睛……理查發現自己無法辨別她的眼睛是什麼顏色。不是藍色，不是綠色，不是棕色，也不是灰色；這雙眼讓他想到燃燒的蛋白石，呈現鮮明的綠和藍，朵兒移動時，甚至有紅黃閃爍其間。她從理查手中輕輕抱回鴿子，舉高，直視鴿子的臉。鴿子把頭歪向一邊，用圓圓的黑眼珠盯著她。「好了，」朵兒發出聽來像鴿子咕咕聲的清脆聲音，「**克魯波爾**，妳要去找迪卡拉巴斯侯爵，聽清楚了嗎？」

鴿子也向她發出清脆的咕聲。

「好極了。聽好，這很重要，因此妳最好……」鴿子用有點不耐煩的咕聲打斷她。「對不起，」朵兒說，「妳當然清楚該怎麼做。」她把鴿子送到窗口，讓牠飛出去。

理查詫異地看完整個過程。「妳知道嗎，聽起來牠好像聽得懂妳的話。」說話的同時，鴿子的身影在空中縮小，最後消失在屋頂後。

「厲害吧。」朵兒說，「好了，我們等吧。」

她來到臥室角落的書架，找到一本理查根本不知道自己有的《曼斯菲爾德莊園》，走進客廳。理查跟了過去。她舒舒服服坐在沙發上，翻開書本。

「所以，那是朵琳的暱稱嘍？」他問。

「什麼？」

「妳的名字。」

「不是。我叫朵兒。」

「怎麼寫啊？」

「D─O─O─R，朵兒，就是門的意思。」

「喔。」他得說點什麼，所以他說：「朵兒？門？這是什麼怪名字。」

朵兒用顏色奇異的眼睛看著他，說：「就是我的名字。」又繼續讀珍．奧斯汀的小說。

理查拿起搖控器，打開電視，轉臺，又轉了一臺，嘆口氣，又轉了一臺。「所以，我們在等什麼？」

朵兒翻過一頁，連頭也沒抬。「等回應。」

「什麼樣的回應？」朵兒聳聳肩。「喔，是啊。」這個動作讓理查注意到，她的皮膚很白，上面的泥土和血漬都已洗淨。他不禁納悶，朵兒是因為生病、失血、很少出門，還是貧血症，才會如此蒼白。雖然她看起來年紀輕輕，但她說不定坐過牢。或許那個大塊頭說的是實話，這女孩真的腦筋有問題。「聽好，那些人來的時候……」

「人？」她的蛋白石色眼睛一閃。

「格魯布……跟……呃……凡士林。」

「凡德摩才對。」她沈思片刻，點頭。

「我想……沒錯，你可以說他們是人。各有兩條腿，兩隻手，一顆頭。」

理查繼續說：「他們來這裡的時候，也就是剛剛，妳人在哪裡？」

她舔了一下手指，翻頁。「我就在這裡。」

「可是……」理查停了下來，不知該說些什麼。公寓裡沒有地方可以讓她藏身，可是她又沒離開公寓。但是……

一陣刮擦聲傳來，一個比老鼠還大的黑影從電視下的一堆錄影帶裡衝了出來。「天啊！」理查說著，使出吃奶的力氣將遙控器朝黑影一丟，丟進那堆錄影帶裡，發出一聲巨響，黑影不見蹤跡。

「理查！」朵兒說。

「沒事，」他解釋，「我想只是老鼠之類吧。」

朵兒狠狠瞪著他。「那當然是老鼠。你嚇到牠了啦，可憐的東西。」她四下查看房間，用門牙輕聲發出口哨聲。「哈囉？」她喊著，跪在地板上，《曼斯菲爾德莊園》已丟到一邊。「哈囉？」

朵兒轉頭瞟了理查一眼。「你要是傷了牠……」她威脅，然後輕柔地對著房間說：「對不起，他是白痴。哈囉？」

「我不是白痴。」理查說。

「噓——哈囉？」粉紅鼻子和小小的黑眼睛從沙發下探了出來，頭的其他部分也跟著出現，小心翼翼探查環境。如果說是老鼠，也未免太大了些，理查非常確定這一點。「嗨，」朵兒溫柔地說，「你還好吧？」然後伸出一隻手。那隻動物爬了過來，跳到她的手臂上，依偎在臂彎處。朵兒用手指撫摸牠的側面。牠的身體呈深棕色，有條粉紅長尾巴，側面似乎繫著什麼東西，看起來像是一張摺起來的紙片。

「是老鼠。」理查說。

「沒錯，你要向牠道歉。」

「什麼？」

「道歉。」

可能是他沒聽清楚朵兒說的話，也許他才是那個快發瘋的人。「跟老鼠道歉？」朵兒不發一語，只是使了個眼色。「對不起，」理查正經地向老鼠說，「如果嚇到了你，希望你不要介意。」

老鼠抬頭看著朵兒。「不，他是認真的，」朵兒說，「不是隨口說說。好了，你拿什麼來給我？」她在老鼠的側邊摸索，找到一個捲得很緊的棕色紙卷。綁起紙卷的東西，在理查看來，像是鮮藍色橡皮筋。

她打開紙卷：邊緣破破爛爛的棕色紙片，上面都是細長的黑色字跡。朵兒看完後點點頭。「謝謝你，」她對老鼠說，「感謝你所做的一切。」老鼠隨即蹦到沙發上，向上瞪視理查片刻，消失在陰影中。

那名叫朵兒的女孩把紙片遞給理查。「拿著，」她說，「看上面的字。」

當天傍晚的倫敦中央區，隨著秋意愈來愈濃，天色已慢慢暗了下來。理查搭地鐵到托特納姆法院路，現在正沿著牛津街往西走，手裡拿著那張紙片。牛津街是倫敦的零售業中心，即使現在這個時刻，人行道上仍擠滿觀光和逛街的人潮。

「這是個信息，」她把紙片交給理查時說道，「由迪卡拉巴斯侯爵傳來的。」

理查確定之前聽過這個名字。「不錯，他沒明信片了嗎？」

「這樣比較快。」

理查經過耀眼喧鬧的維京百貨商場，然後是販賣倫敦警察頭盔和小型紅色倫敦巴士的紀念品專賣店，隔壁是一家零買單片的披薩店。接著他右轉。

「你必須照上面寫的指示走，設法不要讓任何人跟蹤。」她一嘆，接著說：「我實在不該讓你涉入這麼深。」

「如果我依照這些指示路線……會讓妳更早離開這裡嗎？」

「會。」

他轉進漢威街。雖然離明亮喧囂的牛津街只有幾步路，但他幾乎是到了另一個城市：整條漢威街空蕩蕩的，像廢棄了一般。一條狹窄黑暗的路，只比巷子大一點，充滿陰暗的唱片行和關閉的餐廳，唯一的光線來自各建築物樓上的隱密酒吧。理查沿著路走，感覺毛毛的。

「『……右轉到漢威街，往左到漢威廣場，再右轉到歐米走廊。在第一盞街燈處停下……』妳確定這樣對嗎？」

「沒錯。」

理查不記得有歐米走廊，但他以前來過漢威廣場。當地有家印度餐廳，位於地下室，他朋友蓋瑞非常喜歡。就理查記憶所及，漢威廣場是條死胡同。曼迪爾，是那家餐廳。他經過明亮的前門，餐廳的階梯引人入勝，通往地下室，然後他左轉……

他錯了，這裡確實有條歐米走廊，他看到那路標就高掛在牆上。

歐米走廊 西1

難怪他以前沒注意：那幾乎只是房舍之間的一條窄巷，由劈啪作響的煤氣燈照亮。他心想，那些現在很少見嘍。他把紙片拿到煤氣燈下面，看著上頭的指示。

「『然後轉三次身，反方向』？」

「反方向就是逆時鐘方向，理查。」

他轉了三次，感覺很愚蠢。「喂，我只是要見妳朋友，幹嘛要做這些？我是說，這些胡鬧的舉動……」

「這不是胡鬧，真的。你就……還就我一下嘛，嗯？」朵兒對他微笑。

他轉完，沿著巷子走到底。什麼都沒有，沒半個人影，只有一個金屬垃圾桶。桶子旁邊或許是一堆破布吧。「哈囉？」理查叫道，「有人在嗎？我是朵兒的朋友。哈囉？」

沒有，那裡半個人影都沒有。理查鬆了一口氣。現在他可以回家，向女孩說明什麼事情都沒發生，然後他就要通知相關單位，讓他們把事情全解決掉。他把紙片緊緊揉成一團，朝垃圾桶一丟。

理查先前以為的一堆破布攤開、擴展，以流暢的動作站起來。一隻手在半空中接住了小紙團。

「我相信這是我的。」迪卡拉巴斯侯爵說。他穿著時髦的黑色大外套——不太像長禮服，也不完全是軍用雨衣——還有黑色長筒靴，外套下面是稍嫌破舊的衣服。極為黝黑的臉孔下，雙眼閃閃發白。他笑著露出白牙齒，隨即消失，好像在笑自己講的笑話。他向理查一鞠躬，說道：「我是迪卡拉巴斯，在此聽候差遣。請問你是……」

「嗯，」理查說，「呃……嗯。」

「你是理查·馬修，救了咱們受傷的朵兒的年輕人。她現在還好吧？」

「呃，她還好。手臂還有點……」

「她的復原速度絕對會讓我們都大吃一驚。她的家族擁有驚人的恢復力。真想不透竟然有人殺得了他們，對吧？」自稱是迪卡拉巴斯侯爵的男人，沿著巷子不停來回走動。理查看得出他就是那種片刻也靜不下來的類型，就像大貓似的。

「有人殺了朵兒的家人？」理查問。

「你要是一直重複我說的話，我們是不會有什麼進展的，你說是吧？」侯爵說。如今他正站在理查面前。「坐下。」他下令。理查環顧巷子四周，想找東西坐。侯爵往他肩上一推，讓他癱倒在鵝卵石上。「她知道我的價碼不便宜，嗯，她到底提出什麼報酬？」

「什麼？」

「條件是什麼？年輕人，她派你到這裡來協商。我的價碼不便宜，也從不提供免費服務。」

理查盡量以仰臥的姿勢聳了聳肩膀。「她說告訴你，她要你護送她回家——誰知道她家在哪。另外，為她安排一名保鏢。」

侯爵就算停下腳步，眼睛也從不停止轉動：上、下，骨碌打轉，好像在找什麼東西，在想什麼事情。加、減、評估。理查納悶此人是否神智清醒。「那她提出的報酬是？」

「呃，什麼都沒有。」

侯爵吹吹指甲，在那件引人注目的外套翻領上磨亮，轉身離去。「她提出的報酬是……**什麼都沒有**。」他聽起來受到冒犯了。

理查連忙爬起來，追了上去。「呃，她完全沒提到錢，只說會欠你一個人情。」

那雙眼閃出光芒。「到底是怎樣的人情？」

「一個很大的人情，」理查回答，「她說會欠你一個非常大的人情。」

迪卡拉巴斯自顧自地露齒而笑，就像餓餓的花豹發現了迷路的鄉下小孩。他突然責怪理查。「格魯布和凡德摩就在附近，而你卻留下她一個人？唉，你還在磨蹭什麼？」迪卡拉巴斯蹲下，從口袋拿出一個小型金屬物，插入巷子邊的水溝蓋一轉，輕易打開。侯爵收好金屬物，從另一個口袋掏出一件東西，讓理查想到長煙火，或是火把。侯爵一手握住，另一手在上面游走，尾端隨之迸出鮮紅火焰。

「我可以問一個問題嗎？」理查說。

「當然不行，」侯爵回答，「你不要問問題，你也不會得到答案。你不要走錯路，你甚至不能想現在遇到什麼事情。懂了嗎？」

「可是——」

「尤其最重要的是：沒有可是。」迪卡拉巴斯說，「時間非常緊急了，走吧！」他指著水溝蓋掀開後露出來的深孔。理查開始移動，沿著洞下固定在牆上的金屬階梯往下爬，覺得事情遠超出他的理解範圍，他也沒想到要再進一步發問了。

理查搞不清楚他們在什麼地方。這似乎不是下水道，或許是電話纜線的涵洞，或者是迷你火車的隧道，或者是……其他東西。他知道自己對倫敦街道下面的世界沒什麼概念。他緊張兮兮地走，怕腳會踢到什麼東西，在黑暗中絆倒，扭傷了腳踝。迪卡拉巴斯在前面邁步走著，一副滿不在乎的樣子，顯然不在意理查有沒有跟上。深紅色火焰在隧道牆上投射出巨大人影。

理查跑步追上。「讓我想想……」迪卡拉巴斯說，「我得帶她去市集。下一次開市……嗯，如果我沒記錯，是在兩天後，而我的記性一向很好。我可以把她藏到那時候。」

「市集？」理查問。

「流動市集。但你還是不要知道的好。別再問了。」

理查環顧四周。「呃，我原本想問你，我們現在在哪裡。不過，看來你一定會拒絕回答。」

侯爵再度露齒而笑。「很好，」他嘉許地說，「你的麻煩已經夠多了。」

「你說得沒錯，」理查嘆了口氣，「我的未婚妻把我甩了，而且我大概得去買新電話……」

「聖殿拱門在上！電話根本不算是你的麻煩。」迪卡拉巴斯將火把靠牆放在地上，火把依然劈啪作響燃燒著。他開始爬上固定在牆面的梯子，理查遲疑了一下，跟著爬上去。梯條冰冷生鏽，他爬的時候，可以感覺鐵條在手中脫落，鐵屑掉進他的眼睛和嘴巴。下面的深紅色火焰在閃爍，不久便熄滅了。他們在一片漆黑中攀爬。

「所以，我們要回去找朵兒嗎？」理查問。

「那是最後。有些小事情我要先安排好，為了保險起見。還有，我們接觸到日光時，不要往下看。」

「為什麼？」理查問。日光照到他臉上時，他往下一看。

這是日光（怎麼會是日光？他的腦袋後有個小小聲音問。他進入巷子時，幾乎接近夜晚，那大概是……欸，一小時前嗎？），而且他握住的金屬梯子，沿著非常高的建築物外側直上（但幾秒鐘之前，他爬的是同一條梯子，而且是在裡面，不是嗎？）。理查還可以看到下面是……倫敦。

微小的汽車，微小的計程車跟巴士，微小的建築物。樹木。超迷你卡車，矮矮小小的人。它們在理查下方的視野裡湧進又湧出。

要說理查懼高，可說是完全正確，但不足以說明整個情況。理查討厭懸崖和高聳的建築物，還不到內心深處就會產生恐慌——僵硬、極端、無聲吶喊的恐懼——如果太過接近邊緣，就會有東西接管他，他就會發現自己正走向懸崖邊緣，一腳踩空。就好像他無法完全信任自己，這比單純的恐懼墜落讓他更害怕。所以他稱之為「暈眩」。他討厭暈眩，也討厭自己，因此盡量遠離高處。

理查整個人凝固在梯子上，雙手緊抓橫條。他眼睛痛，就在眼球後面某處。他的呼吸開始過度急促，幾乎快喘不過氣。「有人……」他頭上傳來幸災樂禍的聲音，「把話當耳邊風，對吧？」

「我……」理查的喉頭哽住了。他嚥了口水，潤潤喉嚨。「我爬不上去了。」他的手心在冒汗；萬一汗流過多，讓他往下一滑，那該怎麼辦？

「你當然爬得上來。你要是爬不上來，也可以待在那裡，掛在牆壁外面，一直到手凍僵，腿也不聽使喚，然後急速掉落，慘死在一千呎下。」理查抬頭看著侯爵，侯爵低頭看著他，依然面帶微笑。他看到理查正在看著自己，便雙手都放開梯子，還對理查搖搖手指。

理查感到一波交感神經般的暈眩流過全身。「混蛋。」他邊喘氣邊說，右手放開梯子，往上移八吋，抓住上一道橫條，抬起右腳往上移動一格，接著換左手再做一遍。過了一陣子，他發現自己到達平坦的屋頂邊緣，便趕緊跨過去，癱軟在上面。

理查意識到侯爵沿著屋頂邁步往前，愈來愈遠。他用手觸摸屋頂，感覺腳下那堅固的建築。他的心臟仍在胸腔裡怦怦跳個不停。

一個粗啞的喊叫聲從遠處傳來。「迪卡拉巴斯，沒人要你到這裡來！走開，滾出去！」

「老貝利，」理查聽到迪卡拉巴斯說，「你的氣色看起來真健康。」

有人拖著腳步走到他身邊，一根手指輕輕戳他的肋骨。「你還好吧，小夥子？我後面那裡在煮一些燉肉，你要不要來一點？是椋鳥肉。」

理查張開眼睛，說：「不用了，謝謝。」

他首先看到羽毛。他不確定是羽毛大衣、披風，還是哪種沒有名字的怪毯子。總之，不管那是什麼樣的外衣，全都蓋滿了密密麻麻的羽毛。羽毛頂端，有張留著絡腮鬍、和藹而有皺紋的臉孔。臉孔下面的身體沒覆蓋羽毛，而是纏繞著好些繩索。理查不禁想起小時候家人帶他去看的舞臺劇《魯賓遜漂流記》。如果魯賓遜是在屋頂而非荒島遭遇船難，看起來大概就是這副模樣。

「小夥子，大家都叫我老貝利。」那人說道。他在胸前摸索用線掛在脖子上的扁眼鏡，把眼鏡戴好，透過鏡片端詳理查。「我不認得你。你效忠哪個貴族？叫什麼名字？」

理查撐起上半身，改為坐姿。他們在一棟老舊建築的屋頂上，建築以褐色石塊建造，上方還有一座塔。滴水獸石像承受日曬雨淋，有的缺了翅膀或四肢，有幾個甚至缺了頭，陰鬱地從高塔的角落突出來。理查聽得到遙遠的下方有警用汽笛的尖嘯聲，還有變小的交通轟鳴聲。屋頂另一端，高塔的陰影下，有個看起來像帳篷的東西。老舊的褐色帳篷，有縫縫補補的痕跡，還沾滿了白色鳥糞。理查張開嘴把名字告訴老人。

「你，給我閉嘴，」迪卡拉巴斯侯爵說，「不許再說半個字。」然後他責怪老貝利。「有時候，把鼻子放到不該聞的地方……」他在老人鼻子下彈指，啪的一聲讓對方跳了起來。「會把鼻子弄丟了。言歸正傳。老貝利，有個人情你欠了我二十年，一個很大的人情。現在，我要討回來。」

老人眼一眨，小聲說：「我是笨蛋。」

「而且還是老笨蛋。」侯爵也表同意。他將手伸到外套內袋，拿出一個銀色盒子，比鼻菸盒大，比雪茄盒小，裝飾則華麗許多。「你知道這是什麼吧？」

「我寧願不知道。」

「你得替我好好保管。」

「我才不要。」

「你沒有選擇的餘地。」侯爵說。屋頂老人從他手中接過盒子，惶恐地用兩手握住，彷彿那是隨時會爆炸的東西。侯爵用腳下的方頭黑靴輕踢理查。「好了，我們最好趕往下個地點，對吧？」說完，他邁步穿越屋頂，理查連忙起身跟上，盡量遠離建築物邊緣。侯爵來到高塔邊，旁邊有一叢高聳的煙囪，他打開一道門，兩人沿著照明不良的迴旋梯往下走。

「那個人是誰？」理查問，透過微光看清前方。腳步聲在金屬梯上傳出陣陣回音。

迪卡拉巴斯侯爵一哼。「我的話，你一句也沒聽進去，對吧？你已經惹了麻煩了。你做的每一件事、說的每一句話、聽到的每一個字，都只會雪上加霜。你最好祈禱自己不要牽扯太深才好。」

如今周遭已伸手不見五指。理查到達最後一級階梯時，稍微絆了一下，才發現自己探尋的梯級不在那裡。「注意頭。」侯爵說，打開一道門。雖然如此，理查的額頭重重撞上什麼東西，他大叫「哎喲」，然後穿出一道矮門，用手遮住刺眼的光線。

理查揉揉前額，揉揉眼睛。剛才穿越的門，通往他公寓大樓內的清潔用具儲藏室，裡面擺滿了掃帚、老舊拖把、各式各樣的清潔劑、洗滌粉、石蠟。這個小房間位於樓梯井間，理查看不到後面有任何階梯，只看到一道牆，上面掛著污漬的舊月曆，沒什麼用處——除非一九七九年又重來一次。

侯爵正檢視貼在理查家門旁的那張**你見過這個女孩嗎？**的傳單。「她這個角度不好看。」

理查關上儲藏室的門，從後面口袋掏出鑰匙，打開自家前門。他到家了。他透過廚房窗戶又看到外面的夜色，不禁鬆了一口氣。

「理查，」朵兒說，「你辦到了！」她趁理查不在時，把自己清洗一番。從那一層層衣服看起來，她至少已盡力洗掉最糟糕的髒污和血漬，臉上和手上的污垢也不見了。洗過的頭髮呈赤褐色，還帶點紅銅和青銅色。理查心裡猜想她幾歲。十五？十六？還是再大一點？他依舊看不出來。朵兒把理查發現她時就穿著的棕色皮衣穿上。皮衣很大，可以把身體包覆住，就像舊式的飛行夾克。或許是這樣，使朵兒看起來比實際體型更小，甚至更脆弱。

「嗯，是啊。」理查回答。

迪卡拉巴斯侯爵單腳向女孩跪下，低頭說道：「小姐。」

她似乎有點彆扭。「啊，請起身，迪卡拉巴斯。我很高興你來了。」

他平穩地站起身。「我了解。**人情**、**很**、**大**……這幾個字眼，同時都用上了。」

「待會兒再說。」朵兒走向理查，雙手握住他的手。「理查，謝謝你，我真的非常感激你做的一切。我把床單換好了，真希望還能做些什麼來報答你。」

「妳要走了？」

她點點頭。「我會很安全的，大概吧，希望，至少短期內不會有問題。」

「妳現在要去哪裡？」

朵兒露出溫柔的笑容，搖了搖頭。「呃，不能告訴你。我就要離開你的生活了，你真是好人。」

她踮起腳尖，在理查的臉頰上一親，就像朋友間的親吻。

「萬一我要連絡妳……」

「你不用的，絕對不用。然後……」然後她停頓片刻。「嗯，真對不起，請原諒我。」

理查用一種尷尬的方式，低頭看著腳。「沒什麼好對不起的啦。」他說，又猶疑地補上一句：

「其實滿好玩的。」然後又抬起頭。

但那裡根本沒有人。

neverwhere

RICHARD WROTE A DIARY ENTRY IN HIS HEAD. DEAR DIARY, HE BEGA
FRIDAY I HAD A JOB, A FIANCÉE, A HOME AND A LIFE THAT MADE SENSE. (
AS ANY LIFE MAKES SENSE.) THEN I FOUND AN INJURED GIRL BLEEDING O
PAVEMENT, AND I TRIED TO BE A GOOD SAMARITAN. NOW I'VE GOT NO FIAN
NO HOME, NO JOB, AND I'M WALKING AROUND A COUPLE OF HUNDRED
UNDER THE STREETS OF LONDON WITH THE PROJECTED LIFE EXPECTANC
A SUICIDAL FRUITFLY. THERE ARE HUNDREDS OF PEOPLE IN THIS O
LONDON. THOUSANDS MAYBE. PEOPLE WHO COME FROM HERE, OR PEOPLE
HAVE FALLEN THROUGH THE CRACKS. I'M WANDERING AROUND WITH A
CALLED DOOR, HER BODYGUARD, AND HER PSYCHOTIC GRAND VIZIER. WE S
LAST NIGHT IN A SMALL TUNNEL THAT DOOR SAID WAS ONCE A SECTION O
GENCY SEWER. THE BODYGUARD WAS AWAKE WHEN I WENT TO SLEEP
AWAKE WHEN THEY WOKE ME UP. I DON'T THINK SHE EVER SLEEPS. WE
SOME FRUITCAKE FOR BREAKFAST; THE MARQUIS HAD A LARGE LUMP OF
HIS POCKET. WHY WOULD ANYONE HAVE A LARGE LUMP OF FRUITCAKE I
POCKET? MY SHOES DRIED OUT MOSTLY WHILE I SLEPT. I WANT TO GO H
THEN HE MENTALLY UNDERLINED THE LAST SENTENCE THREE TIMES
WROTE IT IN HUGE LETTERS IN RED INK, AND CIRCLED IT BEFORE PUTTI
NUMBER OF EXCLAMATION MARKS NEXT TO IT IN HIS MENTAL MARGIN.

第三章

chapter three

星期天早上，理查把梅德姑媽在幾年前聖誕節送的蝙蝠車電話從櫥櫃底層拿出來，接到牆上的通訊埠。他想打電話給潔西卡，但一直打不通。潔西卡的答錄機沒開，手機也關掉了。理查猜想潔西卡已經回到她父母位於郊外的房子，但他不想打電話到那邊去。他覺得潔西卡的父母實在令人惶恐，而且方式各有不同，都沒有真心把他當成未來的女婿。事實上，潔西卡的母親在某個場合中，曾不經意向他提到，他們對他跟潔西卡的婚事有多麼失望。潔西卡的母親相信，只要潔西卡願意，絕對可以找到更好的對象。

理查的雙親都死了。他的父親在他還小時，因心臟病發而突然去世。他的母親在此之後，生命也慢慢流失，理查一離開家，她就不久於人世。理查搬到倫敦六個月後，搭火車回蘇格蘭，在一家小型鄉下醫院裡，坐在病床旁邊，陪她度過生命中的最後兩天。有時候，她認得理查；但在其他時間，她卻是用丈夫的名字呼喚理查。

理查坐在沙發上沈思。前兩天的事情變得愈來愈不真實，愈來愈不像發生過。唯一真實的是潔西卡在答錄機裡的留言，說她再也不想見到理查。那個星期天，理查一再播放這段留言，每次都希望她能緩和下來，讓自己從她的聲音中聽到溫暖的語調。但他失望了。

他原本想要出門去買一份週日報紙，後來決定不買。潔西卡的老闆亞諾德·斯德頓，一個有著層層下巴、長得像是誇張漫畫人物的傢伙，擁有英國全部的週日報紙，其餘則都被魯伯特·梅鐸集團[1]買走了。他自己的報紙在談論他，別家的報紙也在談論他。理查心裡猜想，看週日報紙最後大概只是提醒自己上星期五沒出席那頓晚餐。因此，他反而泡了長長的熱水澡，吃了幾個三明治，喝了幾杯茶，看了一些週日午后的電視節目，在腦海中想像自己跟潔西卡的對話內容。在每一段心靈交談的結尾，兩人都會擁抱在一起，在交雜著狂野、憤怒、熱情與淚水的情緒下做愛；然後一切就會雨過天青。

星期一早上，理查的鬧鐘沒響。他在八點五十分衝上街，揮舞著公事包，像瘋子似地在馬路上東張西望，希望能攔到計程車。他鬆了一口氣，因為一部黑頭車正沿著馬路朝他開過來，車頂黃色的「計程車」招牌閃閃發亮。他對計程車招了招手，呼喊幾聲。

那部計程車緩緩從理查身邊滑過，完全忽視他的存在，在街角轉個彎就不見了。又來了一部計程車，又一個黃色燈號代表它是空車。這一次，理查直接站到馬路中央，揮手要它停下來，它轉了個彎繞過他，繼續往前開。理查開始喃喃咒罵，跑向最近的地鐵站。

他從口袋掏出一大把硬幣，壓下購票機的按鈕，選擇到查令十字路[2]的單程票，把零錢塞進投幣口。他投下的每一枚硬幣都直接穿過機器內部，噹啷一聲掉到底端托盤，沒有車票跑出來。他換了一臺購票機，還是沒有結果；再換一臺。理查跑到車票亭抱怨，打算用人工方式購票，裡面的售票員正在跟某人講電話。儘管（也可能是因為）理查大喊「喂！」和「請問！」而且拚命用硬幣敲打塑膠的剪票口，對方還是拿著電話講個不停。

「幹！」理查罵了一聲，直接從剪票口穿過去。沒人阻止他；好像沒人在乎。他一路猛衝，氣喘吁吁、汗流浹背，沿著電扶梯而下，剛好趕在列車進站時到達擁擠的月臺。

小時候，理查做過噩夢，夢裡的他根本就不在那裡，不管他在夢裡弄出多大的噪音、做了什麼事情，完全不會有人注意他。理查現在開始覺得很像那時候。人群在他面前推來推去；他被下車的通勤人潮推擠過來，又被上車的通勤人潮推擠過去。

理查在人群中拚命往前推，刺耳的關門聲響起時，他的一隻手臂已伸進車廂，就快擠進裡面。他把手抽回，但大衣的袖子夾住了。理查開始猛搥車門，大聲喊叫，希望駕駛至少把門打開一點，讓他拉出袖子。列車反而開始離站，迫使理查沿著月臺一路跑，腳步相當紊亂，速度卻愈來愈快。他把公事包丟在月臺上，用另一隻手拚命拉扯袖子。袖子嘶的一聲裂開，他往前撲倒，在月臺上擦傷了手，褲子膝蓋處也磨破了。理查蹣跚地爬起身，沿著月臺往回走，撿起公事包。

他查看扯破的袖子，看一下擦傷的手，再看一眼磨破的褲子，走上石梯，走出地鐵站。出站的時候，也沒人跟他查票。

「我遲到了，真是抱歉。」理查對著辦公室裡擁擠的人群說。牆上時鐘指著十點三十分。他把公

1⊕魯伯特．梅鐸（Rupert Murdoch）：美國媒體大亨。一九三一年生於澳洲墨爾本，一九五三年畢業於英國牛津大學，一九八五年歸化為美國公民。他旗下擁有許多知名的傳播媒體，包括《泰晤士報》、《紐約郵報》、大都會媒體和二十世紀福斯電影公司。

2⊕查令十字路（Charing Cross Road）倫敦的書店街，整條街上都是各類主題書店及二手書店。

事包丟到自己的椅子上，用手帕抹去臉上的汗水。「你們絕對不會相信，我到這裡的途中發生了什麼事，」他喘口氣繼續說，「簡直就像一場噩夢。」

他低頭看著自己的辦公桌，東西不見了。說得更精確一點，是所有東西都不見了。「我的東西到哪裡去了？」他問辦公室裡的人，還把音量提高了一些。「我的電話呢？那些巨魔娃娃呢？」他拉開辦公桌抽屜，裡面也空無一物，甚至連一張巧克力棒包裝紙或一根扭曲的迴紋針都沒有，就好像理查根本沒有用過這裡似的。這時，西維亞朝他走了過來，一邊跟兩個肌肉相當發達的男士說話。理查走上前去，問道：「西維亞？這是怎麼回事？」

「有什麼事情嗎？」西維亞很客氣地說。她向那兩名壯漢指了指辦公桌，兩人隨即分別抬起桌子一角，搬到辦公室外面去。「小心一點。」西維亞對他們說。

「我的桌子，他們要搬到哪裡去？」

西維亞看著他，表情有點迷惑。「你是……」

我受夠了，理查心想。「理查，」他用挖苦的語調說，「理查·馬修。」

「喔。」西維亞說。然後她的注意力就像水滴滑過油布般，從理查身上移開。「不對，不是那邊！天啊！」她對著搬走理查辦公桌的工人叫道，急忙追了上去。

理查看著她離開，穿過辦公室，來到蓋瑞的工作站，他正在回覆電子郵件。理查看著螢幕：蓋瑞寫的電子郵件裡充滿露骨的性愛語句，而且不是寫給他女朋友的。理查感到十分尷尬，趕忙繞過桌子走到另一邊。

「蓋瑞，這是怎麼回事？這是開玩笑還是什麼？」蓋瑞環顧四周，像是聽到什麼聲音。他敲了一下鍵盤，啟動螢幕保護程式，畫面是隻跳舞的河馬。蓋瑞搖了搖頭，似乎要讓腦袋清醒，接著拿起電話撥號。理查伸出手，砰的一聲將電話切斷。

「聽好，這一點也不好玩。我不知道你們這些人在搞什麼鬼。」理查說完後，蓋瑞終於抬頭看他，讓他大大鬆了一口氣。他繼續說：「如果我被開除了，直接說就行，但像這樣假裝我人不在這裡，實在是……」

蓋瑞笑了一下說：「嗨，我叫蓋瑞．普諾魯，需要幫忙嗎？」

「我看不必了。」理查冷冷丟下這句話，隨即離開辦公室，連公事包也忘了拿。

理查的辦公室位於一棟很大、很老舊但通風良好的大樓的三樓，這棟大樓就在濱河街旁。潔西卡的工作地點是倫敦商業金融中心裡的一棟玻璃大樓，只要走十五分鐘就到了。

理查沿著路慢跑，十分鐘內就來到斯德頓大樓。他直接經過一樓穿著制服值勤的警衛，走進電梯，搭到樓上。電梯裡裝了鏡子，他在上樓途中看著自己，發現領帶鬆脫一半，歪歪斜斜的，大衣袖口撕裂了，褲子也破掉了，頭髮更是一團亂……天啊，他看起來真狼狽！

電梯裡傳來一陣長笛聲，梯門隨之打開。潔西卡辦公的樓層相當寬闊，裝潢簡約低調。電梯旁有位接待員，態度自然優雅，理查覺得她的薪水一定高得嚇人。她正在看《柯夢波丹》雜誌，理查走到她身邊，她也沒把頭抬起來。

「我要找潔西卡．巴特蘭，」理查說，「我有很重要的事情必須找她談。」

接待員根本就不理他，只是專注檢視自己的指甲。理查穿過迴廊，來到潔西卡的辦公室，開門走了進去。她正站在三張巨幅海報前面，每張上面都印著顯眼的「英國天使巡迴展」標語，三張天使的形象都不一樣。理查一進門，潔西卡隨即轉身，露出親切的微笑。

「潔西卡，感謝上帝，終於找到妳了。我不知道自己是快要瘋掉還是怎樣。起先是今早攔不到計程車，然後是辦公室，還有地鐵站……」他把撕裂的袖口給潔西卡看。「就好像我變成一個不存在的人。」潔西卡的微笑又加深了些，用安慰的表情看著他。「嗯，」理查說，「那天晚上的事情，我很抱歉。呃，我抱歉的不是那天做的事情，而是傷了妳的心……我真的很抱歉。整個情況都失控了，而我根本就不知道該怎麼辦。」

潔西卡點點頭，臉上依舊帶著同情的笑容，說：「你一定會覺得我很糟糕，但我實在不擅長記住別人的臉孔。給我一點時間，我一定會想起來的。」

直到這一刻，理查才發現整件事情都是真實的，一種無名的恐懼開始在胃裡翻攪。今天遭遇的瘋狂事件，全都確實發生了！不是玩笑、不是騙局、不是惡作劇。「沒關係，」他呆滯地回了一句，「不用麻煩了。」

他離開辦公室，沿著迴廊往外走，就在快到電梯的時候，潔西卡叫出他的名字。

「理查！」

他轉過身。原來這的確是惡作劇，是精心策畫的報復，是他可以理解的事情。「理查……馬伯利，對吧？」潔西卡似乎對自己能想起這麼多而感到自豪。

「是馬修。」理查說完，隨即進入電梯。梯門在他後方關閉，發出悲涼而顫抖的低沈笛音。

理查走回自己的公寓，感到既沮喪又生氣，而且不得其解。偶爾他會舉起手來招呼計程車，但從未真心指望車子會停下來，也真的沒半部車會停。他腳痛、眼睛灼痛，但他知道再過不久，他就會從今天清醒過來，一個合理、像樣、真正的星期一將隨之展開。

理查回到公寓，先將浴缸放滿熱水，然後脫了衣服丟到床上，光著身子穿過走廊，爬進舒緩的熱水裡。就在他快要打盹的當兒，突然聽到鑰匙轉動聲，門隨之開啟、關上。一個柔和的男性聲音說：「當然，你們是我今天最先帶來參觀的客人，不過，跟你們一樣有興趣的人可是一大票喔。」

「這裡沒有我想像中那麼大，跟你營業處送來的資料有出入。」一個女人說。

「沒錯，是很小巧，但我認為這樣反而是優點。」

理查連浴室的門也沒鎖，畢竟只有他一個人住在這裡。

一個聲音比較粗啞的男人說：「我以為你說這間房子沒有家具，但依我看，家具還挺多的嘛。」

「真奇怪，這些家具八成是前任房客留下來的吧，他們都沒告訴我。」

理查從浴缸站起身，突然想到自己一絲不掛，而且那些人隨時可能走進來，所以他又坐了回去。

他急切地環顧浴室四周，想要找條毛巾。「啊，喬治，你看，」那個女人說，「有人在這椅子上留下一條毛巾。」

理查拿了幾樣東西來代替毛巾，包括一條菜瓜布、半瓶洗髮精和一隻黃色橡皮鴨子，隨即覺得不合適而丟到一邊。「浴室是什麼樣子？」女人問。理查連忙抓起一條面巾遮住胯部，然後站起身，背貼著牆，準備面對非常窘迫的場面。浴室門推開，三人走了進來：一個身穿駝絨外套的年輕人，還有一對中年夫婦。理查想知道他們是否也和自己一樣尷尬。

「這浴室有點小。」女人說。

「很小巧，」駝絨外套男人機靈地更正，「容易保持乾淨。」女人用手指沿著洗臉槽邊緣摸了一下，皺起鼻子嗅了嗅。「我想我們都看過了。」中年男人說，然後他們走出浴室。

「這裡似乎在各方面都滿合適的。」女人說。他們的對話音量愈變愈小。理查爬出浴缸，摸到門邊，看到掛在走廊椅子上的毛巾，身體一傾，抓住毛巾。「我們就租下來吧。」女人說出了決定。

「決定了？」駝絨外套男人脫口問道。

「我們要的就是這樣，」女人解釋，「或者說，就是將來的樣子，等我們弄得比較有家居感就是了。星期三可以準備好嗎？」

「當然沒問題，我們明天就把這些垃圾都清出去。」

理查裹著毛巾，從門口怒視著他們，身上還在滴水，感到有點冷。「這些不是垃圾，」他說，「是我的東西。」

「那麼，我們會去你的營業處拿鑰匙。」

「對不起，」理查哀怨地說，「我住在這裡欸。」

他們從理查身旁經過，走到前門。「跟你們做生意很愉快。」駝絨外套男人說。

「你們……你們聽得到我說的話嗎？這是我的公寓，我住在這裡！」

「如果你把合約細節傳真到我辦公室……」聲音粗啞的人說，隨手砰一聲把門關上，留下理查站在這曾經是他公寓的玄關內。他在一片寂靜中，因寒冷而顫抖。「這些事情，」理查向全世界宣告，直接反抗五官所呈現的證據，「根本沒有發生。」蝙蝠電話發出尖銳刺耳的聲音，車頭燈閃爍著。理查小心翼翼拿起聽筒。「喂？」

線路傳來細碎的爆裂聲，似乎從非常遙遠的地方打來，另一頭的聲音聽起來很陌生。「馬修先生嗎？」對方問，「是理查．馬修先生嗎？」

「是。」他回答，欣喜若狂，「你聽得見我的聲音！喔，感謝老天爺！你是誰？」

「我跟我的同事在上星期六見過你，馬修先生。我曾向你詢問一位年輕小姐的行蹤，你還記得嗎？」對方的腔調油膩、淫猥、像狐狸般狡猾。

「啊，是你。」

「馬修先生，你說朵兒沒有跟你在一起。不過，我們有理由相信另有隱情，你沒有說出來。」

「呃，你說你是她哥哥。」

「四海之內皆兄弟啊，馬修先生。」

「她已經不在這裡了，而我也不知道她在什麼地方。」

「這點我們明白，馬修先生。你說的這兩種情況，我們都十分清楚。坦白跟你說，馬修先生——

我相信你會希望我很坦白，對吧？——如果我是你，就不會再去掛慮那位年輕小姐。她的日子所剩不多，恐怕連兩位數都沒有。」

「那你何必打電話給我？」

「馬修先生，」格魯布用親切的口吻說，「你知道自己的肝臟是什麼味道嗎？」理查默不吭聲。「凡德摩先生答應我，說他會親自把你的肝臟給挖出來，在把你那悲慘的小喉嚨割斷之前，塞進你的嘴巴裡。這樣你就會知道是什麼味道，對吧？」

「我要報警！你不能這樣恐嚇我！」

「馬修先生，你可以打電話給任何人。不過，我很遺憾你認為我們是來恐嚇你的，我跟凡德摩先生向來都不會恐嚇別人，對吧，凡德摩先生？」

「不是嗎？那你現在是在幹嘛？」

「我們只是來許下承諾。」格魯布透過靜電、回音和嘶嘶聲說，「而且我們知道你住在什麼地方。」他說完就把電話掛斷。

理查緊握聽筒，盯著它，猛按三次鍵盤上的「9」。「緊急勤務中心，」勤務處的接線員說，「你需要什麼樣的協助？」

「麻煩接警察局。剛才有人威脅要殺我，我認為他不是在開玩笑。」

對方沒再說話，理查希望他正被轉接到警察單位。過了一會兒，那個聲音說：「緊急勤務中心。喂？有人在嗎？喂？」理查掛斷電話，走進臥室，穿上衣服，因為他裸著身體，又冷又怕，而且也不知道自己還能做些什麼。

最後，經過一番審慎考慮，理查從床底下拿出黑色運動袋，放了幾雙襪子進去。內褲。T恤。護照。錢包。他身上穿著牛仔褲、慢跑鞋、厚運動衫，想起那名自稱朵兒的女孩說再見的模樣，她當時欲言又止的模樣、她說她很抱歉的模樣……

「妳知道，」理查對著空蕩蕩的公寓喃喃自語，「妳知道會發生這種事。」他走進廚房，從大碗裡拿起一些水果，放進袋子。然後他把拉鏈拉上，走出公寓，進入黑暗的街道。

提款機呼的一聲收下理查的卡片，說：**輸入密碼**。他鍵入密碼（D—I—C—K）。螢幕一片空白。提款機接著說：**請稍候**。螢幕又是一片空白。機器內部深處發出轟隆隆的聲音。

卡片無效，請連絡發卡單位。提款機發出一陣巨大聲響，把卡片又吐了出來。

「給點零錢好嗎？」背後一個疲憊的聲音說。理查轉身，那老頭子矮小、微禿，糾結的鬍鬚是散亂灰黃的一團，臉部輪廓因黑泥而深深刻畫出來。他穿著破爛的深灰色毛衣，外面套了件髒外套。他的眼睛是灰色的，而且溼溼黏黏的。

理查把卡片拿給他。「拿去吧，送給你。你領得出來的話，裡面大概有一千五百鎊。」

那人用污黑的雙手接過卡片，正反面翻看一下，淡淡說：「非常感謝，這東西再加上六十便士，就夠我喝一杯不錯的咖啡了。」他把卡片還給理查，開始沿著街道往前走。

理查拎起袋子，從後面追了上去，問道：「喂，等等，你看得見我？」

「我的眼睛又沒有問題。」那人回答。

「聽好，」理查說，「你聽過一個叫做『流動市集』的地方嗎？我必須到那裡去，有個叫朵兒的女孩……」老頭開始神色緊張，往後退了幾步。「喂，我真的需要幫忙。」理查說，「拜託！」

那人看著他，毫無憐憫之情。理查嘆了口氣。「好吧，很抱歉打擾了。」他轉個身，兩手緊緊抓住袋子的提把，不讓手顫抖，沿著大街慢慢離去。

「喂。」老頭嘶聲說道。理查回頭看他一眼，他正在招手。「來吧，跟我來，動作快點。」他急忙走下路旁幾棟廢棄房子的臺階——臺階上散落許多垃圾，通往棄置的地下公寓。理查跌跌撞撞尾隨在後。臺階底端是一扇門，老頭一把推開，等理查通過之後，又把門關起來。一穿過門，周遭變成一片漆黑。一陣刮擦聲傳來，一根火柴點著了火，發出嗶嗶波波的聲響。那人把火柴移到鐵道員用的舊油燈上，點燃燈芯，發出比火柴稍弱的微光，他們就一起穿越這個黑暗的地方。

四周有股霉味，像是腐敗陰暗的舊磚頭散發出的氣息。「這裡是哪裡？」理查輕聲問。他的嚮導噓聲要他安靜。兩人來到另一扇位於牆壁中的門。那人有節奏地敲門，過了一會兒，門打了開來。

有好半晌，理查被突如其來的光線刺得睜不開眼。他就站在一個巨大的圓頂房間裡，是個位於地底的大廳，裡面到處都是火光及煙霧。房間四周都有小火堆，模糊的人影站在火堆旁，在鐵叉上燒烤小動物。人們在火堆之間跑來跑去，這幅情景讓理查想起了地獄——應該說，是他學生時代以為的地獄。他的肺被煙霧熏得難受，因而咳了一聲。一百隻眼睛都轉過來盯著他：一百隻眼睛，眨也不眨，露出不友善的目光。

一個男人朝他們跑了過來。他一頭長髮，濃淡不勻的褐色鬍子，破爛的衣衫綴滿獸毛，橘色、白色、黑色，像花貓的毛皮。他的個子應該比理查高，但走路時顯然駝著背，雙手在胸前握著，手指緊壓在一起。「怎麼回事？這是誰？他是什麼人？」他詢問理查的嚮導，「你把誰給帶來了？伊利亞斯德，快說快說快說！」

「鼠言長老，他是從上面來的。」嚮導說。（理查心想：**他叫伊利亞斯德？**）「他在打聽朵兒小姐，還有流動市集。就把他帶來見你了。想你一定知道該怎麼處置他。」理查身旁現在站了十幾個綴滿獸皮的人，男女都有，甚至還有幾個小孩子。他們用急促奔跑的方式移動：先靜止一段時間，然後快速朝理查衝過來。

鼠言長老伸進獸皮補丁的破爛衣服裡，拿出一根看似邪惡的銀色玻璃棒，大概有八吋長，下半段用劣質獸皮纏繞起來，充當握柄；火光照在前半段玻璃棒上，發出耀眼的光芒。鼠言長老將玻璃棒對準理查的喉嚨。「嗯，沒錯！沒錯—沒錯—沒錯！」他興奮得有點結巴，「我確實知道該怎麼處置他。」

neverwhere

第四章

RICHARD WROTE A DIARY ENTRY IN HIS HEAD. DEAR DIARY, HE BEGAN
FRIDAY I HAD A JOB, A FIANCEE, A HOME AND A LIFE THAT MADE SENSE. (W
AS ANY LIFE MAKES SENSE.) THEN I FOUND AN INJURED GIRL BLEEDING ON
PAVEMENT, AND I TRIED TO BE A GOOD SAMARITAN. NOW I'VE GOT NO FIAN
NO HOME, NO JOB, AND I'M WALKING AROUND A COUPLE OF HUNDRED
UNDER THE STREETS OF LONDON WITH THE PROJECTED LIFE EXPECTANC
A SUICIDAL FRUITFLY. THERE ARE HUNDREDS OF PEOPLE IN THIS OT
LONDON. THOUSANDS MAYBE. PEOPLE WHO COME FROM HERE, OR PEOPLE
HAVE FALLEN THROUGH THE CRACKS. I'M WANDERING AROUND WITH A
CALLED DOOR, HER BODYGUARD, AND HER PSYCHOTIC GRAND VIZIER. WE SI
LAST NIGHT IN A SMALL TUNNEL THAT DOOR SAID WAS ONCE A SECTION O
GENCY SEWER. THE BODYGUARD WAS AWAKE WHEN I WENT TO SLEEP,
AWAKE WHEN THEY WOKE ME UP. I DON'T THINK SHE EVER SLEEPS. WE
SOME FRUITCAKE FOR BREAKFAST; THE MARQUIS HAD A LARGE LUMP OF
HIS POCKET. WHY WOULD ANYONE HAVE A LARGE LUMP OF FRUITCAKE IN
POCKET? MY SHOES DRIED OUT MOSTLY WHILE I SLEPT. I WANT TO GO HO
THEN HE MENTALLY UNDERLINED THE LAST SENTENCE THREE TIMES,
WROTE IT IN HUGE LETTERS IN RED INK, AND CIRCLED IT BEFORE PUTTIN
NUMBER OF EXCLAMATION MARKS NEXT TO IT IN HIS MENTAL MARGIN.

chapter fou

格魯布與凡德摩借居在一棟維多利亞時期的醫院地下室，這棟醫院因為健康保險的預算刪減，十年前就關閉了。房地產商原本宣稱有意將醫院轉為無與倫比的豪華生活區，但醫院一關閉，他們馬上就不見蹤影。這棟醫院便矗立在當地，年復一年，灰暗、空虛、乏人問津，窗戶以木板封閉起來，出入口則用大鎖扣上。屋頂腐朽不堪，雨水不時從天花板滴落，將潮溼和腐敗擴散到整棟建築。醫院中央有個採光井，讓灰濛暗淡的光線透射進來。

醫院的地下室在空蕩的病房下面，由一百多個小房間組成，有些空無一物，有些則還有棄置的醫療用品。一個房間放著一具巨大矮胖的金屬暖氣爐，隔壁則有些堵塞又缺水的馬桶和蓮蓬頭。地下室的地板大都覆蓋著一層薄薄的油膩雨水，映照出破爛天花板的腐朽陰暗。

沿著醫院的階梯往下走，盡可能朝最底層前進，經過幾個棄置的淋浴室，通過員工廁所，通過滿地碎玻璃的房間，那裡天花板整個坍塌，直通上面的樓梯井。之後，會看見一把生鏽的小鐵梯，原本塗的白色油漆都變成潮溼的長條屑塊剝落。沿著鐵梯往下走，越過樓梯底一片潮溼，穿過半腐朽的木門，會進入地窖。一百二十年來，醫院的廢棄物都堆積在這個偌大的房間裡，最後遭人遺忘。這間地窖就是格魯布和凡德摩暫居之所。地窖的牆壁相當潮溼，天花板還會滴水。怪異的東西堆在角落慢慢腐敗，其中一部分曾經是有生命的。

格魯布與凡德摩正在消磨時間。凡德摩不知從哪裡抓來一隻蜈蚣，這隻橘紅色生物幾乎有八吋長，還有劇烈的毒牙。他讓這隻毒蟲在自己手上跑來跑去，看著牠在手指之間盤繞，從一隻袖口消失，一分鐘後再從另一隻袖口冒出來。格魯布玩弄著刮鬍刀片——他在角落找到一整盒五十年前、用蠟紙包好的刮鬍刀片之後，就不斷想拿這些刀片來搞些名堂。

「凡德摩先生，能否勞煩您的大駕，」格魯布終於開口，「把你那綠豆般的眼睛轉到這裡來。」

凡德摩用巨大的拇指和食指，小心翼翼抓住蜈蚣的頭，讓牠停止蠕動。他看著格魯布。

格魯布把左手放在牆上，五指張開，右手則拿了五片刮鬍刀片，仔細瞄準之後，射向牆壁。每片刀片都嵌入牆中，介於手指之間；就像迷你版的頂尖飛刀特技。格魯布把手移開，讓刀片留在牆上，清楚標示出手指先前所在的位置。他轉身面向搭檔，準備接受讚賞。

凡德摩不覺得有何特別。「這有什麼好得意的？你連一根手指都沒射中。」

格魯布嘆了一口氣。「是嗎？啊，真該死，你說得沒錯。我怎麼會這麼笨啊？」他把刮鬍刀一片一片從牆上拔下，丟到木桌上。「不如你示範一下應該怎麼做才對。」

凡德摩點點頭，把蜈蚣放回空的橘子果醬瓶裡，將左手貼在牆上，再舉起右手。他那把邪惡、鋒利且重量剛好的小刀，就握在右手。凡德摩瞇起眼睛一射，刀刃插入潮溼的石灰牆，途中還先貫穿了他的手背。

電話響了起來。

凡德摩回頭看了格魯布一眼，表情相當得意。他的手仍釘在牆上。「這麼做才對。」

房間角落有一具老舊的電話，是兩段式的骨董話機，用木材及合成樹脂製成，自從一九二〇年代以來就沒用過，一直放在醫院裡。格魯布把尾端連著一條絕緣電線的聽筒拿了起來，對著話機底座的話筒說話。「格魯布和凡德摩，」他平穩地說，「值得信賴的老字號。專門排除障礙，解決麻煩，去除煩人的四肢，打斷惱人的牙齒。」

電話另一頭的人說了幾句，格魯布阿諛奉承起來。凡德摩猛拉自己的左手，卻拔不起來。

「喔，是，是，確實如此。您這通電話，讓我們原本陰沈無趣的日子，充滿了光明和喜悅，我真不知該如何表達內心的感激。」又一陣停頓。「當然、當然，我馬上停止諂媚奉承，非常樂意。很榮幸……呃，我們知道什麼？嗯，我們知道……」一陣停頓。格魯布挖了挖鼻孔，若有所思，耐著性子，然後說：「不知道，我們此刻不知道她人在何處，但我們也不必知道。反正，她今晚就會在市集現身，那時再……」他的嘴巴一緊。「我們無意違反他們的市集休戰協定，而是等她離開市集，再把她給抓起來……」格魯布之後就不再說話，光仔細聆聽，偶爾還點點頭。

凡德摩試圖用右手把小刀從牆上拔出來，但刀子卡得很緊。

「是的，這或許可以安排。」格魯布對著話筒說，「呃，我的意思是說，會妥善安排的。當然，沒問題，我了解。對了，閣下，或許我們可以談談……」但對方已經掛了電話。格魯布盯著聽筒看了一會兒，放回話機架子上。「你還真的以為自己很聰明。」他喃喃自語。格魯布注意到凡德摩尷尬的處境後說：「不要動。」他往前傾，把釘在凡德摩左手背上的刀子從牆壁拔出來，放在桌子上。

凡德摩甩甩左手，活動一下手指，把刀刃上的灰泥屑擦拭乾淨。「誰打來的？」

「我們的雇主。」格魯布回答，「看來，另一個人無意解決這個問題。真是不夠老練，八成因為朵兒是女人的關係吧。」

「那麼，我們不能再去殺她了？」

「這個嘛，凡德摩先生，只是時間早晚的問題。現在，朵兒小姐似乎已經宣布，她今天晚上要在市集裡雇用一名保鏢。」

「所以？」凡德摩對著刀子插進手背之處吐了一口唾液，在刀子穿出掌心的位置也吐了一口。他用粗大的拇指擦揉著唾液，傷口隨即合攏、縮小，然後完全看不見了。

格魯布從地板上撿起他那件厚重、破舊的黑色外套穿上。「所以，凡德摩先生，我們何不也去雇用一名保鏢？」

凡德摩將小刀放回袖子上的皮套，穿上自己的外套，把雙手伸入口袋內掏摸，很高興地發現還有一隻幾乎原封未動的老鼠在口袋裡。很好，他肚子餓了。他用一種病理學家解剖自己唯一的真愛時所流露的強烈情感，仔細思考格魯布的最後一句話，明白他的夥伴邏輯有毛病。「我們不需要保鏢，格魯布先生。我們傷害人，不是被人傷害。」

格魯布把燈關掉。「喔，凡德摩先生……」他邊說邊享受這些文字的音調，他喜歡所有文字的音調。「如果你砍到我們，我們會流血嗎？」

凡德摩在黑暗中思索了一會兒，非常肯定地回答。「不會。」

「上層世界派來的奸細，」鼠言長老說，「啊？我應該把你從咽喉到胃部割出一道開口，再用你的內臟來算命。」

「聽我說，」理查背靠著牆壁，一把玻璃匕首正抵住喉結，「我想你有點誤會了。我叫理查·馬修。我可以證明自己的身分。我有借書證。信用卡。還有其他東西。」他急迫地加了一句。

因為有個瘋子就要用一塊碎玻璃割開自己的喉嚨，理查異常敏銳地注意到，大廳另一端的人全都伏在地板上，頭壓得很低。一個小黑影正沿著地面走向他們。「我想只要稍微思考一下，就能證明我們都是一群蠢蛋。」理查說。他搞不清楚這句話到底有什麼涵義，只是隨口說了出來；而且，只要他還在說話，就表示他還活著。「現在，你可以把那件東西拿開嗎？還有……抱歉，那是我的袋子！」一個穿著破爛、年近二十的瘦弱女孩，拿了理查的袋子，粗魯地將他的私人物品全部倒落在地上。

大廳中的人群仍低著頭，小黑影則愈靠愈近，最後來到理查周遭的人群旁。但他們全都看著理查，沒有一個人注意到小黑影。

那是一隻老鼠；牠抬起頭，好奇地望著理查。理查突然有個怪異短暫的印象：那隻老鼠曾用一隻油亮的小黑眼對自己眨了眨。接著老鼠發出一陣響亮的短促叫聲。

握著玻璃匕首的人下跪，圍在他身旁的人也跟著跪下。短暫遲疑之後，那名流浪漢——就是叫伊利亞斯德的那個人——也跪了下來，表情顯得更加尷尬。沒過多久，理查成了唯一站立的人。瘦弱女孩用力拉他的手肘，讓他也單腳跪下。

鼠言長老的頭壓得非常低，長髮都拖曳在地上。他對老鼠發出短促的聲音，時而皺起鼻子，時而露出牙齒，時而發出吱吱叫，就好像他也變成一隻巨大的老鼠似的。

「喂，什麼人可以告訴我……」理查咕噥道。

「安靜！」瘦弱的女孩要他閉嘴。

老鼠踏了一步，態度有點倨傲地跨進鼠言長老骯髒的雙手，那人恭謹地捧著老鼠，抬到理查面前。老鼠檢視理查的五官，尾巴微微擺動。「這位是灰毛部族的長尾族長，」鼠言長老說，「他說你看起來非常面熟，他想知道先前是否曾見過你。」

理查看著老鼠，老鼠也看著理查。「我想是有可能的。」理查承認道。

「他說他當時是為迪卡拉巴斯侯爵履行一項義務。」

理查更加仔細盯著老鼠。「就是那隻老鼠？對，我們見過面。事實上，我那時還用電視遙控器丟牠。」有些站在四周的人看來極為震驚，瘦弱的女孩甚至還尖叫了一聲。理查幾乎沒注意到他們；至少在眼前的瘋狂狀況中，還有他熟悉的東西。「哈囉，小鼠仔，真高興再見到你。你知道朵兒到哪裡去了嗎？」

「小鼠仔！」那女孩用一種介乎尖叫與驚恐嗆到的語調說道。她的破爛衣服上別著一個沾滿水漬的大紅鈕扣，就像釘在生日卡片上的那一種，黃色字母印著：I AM 11（我十一歲）。

鼠言長老揮舞手中的玻璃匕首，藉此告誡理查：「你不可以跳過我，直接跟長尾族長說話。」老鼠以短促的聲音發出命令，那人臉一沈。「他？」鼠言長老輕蔑地看著理查說，「不行，我不能放過一個人類。倒不如我直接把他的喉嚨割開，再丟給陰溝族……」

老鼠再次吱吱出聲，語氣非常堅決，然後從那人的肩膀跳到地上，消失在牆上為數眾多的一個洞孔裡。

鼠言長老站起身子，一百多隻眼睛同時看著他。他轉身面對大廳，注視自己的臣民，他們都還蹲跪在冒著油煙的火堆旁。「我不懂你們這群人在看些什麼？」他大叫，「誰在轉動鐵叉，嗯？你們想讓食物烤焦嗎？這裡沒什麼好看的，走開，快回去工作。」理查緊張地站起來，左腳已經麻了，他揉著讓血氣流通，腿就像扎上大小針般刺痛。鼠言長老看了伊利亞斯德一眼。「得把他帶到市集去，這是長尾族長的命令。」

伊利亞斯德搖搖頭，朝地上一啐。「不，我不要帶他去，會要了我這條命，那趟路。你們鼠言人一向待我不錯，但我不能回到那裡，這你是知道的。」

鼠言長老點點頭。他收起匕首，放在外袍的獸皮下，露出黃牙，對理查微微一笑。「你不知道自己剛才有多幸運。」

「我知道，」理查說，「我真的知道。」

「不，」那人說，「你不知道，你真的不知道。」他搖了搖頭，不可置信地自言自語，「小鼠仔。」

鼠言長老挽著伊利亞斯德的手臂，走了幾步路，到理查的聽力範圍之外，開始說話，邊說還不時回頭看著理查。

瘦弱的女孩正在吃理查帶來的香蕉，她那副狼吞虎嚥的吃相，是理查見過最沒有色情意味的吃法。「妳知道嗎，那原本是我的早餐。」理查說。女孩略帶內疚地抬頭看著他。「我叫理查，妳叫什麼名字？」

女孩幾乎把理查帶來的水果都吃光了。她嚥下最後一塊香蕉，稍微遲疑一下，淺淺一笑，說了幾個字，聽起來像是安娜希斯亞[1]。「我肚子餓了。」

「喔，我也是。」理查告訴她。

她瞄了一眼大廳另一頭的小火堆，再轉頭看看理查，又露出笑容。「你喜歡貓嗎？」

「喜歡，」理查回答，「我滿喜歡貓的。」

安娜希斯亞鬆了一口氣。「大腿？還是胸肉？」

那個名叫朵兒的女孩沿著短巷子往前走，後面跟著迪卡拉巴斯侯爵。倫敦還有一百多條像這樣的小街道或巷弄，是舊時代遺留下來的小痕跡，三百年來都沒改變，連尿液聞起來都跟三百年前佩皮斯[2]時代的尿味一樣。離破曉還有一小時，但天空已經開始發亮，轉變成荒涼的鉛灰色，一縷縷薄霧像飄浮在空中的蒼白幽靈。

大門用木板條粗略封了起來，上面貼著遭人淡忘的樂團或早就關門的夜總會海報。兩人站在大門前。侯爵仔細瞧著所有的木板條、釘子和海報，似乎沒有特殊之處，但他的表情本來就沒什麼變化。

「所以，這就是入口？」他問。

朵兒點點頭。「這是其中一個。」

侯爵把兩臂交疊在胸前。「那接下來呢？要說『芝麻開門』，還是要做什麼？」

「我不想做了，」朵兒說，「我真的不確定我們這樣做對不對。」

「好極了，」侯爵鬆開手臂，「那就再會嘍。」他腳踝一轉，準備沿著來時路往回走，朵兒一把抓住他的手臂，問：「你就這樣？要丟下我嗎？」

侯爵露出一副皮笑肉不笑的表情。「當然，我可是個大忙人。有事要處理，有人要照料。」

「好吧，等一下。」她放開侯爵的袖子，咬著下唇。「上次我還在這裡的時候……」她的聲音愈來愈細微，最後幾不可聞。

「上次妳還在這裡的時候，發現家人全都死了。嗯，就這樣，也沒什麼好解釋的。如果妳不打算進去，那我們的生意關係就到此結束吧。」

她抬頭望著侯爵，清秀的臉龐在曙光中顯得蒼白。「就這樣？」

「我只能祝福妳，未來的事業有更好的發展，但我恐怕很懷疑妳能不能活到開創事業的時候。」

「你真是了不起，對吧？」

侯爵沒有答話。朵兒走回門前。「好啦，來吧，我帶你進去。」她把左手放在封住的門板上，右手牽著侯爵的褐色巨掌，細小的手指與侯爵粗大的手指交握。她閉起眼睛。

1⊕編注：有麻木不仁之意。

2⊕佩皮斯（Samuel Pepys, 1633-1703）：英國海軍軍官，曾任海軍大臣、皇家學會會長，身後留下了長篇的個人日記。

……某個東西發出颯颯的聲響，開始抖動、改變……

……門往黑暗處崩潰了……

記憶仍然鮮明，僅是幾天前的事。朵兒穿進無門之屋，大聲叫喊：「我回來了，有人在家嗎？」她從前廳溜到餐廳，再到圖書室，接著到繪畫室，都無人回話。她又走向另一個房間。

家裡的游泳池位居室內，屬維多利亞式結構，用大理石和生鐵建造而成。朵兒的父親在還很年輕的時候發現這座棄置、即將拆除的游泳池，便將之納入無門之屋的結構內。或許在外面的世界、在倫敦的上層，這房間已經摧毀，早被遺忘。朵兒不知道家中各個房間實際上在什麼地方。她爺爺建造這棟房子時，橫跨整個倫敦，從這裡弄來一個房間，從那裡再弄來一個。這些房間各自分離，而且都沒有門。她父親後來又加了些房間上去。

朵兒沿著舊游泳池的邊緣漫步，很高興自己回到了家，但對家裡空無一人的情況感到不解。她接著低頭往下看。

有個人浮在水面上，身體後面跟著兩團血跡，一團從喉嚨流出來，另一團來自鼠蹊處。那是朵兒的哥哥。天啊，眼睛張得好大，瞳孔整個發白。朵兒發現自己張大了嘴巴，還聽得見自己的驚慌尖叫。

「好痛！」侯爵說。他用力揉著額頭，轉了轉脖子，像是要舒緩突發且疼痛的痙攣。

「回憶，」朵兒解釋，「都銘記在牆壁裡。」

他揚起一眉：「妳應該事先警告我。」

兩人來到寬闊的白色房間，每面牆上都掛滿圖片，每張圖片都是另一個不同的房間。白色房間沒有門——沒有任何出入口之類的東西。「這裝潢真有意思。」侯爵頗為讚賞。

「這裡是入口大廳，我們可以經由這裡到屋裡的任何一個房間，房間都是相連的。」

「其他房間在什麼地方？」

朵兒搖搖頭。「我不知道，可能在很遠的地方吧，都散落在下層世界的不同角落。」

侯爵邁開一連串急促的跨步，勉強把整個房間繞了一遍。「真是了不起！一個組合屋，每個房間都在其他地方，實在太有想像力了！朵兒，妳爺爺很有遠見。」

「我從來不認識他。」朵兒吞吞口水又繼續說，但語氣比較像自言自語。「我們在這裡應該很安全，應該沒人能傷害我們，只有我的家人能夠自由出入。」

「希望妳父親的日誌能給我們一些線索，」侯爵說，「我們從哪裡開始找起？」朵兒聳了聳肩。

「妳確定他有寫日誌？」侯爵再確認一次。

朵兒點點頭。「他一向都待在書房裡，把房間與外界的連結暫時封閉起來，一直到聽寫完紀錄為止。」

「那我們就從書房開始吧。」

「可是我已經看過了，真的，我看過了，就在我清理屍體的時候……」朵兒開始啜泣，發出低沈而粗嘎的嗚咽聲，聽起來像是從她體內猛抽而出。

「好了，好了。」迪卡拉巴斯尷尬地說，一邊輕拍她的肩膀，又補了一句：「好了。」他就是不善於安慰別人。

朵兒那對顏色奇異的眼睛裡充滿淚水。「你能不能……能不能給我一點時間？我馬上就沒事了。」侯爵點點頭，走到房間另一端。當他回頭看，朵兒仍獨自站在那兒，身影鑲嵌在掛滿圖片的白色入口大廳內。然後，她抱住自己，顫抖著，哭得像個小女孩似的。

理查還在為了損失袋子而氣惱。

鼠言長老仍待在原地。他聲明，長尾族長完全沒提到要把東西歸還給理查，只說要把理查帶到市集。然後長老告訴安娜希斯亞，由她負責將這個上層來的傢伙帶到市集去，而且，沒錯，這是命令。而且不要再哭哭啼啼的，趕緊出發吧。交代完畢後，鼠言長老轉頭對理查說，如果讓他（也就是鼠言長老），再看到他（指理查），那麼他（還是指理查）麻煩就大了。他最後重申一次，說理查根本不知道自己有多麼幸運。理查要求把東西還給他——至少皮夾得還吧——但鼠言長老不予理會，直接把兩人帶到一扇門前，等他們進去之後就把門鎖了起來。

理查和安娜希斯亞並肩走進黑暗。

她手上拿著一盞用蠟燭、罐頭、幾根鐵線和廣口玻璃瓶臨時拼湊而成的提燈。理查對自己的眼睛這麼快就能適應黑暗而感到訝異。他們似乎正穿越一連串的地窖和地下儲藏室。理查偶爾會認為自己在地窖遠方角落看到動靜，但不管那是人類、老鼠或其他東西，等他們到達時，都早就不見蹤影。理查試著把那些動靜告訴安娜希斯亞，她卻總是發出噓聲要理查安靜。

理查感到臉上一陣冷風。鼠女毫無預警地蹲了下來，把提燈放在一旁，使勁拉著牆上的格狀鐵窗。窗子突然打開，讓她跌了個四腳朝天。她作勢要理查爬進去。理查蹲下，慢慢鑽進牆上的洞，大概爬了一呎左右，地板整個不見了。「喂，」他低聲說，「這裡有個洞。」

「那洞不會很深，」女孩告訴他，「繼續走。」

女孩隨手關起鐵窗。她現在很不舒服地擠在理查身旁。「拿去。」她將提燈遞給理查，讓他握好把手，費勁地爬進漆黑一片的洞裡。「好了，」她說，「沒有看起來那麼可怕，對吧？」她的臉出現在理查懸空的腳下幾呎處。「來吧，把提燈拿給我。」

理查把提燈移下去，女孩必須用跳的才搆得著。「現在，」她低聲說，「你可以下來了吧。」理查緊張兮兮地往前挪，爬過邊緣，懸空一會兒之後，才把兩手放開。他手腳著地，落在潮溼的軟泥上，他把手上的泥巴抹在運動衫上。前方幾呎處，安娜希斯亞正打開另一扇門。一等兩人穿門而過，她隨即關門。「我們現在可以說話了。不能很大聲。但如果你想說話，我們可以說。」

「喔，謝了。」理查應道，想不出要說些什麼。「呃，妳是老鼠，對吧？」

女孩咯咯笑了起來，像日本女孩似的，笑的時候還用手捂著自己的臉。她接著搖搖頭，「我才沒那麼幸運呢！不，我是鼠言人，我們跟老鼠交談。」

「什麼，只是跟牠們聊天？」

「喔，不只。我是說，我們還幫牠們做事。」她的語調暗示著一些根本不會在理查的腦海裡出現的事物。「你知道，有些事情老鼠沒辦法做。我是說，沒有手指、沒有拇指、沒有一些東西。啊，不要動……」她突然把理查壓在牆上，用一隻污穢的手捂住他的嘴，把燭火吹熄。

什麼事也沒發生。

然後理查聽到遠方傳來說話聲。兩人在寒冷的黑暗中靜靜等待，他打了個哆嗦。有些人從他們身旁走過，彼此低聲交談。等到所有聲音都靜止之後，安娜希斯亞才把手從理查嘴巴上移開，重新點燃蠟燭，繼續前進。「他們是什麼人？」理查問。

女孩聳了聳肩膀。「那不重要。」

「妳怎麼知道他們見到我們不會很開心？」

她用一副相當悲哀的表情看著理查，就像母親試圖向幼兒解釋：**是的，這把火很燙！所有的火焰都很燙，請相信我**。「走吧，我知道一條捷徑，可以讓我們更快通過倫敦上層。」他們爬了幾階石梯，女孩又推開一扇門。穿過後，門也隨之關了起來。

理查一臉茫然，看著四周。他們正站在河堤上，這條幾哩長的步道，是在維多利亞時代沿著泰晤士河北岸建造而成，包含下水道系統和新建造的地鐵特區線，取代了前五百年在泰晤士河沿岸發出惡臭的淤泥灘。現在仍是晚上——或許是隔天晚上——理查不確定他們在黑暗的地表下到底走了多久。

月亮未露臉，但夜空相當清爽，秋天的星辰閃爍其間。還有許多街燈、建築物、橋上燈火，看起來像是地表上的繁星點點，隨著泰晤士河夜晚的流動而閃爍不定，映照這座城市。理查心想：**真是人**

間仙境。
安娜希斯亞吹滅燭火。理查問：「妳確定這樣走沒錯嗎？」
「確定，」她回答，「絕對不會錯。」
他們慢慢接近一張木頭長椅，理查一看到，就好像那張長椅是他這輩子最想要的東西之一。「我們可以坐下來嗎？只要一下子就好。」
女孩聳聳肩，他們分坐兩頭。「星期五那天，我還在倫敦一家非常出色的投資分析公司上班。」
「投資是什麼東西？」
「是我的工作。」
她滿意地點點頭。「好吧，然後呢？」
「沒什麼，只是讓我想起自己而已。昨天……對這裡的人而言，我好像不存在似的。」
「那是因為你真的不在啊。」安娜希斯亞解釋。
深夜中的一對情侶沿著河堤朝他們慢慢走來，手牽著手，坐在長椅中央，剛好介於理查跟安娜希斯亞中間，然後開始激情擁吻。「喂！」理查對他們叫道。男人把手伸進女人的毛線衣裡，熱情遊走，就像孤身的旅人發現未經探索的新大陸。「我要回到原先的生活。」理查對這兩人說。
「我愛妳。」男人對女人說。
「但你老婆……」她邊說邊舔著男人的側臉。
「叫她去死。」男人說。

「別這樣，」女人醉醺醺地咯咯發笑，「人家倒是想爽到死……」她把一隻手放到男人的褲襠上，還咯咯笑個不停。

「走吧。」理查對安娜希斯亞說，覺得這張長椅已經變成他不太想待的地方。他們起身離去。安娜希斯亞好奇地回頭瞄了長椅上的情侶一眼，那兩人已經快要完全躺平了。

理查悶不吭聲。「有什麼不對勁嗎？」安娜希斯亞問。

「每件事都不對勁！」理查回答，「妳一直都住在地底嗎？」

「才不是，我是在這裡出生的。」她遲疑了一下，「你又不想知道我的事情。」理查幾近訝異地發現，自己真的想知道。

「我想知道，真的。」

女孩用手指撫摸脖子上那條項鏈粗糙的石英串珠。她吞了口水，說：「本來有我，我媽媽，還有一對雙胞胎……」她突然不再說話，嘴巴緊緊閉著。

「說吧，」理查說，「沒關係的，真的。」

女孩點點頭，深呼吸，繼續說。她說話時，沒看著理查，而是盯著前方的地面。「嗯，我的母親生了我，還有兩個妹妹。但她神智有點不太正常。有一天，我從學校回到家，看到她一直哭、一直哭，身上都沒有穿衣服，還一直摔東西，像是盤子之類的。但她從來不打我們，一次也沒有。那個社會局的女士來把雙胞胎帶走了，而我則必須去跟姨母住。她那時跟那個男的住在一起，我很討厭那個人，尤其是我姨母不在家的時候……」女孩的聲音突然停歇，沈默了好長一段時間，理查還以為她說完了。但她又接著說下去：「反正，他常打我，欺負我。最後，我告訴姨母，結果她就開始打我，說我說謊，說要叫警察把我抓走。但我沒有說謊，所以我就逃走了。那天是我的生日。」

他們走到亞伯特橋，這座庸俗的歷史建築連接了河堤尾端的契爾西區與南邊的巴特西區。橋上掛著數千盞白色小燈。

「我沒有地方可以去，天氣又好冷。」女孩又停頓下來。「我睡在街上，所以趁白天比較暖和的時候睡覺，晚上就不停到處亂逛。那個時候我才十一歲。偷別人家門階上的麵包和牛奶來吃，可是我討厭做這種事情，所以開始到街上的市場閒晃，拿爛蘋果和橘子和別人丟掉的東西。然後，我病得非常重，那時我住在諾丁丘的天橋下面。等我醒過來，人已經在倫敦下層了。那些老鼠發現了我。」

「妳有沒有想辦法回到以前的生活？」理查問，還比手勢：那些安靜、溫暖、有居民的房子，開夜路的汽車，真實的世界……她搖搖頭。**所有的火都會燙傷人，小寶貝，你終究會知道的。**「你別妄想了。只能二選一，沒有人可以兼得。」

「我很難過。」朵兒遲疑地說。她的眼珠布滿血絲，看起來好像用力擤過鼻子、擦掉過眼窩跟臉頰上的淚痕。

侯爵等著她恢復，一邊從外套眾多口袋中的一個拿出幾枚舊硬幣和骨頭，玩起擲蹠骨遊戲，藉此打發時間。他抬起頭冷冷看著朵兒。「真的嗎？」

她咬著下唇。「不，不是真的，我不覺得難過。我只是一直在拚命跑，拚命躲，拚命跑……這是我第一次有機會可以……」她沒再說下去。

侯爵一把撈起所有的硬幣和骨頭，放回原先的口袋。「妳先走。」他跟在朵兒背後，來到掛滿圖片的牆壁前面。朵兒把一手放在父親書房的圖片上，再用另一手抓著侯爵粗大的黑手。

……現實時空開始扭曲……

他們在溫室裡澆花。波緹亞會先為一株植物澆水，將水流導引到植物根部的泥土，避開葉子和花瓣。「把水澆在鞋子上，」她告訴自己最小的女兒，「不是澆在衣服上。」

英格絲有自己專用的小灑水壺，她對此非常自豪。這個灑水壺跟她母親的一樣，都是用鋼做成，再漆上亮綠色。母親每澆完一株植物，英格絲就會用她的小灑水壺再澆一次。「澆在鞋子上。」她告訴母親。小女孩開始笑著，最後忍不住大笑起來。

她母親也笑了起來，直到狡猾的格魯布突然將她的頭髮用力往後扯，從一隻耳朵到另一隻耳朵，將她白皙的喉嚨割斷為止。

「嗨，老爸。」朵兒輕聲說。

她用手指輕觸父親的胸膛，撫摸臉部輪廓。那是個瘦削、禁慾的男人，頭髮幾乎掉光了。看起來像普羅佩洛那樣的獨裁者[3]，迪卡拉巴斯侯爵心想。他覺得有點不太舒服，最後一幅影像令他痛苦，但他還是進入了波提科伯爵的書房。這是他初次造訪。

侯爵看了一下房間，環顧周遭的每個細節。從天花板懸吊下來的充填鱷魚；皮面精裝書，一副星盤、一個凸透鏡和一個凹透鏡，模樣古怪的科學儀器；各牆面掛著他從未聽過的國家和城市的地圖。有張書桌，上面堆放手寫信件；書桌後面的白牆上有塊紅褐色血跡。桌上放著一小張朵兒的全家福照片，他把目光停在上面。「妳母親、妳妹妹、妳父親、妳哥哥，全都死了。妳是怎麼逃過一劫的？」

朵兒把手放了下來。「我只是運氣好，離家到外面去探索了幾天……你知道基爾本河附近還有一些羅馬軍隊駐紮嗎？」

侯爵不知道此事，因而有點惱怒。「嗯，有多少人？」

朵兒聳了聳肩。「幾十個。我想，他們應該是第十九軍團的逃兵吧，我的拉丁文不是很靈光。總之，我回來的時候……」她哽咽、暫停，蛋白色眼睛注滿淚水。

「振作一點，」侯爵扼要地說，「我們需要妳父親的日誌，我們必須找出是誰幹的。」

朵兒對著他皺眉頭。「我們早就知道是誰幹的，就是格魯布和凡德摩……」

他張開一隻手，邊說邊晃動手指。「他們只是爪牙而已，背後還有一個頭目下達命令，要置妳於死地。那兩個傢伙的價碼可不便宜。」他環視著凌亂的書房，問道：「他的日誌在哪裡？」

「不在這裡。早告訴過你，我找過了。」

3⊕普羅佩洛（Prospero）：沙翁名劇《暴風雨》中的一名魔法師，同時也是一座島嶼的統治者。有人認為普羅佩洛就是沙士比亞的自我寫照。

「我還以為妳的家族都很擅長找門，不管是明顯的門，還是隱藏的門。」

朵兒怒目瞪了他一眼，然後閉上眼睛，將食指和拇指放在鼻梁兩側。同時，侯爵檢視波提科書桌上的物品：一個墨水臺、一枚棋子、一顆獸骨骰子、一只金懷錶、幾枝鵝毛筆，還有……

有意思。

那是座小型雕塑，像是野豬或蹲伏的熊，也可能是公牛，總之很難說。它的大小跟大型棋子差不多，用黑曜石粗略雕刻而成。它讓侯爵想起某種東西，卻說不出是什麼。侯爵若無其事地拿起來，加以翻轉，用手指摸了摸。

朵兒把手從自己的臉移開，看起來既茫然又困惑。「有什麼問題嗎？」侯爵問。

「是在這裡。」她直截了當回答，然後穿過書房，頭先轉向一邊看看，再轉向另一邊。侯爵慎重地將雕刻品滑進內袋。

朵兒站在一座高高的書櫃前。「這裡。」她伸出一隻手，發出一陣喀嚓聲，書櫃側面一塊小面板應聲翻了開來。她把手伸進漆黑，拿出一個大小和形狀都跟小砲彈差不多的東西，交給侯爵。那是一個球，用黃銅和刨光的木材做成，裡面嵌入磨亮的赤銅和玻璃鏡片。侯爵從她手中接過物品。

「就是這個？」

朵兒點點頭。

「幹得好。」

她表情黯然，「我搞不懂先前怎麼會找不著。」

「當時妳很沮喪，」侯爵安慰她，「我認定它就在這裡，而我又很少犯錯。那麼……」他把小木球高高舉起，光線從磨亮的鏡片透射進去，黃銅和赤銅的配件也閃爍著光芒。他痛恨承認自己對某件事情一無所知，但他還是開口問了：「這東西怎麼用啊？」

安娜希斯亞帶著理查來到橋南端的小公園，沿著牆邊的石階往下走。她重新點燃廣口瓶裡的蠟燭，打開一扇工人出入的門，進去後隨手關上。他們又走下幾級階梯，四周籠罩著黑暗。

「有個叫做朵兒的女孩，」理查說，「她年紀比妳小一點，妳認識她嗎？」

「朵兒小姐，我知道她。」

「那麼，她是哪個莊園的？」

「不是莊園，她是雅克家族[4]的後裔，她的家族曾經非常顯赫。」

「曾經？他們怎麼了嗎？」

「有人把他們全殺了。」

啊，理查現在想了起來，迪卡拉巴斯侯爵提過此事。一隻老鼠突然從他們前面跑出來。安娜希斯亞停在石階上，恭謹行禮。「大人好。」她對老鼠說。理查則隨口說了一句：「嗨。」老鼠只看了兩人一眼，便朝石階急奔而下。「對了，」理查問，「流動市集是什麼？」

4⊕雅克，原文為Arch，有拱門、拱廊之意。

「非常大，」女孩說，「不過，鼠言人很少需要去那裡。老實說……」她遲疑了一下。「不行，你一定會笑我。」

「不會。」理查誠懇地說。

「好吧，」女孩說，「我有點害怕。」

「害怕？市集有什麼好怕？」

他們這時走到石階底，安娜希斯亞猶豫了一下，然後往左轉。「喔，不。市集有個休戰協定，如果有人敢在那裡傷害別人，整個倫敦下層的人都會蜂擁而出，對付那個人。」

「那妳還有什麼好怕呢？」

「到那裡的路程才可怕。市集每次都在不同的地方舉行，所以才叫流動市集。到那裡的時間，會是今天晚上……」她撫弄著脖子周圍的石英珠子，神色緊張。「而我們又必須經過一個非常危險的區域。」她聽起來確實很害怕。

理查壓抑住伸手環抱她肩膀的念頭。「那個區域是指哪裡？」女孩轉身面向理查，將頭髮從眼睛前面撥開，告訴了他。

「騎士橋？」理查複述一次，然後輕聲咯咯笑著。

女孩掉頭就走。「看吧？我就說你會笑我。」

這些深埋在地底的隧道，是在二次大戰早期為了建造倫敦地鐵北段延伸的高速線而挖掘的。數千名英國士兵駐紮在這裡，他們的排泄物須利用壓縮空氣排放到遠在上方的下水道。隧道兩側擺設了一長串鐵架床鋪，讓士兵睡覺用。大戰結束後，這些鐵架床仍留在原地，鐵線床面下方堆放許多硬紙箱，每個箱子都裝滿信件、檔案、紙張。這些祕密——最無聊的那一種——就這樣堆放在地底，最後給遺忘了。一九九〇年初期，隧道因經濟考量而完全封閉，那一箱箱祕密被搬走，經由掃瞄儲存在電腦裡，要不以碎紙機銷毀，要不直接燒掉。

瓦爾尼就住在地底隧道的最底層，遠遠位於肯登城地鐵站的正下方。他用廢棄的鐵架床堵住唯一的出入口，加以裝飾。他喜歡武器，還自己動手做，利用各種撿來、拿來或偷來的東西，像是汽車或機械零件，改造成鉤子、彈簧刀、十字弓、弩箭、棍子、闊劍、圓頭棒，還有用來打破城牆的小型投石器和拋石機。這些就懸掛在隧道的牆壁上或角落裡，看起來很不友善。

瓦爾尼看起來和公牛沒什麼兩樣，只不過這頭公牛剃光了毛髮，角也拔掉，全身刺滿刺青，牙齒幾乎斷光。此外，還會打鼾。他腦袋旁的油燈調得很暗。此刻，他正在一堆破布上頭呼呼大睡，一把自製雙刃劍的劍柄就放在手邊的地上。

有隻手把油燈調亮。

瓦爾尼把雙刃劍抓在手中，眼睛還沒完全睜開，已經站了起來。他眨了眨眼，環顧四周。四下無人，那堆堵住出入口的鐵架床也沒動過。他放低手中的劍。

一個聲音說：「喂！」

「嗯？」瓦爾尼應道。

「沒想到吧。」格魯布走到光線下。

瓦爾尼退了一步。這是個錯誤：一把匕首抵住他的太陽穴，刀尖就在他的眼睛旁。「我勸你不要亂動，」格魯布用和善的語氣說，「否則凡德摩先生那把討人厭的舊尖刀，可能會造成一點小意外。大部分的意外都是在家裡發生的，我說得沒錯吧，凡德摩先生？」

「我不相信統計數字。」凡德摩單調的聲音回答。一隻戴著手套的手從瓦爾尼身後伸了出來，捏彎他的劍，把這團扭曲的東西丟到地上。

「你好嗎，瓦爾尼?」格魯布問，「我們相信你為了今晚的市集，一定把身心狀況都調整好了吧，嗯?你知道我們是誰嗎？」

瓦爾尼盡其所能，用最簡單的方法點了點頭，這動作事實上不必牽引任何一條肌肉。他知道格魯布和凡德摩是什麼來歷。他的眼睛在牆上搜索。啊，有了。流星鎚！一顆插滿鐵釘的木球，連在一條鐵鏈上，在房間遠遠的一角……

「據說有位年輕小姐會在今晚挑選保鏢，你有沒有想過要接下這項任務？」格魯布剔著他那墓碑般的牙齒。「我要聽到明確的回答。」

瓦爾尼使出看家本領，用意志力撿起流星鎚。現在……輕輕地……慢慢地……他將流星鎚從掛鉤拿下，再拉到隧道的圓弧頂端……然後，他嘴巴說著：「瓦爾尼是下層世界最厲害的刺客和守衛。別人說我是獵人之後的第一人。」

瓦爾尼用意志力將流星鎚移到格魯布腦門上方的陰影處。他會先打碎格魯布的腦袋，然後把凡德摩解決掉……

流星鎚朝格魯布的腦袋急落，瓦爾尼趁機撲到地上，躲開對著自己眼睛的尖刃。格魯布沒抬頭看，也沒轉身，只是極為迅速地移開頭，流星鎚隨即從他身旁掠過，砸在地上，激起許多磚頭和水泥碎片。凡德摩用單手抓起瓦爾尼。「扁他？」他問自己的搭檔。

格魯布搖搖頭：**還不行**。他對瓦爾尼說：「還不錯嘛。聽好，『最厲害的刺客和守衛』，我們要你今晚到市集去。我們要你不管用什麼手段，都得成為那位年輕小姐的貼身保鏢。等你拿到工作之後，有件事情不要忘了：你可以保護她躲開全世界的各種麻煩，不過，我們要她的時候，你得閃到一邊去。聽懂了嗎？」

瓦爾尼用舌頭舔了舔牙齒的缺口。「你是在賄賂我嗎？」

凡德摩撿起流星鎚，用另一隻手一段一段把鐵鏈扯下，將扭曲的鐵環丟到地上。**喀噹**。「不是。」凡德摩說。**喀噹**。「我們是在恐嚇你。」**喀噹**。「如果你不照格魯布的話去做，我們就……」**喀噹**。「……把你海扁得……」**喀噹**。「痛痛快快，之後再……」**喀噹**。「……把你宰了。」

「啊，」瓦爾尼說，「那我不就得為你們工作了？」

「嗯，沒錯。」格魯布說，「恐怕我們沒有什麼商量的餘地了。」

「這對我不是問題。」瓦爾尼說。

「很好，」格魯布說，「歡迎加入。」

這是一具優雅的大型機械裝置，以刨光的胡桃木和橡木、黃銅和玻璃、赤銅和透鏡、用來鑲嵌的象牙雕刻、石英稜鏡、黃銅齒輪和彈簧建造而成。整個裝置比寬螢幕電視還要大許多，但它本身的螢幕不超過六吋。裝在裡面的放大鏡可以將照片的尺寸擴大，側面有個很大的黃銅號角——模樣就像老式留聲機上的喇叭。如果牛頓在三百年前發明出電視機和錄影機的混合體，整個機械裝置看起來就會像這個樣子。其實，那看起來差不多就是這個樣子。

「看好嘍。」朵兒說完，把木球放到平臺上。光線穿過機械裝置，投射到球體裡，木球開始不停旋轉。

一張貴族臉龐出現在小螢幕上，顏色鮮明生動。過沒多久，號角傳出說話聲，其中還夾雜著細碎的爆裂聲。「……這兩座城市居然這麼靠近，」那聲音說，「但所有事物卻那麼遙遠。一邊是位居上位的擁有人，一邊是一無所有的人，而我們則介於兩者之間，生存在夾縫之中。」

朵兒注視著螢幕，看不見她臉上的表情。

「……儘管如此，」她父親說，「我還是認為，讓我們這些下層世界的居民陷入泥沼的，就是我們心胸狹窄的黨派之爭。貴族階級和封建體制不但荒謬，而且會造成分裂。」波提科伯爵穿著熏染煙塵的舊外套，戴著無邊便帽。他的聲音彷若跨越了幾世紀，而不是幾天或幾個星期。他咳了一聲。「並非唯獨我有這樣的想法。有些人希望看到事情維持現狀，有些人希望情況惡化，還有些人……」

「妳可以把速度調快嗎？」侯爵問，「直接跳到最近的紀錄？」

朵兒點點頭。她扳動側面的象牙槓桿，影像隨即重疊，破碎，又重整。

波提科伯爵現在穿著一件長外套，無邊便帽不見了，臉部側面有一道鮮紅色傷口。他不再坐在書桌前，說話聲很小，很急促。「我不知道誰會看到這段影片，也不知道誰會發現。但無論你是誰，請把影片交給我的女兒，朵兒，如果她還活著……」突然間，一連串靜電雜訊把畫面和影像都消除了。接著，「朵兒？孩子，情況很糟，我不知道還剩多少時間，他們就會找到這裡來。我想，我可憐的波緹亞，還有妳的哥哥跟妹妹，都已經死了。」聲音和畫面品質開始變差。

侯爵瞄了朵兒一眼，她已滿臉淚痕：淚水從眼裡流出來，沿著臉頰閃著光芒。她顯然沒察覺自己正在哭，因而也沒想到要把淚水擦拭掉。她只是盯著父親的影像，聆聽父親說的話。喀啦——嗶滋嗶滋——喀啦。「聽我說，女兒，」她過世的父親說，「去找伊斯靈頓……妳可以信賴伊斯靈頓……妳一定要信任伊斯靈頓……」他的影像開始模糊，鮮血從他的額頭流進眼窩，他隨手擦掉。「朵兒，為我們報仇，為妳的家人報仇。」

黃銅號角傳出砰的一聲巨響。波提科轉頭看著螢幕外的地方，既緊張又困惑。「怎麼回事？」他說，然後走出鏡頭。有段時間，螢幕裡的影像都沒變化，一直顯示書桌與後面的白色牆壁。接著，一道鮮血呈弧形飛濺到牆壁上。朵兒啪地彈動側面槓桿，讓螢幕變成空白，然後轉過頭去。

「拿去。」侯爵遞了一條手帕給她。

「謝謝。」她擦乾臉上的淚水，用力擤了擤鼻子，看著遠方。最後，她說：「伊斯靈頓。」

「我從沒跟伊斯靈頓有過交易。」侯爵說。

「我還以為那只是傳說。」她應了一句。

「絕對不是。」侯爵走到書桌另一頭，拿起金色懷錶，用拇指打開。「手工真細。」他端詳著。

朵兒點點頭。「那是我父親的。」

侯爵喀啦一聲把懷錶蓋上。「該去市集了，就快開市了，時間先生可不是我們的朋友。」

朵兒又擤了一次鼻涕，雙手深深插入皮夾克的口袋，轉過身來，稚嫩的臉龐蹙著眉頭，顏色奇特的眼珠閃爍光芒。「你真的認為我們可以在市集裡找到保鏢，足以對付格魯布和凡德摩？」

侯爵露出白牙對她微笑。「自從獵人隱退之後就沒有人了。找不到的。老實說，我打算馬虎一點，找個可以拖延時間，讓妳及時脫身的人。」他將錶鏈尾端扣在自己的背心上，把懷錶滑進襯衫口袋裡。

「你在做什麼？」朵兒問，「那是我父親的懷錶。」

「他再也用不著了，對吧？」他把金色錶鏈調整了一下。「好了。嗯，看起來真優雅。」他注意到朵兒臉上的神色迅速轉換：起初是相當生氣，最後則是無可奈何。

朵兒最後只說了一句：「我們該走了吧。」

「騎士橋離這裡不遠了。」安娜希斯亞說。

理查希望她說的是真話。他們現在已經點了第三根蠟燭，燈光在滲出水的牆壁上閃爍不定，向前延伸的通道似乎永無盡頭。理查很驚訝他們還在倫敦下面，而且對於已經快走到威爾斯，感到半信半疑。

「我真的很害怕，」女孩繼續說，「我以前從來沒越過那座橋。」

「妳不是說妳去過那個市集了嗎？」理查感到大惑不解。

「那是流動市集啊，呆瓜，我早就告訴過你了。它會移來移去，每次的地點都不一樣。我上次去的地點，是在大鐘塔裡面，那個叫做大什麼鐘的。另一次是在……」

「大笨鐘？」理查猜測。

「或許吧。我們是在一個有許多大齒輪不停轉動的地方，我就是在那裡弄到這個的……」她晃了晃脖子上的項鏈，晶瑩的石英在燭火照耀下散發黃色微光。她像孩子般笑了起來。「你喜歡嗎？」

「很漂亮，貴不貴？」

「我用一些東西換來的，這裡的交易方式是以物易物。」他們在角落轉了個彎，橋隨即映入眼簾。理查心想，這可能是五百年前泰晤士河上的橋梁之一：一座巨大石橋橫跨一大片黑色缺口到右邊；但橋梁上頭不見天空，橋下也不見水波，只是往黑暗延伸。理查不禁納悶：是誰建造了這座橋？什麼時候建的？他很好奇像這樣的東西怎能存在於倫敦下層，卻不為人所知？理查突然感覺胃部下陷，他意識到自己對這座橋本身產生了極度恐懼。

「我們一定得跨過嗎？不能走別的路去市集嗎？」他們在橋頭停了下來。

安娜希斯亞搖搖頭。「我們可以進入市集的所在地，但市集實際上不在那裡。」

「呃？這太荒謬了吧！我是說，東西要嘛在一個地方，要嘛就不在，不是嗎？」

女孩搖搖頭。後面傳來一陣吵雜聲，有人把理查推倒在地。他抬頭往上一看，一個塊頭很大的傢伙正惡狠狠瞪著他。此人刻著粗陋的刺青，穿著像是用汽車裡割下來的橡膠和皮革胡亂拼湊的衣服。大塊頭後面還有十幾個人，男的女的都有，像要去參加某個低格調化裝舞會的痞子。「有人……」瓦爾尼說，心情似乎不太好，「擋住我的去路。那人走路的時候，應該把照子放亮一點。」

理查小時候，有一次從學校走回家的路上，在路旁水溝裡遇到一隻老鼠。老鼠一看到他，馬上用後腿直立，又叫又跳，嚇壞了理查。他往後退了幾步，心裡對一隻這麼小的老鼠竟然願意和比自己大那麼多的人類相抗，感到十分訝異。現在，安娜希斯亞就站在理查和瓦爾尼中間。她的體型還不到對方的一半，但她瞪視著那名巨漢，露出牙齒，像生氣的老鼠般發出尖叫聲。瓦爾尼退了一步，朝理查的鞋子一啐，轉身走開，帶著他那群跟班跨橋而過，隱沒到黑暗之中。

「你還好吧？」安娜希斯亞問，一邊扶理查站起身。

「我沒事，」理查說，「妳剛才真是勇敢。」

她不好意思地低下頭。「我才不勇敢呢。我還是很怕那座橋，就連他們也怕。這就是他們一起過橋的原因，人多比較安全。」

「如果你們打算過橋去，那我跟你們一起走。」一個圓潤而性感的女性聲音，從他們背後傳了過來。理查辨認不出女人的口音，他轉過身子，看到一個身材高挑的女人站在那裡。女人有一頭黃褐色長髮，皮膚呈蜜色，身上穿著摻雜灰色和棕色的斑紋皮衣，一只壓扁的皮製行李袋背在肩上。她拎著棍子，皮帶上套著匕首，腕間還掛著手電筒。毫無疑問，她是理查見過最美的女人。

「人多比較安全，歡迎妳跟我們一起走。」他稍微遲疑一下，說，「我叫理查．馬修，這是安娜希斯亞，她是我倆當中唯一知道自己在做什麼的人。」鼠女顯得洋洋得意。

穿皮衣的女人上下打量了理查一番。「你是從倫敦上層來的。」她對理查說。

「沒錯。」儘管理查對這個陌生的異世界仍有強烈的迷失感，但他至少學會了該如何玩這場遊戲。他的腦袋還是想不通自己到底在什麼地方、為何會在此處，但已經有辦法依循這裡的規則。

「跟鼠言人一起走？我的天！」

「我是他的守護人。」安娜希斯亞用不服輸的口氣說，「妳是誰？妳效忠什麼人？」

女人微微一笑。「我不效忠任何人。你們有人走過夜晚的騎士橋嗎？」安娜希斯亞搖搖頭。「這樣不是太有趣了嗎？」

他們走向橋面。安娜希斯亞將提燈交給理查，說：「拿去。」

「謝謝。」理查看著穿皮衣的女人，「真的有什麼很可怕的東西嗎？」

「只有橋上的夜色。」她回答。

「橋上的約瑟？」

「我是說夜色，白天結束後的黑夜。」

安娜希斯亞的手在黑暗中探尋著理查的手，理查將她的小手緊緊握在手中，她回眸笑了笑，也緊握著。一踏上夜晚的騎士橋，理查便開始了解黑暗：黑暗是真正而實體的存在，絕非只是缺乏光線而已。他感覺黑暗碰觸到皮膚，尋找著、游移著、探索著，滑過自己的思緒，滑進肺部，跑到眼球後面，從嘴巴溜了進去……

他們每走一步，燭光就暗了一分。理查發現同樣的情形也發生在皮衣女人拿的手電筒上。他覺得不太像是光線轉弱，反倒像是黑暗轉強。他眨了眨眼，專注看著前方——除了完全徹底的黑暗之外，什麼也沒有，只有樹葉沙沙作響或某種東西蠕動的聲音。理查眨著眼，在黑暗中什麼也看不見，四周的響聲更加邪惡、更加饑渴。他想像自己聽得到一些聲音：一大群醜惡的巨魔就在橋下……

黑暗中有個東西從他們身旁溜了過去。「那是什麼？」安娜希斯亞發出短促的尖叫聲，她的手在理查手中顫抖。

「噓——」女人低聲說，「別吸引它的注意。」

「怎麼回事？」理查低聲問。

「黑暗降臨了，」皮衣女人非常小聲地說，「夜晚降臨了。從穴居時代開始，所有的夢魘就會在日落後跑出來，那時我們怕得依偎在一起，好獲得安全、獲得溫暖。現在，這些夢魘已經降臨。」女人告訴他們。「現在，害怕黑暗的時刻到了。」理查知道有東西正要爬上自己的臉孔，他閉上眼，但這與他目前看到或感受到的沒有差別。黑夜完全籠罩，幻覺也開始產生。

他看到一個翅膀和頭髮都起火燃燒的人影，穿過夜色，朝他落了下來。

他舉起手臂揮舞，但什麼東西也沒有。

潔西卡看著他，帶著輕蔑的眼神。他想對潔西卡大喊，說他很抱歉。

一步接著一步走。

他是個小孩子，晚上從學校走回家，沿著沒有街燈的馬路走。無論他走了多少次，都沒變得比較容易，也沒變得比較好。

他在下水道深處，迷失在迷宮中。野獸正等著他。他聽得到水滴緩慢的滴落聲。他知道野獸正等著他。他握緊長矛，野獸的喉嚨深處發出低沈怒吼，從他身後傳來。他轉身。野獸以折磨人的緩慢速度，在黑暗中慢慢朝他衝來。

野獸全力衝刺。

他死了。

繼續往前走。

野獸以一種折磨人的緩慢速度，在黑暗中一次又一次，慢慢朝他衝來。

黑暗中傳出劈啪聲響，一陣火焰亮得刺眼，嚇得理查瞇起眼睛，往後退了一步。那是燭火，就在玻璃瓶裡面。他從不知道一根蠟燭可以燒得多麼明亮。理查托住提燈，喘了幾口氣，深呼吸，身體微微顫抖，心臟劇烈跳動，但緊張的情緒已經放鬆。

「看來我們成功過橋了。」皮衣女子說。

理查的心臟在胸腔裡跳個不停，導致他有段時間沒辦法說話。他強迫自己調和呼吸，冷靜下來。他們在很大的前廳裡，和另一端的前廳完全一樣。事實上，理查有種奇怪的感覺：這裡就是他們剛才離開的房間。但此處的陰影更加深沈，還有些殘像在他眼前飄浮，就像眼睛在相機閃光燈照射後看到的東西一樣。「我想，」理查吞吞吐吐地說，「我們沒有真的遇到什麼危險吧……那就跟鬼屋一樣，不過就是黑暗中有些聲響……其他都是想像力作祟。真的沒有什麼事情好怕的，對吧？」

女人近乎憐憫地看著理查。他恍然發覺，已經沒人牽他的手了。「安娜希斯亞？」

橋頂端在黑暗中傳來輕柔的聲音，像是樹葉沙沙作響，或嘆息聲。幾顆形狀不一的石英珠子沿著彎曲的橋面，啪嗒啪嗒朝他們滾了過來。理查撿起一顆：是從鼠女的項鏈上掉落的。他張大了嘴，卻發不出聲音。然後他找到自己的聲音。「我們最好……我們得掉頭回去，她……」

女人舉起手電筒，讓燈光照在橋面上。理查可以一路看到整座橋，但上面空無一物。「她到哪裡去了？」

「不見了，」女人冷漠地說，「黑暗把她抓走了。」

「我們得趕緊想想辦法。」理查著急地說。

「想什麼辦法？」

理查再次張開嘴巴，這次卻無話可說，只好閉上。他用手指撫摸著石英珠子，同時看著地上其他的珠子。

「她不見了，」女人說，「過橋是要通行費的，你該慶幸自己沒被抓走。如果你想去市集，就穿過這裡，沿著那條路往上走。」她作勢指向一條狹窄的通道，隱沒在前方的昏暗中，在她手電筒的照射下幾不可見。

理查沒移動，感到全身麻木，實在無法相信鼠女就這麼不見了。消失了，被拐走了，走散了，還是……而他更無法相信皮衣女子竟能夠繼續前進，好像沒有任何不尋常的事情發生似的——就好像這不過是稀鬆平常的事情。安娜希斯亞不會死的……

他做出一個結論：女孩不可能死了；如果她死了，這都是自己的錯。她沒有要求跟理查一起過橋。理查緊緊握著手中的石英珠子，力量大到手掌感到一陣疼痛。他想起安娜希斯亞向他展示這條石英項鏈時，臉上得意的表情；他想著自己在認識女孩之後幾個小時，變得有多麼喜歡她。

「你要一起過去嗎？」

理查在黑暗中站立了一會兒，隨即將珠子小心放進牛仔褲口袋，跟了上去。他尾隨在女人後面，隔著幾步距離，突然想起自己還不知道對方的名字。

neverwhere

RICHARD WROTE A DIARY ENTRY IN HIS HEAD. DEAR DIARY, HE BEGA
FRIDAY I HAD A JOB, A FIANCEE, A HOME AND A LIFE THAT MADE SENSE. (
AS ANY LIFE MAKES SENSE.) THEN I FOUND AN INJURED GIRL BLEEDING O
PAVEMENT, AND I TRIED TO BE A GOOD SAMARITAN. NOW I'VE GOT NO FIA
NO HOME, NO JOB, AND I'M WALKING AROUND A COUPLE OF HUNDRED
UNDER THE STREETS OF LONDON WITH THE PROJECTED LIFE EXPECTAN
A SUICIDAL FRUITFLY. THERE ARE HUNDREDS OF PEOPLE IN THIS O
LONDON. THOUSANDS MAYBE. PEOPLE WHO COME FROM HERE, OR PEOPLE
HAVE FALLEN THROUGH THE CRACKS. I'M WANDERING AROUND WITH A
CALLED DOOR, HER BODYGUARD, AND HER PSYCHOTIC GRAND VIZIER. WE S
LAST NIGHT IN A SMALL TUNNEL THAT DOOR SAID WAS ONCE A SECTION O
GENCY SEWER. THE BODYGUARD WAS AWAKE WHEN I WENT TO SLEEP,
AWAKE WHEN THEY WOKE ME UP. I DON'T THINK SHE EVER SLEEPS. WE
SOME FRUITCAKE FOR BREAKFAST; THE MARQUIS HAD A LARGE LUMP OF
HIS POCKET. WHY WOULD ANYONE HAVE A LARGE LUMP OF FRUITCAKE I
POCKET? MY SHOES DRIED OUT MOSTLY WHILE I SLEPT. I WANT TO GO H
THEN HE MENTALLY UNDERLINED THE LAST SENTENCE THREE TIMES
WROTE IT IN HUGE LETTERS IN RED INK, AND CIRCLED IT BEFORE PUTT
NUMBER OF EXCLAMATION MARKS NEXT TO IT IN HIS MENTAL MARGIN.

第五章

chapter five

拿著油燈、火炬、手電筒或蠟燭的人們，在他們四周的黑暗裡悄無聲息地走著，這幅情景讓理查想起看過的紀錄片，閃閃發光的魚群在海裡急速游動……深海裡，住著眼睛已經退化的生物。

理查隨同皮衣女子往上爬了幾級階梯，石階邊緣鑲著金屬。他們在地鐵站內，隨即加入排隊的人群，等候穿過柵欄。柵欄打開了一呎左右，後面的出入口可通往人行道。

正前方有兩個少年，手腕上各綁著一條繩子，由一個表情呆板的禿頭男人握著，男人身上散發一股甲醛味。排在他們正後方的，是個鬍子灰白的人，肩上蹲坐著一隻黑白相間的小貓。這隻貓舔完自己，又熱情舔著男人的耳朵，然後蜷縮在他肩上睡著了。隊伍移動得很慢，最前端的人影一個接一個，溜過柵欄與牆壁的空隙，隱沒在夜色之中。

「理查．馬修，你為何要到市集來？」皮衣女子低聲問。理查還是分辨不出她的腔調，開始猜測她或許是非洲人或澳洲人——也可能來自更奇特的偏遠地區。

「我是想來這裡見幾個朋友。呃，其實只有一個。在這個世界，我認識的人不多，跟安娜希斯亞也算剛認識而已，不過……」理查的聲音突然變弱，問了這個直到此刻才敢提出的問題。「她死了嗎？」

女人聳聳肩。「嗯，算是吧。你既然來到市集，我相信她的犧牲就值得了。」

理查渾身發抖。「我覺得不值得。」他感到空虛，強烈的孤獨。他們慢慢接近隊伍的最前端。

「妳是做什麼的？」

女人微微一笑。「我提供個人體能服務。」

「喔，是什麼樣的個人體能服務？」

「我出租自己的身體。」女人回答得相當直截了當。

「啊。」理查懶得再追問下去，也不想要她解釋這句話的涵意，不過心裡已經有譜。他們跨步走進夜色。理查回頭看了一眼，車站上方的看板寫著「騎士橋」。他不知道自己該笑還是該哭。現在大概快天亮了吧。他低頭看一下手錶，看到數位面板完全空白一片也不奇怪。或許是電池沒電了，或許……他想，更有可能是，倫敦下層的時間不同於他過去熟悉的時間。他對此毫不在乎，脫下手錶，丟進附近的垃圾桶。

古怪的人群川流不息地穿越馬路，穿越前面的兩扇大門。「是那裡嗎？」他惶惶不安地問。

女人點點頭。「就是那裡。」

這棟建築物很大，插滿數千盞明亮的燈火。正對面的牆上，顯眼的盾形紋章旗幟驕傲地向眾人宣告，這裡受英國王室成員指定，出售各式各樣的物品。理查曾經花了許多週末，拖著疼痛的雙腳跟在潔西卡後面，逛遍倫敦所有知名商店。因此，就算沒有那面巨幅招牌，他還是一眼就認了出來。「哈洛德？」

女人點點頭。「只有今晚而已，市集下次不知會在哪裡舉行。」

「我是指……」理查強調，「**哈洛德百貨**。」聽來像是晚上溜進這裡會受到天譴。

他們從側門走進。建築物內部很暗，他們經過外幣匯兌處，繞過禮品包裝區，穿過另一個賣太陽眼鏡和小雕像的昏暗房間，走進埃及室。五彩繽紛的光線打在理查身上，有如海浪拍打在岸邊。他的同伴轉身面對他，用蜜色手背掩住桃紅色雙唇，慵懶地打了個呵欠，微微一笑，對理查說：「好了，你已經到了這裡，很安全，身體也沒什麼大礙。我還有生意要談，再會了。」她敷衍地點了點頭，隨即消失在人群之中。

理查站在原地，獨自在擁擠的人群裡，感受周遭的氣氛。這真是一團混亂——亂到不行。喧鬧，匆促無禮，失序；但就許多方面來說，卻也有趣極了。人們相互爭論、討價還價、大聲叫嚷、唱著歌。他們積極地招徠顧客，使勁兜售貨物，大肆宣揚商品的優點。音樂響著，十幾種不同的曲風，用許多不同的樂器，以十幾種不同的方式演奏。其中大部分都是即興、改良、怪裡怪氣的。理查聞得到食物的味道。各種食物——咖哩和辛香料的氣味最明顯，其次是串燒烤肉和蘑菇的味道。百貨公司裡到處都是攤位，有的設在白天原本銷售香水、手錶、琥珀或絲巾的專櫃旁邊，有的甚至就設在專櫃裡面。每個人都在買東西，每個人都在賣東西。理查開始漫步穿過人群，聽著市集的叫賣聲。

「最新鮮的美夢，最頂級的噩夢，我們都有！來這裡買第一流的噩夢喔！」

「武器！武裝自己！保護你的地窖、洞穴或洞口！要打他們嗎？我們也有！來喔鄉親，進來參觀一下……」

「垃圾！」一名肥胖的老女人在理查走過散發惡臭的攤位時，朝著他的耳朵尖聲叫喊。「廢物！」她繼續喊，「渣滓！破爛！動物內臟！破瓦殘礫！這裡應有盡有！沒有東西是完好如初的！爛貨、破銅爛鐵、一堆沒用的屁東西，絕對令你滿意！」

一個身穿盔甲的男人敲打一面小鼓，反覆說道：「失物拍賣！來吧，來吧，自己挑。失物拍賣！這裡沒有你要找的東西，每樣東西保證都是合法遺失的。」

理查在百貨公司的巨大房間裡到處亂逛，看得眼花撩亂。他連這夜市裡到底擠了多少人都猜不出來。一千？兩千？還是五千？

有個攤位高高堆滿瓶子，有裝滿的瓶子，也有空瓶子，形狀和尺寸都不盡相同，從裝酒的酒瓶到一個微微發光的大瓶子，裡面或許只有神燈精靈而已。另一個攤位賣提燈，燈裡的蠟燭用多種蠟膏和動物油脂凝製而成。一個男人身上插著看似孩童的斷手，在理查經過時，將一枝蠟燭伸到他面前，喃喃說道：「先生，要光榮之手嗎？拿到貝德福郡的森林之丘上，保證有效。」理查加快腳步，他不想知道光榮之手是什麼，也不想知道有什麼功效。他經過一個攤位，販售光彩奪目的金銀首飾。另一個攤位也賣首飾，但看起來像是用骨董收音機的真空管和電線製作而成。有幾個販售各類書籍和雜誌的攤位，也有些販賣衣服的攤位——縫縫補補過的舊衣服，看起來十分詭異。經過幾個刺青師傅、一個顯然是小型奴隸市集的地方（他徹底避開那裡）；一張牙醫的治療椅，上面擺著一枝手動鑽頭，旁邊有一群面容愁苦的人站著排隊，等著一名年輕小夥子幫他們拔牙或填補蛀齒；一個彎腰駝背的老頭在賣一些很奇怪的東西，有可能是帽子，也可能是現代藝術品；一個非常像是移動式淋浴裝置的玩意兒；甚至還有鐵匠……

每隔幾個攤子就有人販賣食物。有些人直接把咖哩、馬鈴薯、栗子、大蘑菇、異國麵包等食物放在火堆上烹煮。理查實在想不透，這些從火堆冒出來的煙為何沒觸動室內消防灑水系統？他也想不透，為何沒人去搜括這間百貨公司的商品？為何要設置自己的小攤位？把百貨公司裡的東西直接拿走不就好了？他心裡很清楚，此刻最好不要冒險去詢問任何人……他從外表就很容易被人認出是來自倫敦上層，若是一個不小心，更容易引發別人猜疑。

理查認定這群人深深具有民族風味，他試著挑出幾個明顯的族群：有些族群看起來像是從歷史重演的社會逃了出來；某些族群讓他想起嬉皮；穿灰衣、戴墨鏡的白化病患者；打扮光鮮，穿著時髦西裝，戴著黑色手套的危險人物；高大肖似的女人，三兩成群走著，彼此遇見時還會點頭致意；有些人頭髮糾纏在一起，看起來應該是住在下水道，身上的臭味簡直可以熏死人；另外還有上百種不同的族類……

他腦海裡想著，正常的倫敦（他熟悉的倫敦）看在外人眼裡會是什麼樣子，這個念頭讓他的膽子頓時大了起來。他開始沿途詢問身旁的人：「對不起？我在找叫做迪卡拉巴斯的男人，還有叫朵兒的女孩，你知道在哪裡可以找到他們嗎？」人們搖搖頭，說了聲抱歉，眼神隨即轉開，離他而去。

理查往後退了一步，不小心踩在某人腳上。某人至少有七呎高，全身長滿薑黃色毛髮，有一嘴大尖牙。某人舉起羊頭般大小的手臂，把理查拎了起來，將他的臉湊到自己嘴邊，他差一點就要窒息。「我真的很抱歉，」理查說，「我……我在找名叫朵兒的女孩。你知不知道……」但某人把他往地上一丟就走開了。

附近又傳來一陣食物香氣。理查自從婉拒一塊雄貓的上選精肉後（他想不起來這是幾個小時前的事），就一直想盡辦法要讓自己忘掉腹中的饑餓感，但現在他發現自己猛吞口水，思路也開始呆滯。

經營隔壁食物攤位的女人，頭髮像鐵絲，身高還不及理查的腰。理查試圖跟她說話，她搖了搖頭，舉起一根手指從嘴唇左邊畫到右邊，表示她不能說話，或是她沒有說話，也可能是她不想說話。理查只好比手畫腳地跟她交涉，說想要一塊白乾酪、一個生菜三明治，還有一杯聞起來像是自製檸檬汁的飲料。這些食物總共花了他一枝原子筆，還有一盒他原本忘了有帶在身上的火柴。矮小的女人一定覺得自己在這筆交易占了不少便宜，因為理查端走食物時，她還朝餐盤裡丟了幾塊堅果餅乾。

理查站在人群中，聽著音樂（不知是什麼原因，有人將〈綠袖子〉這首傳統抒情歌謠唱成了「依呀－依呀－唷」的通俗小調），看著這個風格奇特的市集，吃著三明治。

他吞下最後一口三明治，突然驚覺自己根本食不知味，決定細嚼慢嚥，仔細品嘗餅乾的味道。他啜飲最後一口檸檬汁，喝完了。「先生，需要小鳥嗎？」旁邊一個興高采烈的聲音問。「我這裡有白嘴鴉、渡鴉、烏鴉和椋鳥，都是很好、很聰明的鳥。高雅、聰明又漂亮。」

理查回了一句。「不用了，謝謝。」隨即轉身離開。

攤位頂端掛了手寫招牌，上面寫著：

老貝利的鳥群和情報

另外還有較小的招牌散放在四周，例如「你要什麼，我們都知道！」、「別處沒有！最豐滿的椋鳥！」或是「要白嘴鴉，找老貝利就對了！」理查不禁想起剛到倫敦時見過的一個人，那人經常站在萊斯特廣場[1]地鐵站外，胸前背後各掛著一幅巨大的手寫招牌，規勸世人「蛋白質、蛋、肉、豆子、乳酪吃得愈少、坐得愈少，慾望愈少」。

鳥兒不時在小籠子裡跳躍、拍動翅膀，看起來就像被電視天線纏到。「還是，你想要情報？」老貝利繼續說，用推銷口吻吸引理查注意。「屋頂的地圖？歷史？神祕知識？如果是我不知道的事情，那最好忘了，我可以向你保證。」這老頭仍穿著羽毛大衣，仍綁著繩索。他向理查眨了眨眼，戴上一副用細繩掛在脖子上的眼鏡，仔細端詳對方。「等一下……我認得你！你那時跟迪卡拉巴斯侯爵在一起，在屋頂上，還記得嗎？嗯？我是老貝利啊！還記得我嗎？」他伸出手來，熱情拍打理查的肩膀。

「其實，」理查說，「我正在找尋侯爵，還有一位叫朵兒的年輕小姐。我想他們應該在一起。」

老人抖動一下身體，使得幾根羽毛從大衣脫落下來，引發周遭的鳥兒齊聲喧鬧，表示不滿。「消息！消息！」他對著擠滿人的房間叫道，「看到沒有？我早就說過了！多樣化。我說，要多樣化經營！你總不可能永遠賣白嘴鴉給人家煮來吃……不管怎樣，白嘴鴉吃起來就像煮過的拖鞋。而且牠們笨透了，腦袋裡面只有豆腐渣。你吃過白嘴鴉嗎？」理查搖搖頭。無論如何，他都確定自己沒吃過。

「你要給我什麼？」老貝利問。

「你的意思是？」理查小心地在老人的意識流中從一塊浮冰跳到另一塊浮冰。

1⊕萊斯特廣場（Leicester Square）：位於倫敦中央，因鄰近有許多電影院、歌劇院、餐廳而聞名。

「如果我給你情報，那我會得到什麼？」

「我身上連半毛錢也沒有，」理查無奈地說，「而且我才剛把原子筆給別人了。」

老貝利開始把理查口袋裡的東西全掏出來。「啊，這個！」

「我的手帕？」理查問。那不是什麼特別乾淨的手帕，是梅德姑媽在他上次生日時送的禮物。老貝利一把搶過手帕，在頭上揮舞，顯得很高興。

「不必害怕，小夥子，」他得意洋洋唱道，「你的旅程就要結束。下去那裡，穿過那道門。你一定會看到他們，他們正在甄試。」他指著哈洛德百貨往外延伸出去的美食館。一隻白嘴鴉呱呱叫了一聲，讓人有種不祥的預感。「閉上你的鳥嘴！」他對那隻白嘴鴉怒斥一聲，然後轉頭對理查說，「謝謝你的小旗子。」他興奮地繞著自己的攤位手舞足蹈，揮舞理查的手帕。

甄試？理查心想。然後他笑了，畢竟這已無關緊要。重要的是，他的旅程，如同那個屋頂老頭說的，就要結束了。他朝美食館走去。

風格，對保鏢而言，幾乎代表了一切。每個保鏢都有一兩項特殊本領，而他們也迫不及待想要向世人展示。此刻，輪到「破唇」對上「無名浪子」。

無名浪子看來有點像十八世紀初的公子哥兒。他找不到真正的浪子服飾，只好在救世軍[2]商店裡找些東西勉強湊合。他臉上抹了白粉，嘴唇則塗成紅色。至於無名浪子的對手破唇，長相好比噩夢——假設某人觀看電視轉播的相撲比賽，一邊還聽著巴布．馬瑞[3]的雷鬼樂，不小心睡著，那就可能做這樣的噩夢。破唇是高大的拉斯特法里教徒[4]，但看起來倒只像是過胖的巨嬰。

這兩人面對面，站在由觀眾、保鏢、遊客圍成的圓圈中央，動也不動。浪子比破唇高出整整一個頭；另一方面，破唇的體重大概比得上四個浪子，兩人各帶了一口大皮箱，裡面塞滿豬油。他們彼此瞪視，視線沒有離開過對方。

迪卡拉巴斯侯爵輕敲朵兒的肩膀，指了指。有事情要發生了。

前一刻，這兩人面無表情地站著，只是看著對方。然後浪子的頭往後急仰，像是被擊中臉部，一道紅紫色瘀青出現在他臉頰上。浪子噘起雙唇，揚了揚睫毛。「啦！」他說，擦著口紅的嘴唇扯裂開來，露出陰森恐怖的笑容。

浪子做了個手勢，破唇站不住腳，隨即捂住腹部。

無名浪子肆無忌憚地嘻嘻作笑，揮舞手指，送出飛吻給幾名觀眾。破唇怒火瞪著浪子，增強自己的精神攻擊。鮮血開始從浪子的嘴唇滴了下來，他的左眼逐漸腫脹，腳步也開始不穩。觀眾發出讚嘆的耳語。

「這其實沒什麼了不起。」侯爵低聲向朵兒說。

注2⊕救世軍（Salvation Army）：國際基督教慈善組織，一八六五年創立於英國。

注3⊕巴布・馬瑞（Bob Marley）：一九四五年出生於牙買加的歌手，有雷鬼音樂教父之稱。他於一九八一年過世，享年僅三十六歲。

注4⊕拉斯特法里教（Rastafarian）：宗教名。認為黑人是神的選民，起源於牙買加。

無名浪子突然一個踉蹌，跪了下來，像是有人猛推他一把，逼他難看地跌倒在地上。他接著一陣抽搐，似乎有人用力踢他的肚子。破唇看樣子已經獲勝。觀眾意思意思地給了點掌聲。浪子痛苦地扭動身體，把血吐在哈洛德百貨生鮮魚肉館地板的鋸木屑上。最後他被幾個朋友抬到角落，嘔吐得很嚴重。

「下一個。」侯爵說。

下一個保鏢候選人還是比破唇瘦（約略是浪子身材的兩倍半，只帶了一口塞滿豬油的皮箱）。他全身都是刺青，穿的衣服像是用舊車座椅和橡膠坐墊縫合而成，頂著一個光頭，露出一口爛牙，輕蔑地對著眾人笑。「我叫瓦爾尼。」他說，清了清喉嚨，吐了口綠痰在鋸木屑上，隨即走進圓圈。

「兩位先生，你們準備好就開始吧。」侯爵說。

破唇像相撲力士般，赤腳在地板上踏步，一二，一二，惡狠狠地瞪著瓦爾尼。瓦爾尼的前額馬上出現一道小缺口，鮮血滴進眼睛。瓦爾尼不予理會，看起來反而將注意力集中在自己右手臂上。他慢慢抬起手臂，像是抗拒一道很沈重的壓力，然後一拳打中破唇的鼻梁，破唇臉上登時血流如注。破唇猛吸一口長氣，隨即趴倒在地上，迸出如半噸生肝掉進浴缸裡的巨響。瓦爾尼咯咯笑著。

破唇慢慢站起身子，鼻血流滿嘴巴和胸膛，滴在鋸木屑上。瓦爾尼抹去額頭上的血跡，張著滿口爛牙，對著眾人露出駭人的奸笑。「來啊，死胖子，來打我啊。」

「這人有希望。」侯爵低聲說。

朵兒揚起一道眉毛。「他看起來不太好。」

「保鏢要好，」侯爵說起教來，「就要有把整群龍蝦都嚇得往回游的本事。他看起來挺危險。」

一陣讚賞的耳語傳來，因為瓦爾尼對破唇迅速一擊，引起劇痛——這個動作牽涉到瓦爾尼的皮靴與破唇的睪丸。耳語聲聽起來像是英國鄉間昏昏欲睡的週日午后，村民鬥蟋蟀時發出的有氣無力、毫不起勁的喝采。侯爵有禮地跟其他人一起鼓掌。「非常好。」他說。

瓦爾尼看著朵兒，自信滿滿地朝她眨了眨眼，把注意力放回破唇身上。朵兒一陣寒顫。

理查聽到掌聲，便朝聲音走去。

五名衣著幾乎相同、臉色蒼白的年輕女性從他身邊走過。她們穿著天鵝絨長衫裙，每一件都暗如夜色，一件深綠，一件深褐，一件深藍，一件暗紅，還有一件純黑。每個女人都是黑髮，戴著銀色首飾，梳理打扮得很完美。她們移動時毫無聲息，理查只能在她們經過時聽到厚重天鵝絨的窸窣聲，聽起來幾近嘆息。走在最後面的女人穿著純黑、最蒼白也最漂亮，她向理查微笑。理查保持戒心地回以微笑，繼續朝甄試會場走去。

甄試在生鮮魚肉館舉行，就在哈洛德百貨魚雕下方的開放區域內。觀眾背對理查，圍了兩、三排的人牆。理查正煩惱能否很快找到朵兒和侯爵時，群眾散了開來，讓他看見兩人正坐在燻鮭魚櫃臺的玻璃頂端。他扯開喉嚨，大叫朵兒的名字。就在他大叫時，他突然了解群眾為何突然散開：一個綁著細髮辮，只有腰間以綠、黃、紅的布料像尿布般包裹著的巨無霸裸漢，如同被巨人拋出似的，穿過人群飛越而出，不偏不倚，正好落在他的頭頂。

「理查？」朵兒說。

理查張開眼睛，眼前的臉孔聚焦又失焦。冒火的蛋白色眼珠從一張秀氣的蒼白臉龐瞪視著他。

「朵兒？」

她看起來非常憤怒，看起來簡直快氣炸了。「天啊，理查！我真是不敢相信！你到這裡來做什麼？」

「我也很高興見到妳。」理查有氣無力地說。他坐起身子，想知道自己有沒有腦震盪。他納悶如果有腦震盪，自己怎會知道，又納悶自己怎麼會以為朵兒樂於見到他。朵兒專注看著自己的指甲，鼻孔歙歙張張，似乎找不到其他話可說。

滿臉爛牙的壯漢（也就是曾在橋上推倒理查的傢伙）正在跟一個侏儒對打。他們用鐵橇相互鬥毆，雙方實力相當，出乎一般人想像。矮子的速度迅捷無倫，時而翻滾、時而戳刺、時而彈跳、時而猛撲，相比之下，每個動作都讓瓦爾尼的反應顯得緩慢又笨拙。

理查轉頭面向侯爵，他正專注看著比試。「這是怎麼回事？」

侯爵瞄了他一眼，隨即將目光移回兩人前面的動向。「你，脫離自己的社會，現在麻煩大了。依我看來，不出幾個小時，你就要提早結束自己悲慘的人生。另一方面，我們正在甄試保鏢。」瓦爾尼的鐵橇結實地打在侏儒身上，侏儒立刻停止彈跳奔跑，隨即倒地昏迷不醒。「我想我們已經看夠了，」侯爵大聲說，「非常感謝大家。瓦爾尼先生，你能否到後面稍等一下？」

「你為何要到這裡來？」朵兒冷冷地問理查。

「我真的沒有太多選擇。」理查回答。

她嘆了口氣。侯爵繞著圓圈走著，打發參加過甄試的保鏢離開，隨口說了幾句讚美和一些建議。瓦爾尼在一旁耐心等候。理查對朵兒露出討好的笑容，但對方不理會。「你是怎麼來到市集的？」

「那些鼠人……」理查開始解釋。

「鼠言人。」她說。

「妳知道嗎，把侯爵的口信送來給我們的老鼠……」

「長尾族長。」她說。

「嗯，他叫他們一定要把我帶到這裡來。」

朵兒揚起一側眉毛，頭稍微歪向一邊，不敢置信地問：「是鼠言人帶你過來的？」

理查點點頭。「大部分的路程。她名叫安娜希斯亞，她……呃，在橋上發生了一些事。另一位女士帶我走完剩下的路程，來到這裡。我想她是……嗯……」他遲疑了一下，說，「妓女。」

侯爵返回，站在瓦爾尼前面。瓦爾尼看來對自己的表現極為滿意。「擅長的武器？」侯爵問。

「嘿，」瓦爾尼說，「這麼說吧：那東西若你可以用來砍人，用來把腦袋轟成肉泥，用來把骨頭敲碎，用來在別人身上捅個透明窟窿，那瓦爾尼就精通那東西。」

「對你滿意的前雇主呢？」

「奧林匹亞、牧羊皇后、臥虎終結者，我在梅菲爾區也當過一小段時間的保安人員。」

「嗯，」迪卡拉巴斯侯爵說，「我們都對你的技能印象深刻。」

「聽說，」一個女性聲音說，「你們要招募保鏢，而且不要那種只有熱血的業餘角色？」這女人有著蜜色皮膚，還有傾國傾城的笑容，身上穿著灰棕相間的斑紋皮衣。理查馬上認出她來。

「就是她，」理查向朵兒低聲說，「那個妓女。」

「瓦爾尼，」瓦爾尼語帶挑釁，「是下層世界最好的守衛和勇士，每個人都知道。」

女人看著侯爵，問：「你們甄試結束了嗎？」

「是的。」瓦爾尼說。

「未必。」侯爵回答。

「那麼，」她告訴侯爵，「我想參加甄試。」

迪卡拉巴斯侯爵猶疑片刻，然後跟她說：「很好。」退到後面去。

瓦爾尼無疑是個危險人物，更別說他是惡霸、虐待狂，會主動對周圍人士的身體健康造成多大的傷害。不過，此人的理解力並不特別快。瓦爾尼盯著侯爵看，時間一分一秒過去，然後他突然明白，用懷疑的口氣問：「我得跟她打？」

「沒錯，」皮衣女子說，「除非你想先小睡一下。」瓦爾尼開始大笑，笑得全身亂顫。片刻後，他的笑聲中斷，因為那女人用力踢中他的心窩，他像樹一樣倒了下來。

在他手邊的地板上，是他先前用來跟侏儒打鬥的鐵撬。他隨手抓起來，猛砸女人的臉——沒砸到，因為對方頭一低閃了過去，以非常快的速度，合攏雙手拍中他的耳朵。鐵撬應聲飛過房間。瓦爾尼還因雙耳劇痛而昏眩，便從靴子裡抽出一把匕首。接下來發生了什麼事情，他也不是很清楚。他只知道整個世界從下面盪了出去，然後他俯趴在地上，鮮血從耳朵流出來，喉嚨被自己的匕首抵住。這時迪卡拉巴斯侯爵說：

「夠了！」

女人抬頭一看，手中的匕首仍抵著瓦爾尼的喉嚨。「如何？」她問。

「非常出色。」侯爵回答。朵兒也點點頭。

理查嚇呆了：這就像是看烏瑪舒曼加李小龍，再加上一道特別強勁的龍捲風，全捲在一起，途中還慷慨地幫貓鼬殺了眼鏡蛇王。這就是她移動的方式，這就是她打鬥的方式。

理查通常覺得暴力場面令人緊張不安，卻發現看這個女人打鬥很賞心悅目。她似乎讓理查發現自己不為人知的一面。在這個虛幻的倫敦鏡像裡，這似乎再正確也不過——她應該出現在這裡，應該如此凶猛而出色地打鬥。

她是倫敦下層的一分子，理查現在明白這一點了。他想著想著，想到了倫敦上層，想到那裡沒人會這樣打鬥——沒有人需要像這樣打鬥，那裡是安全理性的世界。然後，有段時間，思鄉情緒像火海般將他整個淹沒。

女人低頭看著瓦爾尼。「謝謝你，瓦爾尼先生。」她很有禮地說，「恐怕我們不需要你的服務。」女人放開瓦爾尼，將他的匕首放進自己的皮帶。

「請問如何稱呼？」侯爵問。

「我叫獵人。」

四周鴉雀無聲。朵兒遲疑地問：「那個獵人嗎？」

「沒錯，」獵人拂掉皮褲護脛上的灰塵，「我回來了。」

某處傳來一陣鐘聲，敲了兩次，深沈的噹噹聲讓理查的牙齒跟著震動。「還剩五分鐘。」侯爵咕噥，然後對還逗留不去的群眾說：「我想我們已經找到保鏢了，非常感謝大家。接下來沒什麼好看的了。」

獵人走到朵兒面前，上下打量她。「妳能阻止別人殺我嗎？」朵兒問。獵人朝理查抬了抬下巴。「我今天救了他三次，帶他過橋，來到市集。」

瓦爾尼搖搖擺擺站了起來，用意志力撿起鐵撬。侯爵把他的舉動都看在眼裡，但什麼話也沒說。朵兒的嘴角突然浮現一絲笑容。「真好笑，理查還以為妳是……」

獵人沒機會知道理查以為她是什麼。那根鐵撬朝她的腦袋飛奔而去，她伸出一手抓住，鐵撬咻的一聲，乖乖落在手掌心。

她走到瓦爾尼面前，問：「這是你的嗎？」瓦爾尼對她露出黃色、黑色、棕色的牙齒。「現在，我們仍受到市集停戰協定的約束。不過，你要是再做出同樣的事，我就推翻停戰協定，把你的兩隻手打斷，讓你用牙齒叼著回家。現在，」她把瓦爾尼的手腕扭到身體後面，「說對不起，要很有誠意才行。」

「哎唷。」瓦爾尼說。

「什麼?」她鼓勵道。

瓦爾尼好不容易才從喉嚨吐出一句話:「對不起。」獵人放了他。他退到安全的距離,既害怕又憤怒地看著獵人。到達美食館大門時,他遲疑了一下,接著大叫,語調依稀帶著一些哭音。「妳死定了!妳絕對死定了!可惡——」他轉身,跑出大廳。

「真是不夠專業。」獵人嘆了口氣。

他們沿著理查先前經過的路線走回百貨公司。理查剛才聽到的鐘聲現在正深沈連續地敲著。等他們更接近之後,他看到一座黃銅巨鐘懸吊在木架上,鐘錘下面連著一條繩索。一名身穿多明尼克教會黑色僧袍的高大黑人正在敲鐘。這座大鐘就架在哈洛德的果凍軟糖部旁邊。

看到流動市集就已經令人印象深刻了,但理查發現它拆除和搬離的速度更令人難忘。它曾在此處出現的證據全都消失了:攤子拆了,背在人們背上,再搬上街。理查注意到老貝利,他兩手抱著一堆簡陋的標語和鳥籠,跌跌撞撞走出百貨公司。老頭開心地向理查揮手,消失在夜色裡。

群眾逐漸散去,市集也消失無蹤,哈洛德百貨的地面樓層幾乎在一瞬間恢復原狀,寧靜、優雅、整潔,就和他無論何時在週六下午跟在潔西卡後面到處逛的景象一樣。流動市集好像不曾存在過。

「獵人,」侯爵說,「我當然聽過妳的大名。這段時間,妳都到哪裡去了?」

「打獵去了。」她直截了當回答,然後問朵兒:「妳能接受指揮嗎?」

朵兒點點頭。「如果有必要。」

「很好，那我有可能讓妳活命，」獵人說，「如果我接下這份工作。」

侯爵停下腳步，雙眼不敢置信地對她閃著光芒。「妳說，如果妳接下這份工作？」

獵人打開門，他們隨即踏上倫敦夜晚的人行道。他們在市集裡的時候，外頭下過一場雨，街燈在溼漉漉的柏油路面上發出點點光芒。「我已經接下了。」獵人說。

理查凝視閃閃發光的街道，看起來是那麼平常、那麼安靜、那麼合理。有那麼一刻，他覺得只需要攔下一輛計程車，要司機載他回家，他的生活就會馬上恢復正常。然後，他會在自己的床上睡到天亮。但計程車司機看不到他，也不會為他停車。就算真的有車停下，他也無處可去。

「我累了。」理查說。

無人說話。朵兒不願正視他，侯爵也樂得不理他，獵人則把他當成不相干的人。他覺得自己像小孩，老跟在大孩子後面跑，卻沒人要，這種事讓他惱怒。「喂，」他清了清喉嚨，「我知道你們都是大忙人。但是我怎麼辦？」

侯爵轉身瞪著他，眼睛在黝黑的臉龐下就像兩顆白銅鈴。「你？你什麼怎麼辦？」

「呃，」理查說，「我要怎麼回到正常生活？這一切就好像噩夢。上個禮拜，每件事都還很合理，但現在沒有一件事合理……」他頓了一下，喘了口氣，解釋：「我想知道怎麼拿回我原先的生活。」

「理查，你跟著我們，就不可能拿得回去。」朵兒說，「不管如何，這一切對你而言都會很艱難，我……我真的很抱歉。」

領頭的獵人跪在人行道上。她從皮帶裡拔出一根小鐵棒，打開下水道的蓋子。掀開蓋子後，她謹慎地朝裡面看，爬了下去，再引領朵兒進入下水道。朵兒往下爬時，沒有看著理查。侯爵搔搔鼻翼，說道：「年輕人，你要知道，世界上有兩個倫敦：有倫敦上層——就是你以前住的地方；另外還有倫敦下層，住著從世界裂縫中掉下來的人——現在你也是其中之一了。晚安。」

侯爵開始沿著下水道梯子往下爬。理查說「等一下」，搶在蓋子合上之前一把抓住，跟著侯爵爬了下去。下水道頂端聞起來就像排水溝，充滿肥皂泡和消毒水的腐臭氣味。理查預料愈往下爬會愈難聞，事實卻正好相反，他碰到下水道地板時，臭味都消散不見了。淺而快的灰濁水流順著磚造地道的底部奔流。理查踏了進去，看得到前方其他人頭上的燈光，趕緊拔腿追上，一路濺起水花。

「走開。」侯爵說。

「不要。」他說。

朵兒看了他一眼。「理查，我真的很抱歉。」

侯爵踏進朵兒跟理查之間。「你不能再回到你原來的家、原來的工作、原來的生活。」他近乎溫和地對理查說，「這些東西都不存在。你在上面那裡根本就不存在。」他們來到岔路口，三條地道匯集於此。朵兒和獵人沿著其中一條沒有水的地道往前走，沒有回頭，侯爵則仍留在當地。

「你在下水道的黑暗中，」他告訴理查，「非得使出渾身解數不可。」然後他哈哈一笑，白牙一閃即過，充分顯露他毫無誠意。「好了，很高興再見到你。祝你好運。如果你有辦法熬過明天或後天，」他坦承，「你甚至就有希望撐過一整個月。」他說完後轉身，邁開大步穿過下水道，跟在朵兒和獵人身後。

理查靠在牆壁上，聽著他們的腳步聲愈來愈遠，聽著潺潺流水一路奔向倫敦東部的抽水站或污水處理廠。「可惡！」他說。然後，連他自己也沒想到，自從父親過世之後，理查．馬修第一次在黑暗中哭了。

地鐵站空無一人，相當昏暗。瓦爾尼在裡面貼著牆壁走，神情十分緊張。他先朝前看了看，再往後瞧了瞧，四處張望，觀察周遭動靜。他隨便挑上這個地鐵站，沿路還翻越幾處屋頂，穿過幾個隱密的地點，確定無人跟蹤。他不打算回到肯登城地底隧道裡的巢穴，太冒險了。他還有其他貯藏武器和食物的地方。他會在地面上待一陣子，等風頭過去。

他停在一臺售票機旁邊，在黑暗中傾聽：一片沈寂。他確定只有他自己後，終於放鬆下來，停在螺旋梯頂端，深呼吸。

一個油腔滑調的聲音在他身旁交談似地說：「瓦爾尼是下層世界最出色的勇士和守衛，每個人都知道。瓦爾尼先生自己這麼告訴我們的。」另一個聲音從另一邊呆板地回答：「說謊是很不好的，格魯布先生。」

一片漆黑中，格魯布繼續先前的話題。「確實是不好，凡德摩先生。總之，我認為這是對我個人的背叛，讓我傷透了心，也失望到了極點。除非你有非常大的肚量，否則你對讓自己失望的人，就不會太親切了。你說是吧，凡德摩先生？」

「一點也沒錯，格魯布先生。」

瓦爾尼向前猛衝，在黑暗中沿著螺旋梯往下急奔。聲音從樓梯頂端傳來，是格魯布的聲音。「說真的，我們應該讓他看起來像是安樂死。」

瓦爾尼的腳步聲在金屬欄杆間砰砰作響，回聲傳遍整個樓梯井。他呼著氣、喘著氣，肩膀擦著牆壁，在黑暗中跌跌撞撞往下走。他到達階梯底端，旁邊有個告示牌，警告旅客從這裡到頂端有兩百五十九階，只有健康人士可以試著爬上去，否則請利用電梯。

這裡有電梯？

一陣叮噹聲傳來，電梯門極其緩慢地打開，使光線流洩到通道上。瓦爾尼在身上摸索匕首——該死，他突然想到那個賤獵人把匕首拿走了。他伸手去拿肩膀刀鞘內的大砍刀。大砍刀不見了。

他聽到後面傳來一聲斯文的咳嗽聲，便轉過身去。

凡德摩就坐在螺旋梯最底端的階梯上，正在用瓦爾尼的大砍刀剔指甲。

接著，格魯布撲到他身上，牙齒、爪子、小刀全用上了；他連慘叫的機會都沒有。「再見了。」凡德摩淡淡說道，仍繼續修剪指甲。之後，鮮血開始流出。溼潤的紅色血量非常驚人，因為瓦爾尼的個子相當高大，他一直將這些鮮血保存在體內。不過，當格魯布和凡德摩完事之後，一般人甚至很難注意到螺旋梯底端的地板上那少許血跡。

等下次再清洗地板時，血跡就完全消失了。

獵人在前面帶路，朵兒走在中間，迪卡拉巴斯侯爵在最後押陣。自從半小時前與理查分手後，就沒人說過半句話。

朵兒突然停下腳步。「我們不能這樣，」她斷然說道，「我們不能把他留在那邊。」

「我們當然可以，」侯爵說，「我們都把他留在那邊了。」

朵兒搖搖頭。她自從在甄試會場看到理查被破唇壓在地上後，就一直感到內疚而厭煩。她受夠了這種感覺。

「別傻了。」侯爵說。

「他救過我的命，」朵兒告訴侯爵，「他原本可以把我留在人行道上不管，但他沒有。」

是她的錯，她很明白這一點。她打開一扇門，找到一個可以幫助自己的人，而那人也幫了她。他曾經帶朵兒到一個溫暖的地方，照料她、協助她。那人因為幫助了她，讓自己從原本的世界掉進她的世界。

光是想到要帶著理查一起走，就很愚蠢了。他們實在沒辦法帶著誰一起走；朵兒連他們三人能否在未來的旅程中照料自己，也不確定。

朵兒念頭一閃：真的只是她打開的那扇門，那扇帶她到理查身邊的門，才讓理查注意到她嗎？或是除此之外，還有其他因素？

侯爵揚起一邊眉毛，他是個無情、孤僻、喜歡嘲諷別人的傢伙。「我親愛的大小姐，我們這次的探險，沒辦法帶客人來。」

「別對我以救命恩人自居，迪卡拉巴斯。」朵兒說，已經很厭煩。「我想我有權決定誰要跟我們一起走。你現在是為我工作，不是嗎？難道是我在為你工作？」她的懊悔和厭倦已把耐性消磨殆盡。她需要迪卡拉巴斯——侯爵要是離開，她可承受不起——但她的忍耐已經到達極限。

迪卡拉巴斯冷酷憤怒地盯著她，斬釘截鐵地說：「他不能跟我們一起走。再說，他現在搞不好已經死了。」

理查沒死。他在黑暗中，坐在排水管旁的壁架上，苦惱接下來該怎麼辦、到底還需要多少時間才能回到原有的世界。理查判定到目前為止，他的生活完完全全是為了讓他在證券界工作，在超級市場購物，在週末看電視的足球轉播，在他覺得冷時可以調整恆溫裝置。他的生活絕對無法讓他在倫敦的屋頂或地下道中，過著非人生活，過著寒冷、潮溼、黑暗的生活。

一道光線閃爍，一陣腳步聲朝他接近。

他下定決心，如果來的是一群殺人不眨眼的惡棍、吃人野獸或凶猛的怪物，他甚至不打算抵抗。就讓它們替他全了結吧，他受夠了。他低頭凝視黑暗，盯著應該是他雙腳所在的地方。腳步聲更接近了。

「理查？」是朵兒的聲音。他跳了起來，隨即故意不理朵兒，心想：要不是為了妳……

「理查？」

他沒抬頭。「幹嘛？」

「聽我說，」朵兒嘆了口氣，「要不是為了我，你也不會這麼倒楣。」理查心想：這還用妳說嗎？「我認為你跟我們在一起也不會比較安全，不過，嗯……」她停下來，深呼吸。「我很抱歉，真的很抱歉。你願意跟我們一起走嗎？」

理查盯著朵兒：有著蒼白瓜子臉的小不點，睜著大眼熱切望著他。好吧，他自言自語，我想我還沒真的打算放棄，把老命送掉。「嗯，我現在也沒別的地方可去。」他故意用不感興趣的語調回答，其實已瀕臨歇斯底里的邊緣。「不如就跟你們一起走吧。」

朵兒的表情變了，伸出雙臂圈住理查的胸膛，緊緊抱著他。「我們會想辦法讓你回家的。不騙你，只要我們一找到我要找的東西就會幫你。」理查不確定她是不是說真的；這是他第一次懷疑朵兒提出的事情可能很渺茫，但他把這股念頭從腦海裡趕走。他們開始沿著地道往前走。理查看到獵人和侯爵正在地道口等待。侯爵看來像是被迫吞下沒有果肉的檸檬皮。

「對了，妳到底在找什麼東西？」理查問，他現在比較高興了。

朵兒深深呼吸，停了好一會兒才回答。「說來話長，」她嚴肅地說，「現在，我們要找的，是名叫伊斯靈頓的天使。」理查聽完笑了起來，他實在控制不住。其中當然包含歇斯底里的情緒，但還有一種極度的疲憊，因為他在這二十四小時中連一頓像樣的早餐都沒吃到，就要強迫自己相信一連串不可思議的事情。他的笑聲在地道裡迴響。

「天使？」他邊說邊忍不住咯咯發笑，「叫伊斯靈頓？」

「我們還有很長的路要走。」朵兒說。

理查搖了搖頭。他覺得自己被剝了皮，擰掉汁液，整個掏空了。「天使。」他歇斯底里地對地道及黑暗低聲說著，「天使。」

大廳裡到處都是蠟燭：每根支撐屋頂的鐵柱上都插有幾根蠟燭；在瀑布旁等候的蠟燭，那瀑布順著牆壁流進下面的小型岩池；群集在石牆兩側的蠟燭；擠放在地上的蠟燭；連兩根陰暗鐵柱間那扇大門的燭臺上也插了蠟燭。這扇大門以精鍊的黑燧石建造，底座原是純銀打造，但經過幾個世紀後，已經失去光澤，幾乎成了黑色。這些蠟燭並未點燃，但那高大的人影走過時，蠟燭全一閃成焰。沒有手碰觸蠟燭，也沒有火焰碰觸燭芯。

這人影的長袍十分簡單，是白色的；或者說，不只是白色。這顏色（或許是不具任何顏色）明亮得令人無法直視。這人赤著雙腳，走在大廳冰冷的岩石地上，臉龐蒼白、睿智、仁慈，或許還帶有些落寞。

他非常俊美。

不久，大廳的蠟燭全都點燃。他停在岩池旁，跪在水邊，手掌合攏成勺狀，往下伸入水池，舀起一點水喝。池水很冰，但非常純淨。他喝完水後，合上眼睛一會兒，像是在祈禱。他起身離開，穿過大廳，沿著來路往回走。蠟燭在他經過時，如同數萬年來一般，逐一熄滅。他沒有翅膀，但他是天使，這一點絕錯不了。

伊斯靈頓離開大廳，最後一根蠟燭也跟著熄滅，黑暗又回來了。

RICHARD WROTE A DIARY ENTRY IN HIS HEAD. DEAR DIARY, HE BEGA
FRIDAY I HAD A JOB, A FIANCEE, A HOME AND A LIFE THAT MADE SENSE.
AS ANY LIFE MAKES SENSE.) THEN I FOUND AN INJURED GIRL BLEEDING O
PAVEMENT, AND I TRIED TO BE A GOOD SAMARITAN. NOW I'VE GOT NO FIA
NO HOME, NO JOB, AND I'M WALKING AROUND A COUPLE OF HUNDRED
UNDER THE STREETS OF LONDON WITH THE PROJECTED LIFE EXPECTAN
A SUICIDAL FRUITFLY. THERE ARE HUNDREDS OF PEOPLE IN THIS
LONDON. THOUSANDS MAYBE. PEOPLE WHO COME FROM HERE, OR PEOPL
HAVE FALLEN THROUGH THE CRACKS. I'M WANDERING AROUND WITH
CALLED DOOR, HER BODYGUARD, AND HER PSYCHOTIC GRAND VIZIER. WE
LAST NIGHT IN A SMALL TUNNEL THAT DOOR SAID WAS ONCE A SECTION
GENCY SEWER. THE BODYGUARD WAS AWAKE WHEN I WENT TO SLEE
AWAKE WHEN THEY WOKE ME UP. I DON'T THINK SHE EVER SLEEPS. W
SOME FRUITCAKE FOR BREAKFAST; THE MARQUIS HAD A LARGE LUMP O
HIS POCKET. WHY WOULD ANYONE HAVE A LARGE LUMP OF FRUITCAKE
POCKET? MY SHOES DRIED OUT MOSTLY WHILE I SLEPT. I WANT TO GO
THEN HE MENTALLY UNDERLINED THE LAST SENTENCE THREE TIME
WROTE IT IN HUGE LETTERS IN RED INK, AND CIRCLED IT BEFORE PUTT
NUMBER OF EXCLAMATION MARKS NEXT TO IT IN HIS MENTAL MARGIN.

第六章

chapter six

第六章

理查在腦海中寫下一則日記。

親愛的日記，他開始寫，星期五，我有工作、有未婚妻、有家，還有個有意義的生活（嗯，跟任何人的生活一樣有意義吧）。然後我遇到一名受傷的女孩，流著血躺在人行道上，而我只是想當好心人。現在，我未婚妻沒了，家沒了，工作沒了，還走在倫敦街道底下幾百呎深的地方，過著跟自我毀滅的果蠅沒什麼兩樣的生活。

「往這裡走。」侯爵說，一邊優雅地打著手勢，污穢的花邊袖口隨風飄動。

「這些地道看起來不都一個樣？」理查暫時把日記放在一邊，開口問道，「你怎麼分得出哪個是哪個？」

「分不出來，」侯爵難過地說，「我們完全迷路了，別人再也看不到我們。過不了幾天，我們就會為了食物而自相殘殺。」

「真的嗎？」理查厭惡自己這麼容易上當，他話一出口就後悔了。

「假的。」侯爵的表情在說「折磨這個可憐的傻瓜實在太容易了，一點也不好玩」。然而，理查發現自己愈來愈不在乎別人對自己的看法，或許……除了朵兒之外吧。

他回頭繼續寫心靈日記。在這另一個倫敦裡，住了幾百人，或許有幾千人吧。有些本地人，也有些從裂縫間掉進來的人。我現在正跟著名叫朵兒的女孩、朵兒的保鏢、還有一個精神有毛病的傲慢貴族到處亂跑。我們昨晚睡在小地道裡，朵兒說那裡曾是攝政王時期下水道的一部分。那名保鏢在我睡著時醒著，他們把我叫起來的時候，她還是醒著。我覺得她從來沒睡過覺。我們早餐吃了些水果蛋糕——侯爵的口袋裡塞了一大塊。怎麼會有人把一大塊水果蛋糕放在自己的口袋裡？我的鞋子在我睡著時，都乾得差不多了。

我想回家。理查在腦海裡，把最後這句話畫上三條底線，用紅墨水以斗大的字體重寫，圈起來後，再加上一連串驚嘆號。

至少他們現在走的地道是乾燥的。這是一條高科技地道，全都是銀色管線及白色牆壁。侯爵和朵兒並肩在前面走著，理查在他們後面，保持幾步距離。獵人四處走動，有時跟在最後面，有時在他們兩邊，但通常走在略前方，隱身在陰影中。她移動時毫無聲息，讓理查覺得很不自在。

前面有道裂縫般的光線。「我們往那邊去，」侯爵說，「銀行地鐵站，從那裡開始找不錯。」

「你瘋了不成？」理查原本無意讓別人聽到，但他說的每個字都在黑暗中不停迴響。

「是嗎？」侯爵回了一句。地面開始震動，地鐵列車從附近駛了過去。

「理查，別再說了。」朵兒說。

但話已經從嘴裡跑了出來。「哼，」他說，「你們兩個的腦袋都有問題，沒有天使這種東西！」

侯爵點點頭，說：「啊，我現在明白你的意思了。沒有天使這種東西，正如沒有倫敦下層、沒有鼠言人，牧羊人草叢也沒有牧羊人。」

「牧羊人草叢本來就沒有牧羊人，我去過那裡。只有房子、商店、馬路，還有ＢＢＣ，就這樣。」理查斬釘截鐵指出。

「那裡有牧羊人。」獵人說，聲音從理查耳邊的黑暗中冒出來。「你最好祈禱千萬不要遇到他們。」她聽起來十分嚴肅。

「喔，」理查轉移話題，「我還是不相信下面這裡會有成群的天使在遊蕩。」

「確實沒有，」侯爵說，「天使只有一個。」他們來到地道末端，前面有一扇上鎖的門。侯爵退了一步，對朵兒說：「麻煩妳了。」朵兒將一隻手貼在門上片刻，門無聲無息打開。

「或許，」理查仍不死心，「我們想的是不一樣的事情。我腦海裡想到的天使都有翅膀、光環、喇叭，他們樂於助人，希望為世間帶來和平。」

「沒錯，」朵兒說，「天使就像你說的那樣。」

他們穿過那扇門。光線突然照射過來，理查不由自主合上眼皮，但眼球仍感到一陣刺痛。眼睛習慣光線之後，理查驚訝地發現，他居然知道自己在什麼地方：他們在連接紀念館與銀行地鐵站的人行地道內。通勤的人群在地道裡熙來攘往，但無人朝他們看上一眼。嘹亮的薩克斯風沿著通道發出陣陣回音：伯特·巴卡洛克與哈爾·大衛合作的〈我不再陷入愛河〉[1]演奏得還不錯。他們走向銀行地鐵站。

1⊕伯特·巴卡洛克（Burt Bacharach）堪稱流行樂壇「六、七〇年代的抒情暢銷單曲製造機」，哈爾·大衛（Hal David）是他的填詞搭檔，許多至今傳唱不已的經典老歌都是出自他倆之手，尤其以木匠兄妹最為經典。〈我不再陷入愛河〉（I'll Never Fall In Love Again）是這對搭檔的代表作之一。

「好吧，我們到底要找誰？」理查多少有點天真地問，「加百列天使？拉斐爾天使？還是米迦勒天使？」

他們正好經過一張地鐵圖，侯爵用一根細長黝黑的手指輕敲著天使地鐵站：伊斯靈頓。

理查經過天使地鐵站不下數百次。那座車站位於時髦的伊斯靈頓區，當地處處是骨董店和餐廳。

理查對天使所知不多，但他幾乎確定伊斯靈頓的地鐵站名來自一間酒吧，或是一個地標。他轉移話題：「你知道嗎，我幾天前想要搭地鐵，它居然不讓我上去。」

「你就是得讓他們知道誰才是老大，其他都不重要。」獵人在他後面輕聲說道。

朵兒咬著下唇。「我們在找的這班列車會讓我們上去，如果我們找得到的話。」她的聲音幾乎被附近傳來的音樂淹沒。他們走下幾級階梯，在一個角落轉彎。

演奏薩克斯風的樂手將外套放在自己前面，就在地道內的地板上。外套上有幾枚硬幣，看起來像是那人自己放上去的，好讓過往行人相信大家都這麼做，但沒有人吃這一套。

薩克斯風樂手的個子相當高。他留著及肩黑髮、長長的山羊鬍，中間框出一對深陷的眼睛與莊嚴的鼻子，身穿破爛的T恤和沾滿油污的藍色牛仔褲。理查一行人走到他前面，他停止演奏，將薩克斯風吹口的唾液甩乾淨，歸位後，吹出老牌女歌手茱莉倫敦的代表作〈淚流成河〉[2]的第一段。

現在，你說你很抱歉……

理查驚訝地發現，那個人看得見他們——而他正盡可能假裝看不見。侯爵在他面前停下來，薩克斯風的曲調一轉，變成緊張的嘎吱聲。侯爵露出微微冷笑，問道：「你是李爾，對吧？」

那人帶有戒心地點點頭，手指仍不停敲著薩克斯風的按鍵。「我們正在找『伯爵庭』，」侯爵繼續說，「你手上會不會剛好有什麼像是列車時刻表的東西，可以幫我們找到你的族人？」

理查終於有點明白了。他猜想侯爵指的這個伯爵庭並非他熟悉的地鐵站——那個他等了無數次地鐵，還一邊看報紙或做白日夢的地方。叫做李爾的人用舌尖舔了舔嘴唇。「不是不可能。有的話，我有什麼好處？」侯爵將手伸進外套口袋，一笑，看來就像一隻受託保管鑰匙的貓，而那把鑰匙可以打開一屋難以捉摸但胖嘟嘟的金絲雀。「據說，」侯爵懶散地說，彷彿只是在打發時間，「梅林麾下的巴拉斯大師曾經寫過一首極為動聽的舞曲，凡是聽到的人都會像中了邪似地從口袋裡掏出錢幣。」

李爾瞇起了眼。「這可比列車時刻表值錢，你真的有嗎？」

侯爵確實引起對方的興趣。**是啊，當然要比一張時刻表有價值，不是嗎？**「嗯，那麼，」他用寬宏大量的語氣回答，「我想你會欠我一個人情，對吧？」

李爾不情願地點點頭，在自己的後口袋摸索，掏出一張摺了好幾摺的小紙片，握在手裡。侯爵伸手去拿，李爾隨即抽手。「先讓我聽聽那首曲子，你這個老騙子。最好有你說的那種效果。」

2⊕茱莉倫敦（Julie London, 1926-2000）：美國五〇至六〇年代初期知名女歌手。一九五五年推出的〈淚流成河〉（Cry Me a River）為其成名代表作。

侯爵揚起一邊眉毛，伸手到外套內袋裡掏摸一陣子，再抽回來的時候，手裡多了一只哨子和一顆小水晶球。他盯著水晶球看了看，發出「嗯哼嗯哼」的聲音，意思是「啊，原來跑到這裡來了」。然後又放回口袋。接下來，他收攏手指，將口哨放在嘴唇邊，吹奏出一首風味奇特、旋律起伏的歡樂曲調。這旋律讓理查覺得自己彷彿又回到十三歲，趁著學校午休時間，用死黨的電晶體收音機聽熱門歌曲排行榜。之所以回到十三歲，是因為只有在理查的青少年時期，流行音樂對他才夠分量，而侯爵此時吹奏的舞曲正是他最想聽到的……

大把的錢幣叮叮噹噹，從路過行人手上丟到李爾的外套裡。他們走時，臉上都帶著微笑，腳底還踩著輕快的步伐。侯爵放下哨子。「好吧，我欠你這個老傢伙一份人情。」李爾點頭說道。

「沒錯。」侯爵從李爾手中接過紙片——列車時刻表，瞄了一眼，點點頭。「不要過度使用，畢竟細水才能長流啊。」

四人離去，沿著長廊往前走。長廊上到處都是電影或內衣的廣告海報，偶爾還看得到幾張像是官方的告示，警告在此處演奏謀生的音樂家離開車站。話雖如此，他們還是聽得到薩克斯風的吹奏及錢幣落在外套上的叮噹聲。

侯爵帶領他們來到中央線月臺。理查走到月臺邊緣往下看，想知道哪條鐵軌通著電流（他每次都想知道），判斷就是那條離月臺最遠、與地面之間有個大型乳白色瓷製絕緣體的那一條——他每次都這麼判斷。理查看到下方三呎處有一隻暗灰色小老鼠在鐵軌上四處覓食，找尋旅客吃剩的三明治或掉落的洋芋片。他不禁對那隻老鼠露出微笑。

刻板而空洞的男聲從擴音器傳了出來：「留意空隙。」這是為了避免心不在焉的乘客踏進列車與月臺之間的空隙所發出的警告。理查跟多數倫敦人一樣，只把警告當作耳邊風，根本沒注意聽。但獵人突然伸手抓住他的肩膀。「留意空隙。」她急切地向理查說，「退到後面去，靠牆站好。」

「什麼？」理查說。

「我說，」獵人回答，「留意……」

接著那東西從月臺邊衝了過去。它呈半透明狀，朦朦朧朧，幽靈似的，顏色和黑煙差不多。這東西像水中的絲綢般湧了上來，看似緩慢漂流，卻動得快如閃電。它緊緊纏住理查的足踝，儘管理查穿著Levi's牛仔褲，還是感到刺痛。那東西把他拉向月臺邊緣，他也站不穩腳步。

理查察覺，似乎在一段距離外，獵人拔出手杖，正反覆用力敲打那陣煙塵的觸鬚。

遠方傳來一陣微弱的尖叫聲，聽起來像是笨小孩被搶走了玩具。煙塵的觸鬚放開理查的足踝，溜回月臺邊緣，消失。獵人抓住理查的頸背，將他拉到後面的牆壁，理查砰的一聲撞在牆上，整個人頭暈目眩，世界似乎也突然變得十分不真實。牛仔褲上被那東西碰觸的地方，顏色都被吸走，看起來就像胡亂漂白過似的。他把褲腳拉起來一看，足踝和小腿上冒出許多細長的烏青抓痕。「那……」他張嘴想要說話，但一個字也說不出來。他潤了潤喉嚨，再試一次。「那是什麼東西？」

獵人面無表情，低頭看著他，板著的臉孔就像褐木雕刻。「我認為那東西沒有名字。它們住在空隙裡。我警告過你了。」

「我……沒見過這樣的東西。」

「你以前不是下層世界的一分子，」獵人說，「靠在牆邊等就對了，比較安全。」

侯爵拿出金色懷錶查看時間，放回背心口袋，再查詢李爾給的紙片，滿意地點點頭。「我們運氣不錯，」他向眾人宣布，「伯爵庭的列車應該會在半小時內經過這裡。」

「伯爵庭站不在中央線上。」理查指出。

侯爵盯著理查，公然消遣他。「你的想法真是新奇啊，年輕人，真的沒有什麼事情比得上完全無知，對吧？」

暖風吹起，地鐵列車駛進車站。有人下車，有人上車，忙著自己生活裡的事，理查用羨慕的眼光看著他們。

「留意空隙。」擴音器傳出錄好的聲音，「遠離車門。留意空隙。」朵兒看了理查一眼，露出顯然感到擔憂的表情，走到他身邊，握住他的手。理查的臉色十分蒼白，呼吸淺而急促。「留意空隙。」錄好的聲音又冒了出來。「我沒事。」理查強自鎮定地喃喃說謊。

格魯布與凡德摩的醫院裡有塊中庭，是個潮溼陰暗的地方。廢棄的桌子、橡膠輪胎、一些辦公家具的縫隙間長滿雜草。這塊區域給人的整體印象，就像是十年前有一群人（可能是出於無聊，或是受到挫折，也許甚至要表達意見，或是表演藝術）把他們辦公室的東西高高丟出窗外，任憑它們在地面上日漸腐朽。

這裡也有玻璃碎片，大量的玻璃碎片。還有幾張床墊，有些看起來曾被火燒過，雜草從露出的彈簧間長出來。整個生態環境從水井中央一座裝飾噴泉逐步形成。那座噴泉已有好長一段時間失去了裝飾效果，也不再是噴泉了。旁邊一條破裂漏水的水管，加上雨水幫忙，已將噴泉轉成一群小青蛙的繁殖場，牠們高興鳴叫，慶幸自己可免於不會飛的掠食者侵襲。不過，烏鴉、畫眉，加上偶爾出現的海鷗，都把這裡當成沒有貓的熟食處，專門供應青蛙。

蛞蝓在燒壞的床墊彈簧下面懶懶爬行；蝸牛沿著玻璃碎片留下一條條黏液；黑色大甲蟲在摔壞的灰色塑膠電話和離奇斷手斷腳的芭比娃娃上面勤奮爬行。

格魯布與凡德摩也到這裡來透透氣。他們沿著中庭邊緣緩慢步行，碎玻璃在腳下嘎吱作響。在破舊的黑西裝下，兩人看起來就像陰影。格魯布正在生悶氣，走得比凡德摩快一倍，繞著他兜圈子，幾乎要在怒氣中起舞。壓抑不住怒火時，格魯布會整個人衝向醫院牆壁，把牆壁當做某個真人的代替品，拳打腳踢一番。另一方面，凡德摩只是走著。他的步伐太一致，太規律，太一成不變，根本不能稱為散步，反倒像是殭屍走路。凡德摩面無表情地看著格魯布踢翻一塊斜倚在牆上的玻璃，發出令人滿意的噹啷破裂聲。

「凡德摩先生，我……」格魯布環視殘骸，說道：「我差不多已經受夠了。那個行事瞻前顧後、模稜兩可、舉止輕浮、浪費時間、優柔寡斷、臉色蒼白的卑鄙小人——我只要用拇指就可以把他的眼珠給挖出來……」

凡德摩搖搖頭。「還不行，他是我們的老闆。這件工作的老闆。等我們拿到錢之後，或許可以用我們自己的時間從他身上找點樂子。」

格魯布朝地板一啐。「他是個沒用又沒膽的蠢才……我們應該宰了那個婊子，把她大卸八塊，再埋到土裡，讓她從此消失無蹤。」

響亮的電話鈴聲響起。格魯布與凡德摩納悶地四下查看，最後凡德摩在一疊泡水的醫療文件與頂端的瓦礫堆間找到一具電話，破損的電線拖在底座後面。他拿起話筒，遞給格魯布。「找你的。」凡德摩不喜歡講電話。

「我是格魯布。」說完之後，格魯布馬上轉為阿諛奉承。「喔，是您啊，閣下。」一陣停頓。「此刻，遵照您的要求，她仍然像小雛菊似地，自由亂跑。呃，恐怕您的保鏢主意，已經成了一隻死猩猩……瓦爾尼？是的，他已經死透了。」又是一陣停頓。

「閣下，我開始對我自己跟我的夥伴在這場鬧劇中扮演的角色，產生定位方面的問題。」第三次停頓，格魯布的臉色蒼白不堪。「不夠專業？」他口氣溫和，「我們不夠專業？」他把手指握成拳頭，砰地往磚牆邊上重重一揮，但語氣沒有絲毫改變。「閣下，我無意冒犯，但容我提醒您，是我跟凡德摩先生把特洛伊城[3]燒成灰燼的，我們將黑死病帶到法蘭德斯[4]。我們暗殺過十幾名國王、五位教宗、五十幾個英雄，還有兩名人間神祇。我們上次的委託案，是到十六世紀的托斯卡尼[5]，將整個修道院的修士折磨至死。我們非常專業。」

凡德摩在一旁自顧自地找樂子。他抓著小青蛙，看嘴裡一次能塞下幾隻。他鼓著腮幫子，說道：「我喜歡幹這類事情……」

「我的重點？」格魯布問，一邊拍打破舊的黑西裝，彈掉想像中掉落的灰塵，卻不管真正的灰塵。「我的重點是：我們是刺客，是殺手，我們殺人。」他聽完一段話，繼續說：「嗯，那個上層世界的傢伙呢？我們為何不能殺了他？」格魯布一陣抽搐，又吐了口痰，踢著牆壁，但仍站在原地，手裡拿著滿是鏽斑、半壞掉的話機。

「嚇唬她？我們是殺手，又不是稻草人。」一陣停頓。他深吸一口氣。「是的，我明白，但我不喜歡這樣。」電話另一頭的人把電話掛斷了。格魯布低頭看著話機，接著一手將它高高舉起，按部就班地使勁猛撞牆壁，把話機砸成塑膠和金屬碎片。

凡德摩走了過來。他抓到一隻下腹部呈亮橘色的黑色大蛞蝓，正在咀嚼，就像胖胖的雪茄一樣。那隻蛞蝓想從凡德摩的下巴爬走。「誰啊？」凡德摩問。

「你以為會是誰？」

凡德摩咀嚼著，思考了一陣子，把蛞蝓吸進嘴裡。「稻草人？」他決定冒險一猜。

「是我們的雇主。」

「我接下來就是要猜這個。」

「稻草人。」格魯布不屑地一啐，語氣已經由盛怒轉為油腔滑調的慍怒。

3⊕特洛伊城（City of Troy）：位於小亞細亞西北部的古城。著名的希臘神話「木馬屠城記」就是以特洛伊城為背景。

4⊕法蘭德斯（Flanders）：歐洲中世紀的重要布業城邦，領土包括今日比利時西部、荷蘭南部、法國北部瀕臨北海的地方。

5⊕托斯卡尼（Tuscany）：義大利中部的行政區。著名的天文學家伽利略就是在這裡出生和成長。

凡德摩把嘴裡的東西都吞了下去，用袖子抹了抹嘴唇。「要嚇唬烏鴉，最好的方法不是用稻草人，」凡德摩說，「而是從後面悄悄靠近，把手放在牠們小小的的烏鴉頸子上勒緊，直到牠們不會動為止。這保證把牠們嚇得屁滾尿流。」

他的話聲一落，兩人聽到遠方傳來烏鴉振翅的聲音，生氣地呱呱叫著。

「烏鴉，鴉科，集合名詞。」格魯布吟誦著，細細品味這些字的聲調。「謀殺。」

理查站在朵兒旁邊，靠在牆上等著。朵兒沒說什麼，她咬著指甲，用手梳理淡紅色頭髮，直到完全服貼，再攏到肩膀後面。她絲毫不像理查認識的任何女孩。朵兒注意到他正盯著自己看，聳聳肩膀，再縮進層層衣服內，上半身幾乎都躲在皮夾克裡，臉蛋從裡頭看著外面的世界。她臉上的表情，讓理查想起去年冬天在科芬園[6]後面看到的那個無家可歸的漂亮孩子，理查不確定那是男孩還是女孩。孩子的母親向路過行人乞討零錢，好餵養那個孩子跟懷裡的嬰兒。那孩子一定又冷又餓，卻只是凝視著世界，什麼話也沒說。

獵人站在朵兒身旁，查看月臺前後的動靜。侯爵告訴他們在何處等車之後，就不知去向了。理查聽到某個地方有嬰兒哭聲。侯爵從一道出口專用的門溜進月臺，走向他們，嚼著糖果。

「好玩嗎？」理查問。月臺上吹起一陣暖風，表示有列車向他們行駛而來。

「只是處理一些事情。」侯爵說。他查閱紙片和懷錶，指著月臺一處。「這應該就是伯爵庭的列車了，你們三個站到我後面這裡。」地鐵列車發出隆隆聲響，喀嚓喀嚓進站；理查失望地發現，它看起來不過是乏味的普通火車。侯爵傾身，略過理查，向朵兒說：「小姐，有件事情，我或許應該早一點跟妳說。」

朵兒將顏色奇特的眼珠轉到侯爵身上。「什麼事？」

「呃，」他回答，「伯爵可能不會很樂於見到我。」

列車慢慢停下。停在理查面前的車廂空蕩蕩的，燈光熄了，令人感到淒涼、空虛又黑暗。有些時候，理查也會在地鐵列車中看到像這樣的車廂，陰暗又上了鎖，他總納悶這些車廂是做什麼用的。列車上的其他車門嘶的一聲打開，乘客上上下下，但陰暗車廂的門仍然關著。侯爵用一種很難理解的節奏，用拳頭咚咚敲打車門。什麼事也沒發生。就在理查懷疑列車是否會在他們上去之前離開時，陰暗車廂的門突然從裡面推開大約六吋，一張上了年紀、戴著眼鏡的臉探出來打量他們。

「是誰在敲門？」他問。

透過打開的縫隙，理查看到車廂內有燃燒的火焰、人群和煙霧。但透過車門窗戶，他看到的仍是陰暗的空車廂。「朵兒小姐，」侯爵用平穩的語氣回答，「還有她的同伴。」

車門往旁邊滑開，他們進了伯爵庭。

6⊕科芬園（Covent Garden）：倫敦市中心的一區，曾為該市重要的果菜市集。

neverwher

RICHARD WROTE A DIARY ENTRY IN HIS HEAD. DEAR DIARY, HE BEGA
FRIDAY I HAD A JOB, A FIANCEE, A HOME AND A LIFE THAT MADE SENSE. (
AS ANY LIFE MAKES SENSE.) THEN I FOUND AN INJURED GIRL BLEEDING O
PAVEMENT, AND I TRIED TO BE A GOOD SAMARITAN. NOW I'VE GOT NO FIA
NO HOME, NO JOB, AND I'M WALKING AROUND A COUPLE OF HUNDRED
UNDER THE STREETS OF LONDON WITH THE PROJECTED LIFE EXPECTAN
A SUICIDAL FRUITFLY. THERE ARE HUNDREDS OF PEOPLE IN THIS C
LONDON. THOUSANDS MAYBE. PEOPLE WHO COME FROM HERE, OR PEOPL
HAVE FALLEN THROUGH THE CRACKS. I'M WANDERING AROUND WITH A
CALLED DOOR, HER BODYGUARD, AND HER PSYCHOTIC GRAND VIZIER. WE
LAST NIGHT IN A SMALL TUNNEL THAT DOOR SAID WAS ONCE A SECTION
GENCY SEWER. THE BODYGUARD WAS AWAKE WHEN I WENT TO SLEEP
AWAKE WHEN THEY WOKE ME UP. I DON'T THINK SHE EVER SLEEPS. W
SOME FRUITCAKE FOR BREAKFAST; THE MARQUIS HAD A LARGE LUMP OF
HIS POCKET. WHY WOULD ANYONE HAVE A LARGE LUMP OF FRUITCAKE I
POCKET? MY SHOES DRIED OUT MOSTLY WHILE I SLEPT. I WANT TO GO H
THEN HE MENTALLY UNDERLINED THE LAST SENTENCE THREE TIMES
WROTE IT IN HUGE LETTERS IN RED INK, AND CIRCLED IT BEFORE PUTT
NUMBER OF EXCLAMATION MARKS NEXT TO IT IN HIS MENTAL MARGIN.

第七章

chapter seven

地板上鋪了層燈心草，上面零散擺放一些麥稈。大型壁爐裡堆放圓木，冒出劈啪作響的熊熊火焰。幾隻雞在地板上趾高氣揚地走動啄食。幾張椅子上面放著手繡的坐墊，窗戶和門板則用掛毯覆蓋起來。

列車頃而駛離車站，理查往前一絆。他伸出手抓住最近的人，讓身體恢復平衡。那人正好是個身材矮小、頭髮灰白的老兵。要不是那錫帽、無袖罩袍、相當笨重的鎖子甲和長矛，理查覺得他的模樣不折不扣就像剛退休的低階官員。但他看起來更像是才剛退休就硬被拉入當地業餘戲劇社團的低階官員，而社團裡有人強迫他扮老兵。

小老頭先是驚愕地對理查眨眼，然後緩緩說：「很抱歉。」

「是我的錯。」理查回答。

「我知道。」那人應了一句。

一隻巨大的愛爾蘭狼犬走下通道，停在一名魯特琴手身旁，那人坐在地板上，正用一種古怪的方式彈奏旋律雜亂的曲子。狼犬瞪了理查一眼，輕蔑一哼，躺下來睡著。車廂另一頭有個上了年紀的鷹獵者，手腕上有隻戴著頭巾的獵鷹，他正跟一小群有相當年紀的仕女愉快交談。某些旅客公然盯著理查一行四人，其他人也同樣公然忽視他們的存在。理查突然領悟，這就像某人拿了一座小型的中世紀宮廷，想盡辦法塞進地鐵列車的一節車廂內。

一名傳令將號角舉到嘴邊，吹出不和諧的音調，一個壯碩的老頭穿著龐大的獸皮襯裡晨袍和絨氈室內拖鞋，搖搖晃晃穿越連接另一個房間的門，一手放在身穿雜色破花衣的弄臣肩上。這老人身上每一處都奇特得引人注目：左眼戴著眼罩，讓他看起來有些無助，而且不太協調，就像一隻獨眼的獵鷹。紅灰色鬍子上有食物殘渣，寒酸的獸皮晨袍下面睡褲顯然可見。

理查心想，**這一定就是伯爵**。他猜得沒錯。

伯爵的弄臣也是個老頭，有個尖酸刻薄的嘴巴和大花臉。他引領伯爵來到類似王座的木雕座位，伯爵不太平穩地坐在上面。狼犬站起來，從車廂另一頭走過來，趴伏在伯爵穿著拖鞋的腳邊。

伯爵庭，理查心想，**原來如此**。他開始納悶男爵庭地鐵站是否住著一名男爵？渡鴉庭站裡是否有一隻渡鴉……

身材矮小的老兵發出呼哧聲，說道：「現在，你們幾個上前，說明來意。」朵兒往前站了一步，把頭高高揚起，看起來似乎比理查先前見到的樣子還高，態度也更從容。朵兒說：「我們希望覲見伯爵大人。」

伯爵對整個車廂喊道：「哈法德，那個小女孩說了些什麼？」理查懷疑他是不是聾了。

哈法德（也就是那名老兵）笨手笨腳轉過身子，把手掌合成杯狀放在嘴邊。「他們想要覲見大人。」他大喊，蓋過車廂內的吵鬧聲。

伯爵把厚重的獸皮帽推到一邊，若有所思地抓抓腦袋。皮帽下面是個禿頭。「是嗎？覲見？真是好極了。哈法德，他們是什麼人？」

哈法德轉身面對他們。「大人想要知道你們是誰。務必長話短說，不要說個沒完。」

「我是朵兒，」朵兒說出自己的身分，「波提科伯爵是家父。」

伯爵一聽，眼睛為之一亮。他身體前傾，試圖用那隻獨眼穿透煙霧。「她剛說她是波提科的長女嗎？」伯爵問弄臣。

「是的，大人。」

伯爵向朵兒招了招手。「到這裡來。來來來，讓我好好看看妳。」朵兒在搖擺的車廂內往前走，沿途抓著從頂端垂放下來的粗繩，保持平衡。她站在伯爵的木椅前，屈膝行了一禮。伯爵搔著鬍子，盯著她看。「我們聽到妳父親遭遇不幸的消息，都極為震驚……」伯爵說，然後中斷，又說：「嗯，你們全家人，真是……」他的音量減弱，又說：「我一向非常敬重妳父親，這妳是知道的……我們一起做過不少事……波提科是好人……充滿了理想……」伯爵沒再說下去，而是敲敲弄臣的肩膀，講悄悄話，但他的嗓門就像慍怒的隆隆砲聲，大到足以輕易壓過車廂內的喧鬧。「說些笑話逗他們樂一樂吧，圖雷伊，拿出你的本事來。」

伯爵的弄臣沿著通道，以像是患有關節炎的步伐，搖搖擺擺走了過來。他停在理查面前，問道：「你們是什麼人？」

「我？」理查回答，「呃，我？我的名字？我叫理查，理查，理查．馬修。」

「我？」弄臣故意拉高音調，以極似戲劇的方式模仿理查的蘇格蘭口音。「我？呃，我？我的天啊！他根本不是男人，而是傻瓜。」廷臣發出一陣竊笑。

「而我，」迪卡拉巴斯露出璀璨笑容，告訴弄臣，「自稱為迪卡拉巴斯侯爵。」弄臣眨了眨眼。

「迪卡拉巴斯？那個小偷？」弄臣問，「那個綁架犯？那個叛徒？」他轉身面向四周的廷臣。「但此人不可能是迪卡拉巴斯。為什麼？因為迪卡拉巴斯早就從伯爵面前驅逐消失了。或許這是新奇品種的鼬，長得特別大隻。」廷臣心神不安地竊笑，開始嘰嘰喳喳憂慮地交談起來。伯爵沒說半句話，但他緊閉嘴唇，身體微微發顫。

「我叫獵人。」獵人對弄臣說。

廷臣頓時鴉雀無聲。弄臣張開嘴巴，似乎想說些什麼，他看了獵人一眼，又把嘴巴閉上。獵人幾近完美的嘴唇微微一動，從嘴角露出一股笑意。「直說無妨，」她告訴對方，「說些有趣的事來聽聽。」

弄臣看著自己的鞋尖，低聲說：「我的獵犬沒有鼻子。」

一直盯著迪卡拉巴斯的伯爵，眼睛像慢慢燃燒的引信，現在引爆了，讓他站了起來，變成有灰鬍子的火山，或是上了年紀的發狂戰士。伯爵的頭擦著車廂屋頂，伸手指著侯爵，口沫橫飛地大叫：「我絕對不會容忍下去，絕對不會！把他押到前面來。」

哈法德向侯爵搖了搖陰沈的長矛。侯爵從容地從車廂前頭慢慢走到朵兒身邊，跟她一起站在伯爵的王座前。獵犬從喉嚨深處發出低沈的咆哮。

「你，」伯爵舞動一根滿是疙瘩的巨大手指，「我認得你，迪卡拉巴斯，我沒忘記。我或許已經老了，但我不會忘記。」

侯爵鞠了一躬。「請容我提醒您，閣下。」他彬彬有禮地說，「我們之間有個約定，對吧？我代表您的人民與渡鴉庭之間談成了一項和平協定，而您答應幫我一點小忙作為回報。」**原來真的有渡鴉庭**，理查在腦海裡猜想那會是什麼樣子。

「一點小忙？」伯爵整張臉氣成醬紅色，「你居然敢這麼說？因為你的愚蠢，我從白城撤退時折損了十幾人，自己還賠上一隻眼睛。」

「閣下，希望您不會介意我這麼說。」侯爵殷勤地說，「那隻眼罩真是迷人，把您的臉孔完美地襯托出來。」

「我當時發誓……」伯爵頓時怒不可遏，鬍子倒豎起來。「我當時發誓……如果你敢再踏進我的領地，我就要……」他突然放低音量，搖了搖頭，感到困惑而健忘。然後他繼續說：「我會想起來的。我的記性不差。」

「伯爵可能不會很樂於見到你？」朵兒低聲問迪卡拉巴斯。

「呃，是啊。」他含糊地回了一句。

朵兒又向前走了一步。「閣下，」她大聲而清楚地說，「迪卡拉巴斯是跟著我才會到這裡來，他是我的客人，也是我的同伴。請看在貴我兩大家族的長久友誼，也看在我父親跟您之間的交情……」

「他濫用我的好意，」伯爵大發雷霆，「我當時發誓……如果他敢再踏進我的領地，我就要取出他的內臟，再把他晾乾……就像……像某個要先去除內臟的東西……像是……」

「或許……像醃燻鮭魚？」弄臣在一旁建議。

伯爵聳了聳肩膀。「像什麼都無所謂了。來人，把他圍起來。」周圍的衛兵將侯爵包圍起來。雖然這些衛兵都超過六十歲，但每人都拿著十字弓對準他，手也沒有因年事已高或恐懼而抖個不停。理查看了獵人一眼，她似乎對此毫不在意：近乎帶著興味看這一切，像是在看好戲。

朵兒交叉雙臂，站得更挺一些，將頭後仰，抬高尖削的下巴。她看起來不像衣衫襤褸的街頭頑童，反倒像堅守己見的人。蛋白色眼珠閃爍著光芒。「閣下，侯爵應我之邀，成為我這次旅程中的夥伴。我們的家族長久以來都維持友好關係……」

「是啊，沒錯。」伯爵把她的話打斷，「有幾百年了，好長好長一段時間。我也認識妳的祖父。很有趣的老傢伙，模樣倒有點忘記了。」他說出心裡的話。

「但我現在逼不得已，必須這麼說：我會將加諸於我同伴的暴力行為，視為侵犯我的家族和我個人的行為。」女孩抬起頭瞪著老人，老人像高塔般站在她面前。兩人動也不動，僵持了一段時間。伯爵激動地猛拉紅灰色鬍子，接著又像小孩子般嘟起嘴巴。「我不准他待在這裡。」

侯爵拿出在波提科書房發現的金色懷錶，隨便檢視了一下，轉頭對朵兒說話，好像周遭的事都沒發生似的。「小姐，顯然我離開這部列車會比待在此處對妳有用多了。再說，我還有其他地方要去探索。」

「不，」朵兒回答，「你走，我們也跟著走。」

「我認為這個主意不好。」侯爵說，「只要妳還待在倫敦下層，獵人就會照料妳。我會在下次的流動市集裡跟妳碰面，這段時間內，千萬別做出什麼蠢事啊。」列車正駛入一座車站。

朵兒用目光釘住伯爵：她的眼神有一種古老而強大的力量，不太像是她這年紀就能擁有的。理查注意到，只要朵兒一開口，整個房間都會安靜下來。「閣下會讓他平安離開吧？」朵兒問。

伯爵用雙手搓搓臉，又揉揉僅存的眼睛和眼罩，然後轉頭看著朵兒。「叫他走就是了。」他看著侯爵。「下次……」他伸出一根粗大的老手指，劃過自己的喉結，「……醃燻鮭魚。」

侯爵深深鞠了一躬。「我會自行離開。」他對衛兵說，隨即朝打開的門走去。哈法德舉起手中的十字弓，對準侯爵的背心。獵人伸出手，將十字弓尾壓下。侯爵跨上月臺，轉身向眾人熱情揮手，車門嘶的一聲關上。

伯爵坐倒在車廂尾端的巨椅上，什麼話也沒說。列車喀嚓喀嚓，搖搖晃晃穿過漆黑山洞。「我的禮貌到哪裡去了？」伯爵對著自己喃喃說道。他用獨眼掃視眾人，用極度低沈的聲音再說一次。理查甚至感覺得到自己的肚皮在震動，就像低音鼓似的。「**我的禮貌到哪裡去了？**」伯爵作勢，要一名老兵到他面前。「達格伐，他們剛結束旅程，肚子一定餓了。嗯，我想一定也渴了吧。」

「是的，大人。」

「停車！」伯爵叫道。車門「嘶」地打開，達格伐小跑步跳上月臺。理查看著月臺上的人，沒有人進入他們的車廂。似乎沒人注意到有何不尋常。

達格伐走到月臺邊的自動販賣機前。他拿下鋼盔，再用一隻戴著鐵手套的手，敲擊販賣機側邊。「奉伯爵之令，拿巧克力來。」機器內部深處傳出齒輪軋軋作響的聲音，吐出十幾根吉百利的水果核仁巧克力棒，一根接著一根。達格伐將鋼盔放在出口下方接住。車門開始關起，他將長矛握柄卡在門中間，車門不斷開開合合。「請離開車門，」擴音器的聲音說，「列車必須在所有車門關閉後才能離站。」

伯爵用獨眼盯著朵兒瞧。「嗯，是什麼風把妳吹來的？」

朵兒舔了舔嘴唇。「呃，這跟家父之死有間接關係，閣下。」

伯爵緩緩點頭。「沒錯，妳要報仇。這也是理所當然。」他咳嗽幾聲，以最低部的男低音吟誦。「**揮舞英勇的刀刃，燃起熊熊火焰，長劍刺入仇人的心臟，血腥的……呃……**什麼東西。」

「復仇？」朵兒想了一下，「沒錯，我父親就是說復仇。但我只想弄清楚到底發生了什麼事，然後自保。我的家族沒有仇敵。」與此同時，達格伐跌跌撞撞走回車廂，頭盔盛滿巧克力棒和可樂。車門終於關上，列車也再度駛離車站。

李爾的外套仍然鋪在地道的地板上。如今上面堆滿錢幣和紙鈔，但也有許多鞋子踩在上頭，踢著錢幣，把紙鈔踏得又髒又破，連外套的布料都扯破了。李爾放聲大喊，哀求道：「求求你們！不要再來煩我了！」他背靠通道的牆壁，鮮血沿著臉頰往下流，滴落在鬍子裡。薩克斯風軟弱無力地掛在他胸前，已經凹損報廢。

一小群人團團圍住他，大約有二十到五十人。每個人都推擠著，像失去理性的暴民，兩眼無神呆滯，男男女女爭先恐後，扭打成一團，只是為了把錢拿給李爾。貼著磁磚的牆壁上有血跡，是李爾的頭撞上時留下來的。李爾向一名中年婦人猛力揮手，她的皮包大開，一大把五鎊紙鈔朝李爾倒出。婦人抓住他的臉，迫不及待要把錢給他。他扭動躲開婦人的指甲，跌在地道的地板上。

有人踩到他的手，他的臉跌進成堆硬幣中。他開始啜泣，咒罵。「我告訴過你，不要過度利用那首曲子。」附近一個優雅的聲音說，「亂來！」

「救救我。」李爾哀求。

「嗯，是有反制魅惑的方法。」那個聲音不太情願地承認。

人群現在更加靠近了。一枚扔過來的五十便士銅板讓李爾的臉頰開花。他將身體蜷曲成一團，緊緊抱住前腿，將臉埋在膝蓋之中。「該死，快吹吧，」李爾嗚咽道，「你要什麼都行……讓他們停下來就對了……」

一個玩具笛子吹出柔和的笛聲，在通道裡迴響。簡單的調子，不斷重複，每次都略有不同：是迪卡拉巴斯變奏曲。腳步聲逐漸離開，先是趑趄不前，然後加快腳步，從李爾身旁走開。李爾張開眼睛，看到迪卡拉巴斯侯爵正靠在牆上吹著玩具笛子。他看到李爾正瞧著自己，便把笛子從嘴唇拿開，放回大衣的內袋。他丟了一條縫著補丁、帶有蕾絲的亞麻手帕給李爾，李爾擦掉額頭和臉上的血漬。

「他們簡直要我的命。」李爾用指控的語氣說道。

「我早就警告過你了。」迪卡拉巴斯回答，「算你好運，我又從這條路走回來。」他扶李爾坐好。「現在，我想你又欠我一個人情了。」

李爾從通道地板上撿起外套，外套破損、污泥，上面還印著許多腳印。他突然感到非常寒冷，隨手將破外套披在自己肩頭，錢幣掉落，紙鈔飄散在地板上。他沒有把錢撿起來。「我真的是運氣好？

還是你故意陷害我？」

侯爵一臉遭到冒犯的表情。「我不知道你怎麼會有這麼荒唐的想法。」

「因為我很了解你，這就是原因。總之，你這次又想要我去幹什麼事情？偷東西？縱火？」李爾聽起來已經認命了，還帶著一絲悲哀。接著他又說：「殺人嗎？」

迪卡拉巴斯彎下腰，拿回手帕。「算是偷東西吧，你還是第一次猜對呢。」他笑著說，「我現在迫切需要一件唐朝的雕像。」李爾微微發抖，慢慢地點了點頭。

理查拿到吉百利的水果核仁巧克力棒和銀色的大高腳杯，杯緣的裝飾品，在理查看來，是藍寶石。高腳杯裡裝滿可口可樂。

弄臣（名字好像是圖雷伊吧）用力清了清喉嚨。「我要舉杯向我們的客人敬酒，這三位分別是小孩、勇士、笨蛋。祝他們都能得到自己應得的東西。」

「我是哪一個？」理查低聲問獵人。

「當然是笨蛋。」她回答。

哈法德啜飲一口可樂後，悵然說道：「以往，我們有紅酒。我比較喜歡紅酒，至少喝起來不會黏黏的。」

「自動販賣機都會像這樣把東西直接給你嗎？」理查問。

「嗯，沒錯，」老兵說，「看到了吧，它們都聽令於伯爵，他統治下層世界。要說火車的話，他也統治著中央線、圓環線、居博里線、維多利亞線與貝克盧線……呃，除了地底線，所有的路線都歸他管。」

「什麼是地底線？」理查問。

哈法德搖搖頭，噘起嘴巴。獵人用手拍拍理查的肩膀。「還記得我跟你提過牧羊人草叢裡的牧羊人？」

「妳說我不會想遇到他們，有些事情我最好不要知道。」

「很好，」她說，「你現在可以把地底線加進那些事的清單裡。」

朵兒回到車廂，朝他們走去，臉上帶著笑容。「伯爵答應提供協助，來吧，他正在圖書館等著接見我們。」理查沒有再問「什麼圖書館」這種問題，只是跟著其他人一起過去。畢竟他在這裡待得愈久，就愈能接受字面的含義。他跟隨朵兒走向伯爵的空王座，再繞到背面，穿過一扇連結車廂的門，進入圖書館。這是間巨大石室，有高高的木製天花板，每面牆壁都擺了一座大書櫃，每層書架上都塞滿物品：有書籍，沒錯。但書架上還放滿其他東西：網球拍、曲棍球球棍、雨傘、鏟子、一臺筆記型電腦、一隻木腿、幾個馬克杯、幾十隻鞋子、幾副望遠鏡、一小段圓木、六個手套式木偶、一盞熔岩燈、幾張雷射唱片、黑膠唱片（LP、四十五轉、七十八轉都有）、錄影帶、八音軌錄音帶、骰子、玩具車、各種假牙、手錶、手電筒、四隻不同大小的花園地精（兩隻在釣魚、一隻在發呆、最後一隻在抽雪茄）、幾疊報紙、雜誌、魔法書、三腳凳、一盒雪茄、一隻塑膠製的亞爾沙斯點頭狗、幾雙襪子……這個房間根本就是一個小型的失物帝國。

「這才是他真正統治的領域，」獵人喃喃說道，「丟失的物品，遺忘的東西。」

石牆上有幾扇窗戶，理查透過窗戶，看得到喀嚓作響的漆黑及地鐵隧道不斷閃過的燈光。伯爵兩腳張開坐在地上，用手輕輕撫摸狼犬，搔著牠的下巴。弄臣站在他身邊，表情看起來很尷尬。伯爵一看到朵兒他們，便手腳並用爬了起來，露出笑容。「啊，你們來了。嗯，我要你們到這裡來是有原因的，我一定想得起來……」他拉拉紅灰色的鬍子——這對身體這麼龐大的人而言是個很小的動作。

「天使伊斯靈頓，閣下。」朵兒很有禮貌地說。

「喔，是的。妳父親有許多改革的想法。問過我的意見。不過，我不相信改革，所以我就把他送到伊斯靈頓去了。」伯爵說完後，眨了眨眼睛。「這我告訴過妳了嗎？」

「是的，閣下。我們要如何才能到伊斯靈頓？」

伯爵點了點頭，像是朵兒說了什麼含意深遠的話。「起先有一條捷徑，然後得走一段很遠的路。很危險的。」

朵兒很有耐性地問：「那條捷徑是……」

「不，不。要能隨意開門，才有辦法使用。只適合波提科家族的成員。」伯爵將一隻大手放在朵兒肩膀上，滑向她的臉頰。「不如就留在這裡陪我吧，讓我這老人在夜裡也能保持溫暖，嗯？」他色瞇瞇地斜眼看著朵兒，用蒼老的手指撫摸她纏亂的頭髮。獵人向朵兒踏了一步，朵兒向她打手勢：不，還不行。

朵兒抬頭看著伯爵說：「閣下，我是波提科的長女。我要如何才能見到天使伊斯靈頓？」理查很訝異朵兒居然能暫時按捺住自己的脾氣，獨自對付伯爵的種種騷擾。

伯爵的獨眼眨了眨，露出莊嚴神色，像是隻老鷹。他把頭歪向一邊，把手從朵兒的頭髮上拿開。「沒錯，沒錯，妳是波提科的女兒。妳父親近況如何？希望他一切安好。他是個好人。不錯的人。」

「我們要如何才能見到天使伊斯靈頓？」朵兒說，這次聲音已經有點顫抖。

「嗯？當然是用奉告祈禱圖。」

理查發現自己將六十年、八十年、五百年前的伯爵猜想成偉大的戰士、狡猾的戰略家、萬人迷、不錯的朋友、可怕的敵人。他身上依稀還看得到這些特質，而這也是讓他如此悲傷，又如此恐怖的原因。伯爵在書架上摸索，拿開一些筆、菸斗、射豆槍、小石像獸和枯死的葉子。然後，他像碰巧發現老鼠的老貓，抓住一個小小的卷軸，交給朵兒。「拿去吧，小姑娘，」伯爵說，「都在這裡面了。我想，我們最好讓你們在妳要去的地方下車。」

「你要讓我們下車？」理查問，「從列車裡下？」

伯爵四處查看聲音的來源，面向理查，露出碩大笑容。「喔，這不算什麼啦。」他發出洪鐘般的聲音，「這一切都是為了波提科的女兒。」朵兒緊緊抓住卷軸，露出得意的表情。

理查感到列車正慢慢減速，然後他、朵兒、獵人都被帶離石室，回到車廂。列車速度愈來愈慢，理查探頭窺看外面的月臺。

「請問這是哪一站？」他問。列車停了下來，面對車站的標牌，上面寫著「大英博物館」。不知怎麼搞的，這件事實在是太怪異了。他可以接受「留意空隙」和伯爵庭，甚至那座奇怪的圖書館也沒問題。但這……他和所有倫敦人一樣，對地鐵圖瞭若指掌，而這個狀況實在太離譜了。「絕對沒有大英博物館站。」理查斬釘截鐵地說。

「沒有嗎？」伯爵聲如洪鐘，「那麼，嗯，你下車時一定要非常小心。」他捧腹大笑起來，又拍了拍弄臣的肩膀。「聽到沒有，圖雷伊？我跟你一樣有趣呢。」

弄臣露出絕望的苦笑。「我的身體就要裂開，我的肋骨在劈啪作響，我的歡笑再也留不住了，大人。」

車門嘶的一聲打開。朵兒向伯爵微微一笑，說：「謝謝。」「下車，下車。」身體龐大的老伯爵說，把朵兒、理查和獵人趕出溫暖、煙霧瀰漫的車廂，來到空曠月臺。車門隨即關起，列車駛離車站，但理查只是盯著那塊標牌，無論眨了多少次眼睛，或是把目光移到別處再突然轉回來，結果都一樣，標牌上面還是頑固堅持地寫著：

大英博物館

neverwher

RICHARD WROTE A DIARY ENTRY IN HIS HEAD. DEAR DIARY, HE BEG
FRIDAY I HAD A JOB, A FIANCEE, A HOME AND A LIFE THAT MADE SENSE
AS ANY LIFE MAKES SENSE.) THEN I FOUND AN INJURED GIRL BLEEDING
PAVEMENT, AND I TRIED TO BE A GOOD SAMARITAN. NOW I'VE GOT NO FI
NO HOME, NO JOB, AND I'M WALKING AROUND A COUPLE OF HUNDRE
UNDER THE STREETS OF LONDON WITH THE PROJECTED LIFE EXPECTA
A SUICIDAL FRUITFLY. THERE ARE HUNDREDS OF PEOPLE IN THIS
LONDON. THOUSANDS MAYBE. PEOPLE WHO COME FROM HERE, OR PEOPI
HAVE FALLEN THROUGH THE CRACKS. I'M WANDERING AROUND WITH
CALLED DOOR, HER BODYGUARD, AND HER PSYCHOTIC GRAND VIZIER. WE
LAST NIGHT IN A SMALL TUNNEL THAT DOOR SAID WAS ONCE A SECTION
GENCY SEWER. THE BODYGUARD WAS AWAKE WHEN I WENT TO SLEE
AWAKE WHEN THEY WOKE ME UP. I DON'T THINK SHE EVER SLEEPS. W
SOME FRUITCAKE FOR BREAKFAST; THE MARQUIS HAD A LARGE LUMP C
HIS POCKET. WHY WOULD ANYONE HAVE A LARGE LUMP OF FRUITCAKE
POCKET? MY SHOES DRIED OUT MOSTLY WHILE I SLEPT. I WANT TO GO
THEN HE MENTALLY UNDERLINED THE LAST SENTENCE THREE TIMI
WROTE IT IN HUGE LETTERS IN RED INK, AND CIRCLED IT BEFORE PUT
NUMBER OF EXCLAMATION MARKS NEXT TO IT IN HIS MENTAL MARGIN.

第八章

chapter eigh

從老貝利所在之處往西望去約四哩，暮色剛降臨大地，萬里無雲的天空從寶藍轉成深紫，一輪橘紅色火球出現在帕丁頓區[1]上方，正是日落時分。

天空，老貝利滿懷愜意地心想，**沒有兩片天空是相似的，不管白晝黑夜都一樣。**他算得上是個天空的鑑賞家，而今天的天空很不錯。老貝利在倫敦市中心的聖保羅大教堂[2]正對面屋頂上搭起帳篷，準備過夜。

他很喜歡聖保羅，這座教堂至少這三百年來都沒有多大改變。教堂用白色的波特蘭石砌建而成，然而，這棟白色建築物甚至還未完工，就給倫敦污濁空氣裡的煤煙和灰塵熏成了黑色，經過七〇年代的倫敦清潔工作後，或多或少又恢復為白色；但它依舊是聖保羅大教堂。至於倫敦市其他部分，老貝利可就不敢保證是否還保持原狀了。他把目光從鍾愛的天空移開，越過屋頂邊緣往下眺望，看著鈉素燈照明的人行道。他看得見固定在牆上的保全攝影機、幾部汽車，一個晚歸的上班族把門鎖上之後朝地鐵站走去。哎喲——就算只是走到地底的念頭，也會讓老貝利全身發抖。他是屋頂人，而且對此感到自豪；他在很久以前就逃離了地面的世界……

1⊕帕丁頓（Paddington）：倫敦西郊的住宅區。
2⊕聖保羅大教堂（St. Paul Cathedral）：一六六七至一七〇八年建成，是英國最主要的大教堂，英國王儲的婚禮都在這裡舉行。

老貝利記得人們曾在城市裡生活，而不只是工作。人們享受人生，擁有欲望，盡情歡笑，還搭蓋了搖搖欲墜的房子，一棟接著一棟，每一棟都住滿吵鬧的居民。曾幾何時，原本存在於那些與道路交叉的巷子（因而——至少是用粗俗的話來說——叫做臭屎巷）裡的噪音、髒亂、惡臭和歌聲，都已成了過往雲煙，如今也沒人住在城裡了。城市成了冰冷無趣的地方，辦公室林立，人們白天到此處工作，晚上再各自回家；這地方再也不適合居住。老貝利甚至懷念那些臭味。

橘紅色太陽僅存的餘暉轉變成深沈的紫。老貝利把籠子用布蓋上，好讓那些鳥兒睡個美容覺。鳥兒一陣牢騷，入睡。老貝利搔搔鼻子，隨即走進帳篷，拿出熏黑的燉鍋、一些水、幾塊胡蘿蔔和馬鈴薯、鹽巴，還有兩隻拔光羽毛吊掛的死椋鳥。他走出帳篷到屋頂上，在煤煙熏黑的咖啡罐裡點燃一小團火，再把燉鍋放到上面煮。這時，老貝利發現有人從煙囪旁的陰影裡盯著他看。

他連忙拿起烤叉，作勢威脅朝煙囪揮舞。「誰在那裡？」

迪卡拉巴斯侯爵從陰影處走出來，敷衍地鞠個躬，笑容可掬。老貝利放下手中的烤叉。「喔，原來是你。嗯，你想要什麼？知識？還是鳥肉？」

侯爵向他走去，從燉鍋裡拿起一片生胡蘿蔔，嚼了起來。「事實上，我想打聽消息。」

老貝利得意地笑。「哈，這可是頭一遭，對吧？」他把身體靠向侯爵。「你打算用什麼來交換？」

「你想要什麼？」

「或許我應該學學你的做法，要你欠我一個人情，當作是為日後來投資。」老貝利促狹而笑。

「長時間來看，太不划算了。」侯爵回答，毫無幽默感。

老貝利點點頭。太陽已沒入地平線，氣溫很快就變得非常低。「鞋子，還有……可以遮住臉的帽子。」他檢查自己的露指手套，上面幾乎都是破洞。「再加一雙新手套。這個冬天一定冷死人了。」

「很好，我會拿來給你。」迪卡拉巴斯侯爵把手伸進大衣內袋，隨即像魔術師憑空變出玫瑰般，把他從波提科書房裡拿來的黑色動物雕像給變了出來。「那麼，這東西你能告訴我什麼情報？」

老貝利戴上眼鏡，從迪卡拉巴斯手上接過物品。這東西觸感冰冷。他坐在一臺冷氣機上，將黑曜石雕像在手中翻來覆去，然後說：「這是『倫敦巨獸』。」侯爵默不作聲，視線不耐煩地從雕像移到老貝利身上。

老貝利享受著侯爵那種無傷大雅的不快，一邊以自己的節奏繼續說：「據說查理一世在位——這國王最後被送上斷頭臺丟了腦袋，愚蠢的傢伙——倫敦發生大火和瘟疫之前，有個屠夫住在佛利特運河下流。他養了頭可憐的動物，準備餵飽了在聖誕節殺來食用。有人說牠是小豬，有人說牠不是，另外還有些人——包括我自己在內——一直不確定牠是什麼東西。十二月的一個晚上，那隻野獸逃走了，跑進佛利特運河，消失在下水道中。牠吃著下水道裡的髒東西，身體愈長愈大，性情也愈發凶狠暴戾。人們不時派出狩獵隊獵捕牠。」

侯爵噘起嘴巴。「牠一定在三百年前就死了。」

老貝利搖了搖頭。「像這麼邪惡的東西，絕不會那麼容易就死了。」

侯爵嘆了口氣。「我想這只是傳說罷了，就像紐約市下水道的短吻鱷。」

老貝利嚴肅地點點頭。「啊，那些巨大的白色畜生？牠們是在那裡。我有個朋友就是被其中一隻短吻鱷給咬掉腦袋的。」沈默了一陣子。老貝利把雕像還給侯爵，隨即舉手擺出鱷魚頭的模樣，作勢向迪卡拉巴斯猛咬。「其實也還好啦。」他扮了個鬼臉，還露出牙齒，樣子著實非常嚇人。「他還有另外一個頭。」

侯爵哼了一聲，不確定老貝利是否在戲弄自己。他再度把野獸雕像放回大衣內袋。

「等一下。」老貝利說完，轉身進入他的棕色帳篷，回來時手上捧著一個裝飾華麗的銀色箱子，是侯爵在他們上次見面時交給他的。他把箱子遞給侯爵。「這該怎麼處理？你可以拿回去了嗎？把這東西放在身邊，老是讓我全身起雞皮疙瘩。」

侯爵走到屋頂邊緣，往下跳落八呎，到另一棟建築物上。「我會拿回來的，等整件事情都結束之後。」他大聲喊道，「但願你不會需要用到那東西。」

老貝利探出屋頂邊緣。「我怎麼會知道我需不需要用到？」

「你會知道的。」侯爵大喊，「另外，那些老鼠會告訴你該怎麼處理。」他聲音甫落，人已旋在建築物的側面往下滑，用排水管和牆上的突起物當扶手。

「希望我永遠都不會知道……我也只能這麼說了。」老貝利自言自語，腦海中突然閃過一個念頭。「喂，」他對著夜色與城市大喊，「別忘了我要的鞋子和手套啊！」

牆上的廣告看板有兼具提神與保健功能的麥芽飲料，也有只要兩先令就可搭火車到海邊的一日遊，另外還有醃燻鯡魚、去除髭鬚的蜜蠟和擦鞋油。這些煤煙熏黑的看板，是二〇年代末期或三〇年代初期遺留下來的事物。理查不敢置信地盯著。這裡似乎已經完全廢棄了，一個被人遺忘的地方。

「這是大英博物館站，」理查不得不承認，「但是……從來就沒有大英博物館站，這全都搞錯了。」

「它大概在一九三三年關閉，都封起來了。」朵兒說。

「多詭異啊。」理查覺得自己好像走進了歷史。他聽得見火車在附近的隧道發出回聲，還能感受到空氣因為火車經過而迅速流動。「有很多車站都像這樣嗎？」

「約有五十個吧，」獵人回答，「但不是每一個都可以進出，連我們也不例外。」

月臺邊緣的陰影裡有東西在移動。「哈囉，」朵兒說，「妳好嗎？」她往下順勢蹲了下來。一隻棕色老鼠跑到明亮處，嗅著朵兒的手。

「謝謝妳，」朵兒愉快地說，「我也很高興妳沒死。」

理查慢慢靠向邊緣。「呃，朵兒，妳能幫我跟這隻老鼠說一些話嗎？」

老鼠把頭轉向理查。「鬍鬚小姐說，如果你有什麼話想對她說，直接告訴她就行了。」朵兒說。

「鬍鬚小姐？」

朵兒聳了聳肩膀。「這是照字面翻過來的意思，」她解釋，「用老鼠的語言來唸會好聽多了。」

理查毫不質疑。「呃，妳好……鬍鬚小姐……嗯，你們的鼠言人裡，有個叫安娜希斯亞的女孩。她當時帶領我去市集，我們在黑暗中越過那座拱橋，但她一直沒有過橋來……」

老鼠以尖銳的吱吱叫聲打斷他的話。朵兒開始說話，帶著遲疑，就像同步口譯員一樣。「她說……這件事情，老鼠並不怪你。你的嚮導……嗯……被黑夜抓走了……作為過橋費。

「不過……」

老鼠又吱吱叫了幾聲。「他們有時候會回來……」朵兒說，「她現在知道你很關心這位女孩……並對此表示感謝。」老鼠向理查點點頭，眨了眨珠黑般的眼睛，跳到地上，急匆匆遁入黑暗。「好老鼠。」朵兒說。如今她拿到了卷軸，性情似乎變好許多。「到那裡去。」她舉起手，指著一道鐵門整個擋住的拱形入口。

他們走到拱形入口的前面。理查用力推那扇鐵門，發現鐵門從裡面上了鎖。「看來被封住了，」理查說，「我們需要特殊的工具。」

朵兒突然微笑，使得她容光煥發。有那麼一段時間，她稚嫩的臉龐變得光彩耀人。「理查，我的家族都是開啟者，這是我們的天分。看好……」她伸出一隻骯髒的手，貼在門板上。過了很長一段時間，什麼事也沒發生，然後門的另一邊傳來巨大碰撞聲，這邊則聽到喀擦聲。朵兒再推一次鐵門，生鏽的鉸鏈發出尖銳摩擦聲，門開了。朵兒把皮衣的領子豎起，雙手深深插入口袋。獵人以手電筒照著入口後面的黑暗處：有一段石梯，往上延伸到一片漆黑之中。「獵人，妳可以走在最後面嗎？」朵兒問，「我在最前面，理查可以走中間。」

她往上走了幾階，但獵人仍站在原地。「小姐？」獵人問，「妳要到倫敦上層去？」

「沒錯，」朵兒回答，「我們要去大英博物館。」

獵人咬著下唇，搖了搖頭。「我必須留在倫敦下層。」她的聲音微微顫抖。理查注意到，這是第一次看見獵人流露出這樣的神情。她先前幾乎都能輕鬆勝任，偶爾還會挖苦別人。

「獵人，」朵兒大惑不解，「妳是我的保鏢啊。」

獵人看起來很不自在。「我是妳在倫敦下層的保鏢，我不能跟妳去倫敦上層。」

「但妳非去不可。」

「小姐，我沒辦法。我以為妳明白。侯爵就知道。」**只要妳還待在倫敦下層，獵人就會照料妳，**理查心想，沒錯。

「不。」朵兒說，下巴高高揚起，眉頭也皺了起來。「我不明白。是什麼原因？」她輕蔑地加了一句：「是哪種詛咒還是什麼？」獵人遲疑了一下，舔舔嘴唇，點頭，看起來就像承認自己染上了某種不可告人的疾病。

「喂，獵人，」理查不禁脫口而出，「別鬧了。」有那麼一刻，他以為獵人打算揍他，如果是這樣，情況便不太妙。他甚至以為獵人要哭了，如果是這樣，情況就更是大大不妙。接著獵人深呼吸，以強行控制的語調說：「小姐，妳在倫敦下層的時候，我隨時都會護衛在妳身旁，不會讓妳受到任何傷害。然而，別要求我跟著妳到倫敦上層去，我沒辦法去。」她把雙臂在胸口下方交疊，雙腳微開站立，眼睛看著整個地底世界，像一尊用黃銅和青銅鑄造的蜜褐色女人雕像，哪裡也不去。

「那就算了。」朵兒說，「理查，我們走吧。」她沿著階梯往上走。

「喂，」理查說，「我們為何不留在下面這裡？我們可以先去找侯爵，等所有人都到齊後，再……」朵兒的身影已經消失在上方的黑暗中。獵人站在階梯的最下層，一動也不動。

「我會在這裡等她回來。」獵人告訴理查，「你可以跟上去，也可以留下來，隨你的意。」

理查用最快的速度，在漆黑中沿著階梯追上去。不久，他看到朵兒的提燈在他上方。「喂，」他氣喘吁吁地說，「等等我。」朵兒停下腳步，等理查追上。他追上後，隨即腳下一軟，趴倒在地上，不停喘氣。朵兒只好站在一旁，等他調整呼吸。「妳不能就這樣跑開。」理查說。朵兒默不作聲；她原本緊閉的嘴唇，閉得更緊了些，下巴的角度也抬得更高。「她是妳的保鏢。」理查指出。

朵兒開始沿著下一級階梯往上走，理查跟在她後面。「嗯，我們很快就回來了。」朵兒說，「到時她就可以繼續保護我了。」

周遭的氣氛相當沈悶。理查心想，在伸手不見五指的情況下，要如何判斷氣氛糟不糟呢?他安慰自己，希望情況不會糟到哪裡去。「我想侯爵或許知道吧。關於她的詛咒，或是其他因素。」

「是的，」朵兒回答，「我希望他知道。」

「他……」理查接著說，「侯爵那個人，嗯，老實說，我覺得他有點狡猾。」

朵兒止步。階梯末端是一面粗糙的磚牆。「嗯，」朵兒對此表示同意，「他是有一點狡猾，就像老鼠都長著一點皮毛一樣。」

「那為何找他幫忙?難道沒有別人可以幫妳了嗎?」

「我們以後再談這件事情吧。」她打開伯爵給的卷軸，把寫在上面的潦草字跡迅速看了一遍，重新捲好。「我們不會有事的，」她肯定地說，「所有訊息都在這裡。我們只要進入大英博物館，找到奉告祈禱圖，然後離開。就這麼簡單，沒什麼大不了。閉上眼睛。」

理查順從地閉上眼睛。「沒什麼大不了。」他複誦，「電影裡的人這麼說的時候，總是表示有什麼可怕的事情要發生了。」

他感到一陣微風吹拂在臉上。在他緊閉的眼皮外，黑暗似乎產生了質量的變化。「你的重點是什麼？」朵兒問。連回聲效果也改變了，他們已進入一個較大的房間。「你現在可以張開眼睛了。」

理查張開眼睛，猜想他們來到牆壁的另一邊，而這裡顯然是堆放舊東西的房間，不過，跟普通的舊物間不一樣，這些舊東西有種相當奇特罕見的質地，應該是某種非常重要、希有、特殊、昂貴的器物，只有在特定的地方才會看到，像是……

「我們是在大英博物館嗎？」理查問。

朵兒皺著眉頭，似乎正在思考或聆聽。「不完全是，但非常接近了。我想這一定是儲藏間之類的地方。」她伸出手觸摸一件骨董衣的布料，衣服就展示在蠟製假人身上。

「我希望我們能留在保鏢的身旁。」理查說。

朵兒把頭歪向一邊，鄭重地看著他。「那你需要提防什麼呢，理查・馬修？」

「沒什麼。」他承認。兩人接著繞過轉角處，他又說：「呃……或許是他們吧。」與此同時，朵兒也罵了一句：「該死！」格魯布與凡德摩分別站在通道兩側的圓柱基座上，就在他們正前方。

他們讓理查極為厭惡地想起潔西卡曾帶他去參觀的一個當代藝術展。一個激動的年輕藝術家，宣稱他將打破所有的藝術禁忌。為求目的，那人展開一連串有系統的盜墓行動，將三十件最有意思的掠奪成果，放在玻璃箱內展示。是次展覽在藝術家將「失竊的屍首第二十五號」以六位數賣給一家廣告公司之後結束。後來「失竊的屍首第二十五號」的親屬在《太陽報》看到這件雕塑品的照片，立刻控告雙方，要求從該次交易的收益中分紅，並將藝術品改名為「艾格達．弗史普林，生於一九一九年，卒於一九八七年，摯愛的丈夫、父親、叔父。安息吧，爹地」。理查當時驚恐地看著那些身穿腐朽破爛的衣服、受限於玻璃箱內的屍體；他痛恨自己盯個不停，但他沒辦法移開目光。

格魯布微笑，看起來像塞了一彎弦月的蛇嘴。這幅笑容大大提升他與失竊的屍首第一號到三十號（其實都沒有多大區別）的相似程度。「什麼？」格魯布笑著說，「那位『我好聰明，什麼事都知道』的侯爵不在你們身邊？那位『喔，我不是告訴過妳了嗎？糟糕！我不能上樓』的獵人也不見人影？」他停頓一下，藉此增加戲劇效果。「如果把我塗成灰色，說我是大野狼，那他們不就成了兩隻迷途的羔羊，在天黑之後自己跑了出來。」

「你也可以說我是大野狼，格魯布先生。」凡德摩加了一句。

格魯布費勁地順著圓柱基座爬下來。「這些話沒有嚇著你們吧，小羊們。」理查四下查看，這附近一定有地方可以逃跑。他伸出手，緊緊握住朵兒的手，著急地四處張望。

「喔，不。請留在原地別動，」格魯布說，「我們喜歡你們那個樣子。再說，我們也不希望傷害你們。」

「我們希望。」凡德摩先生應了一句。

「呃，好吧，凡德摩先生，既然你都這麼說了。我們的確想傷害你們兩個，想把你們狠狠修理一頓。不過，這不是我們此刻來到這裡的目的。我們是來這裡讓事情變得更加有趣的。你們看，事情變得單調乏味時，我跟我的搭擋就會顯得非常焦躁，而且——說出來你們或許很難相信——我們還會失去樂觀開朗的性情。」

凡德摩向兩人展示自己的牙齒，表現他樂觀開朗的性情。這無疑是理查這輩子看過最可怕的東西。

「走開，不要來煩我們。」朵兒說，聲音既清澈又鎮定。理查緊緊握著她的手。如果朵兒能這麼勇敢，那他也可以。「你們要想傷害她，就得先把我殺了才行。」

凡德摩似乎對此感到分外高興。「好的，謝謝。」

「我們也會傷害你的。」格魯布說。

「但不是現在。」凡德摩說。

「你們看，」格魯布用一種黏膩的語調向兩人解釋，「此刻，我們只是到這裡來讓你們憂心而已。」

凡德摩的聲音就像吹過一片骨骸沙漠的夜風。「讓你們受苦，把你們的日子弄得一團糟。」

格魯布坐在凡德摩站立的圓柱基座底。「你們今天造訪了伯爵庭。」理查懷疑他就愛用這種自認為輕鬆平常的語調來說話。

「那又怎樣？」朵兒說，身體側著移動，想離他們遠一點。

格魯布笑了笑。「我們怎麼會知道這些？我們怎麼會知道現在要在哪裡找到你們？」

「無論何時都找得到你們。」凡德摩說，聲音幾乎跟耳語差不多。「妳被出賣了，小丫頭。」格魯布先生對著朵兒說——理查察覺他這句話只對朵兒一個人說。「妳的窩裡有個叛徒。一隻杜鵑[3]。」

「快走。」朵兒說完，拔腿就跑。理查跟著她一起，穿過那個擺滿舊東西的大廳，朝一扇門飛奔。朵兒伸手一碰，門就開了。

「向他們道再見啊，凡德摩先生。」格魯布的聲音從他們後面傳來。

「掰掰。」凡德摩說道。

「不對，不對，」格魯布先生糾正他，「要說『再會了』。」他發出聲響，像杜鵑發出的咕咕、咕咕聲——只不過這隻杜鵑身高五呎半，而且有吃人肉的嗜好。凡德摩則比較忠於自己的本性，他把子彈型腦袋高高揚起，像狼一般嗥叫，叫聲恐怖、凶猛、瘋狂。

他們來到外面，在夜色中，沿著布倫斯伯里[4]羅素大街上的人行道拚命往前跑。理查以為自己的心臟會從胸腔跳出來。一輛黑頭車經過。大英博物館就在黑色高欄杆的另一邊。巧妙隱藏的燈座，照耀這棟高聳的白色維多利亞建築的外側、正面的巨型圓柱、通往前門的階梯。數百年來，英國透過掠奪、發現、挽救或捐贈等方法，從世界各地取得的許多珍寶，都收藏於此。

他們走到欄杆大門處。朵兒伸出兩手抓住用力推，但什麼事也沒有發生。「妳沒辦法打開嗎？」理查問。

「我看起來像是要打開的樣子嗎？」她頂了回去，語氣中帶著少見的尖銳辛辣。順著人行道往前幾百呎，正門處停了幾部大轎車，衣著時髦的夫婦從車裡鑽出來，沿著車道走向博物館。

「那邊，」理查說，「到正門去。」

朵兒點點頭，查看身後。「那兩個人不像是在跟蹤我們。」兩人加快腳步朝正門走去。

「妳還好吧？」理查問，「剛才是怎麼了？」

朵兒把身子整個縮進皮衣裡。她看起來比平常還要蒼白——其實是極度蒼白，眼睛下方出現半圓形的黑眼圈。「我很累，」她有氣無力地說，「今天打開太多門了。每開一扇門，都要耗掉我不少力氣。我需要一點時間才能回復。只要吃點東西就沒事了。」

正門前有一名守衛，每一對儀表整齊、穿著小禮服的男士與芳香迷人、穿著晚禮服的女士，都必須拿出壓印花紋的請帖，讓這名守衛仔細檢視，等守衛在名單上打勾之後，他們才可以進去。守衛旁邊還站著一名身穿制服的警察，毫不留情地檢視賓客。理查和朵兒穿過正門，沒有半個人朝他們看第二眼。通往博物館前門的石階上站著一排人，理查和朵兒也加入隊伍之中。一個頭髮灰白的男人，帶著打扮得花枝招展、穿著貂皮大衣的女人，緊排在他們身後。理查腦海中突然閃過一個念頭。「他們看得見我們？」他問。

朵兒轉向那位排在身後的男士，眼睛直視著他。「哈囉。」

男士四下張望，臉上浮現疑惑，似乎無法確定是什麼東西吸引他的注意力。然後他看到了朵兒，

3⊕杜鵑：意指出賣他人的人。

4⊕布倫斯伯里（Bloomsbury）：倫敦市中心的一個區域，昔日為文人及藝術家聚居之地。

就站在他前面。「哈囉？」他說。

「我叫朵兒，」她告訴對方，「這位是理查。」

「喔……」那男人應了一聲，然後在內袋掏摸，拿出雪茄菸盒，壓根兒忘記他們的存在。「喂，看到了吧？」朵兒說。

「我想也是。」理查回答。隊伍朝著博物館正面唯一打開的玻璃門緩緩前進，他們有段時間連半句話都沒說。朵兒看著卷軸上的字跡，似乎要確認某件事情。理查開口問道：「叛徒？」

「他們只是想要動搖我們，」朵兒回答，「想讓我們心煩意亂。」

「他們在這方面表現得也不錯。」理查說。他們穿越開啟的玻璃門，進了大英博物館。

凡德摩肚子餓了，所以他們走回到特拉法加廣場[5]。

「嚇唬她，」格魯布厭煩地嘀咕，「**嚇唬她**。這就是我們應該做的。」

凡德摩在垃圾桶裡找到半塊鮮蝦生菜三明治，小心撕成許多小塊，丟到前方的鋪石路面上，引來一小群夜間覓食的鴿子。「應該採用我的點子，」凡德摩說，「絕對可以把她嚇得更厲害。趁她不注意的時候，把那男的頭摘下來，再把手穿過他的喉嚨，然後扭動手指，眼珠就會掉出來。」他很有信心地說：「保證可以讓她大聲尖叫。」他用右手示範這些動作。

格魯布絲毫不感興趣。「為何要在遊戲的這個階段如此謹慎？」

「我不是謹慎，格魯布先生。」凡德摩說，「我只是喜歡眼珠掉出來的樣子。」更多灰鴿跑來啄食麵包屑和碎蝦肉，卻完全不理會萵苣。

「不是說你，」格魯布說，「是指老闆。殺了她，綁架她，嚇唬她。老闆為什麼就不能下定決心？」

凡德摩用來當餌的三明治已經沒了。這時，他一個箭步，衝進那群鴿子裡，鴿群隨即發出短而尖銳的翅膀碰撞聲，不時還夾雜抱怨的咕咕叫，然後都飛走了。「捉得好，凡德摩先生。」格魯布讚賞地說。凡德摩手中抓著一隻嚇呆的鴿子，在他緊握下發出煩躁的咕咕聲，徒勞無功地啄著他的手指。

格魯布誇張地嘆了口氣。「嗯，不管怎樣，我們確實已經把貓放到鴿群裡了。」他意有所指。凡德摩把鴿子拿到嘴邊，咬下鴿子的頭，開始咀嚼，發出嘎吱嘎吱的聲音。

保全人員引領博物館的賓客來到一座門廳，似乎是作為等待區之用。朵兒完全沒把守衛看在眼裡，直接朝博物館的大廳走進去，理查尾隨在後。他們走過埃及文物區，向上爬了幾級隱密的樓梯，進入一個標示著「早期英國文物」的展覽室。

「根據這份卷軸的記載，」朵兒說，「奉告祈禱圖就在這房間的某個地方。」她又看了看手上的卷軸，再仔細環視大廳四周，做了一個鬼臉。「弄錯了。」她解釋，隨即沿著樓梯往下走，順著原路回去。理查對周遭的景觀強烈感到似曾相識，然後他醒悟過來。沒錯，這裡當然會讓他感到熟悉，這

5⊕特拉法加廣場（Trafalgar Square）位於倫敦市中心，該處有英國海軍名將納爾遜的銅像。

裡就是他跟潔西卡度過許多週末的地方。唉，那段日子對他而言，已經開始像是很久很久以前發生在另一個人身上的事情了。

「那麼，奉告祈禱圖不在這個房間嘍？」理查問。

「對啦，不在這裡。」朵兒的口氣，讓理查覺得她對這個問題的反應似乎太強烈了些。

「喔，」他應了一聲，「我只是想確定一下而已。」他們走進另一個房間。理查懷疑自己是不是出現了幻覺。「我聽得到音樂。」聲音聽起來像是弦樂四重奏。

「宴會。」朵兒說。

是的，那群跟著他們一起排隊、身穿晚禮服的賓客。不對，奉告祈禱圖看來也不在這裡。朵兒走到下一個大廳，理查尾隨在她後面，希望自己能夠多發揮一點功用。「這幅奉告祈禱圖，看起來是什麼模樣？」

起初，理查以為朵兒會因為他提出這個問題而斥責他，但朵兒只是停下腳步，揉揉額頭。「卷軸只說上面有個天使畫像。不過，應該很容易找到才對啊。畢竟，」她滿懷希望地加了一句，「這裡能有多少東西，會有天使畫像在上面？」

neverwher

第九章

RICHARD WROTE A DIARY ENTRY IN HIS HEAD. DEAR DIARY, HE BEG
FRIDAY I HAD A JOB, A FIANCÉE, A HOME AND A LIFE THAT MADE SENSE.
AS ANY LIFE MAKES SENSE.) THEN I FOUND AN INJURED GIRL BLEEDING
PAVEMENT, AND I TRIED TO BE A GOOD SAMARITAN. NOW I'VE GOT NO FI
NO HOME, NO JOB, AND I'M WALKING AROUND A COUPLE OF HUNDRE
UNDER THE STREETS OF LONDON WITH THE PROJECTED LIFE EXPECTA
A SUICIDAL FRUITFLY. THERE ARE HUNDREDS OF PEOPLE IN THIS
LONDON. THOUSANDS MAYBE. PEOPLE WHO COME FROM HERE, OR PEOPL
HAVE FALLEN THROUGH THE CRACKS. I'M WANDERING AROUND WITH
CALLED DOOR, HER BODYGUARD, AND HER PSYCHOTIC GRAND VIZIER. WE
LAST NIGHT IN A SMALL TUNNEL THAT DOOR SAID WAS ONCE A SECTION
GENCY SEWER. THE BODYGUARD WAS AWAKE WHEN I WENT TO SLEE
AWAKE WHEN THEY WOKE ME UP. I DON'T THINK SHE EVER SLEEPS. W
SOME FRUITCAKE FOR BREAKFAST; THE MARQUIS HAD A LARGE LUMP O
HIS POCKET. WHY WOULD ANYONE HAVE A LARGE LUMP OF FRUITCAKE
POCKET? MY SHOES DRIED OUT MOSTLY WHILE I SLEPT. I WANT TO GO
THEN HE MENTALLY UNDERLINED THE LAST SENTENCE THREE TIME
WROTE IT IN HUGE LETTERS IN RED INK, AND CIRCLED IT BEFORE PUTT
NUMBER OF EXCLAMATION MARKS NEXT TO IT IN HIS MENTAL MARGIN.

chapter nine

潔西卡承受著些微的壓力，心情既憂慮又緊張不安。她已經將收藏品編好目錄，安排大英博物館舉辦這次展覽，井然有序地完成主要展示品的修復作業，到會場協助工作人員懸掛或陳列收藏品，最後還把受邀參加豐盛午餐的賓客名單彙整妥當。她常告訴朋友，幸好她沒有男朋友。就算她有，根本也沒時間陪對方。但話說回來，她腦裡想著，空閒的時候有男朋友也滿不錯的，到了週末，有個人可以陪她去逛美術館，有個人可以……

不，她不能再讓自己想像下去。她立刻打住，就如同用手指壓住一顆水銀珠子，然後把注意力集中在展覽上。即使是此刻，離開幕只剩幾分鐘，還是有一堆事情可能出錯。許多賽馬在最後一欄跌倒；許多過度自信的將軍在戰役的最後幾分鐘功敗垂成。潔西卡只想確定不會出什麼差錯。她穿著綠色露肩絲綢洋裝，像一名將軍忙著指揮士兵，而且還得堅忍地假裝斯德頓先生沒有遲到半個小時。

潔西卡的軍隊是由一名領班、十二名服務生、三位負責承辦酒席的女士、一支弦樂四重奏樂團，還有一位叫做卡列蘭斯的年輕助理所組成。

她檢視放飲料的桌子。「我們準備的香檳夠吧？嗯？」領班指了指桌子下面那整個板條箱的香檳酒。「那氣泡礦泉水呢？」領班又點了點頭，指著另一個箱子。潔西卡噘起嘴唇。「那一般的礦泉水呢？你知道，不是每個人都喜歡氣泡飲料。」嗯，好極了，有很多普通礦泉水。

弦樂四重奏樂團正在熱身。他們的聲音還不夠大，無法壓過從外面門廳傳來的喧鬧聲響。那是一小群富人發出的噪音：身穿貂皮大衣的女士個個抱怨不停，而男士若不是因為牆上掛著「禁止吸菸」的牌子（或醫生的建議）就要抽雪茄了。還有聞得到開胃菜、夾肉餡餅、各式拼盤和免費香檳的記者跟社會名流發出的牢騷。

卡列蘭斯正用手機跟某人講電話，輕薄而流線的摺疊式，使「星艦奇航記」裡的通訊器看起來笨重又老氣。他闔上手機，壓回天線，放進亞曼尼西裝的亞曼尼口袋裡，口袋甚至沒有突起。他露出笑容，想讓對方放心。「潔西卡，斯德頓先生的司機從車上打電話來，他們頂多再遲到個幾分鐘，沒什麼好擔心的。」

「沒什麼好擔心的。」潔西卡重複一遍。完了，完了，整件事情都要變得慘不忍睹了，而且還是她慘不忍睹。她從桌上拿起一杯香檳，一仰而盡，把空酒杯遞給酒保。

卡列蘭斯把頭歪向一邊，傾聽從外面門廳傳進的吵雜聲。那群人想要進來。他看了看手錶，面帶詢問地看著潔西卡，就像上尉請示將軍：**要進入死亡谷了嗎，長官？**

「斯德頓先生還在路上，卡列蘭斯，」潔西卡平靜地說，「他要求活動開始之前，先讓他單獨參觀。」

「要不要我到外面去看看情況？」

「不用。」她語氣堅定地回答。然後，又同樣堅定地說：「好。」處理好食物和飲料之後，潔西卡轉向弦樂四重奏樂團，要求他們——今晚已經是第三次了——照原訂曲目再演奏一次。

卡列蘭斯推開那兩扇門，到外面查看狀況。情形比他想的還要糟糕：門廳裡至少擠了上百個人，而且都不是普通人，個個來頭不小，甚至還有些知名大人物。

「請問一下，」英國國家藝術委員會主席說，「邀請函上寫八點整開始，現在都八點二十分了。」

「我們只需要再幾分鐘就可以開始，」卡列蘭斯委婉地向對方保證，「是保全考量。」

一個戴著帽子的女人向他擠了過來，聲音宏亮、蠻橫，一聽就像國會議員。「小夥子，你知道我是誰嗎？」

「呃，我不太清楚欸。」卡列蘭斯撒謊，事實上他知道在場所有人的身分。「請等一下，我去問問這裡有誰知道。」他退回房間，隨手把門關上。「潔西卡？他們就快要暴動了。」

「別誇大其詞，卡列蘭斯。」潔西卡像綠色的絲質旋風在房間裡繞來繞去，指揮那些手裡托著開胃菜或飲料的服務生，在大廳的適當角落就定位。接著又去檢查擴音裝置，再看了看講臺、帷幔、拉繩。「我現在就可以想見明天的新聞標題。」卡列蘭斯攤開一份想像中的報紙說道，「年邁億萬富翁為了在博物館爭食開胃菜而壓傷負責行銷的年輕女孩。」

有人開始敲門，門廳裡的音量也開始提高。有人非常大聲地說：「對不起。嗯，有人在嗎？」另一人向群眾表示，這根本是在侮辱他們，讓他們很沒有面子。「執行決策，」卡列蘭斯突然說，「我要讓他們進來。」

潔西卡大叫。「不行！如果你……」

太遲了。門打了開來，群眾隨即蜂擁入大廳。潔西卡臉上的表情迅速從慌亂震驚轉換成迷人的微笑，光彩動人地朝門口走過去。「男爵夫人，」她一邊說，臉上還綻放出愉快的笑容，「您能在今晚大駕光臨，參觀我們這個小小的展覽會，我還真不知該如何表達內心的喜悅呢。斯德頓先生有點事情耽擱了，但他很快就到。請先用一些開胃菜……」潔西卡從男爵夫人攏著貂皮披肩的肩頭望過去，看到卡列蘭斯愉悅向她眨眼。她在腦海裡把自己知道的罵人字眼全都瀏覽一次。男爵夫人把頭轉向夾肉餡餅時，潔西卡立刻走到卡列蘭斯身旁，仍然面帶微笑，用其中一些字眼低聲臭罵他。

理查嚇得不敢動。一名警衛朝他走了過來，手電筒左右移動。理查四下張望，想找地方躲起來。太遲了。另一名警衛在他們後面出現，正從幾個希臘諸神的巨大雕像旁邊走過去，手電筒的光線四下移動。「沒問題吧？」第一個警衛大聲問。後面的警衛繼續往前走，剛好停在理查和朵兒身旁。

「應該是吧。」她說，「剛剛有幾個衣著光鮮的笨蛋，要把名字的縮寫刻在羅塞達石上面。我已經阻止過他們了。我討厭這種工作。」

前方的警衛移動一下手電筒，剛好照到理查的眼睛，但燈光馬上就轉到別處，在陰影裡飛掠而過。「我一直跟妳說，」他用一種先知在消除他人疑慮時慣用的語氣，「這不過是重演『紅死病的化裝舞會』。頹廢的高級宴會，整個文明就在他們耳邊崩潰了。」他挖了挖鼻孔，用擦得光亮的黑色皮靴底抹掉鼻屎。

另一名警衛嘆了口氣。「謝謝你，吉拉德。好了，我們繼續巡邏吧。」

兩名警衛一起離開大廳。「上次也有這種情況，我們發現有人在石棺裡面嘔吐。」其中一名警衛說，門在他們後面關上。

「如果你是倫敦下層的一分子……」朵兒用日常交談的語氣對理查說。兩人肩並肩走著，來到下一個大廳。「除非你停下來跟別人說話，否則他們通常不會注意到你的存在。就算他們注意到，也很快就會把你給忘了。」

「但我那時候看見了妳。」理查說。這問題已經困擾他很久了。

「我知道，」朵兒問，「這有什麼好奇怪的？」

「每件事都很奇怪。」理查有感而發地應了一句。遠處的弦樂聲愈來愈明顯。理查覺得在倫敦上層的焦慮程度不知怎地比先前還要嚴重，因為他現在被迫去調和兩個世界的差異。在下層，他至少可以像夢遊的人一樣，只要懵懵懂懂地移動雙腳前進就好。

「奉告祈禱圖就在那裡。」朵兒突然宣告，指著音樂聲傳來的方向，打斷理查的幻想。

「妳怎麼知道？」

「我就是知道，」她的語氣非常肯定，「快走吧。」他們走出黑暗，來到明亮的長廊。長廊裡掛著一幅巨大的看板，上面寫著：

英國的天使
大英博物館主題展
斯德頓企業贊助

他們沿著長廊前進，走過一扇開啟的門，進入正在舉行宴會的大房間。弦樂四重奏正在演奏樂曲，一群服務生為衣著光鮮的賓客提供食物和飲料。房裡一處角落設了小舞臺，上面有個講臺，旁邊是條高掛的帷幔。

房間裡到處都是天使。

有小型基座上的天使雕像；牆上有天使畫像，也有天使壁畫；有極大的天使和極小的天使；有表情僵硬的天使、和藹可親的天使；有帶翅膀和光環的天使，也有不帶翅膀和光環的天使；有好戰天使、和平天使；有現代天使和古典天使。成千上百的天使，尺寸和外形各異。西方天使，中東天使，東方天使。米開蘭基羅的天使，約耳彼得威金的天使，畢卡索的天使，安迪．沃荷的天使。斯德頓先生的天使收藏，「雜亂無章到毫無價值的地步，但兼容並蓄的程度確實令人印象深刻。」（《Time Out》雜誌）

「妳說該怎麼辦？」理查問，「不是我愛吹毛求疵，但想在這裡找到某個上面有天使圖案的東西，簡直就像大海撈針。我的天啊，那是潔西卡！」理查感到臉上的血液全部流失。在此之前，他一直以為面無血色只是一種比喻，沒想到真的會在現實生活中出現。

「你認識的人？」朵兒問。

理查點點頭。「她是我……呃，我們原本打算結婚的。我們在一起兩年了吧。我當初發現妳的時候，她也在場。她就是那個……她在電話答錄機裡，有留言。」他指向房間另一端。潔西卡正在跟幾位男士熱烈而愉快地對談，其中包括安德魯．洛伊．韋伯，巴伯．格爾多夫，還有一位戴眼鏡的男士，看起來像是著名廣告大亨薩奇兄弟中的一位。每隔幾分鐘，潔西卡就會看一下手錶，瞄一眼門口的動靜。

「她？」朵兒說著，認出那女人。她顯然覺得自己該對理查關心的人說些好話。「呃，她非常……」朵兒停頓下來，想了想，然後說：「……乾淨。」

理查盯著房間另一頭。「她會不會……因為我們在這裡而不高興？」

「我看不會。」朵兒對他說，「坦白講，除非你做了什麼蠢事，像是跟她說話，否則她根本不會注意到你。」她頓了一下，然後充滿熱忱地說：「食物！」她像個穿著太大件的皮衣、鼻子很髒的小女孩、幾天沒吃飯似地，迅速撲向開胃菜。大量食物立刻塞滿朵兒的嘴巴，她邊咀嚼邊往下吞，同時將那些內容更豐盛的三明治用紙巾包好，塞進自己的口袋。然後，她拿了一個免洗盤子，在上面堆滿雞腿、甜瓜、蘑菇餡餅、魚子醬鬆餅、小條鹿肉香腸，開始在房間內到處兜圈子，專注查看每一件天使收藏品。

理查手裡拿著茴香乾酪三明治和現榨柳橙汁，尾隨在她後面。

潔西卡感到非常困惑。她注意到理查——因為注意到理查，所以她也注意到朵兒。這兩人讓她有一種很熟悉的感覺，就像她的喉嚨後面感覺搔癢，又沒辦法去抓，令她相當不舒服。

這讓潔西卡想起母親以前告訴她的：有天晚上，潔西卡的母親遇到一位她認識了一輩子的女人。她們曾經一起上學，在當地議會任職。但她在宴會裡遇見那女人的時候，儘管她知道那女人有位在出版業做事的丈夫艾瑞克，還有一隻叫少校的黃金獵犬，卻突然想不起對方的名字。這件事讓潔西卡的母親咕噥不停。

這簡直讓潔西卡心神不寧。「那些人是誰？」她問卡列蘭斯。

「他們嗎？嗯，他是《時尚》雜誌新來的編輯，她是《紐約時報》的文藝版記者。兩人中間那位，我猜是凱特．摩絲……」

「不，不是他們。」潔西卡說，「是他們，在那邊。」

卡列蘭斯順著她指的方向望過去。喔，他們啊。他不明白自己先前為何沒到看到那兩人。年紀大了吧，他心想，他就要滿二十三歲了。「是記者嗎？」他不太有把握地說，「他們看來有領導流行的感覺……會不會是邋遢時尚風？嗯，我記得有邀請《臉譜》雜誌……」

「我認得那男的。」潔西卡語帶挫折。斯德頓先生的私人司機從霍爾本打電話過來，說快到大英博物館了，而理查也像水銀流過她的手指般，從她腦海裡滑了出去。

「有看到什麼嗎？」理查問。

朵兒搖搖頭，把滿嘴胡亂咀嚼的雞腿吞到肚裡去。「這就像在特拉法加廣場玩『辨認鴿子』的遊戲。這裡沒有一件東西感覺像奉告祈禱圖。卷軸上面寫說，我只要看到，就一定認得出來。」她說完後，又開始在會場到處走動，檢視那些天使，從一些人身旁擠了過去——大企業總裁、反對黨副主席、倫敦南區最高價的應召女郎。

理查轉過身，剛好跟潔西卡打了個照面。她頭上的螺旋狀栗色捲髮將臉蛋完美襯托出來，看起來漂亮極了。潔西卡對理查微笑，就是這笑容讓她美得不可方物。「哈囉，潔西卡，」理查說，「最近好嗎？」

「你好。說出來你一定不會相信，我的助理居然忘了你是哪家報社的。先生是？」

「報社？」

「啊，我說了報社嗎？」潔西卡自我解嘲，伴隨一陣銀鈴般的甜美笑聲。「雜誌？電視臺？你是媒體嗎？」

「潔西卡，妳的氣色看起來非常好。」理查回答。

「你似乎認得我，但我不記得你是誰了欸。」她露出調皮的笑容。

「妳叫潔西卡．巴特蘭，在斯德頓企業擔任行銷經理，今年二十六歲，生日是四月二十三日。妳達到高潮而痙攣時，嘴裡會哼唱著猴子合唱團的〈我相信〉……」

潔西卡臉上的笑容消失了。「這是在開玩笑嗎？」她冷冷地問。

「噢，對了，我們已經訂婚一年半了。」理查又加了一句。

潔西卡緊張地一笑。或許這真的是什麼玩笑，但只有別人會笑，她自己可笑不出來。「嗯，如果我這一年半都跟某人有婚約，我一定會記得的。先生。」

「馬修，」理查親切地說，「理查．馬修。妳把我甩了，我就再也不存在了。」

潔西卡急迫地朝房間另一端胡亂招手。「快到這裡來。」她著急地大喊，開始往後退步。

「**我相信**，」理查愉快地唱，「**我沒辦法離開她……**」

潔西卡從身旁的托盤裡抓了一杯香檳，仰頭一飲而盡。這個時候，她看到斯德頓先生的司機出現在房間對面，既然斯德頓先生的司機已經來了，那就表示……

她朝門口走過去。「結果那人是誰啊？」跟在她身旁的卡列蘭斯問。

「誰？」

「妳的神祕男子。」

「我不知道。」她老實承認，然後說：「嗯，或許你應該去叫警衛。」

「好的。原因是？」

「只是……只是來保護我的安全。」亞諾德．斯德頓先生這時走進了大廳，一切頓時從潔西卡的腦海裡消失無蹤。

家財萬貫、腦滿腸肥的斯德頓，外型像漫畫家賀加斯[1]筆下的卡通人物——水桶腰、多重下巴、鮪魚肚。他年過六十，頭髮花白，而且後面留得太長了。他的頭髮太長會讓人不舒服，而他就是喜歡讓人不舒服。與他相較之下，魯伯特．梅鐸只是名聲不好的小人物，已故的羅勃．麥斯威爾[2]不過是條擱淺的鯨魚。他是一頭鬥牛——這也是諷刺畫家經常選用鬥牛來畫他的原因。他旗下的事業包羅萬象，包括通訊衛星、報紙、唱片公司、遊樂場、書籍、雜誌、漫畫、電視臺及電影公司。

「我現在要發表演說，」斯德頓先生對潔西卡說了這句話當開場白，「然後就要走了。等一下再回來，等這些吃得太撐的傢伙都走了以後再回來。」

「是的，」潔西卡說，「現在發表演說，沒問題。」

她引領斯德頓先生走上小舞臺，站到講臺上，用指甲敲著玻璃杯，要大家安靜，但沒人注意到她，所以她只好對著麥克風說：「請大家注意。」這次終於讓交談聲沈寂下來。「各位女士，各位先生，各位貴賓，歡迎大家來到大英博物館，參觀由斯德頓企業贊助的『英國的天使』展覽會。現在，讓我們熱烈歡迎這次展覽的幕後推手，我們的執行長兼董事長，亞諾德・斯德頓先生。」賓客報以掌聲。在場的每個人都非常清楚是誰去收集這些天使，更重要的是，是誰幫他們付香檳的錢。

斯德頓先生清了清喉嚨。「好的，我不會講太久。我年紀小的時候，經常在星期六到大英博物館來，因為這裡不用收門票，而我們也沒有太多錢。不過，我會爬著很高的大階梯進博物館，來到這個房間，坐下來看著這個天使，就好像天使知道我在想些什麼。」

就在此刻，卡列蘭斯從外面走了進來，身旁跟著幾名警衛。他指著理查，理查已停下來聆聽斯德頓先生的演講，而朵兒仍在會場查看展示品。「不對，是他。」卡列蘭斯壓低聲音，不停對警衛說，「不是。看好，在那裡。有沒有？就是他。」

「總之，就像沒有好好照料的東西，」斯德頓先生繼續說，「就慢慢腐朽，在現代的緊張和壓力下逐漸風化，變得破損不堪，情況很糟。嗯，我花了他媽的一大筆錢……」他頓了一下，確定大家聽

1⊕賀加斯（Hogarth）：英國著名的諷刺漫畫家。
2⊕羅勃・麥斯威爾（Robert Maxwell）：英國傳媒鉅子。

懂他說的話——如果亞諾德．斯德頓認為那是他媽的一大筆錢，那必定就是他媽的一大筆錢。「加上十幾位工匠耗費大量時間修復，才把它修好。在此之後，這項展覽會到美國，然後到世界各地巡迴展出。或許還能啟發其他的小窮光蛋，開始建立自己的媒體帝國。」

他環顧四周，然後轉向潔西卡，低聲問道：「我接下來該怎麼辦？」潔西卡指著帷幔旁邊的拉繩。斯德頓先生拉了一下繩子，帷幔鼓動而開，露出一扇老舊的門。

卡列蘭斯所在的房間角落仍繼續出現些微的混亂狀況。「不是他，是那個人。」卡列蘭斯說，「我的天啊，難道你瞎了不成？」

從外表看起來，似乎原本是大教堂的門。這扇門有兩人高，寬度足以讓一匹小馬穿越。木質門板雕刻一幅圖案，上面漆了紅、白兩色並加上金葉，是個卓然脫俗的天使，正用純然的中世紀眼神凝望世界。賓客發出一片讚嘆，開始鼓掌。

「奉告祈禱圖。」朵兒用力拉了拉理查的衣袖。「就是它！理查，快跟我來。」她跑到舞臺上。

「對不起，先生。」一名警衛向理查說，「我們可以看一下你的邀請函嗎？」另一名警衛問，慎重地緊抓住理查的手臂：「有沒有什麼證件？」

「沒有。」理查回答。

朵兒這時已經跑上舞臺。理查試圖掙脫束縛，好跟著她，希望警衛能忘了自己的存在，但他們沒有忘記。理查現在已經引起警衛的注意，他們打算以邋遢、骯髒、滿臉鬍渣的不速之客來對待他。抓著理查手臂的警衛加重手上的勁道，低聲嘀咕：「別想跑。」

朵兒在舞臺上停下來，腦袋裡轉著看有什麼辦法可以讓警衛放開理查。她最後只想到一個方式。她衝到麥克風前面，踮起腳尖，放開喉嚨，使出所有吃奶的力氣，對著播音系統大聲尖叫。她的尖叫聲確實不同凡響，在沒有人工輔助的情況下，可以像接上骨鋸的新型強力電鑽般貫穿你的腦袋。經由播音器材……簡直就是人間難得幾回聞啊。

一名女侍的飲料托盤掉落。所有人都轉過頭，用手摀住耳朵，所有對話也隨之終止。大家面帶困惑和驚恐看著舞臺。理查趕緊趁機脫身。「抱歉。」他對呆住的警衛說，掙脫警衛的手，逃之夭夭。「跑錯倫敦了。」他跑上講臺，抓住朵兒伸長的左手，朵兒的右手隨即觸摸奉告祈禱圖——那扇雄偉的教堂大門。朵兒碰到那扇門，門就開了。

這次沒有人掉落飲料。他們都目瞪口呆，完全不知所措——而且還有段時間什麼看不見。奉告祈禱圖打開了，光線從門後傾瀉而出，房內充滿萬丈光芒。大家馬上閉起眼睛，然後才遲疑地張開，目不轉睛盯著。這就像在室內施放煙火。不是那種到處亂爬還劈劈啪啪、味道很難聞的室內煙火，也不是在後院點放的沖天炮；而是那種可以射得極高，足以影響航空安全的工業煙火——那種迪士尼樂園在一天結束後施放的煙火，或是平克佛洛伊德演唱會中讓消防隊長十分頭痛的煙火。這是個神奇魔幻的時刻。

觀眾看得出神，臉上滿是驚愕。現場只聽得到人們觀賞煙火時因驚奇而發出的輕柔讚嘆。然後，一名邋遢的年輕人和一名穿著寬大皮夾克、臉孔髒兮兮的女孩，走入這場燈光表演，隨即消失。那扇門在他們身後關了起來，燈光表演結束了。

一切再度回復正常。賓客、警衛、服務生，眨眨眼睛，搖搖頭，既然已處理了過去未曾有過的經驗，也就全部默然同意這件事情根本沒發生過。弦樂四重奏又開始繼續演奏。

斯德頓先生離開了會場，途中向一些熟人隨便點點頭。潔西卡走到卡列蘭斯旁邊。「這些警衛，」她小聲地問，「到這裡來做什麼？」

她提及的警衛站在賓客之中，東張西望，似乎不曉得自己來這裡的目的。卡列蘭斯想要解釋原因，才赫然發現自己根本毫不知情。「交給我來處理吧。」卡列蘭斯效率十足地說。

潔西卡點點頭。她看著自己負責的宴會，露出溫和的笑容。一切都進行得非常順利。

理查和朵兒走進光線，四周暗了下來，涼颼颼的。理查眨著眼睛，眼膜還留有光線的殘像，讓他幾乎看不見。等到雙眼習慣周遭黑暗之後，一連串模糊的橘綠色光點才慢慢消失。

他們在由岩壁鑿穿而成的大廳裡，帶著鏽斑和灰塵的黑色鐵柱撐起屋頂，綿延隱入遠方黑暗，或許有幾哩吧。理查聽到某處傳來輕柔的水花飛濺聲，也許是噴泉，或是泉水。朵兒仍緊緊握住他的手。遠處，一道微弱的火焰忽隱忽現，後面緊接著另一道火焰，然後又是一個。理查發現那是一排蠟燭，燭火在風中搖曳不已。一個高大的人影，身穿簡單的白袍，經過那排蠟燭，朝他們走來。

人影的移動速度似乎很慢，但事實上一定走得非常快，因為不到幾秒鐘，就站在兩人身旁。他有一頭金髮、蒼白臉孔，身材不比理查高多少，卻讓理查覺得自己像個小孩。他既不是男人，也不是女人。他長得很俊美，聲音平和。他開口說：「是朵兒小姐嗎？」

朵兒回答：「是的。」

他露出溫和的微笑，向朵兒點了點頭，態度相當謙遜。「很榮幸終於見到妳跟妳的同伴。我是天使伊斯靈頓。」他的大眼清澈明亮，長袍並非理查當初認為的白色——似乎是由光線編織而成。

理查不相信有天使，他以前從來不信。要否認看不見的事物很容易，但要否認一個正看著自己還叫出自己名字的天使，就沒那麼簡單了。「理查・馬修，也歡迎你來到我的教堂。」他轉身，說道：「請隨我來。」

理查和朵兒尾隨天使穿過岩洞，燭火在他們身後自行熄滅。

迪卡拉巴斯侯爵邁步跨過空曠的醫院，碎玻璃和破舊的注射器在黑色方頭長靴下嘎吱作響。他穿過雙層門，看到隱密的階梯，沿著階梯往下走，來到醫院地下室。

他穿過幾個地下室房間，小心翼翼繞過一堆堆腐敗的廢棄物，經過幾個淋浴間和廁所，再爬下老舊的鐵梯，越過一片積水的區域，最後打開一扇半腐朽的木門，走了進去。他環顧室內，除了他以外，沒有其他人。他露出極為不屑的表情，檢視吃剩一半的小貓和一堆刮鬍刀片。看完之後，他把一張椅子上的垃圾清到一邊，在漆黑的地下室裡坐下，舒展一下四肢之後，開始閉目養神。

終於，通往地下室的門一開，有人進來了。

侯爵睜開眼睛，打個呵欠，對格魯布與凡德摩露出一個大大的笑容。「兩位好啊，我想也該是到這裡來找你們私下談談的時候了。」

neverwher

RICHARD WROTE A DIARY ENTRY IN HIS HEAD. DEAR DIARY, HE BEG
FRIDAY I HAD A JOB, A FIANCEE, A HOME AND A LIFE THAT MADE SENSE
AS ANY LIFE MAKES SENSE.) THEN I FOUND AN INJURED GIRL BLEEDING
PAVEMENT, AND I TRIED TO BE A GOOD SAMARITAN. NOW I'VE GOT NO FI
NO HOME, NO JOB, AND I'M WALKING AROUND A COUPLE OF HUNDRE
UNDER THE STREETS OF LONDON WITH THE PROJECTED LIFE EXPECTA
A SUICIDAL FRUITFLY. THERE ARE HUNDREDS OF PEOPLE IN THIS
LONDON. THOUSANDS MAYBE. PEOPLE WHO COME FROM HERE, OR PEOPL
HAVE FALLEN THROUGH THE CRACKS. I'M WANDERING AROUND WITH
CALLED DOOR, HER BODYGUARD, AND HER PSYCHOTIC GRAND VIZIER. WE
LAST NIGHT IN A SMALL TUNNEL THAT DOOR SAID WAS ONCE A SECTION
GENCY SEWER. THE BODYGUARD WAS AWAKE WHEN I WENT TO SLEE
AWAKE WHEN THEY WOKE ME UP. I DON'T THINK SHE EVER SLEEPS. W
SOME FRUITCAKE FOR BREAKFAST; THE MARQUIS HAD A LARGE LUMP O
HIS POCKET. WHY WOULD ANYONE HAVE A LARGE LUMP OF FRUITCAKE
POCKET? MY SHOES DRIED OUT MOSTLY WHILE I SLEPT. I WANT TO GO
THEN HE MENTALLY UNDERLINED THE LAST SENTENCE THREE TIME
WROTE IT IN HUGE LETTERS IN RED INK, AND CIRCLED IT BEFORE PUT
NUMBER OF EXCLAMATION MARKS NEXT TO IT IN HIS MENTAL MARGIN.

第十章

chapter ten

「你們喝葡萄酒嗎?」天使伊斯靈頓問道。

理查點點頭。

「我喝過一點葡萄酒,」朵兒遲疑地說,「我父親……他……在晚餐時會讓我們淺嚐一下。」

伊斯靈頓拿起瓶子。從外觀看來,像是一種玻璃瓶,但理查懷疑那不是玻璃,因為燭光的反射與折射非常怪異。也許瓶子的材質是某種水晶,或是巨鑽。它甚至還讓裡面的葡萄酒閃閃發光,彷彿是用光線釀造而成。

天使拔開水晶瓶蓋,倒出瓶中一吋的液體到酒杯裡。這是一種白葡萄酒,但理查從未看過這樣的葡萄酒。酒液在岩洞裡散發光芒,就像游泳池上的陽光一樣。

朵兒和理查在一張舊得暗沈的木桌旁坐了下來。他們坐在巨大木椅上,什麼話也沒說。「這種葡萄酒,」伊斯靈頓說,「只剩最後一瓶了。妳的一位先祖送了一打給我。」

他把杯子遞給朵兒,再從瓶裡倒出一吋閃耀的液體到另一隻酒杯裡。他倒得很虔誠,幾乎是帶著深情,就像正在進行宗教儀式的神職人員。「這是令人愉快的禮物。這是……嗯,三、四萬年前的事情。無論如何,都有一段時間了。」他把酒杯遞給理查。「你們可以指責我不該浪費這麼珍貴的東西,」他對兩人說道,「但我鮮有機會接待客人,這裡的生活又很清苦。」

「奉告祈禱圖……」朵兒低聲說。

「是的，你們用奉告祈禱圖到這裡來，但這種方式，每個人只能用一次。」天使高舉手中的酒杯，看著那光芒。「喝的時候小心，」他提醒兩人，「這酒非常烈。」他在木桌旁坐下，坐在理查和朵兒中間。「品嘗的時候，」天使用懷念的語氣說，「我喜歡想像自己在品嘗過往歲月裡的陽光。」他舉起酒杯。「敬舊時的光榮。」

「敬舊時的光榮。」理查和朵兒齊聲說。然後，小心翼翼淺嚐，啜飲，而不是飲用。

「真是令人驚訝。」朵兒說。

「沒錯，」理查跟著附和，「我以為陳年老酒接觸到空氣會變成醋。」

天使搖了搖頭。「這瓶酒不會。其中的關鍵，取決於葡萄的種類以及生長的地方。可惜呀，這種葡萄在當地葡萄園遭到海浪淹沒後就絕跡了。」

「真是神奇，」朵兒繼續啜飲發光的液體，「我從來沒喝過像這樣的東西。」

「而妳再也喝不到了，」伊斯靈頓說，「不會再有亞特蘭提斯的葡萄酒了。」

理查內心深處有個小而理性的聲音，指出從沒有「亞特蘭提斯」這個地方，這個聲音更進一步表示，天使根本就不存在，由此推論，過去這幾天經歷的事情，絕大部分是不可能發生的。理查沒去理會這個聲音，他正生澀地學著相信自己的直覺，學著明白自己最近看見、經歷的種種狀況，最簡單、最有可能的解釋，就是擺在眼前的事實——不管多麼難以相信。他張開嘴巴，又嚐了一口葡萄酒。這酒讓他感到快樂，感到天空變得比以往更大更藍，金黃色的大太陽高掛在天上；一切事物都比他知道的世界更單純、更年輕。

他們左側有一道小瀑布，清澈的水從石頭中流出，匯集在底端的小石池。右側有一扇門，設置在兩根鐵柱之間。那扇門用精鍊的燧石建造在近乎黑色的底座上。

「你真的自稱是天使？」理查問，「我的意思是，你確實見過上帝那些的嗎？」

伊斯靈頓微微一笑。「我沒給自己冠上頭銜，理查。但我的確是天使。」

「見到你是我們的光榮。」朵兒說。

「不，你們的蒞臨才真是我的光榮呢。朵兒，妳父親是個好人，也是我的好友。他的死令我感到非常哀痛。」

「他說……在他的日記裡……他說我應該來找你，他說我可以相信你。」

「我只希望自己值得如此信賴。」天使啜飲一口葡萄酒。「倫敦下層是第二座會讓我關心的城市；第一座已經沈沒在海浪下面，而我也無力阻止那件事情發生。我知道什麼是痛苦，什麼是失落。我非常同情你們。你們想要知道些什麼？」

朵兒頓了一下。「我的家人……格魯布和凡德摩殺了他們。不過，誰在幕後指使？我想……我想知道原因。」

天使點點頭。「許多祕密經由各種管道到我這裡來，許多謠言、半真半假的陳述、附和。」他轉向理查：「那你呢？理查．馬修，你想要什麼？」

理查聳了聳肩膀。「我想要回我的生活，我的公寓，還有我的工作。」

「這可以辦到。」天使說。

「哦。」理查冷漠地應了一句。

「你懷疑我嗎，理查．馬修？」伊斯靈頓問他。

理查正視他的雙眼：兩顆灰色眼珠散發冷光，如同宇宙一般古老——曾在幾千萬年前，看著銀河系由宇宙塵凝結而成。理查搖了搖頭。伊斯靈頓和藹地對他笑了一笑。「這趟旅程並不容易，而妳跟妳的夥伴，不論在任務中或返回時，都將面臨非常艱鉅的困難。不過，我們總有辦法學習，而這正是解決所有問題的關鍵。」

伊斯靈頓起身，走到小型的石製書架前，架上放著幾尊小雕像，他拿起一尊。這尊黑色小雕像用火山玻璃做成，模樣看起來像是一種動物。天使把它放到朵兒手中。「這東西會帶領你們安全完成最後階段的旅程，然後回到我這裡。其他的就靠你們了。」

「你要我們去做什麼？」理查問。

「黑修士保管一把鑰匙，把那把鑰匙帶來給我。」

「那你就可以找出是誰殺害我的家人？」朵兒問。

「希望如此。」天使回答。理查喝完杯裡的葡萄酒，感到非常暖和，有一股熱氣流遍全身。他突然有種奇怪的感覺：如果他低頭看著自己的手指，將會看到葡萄酒在指間閃閃發亮，就好像他是由光線製成……

「祝你們好運。」伊斯靈頓輕聲說。周遭出現急奔的聲音，就像一陣風颯颯吹越枯乾的樹林，或是巨大的翅膀在拍擊。

理查和朵兒坐在大英博物館某個房間的地板，看著一扇教堂大門上雕繪的天使畫像。房裡黑暗空曠，宴會早就結束了，外面的天空已經露出一點魚肚白。理查站起來，隨即彎下身子，拉了朵兒一把。

「黑修士？」他問。

朵兒點點頭。

理查到倫敦市區的時候，曾經越過黑修士橋許多次，但他已經學會不要斷然判定任何事。

「是一些人。」

理查走到奉告祈禱圖前，用一根手指摸著畫袍。「妳看他真的做得到嗎？讓我回到原先的生活？」

「我從來沒聽過這樣的事情，但我想他不會欺騙我們。他是天使。」

朵兒張開手，看著那尊野獸雕像。「我父親也有過一個這樣的東西。」她哀傷地說，然後小心放進棕色皮夾克的口袋裡。

「該走了，」理查說，「我們如果一直待在這裡浪費時間，就沒辦法拿回鑰匙了，對吧？」他們走過博物館裡空無一人的長廊。

「妳對這把鑰匙有何了解？」理查問。

「毫無概念。」朵兒回答。他們已經來到博物館正門。「我聽過黑修士，但從來沒跟他們打過交道。」她伸出手指按著深鎖的玻璃門，門隨即打開。

「一群僧侶……」理查沈思了一會後說，「我敢說，我們只要告訴對方，是要拿給天使——真正的天使，他們就會把那神聖的鑰匙交給我們。然後……丟給我們魔法開罐器和會發出氣笛聲的拔塞起子，作為意外驚喜。」他開始哈哈大笑，懷疑是否受了葡萄酒影響。

「你心情不錯嘛。」朵兒說。

理查點點頭，洋溢興奮之情。「我就要回家了，一切都將恢復正常。又要開始無聊，又要開始美好了。」他看著通往大英博物館前的石階，認為這裡無疑就是要讓弗雷．亞斯坦與金姊兒．羅傑斯跳舞的地方。既然那兩位眼下都不可能在場，他只好模仿弗雷．亞斯坦的舞步，在階梯上面跳了起來，嘴裡還哼著一段介於〈麗茲餅乾上的布丁夾心〉與〈禮帽、白領帶和燕尾服〉之間的旋律。「呀—噠—噠—噠—噠—噠—呀—」他邊唱邊踏著踢躂舞步，又跳回石階。

朵兒站在階梯頂端，盯著他看，一臉驚恐，隨即忍俊不禁，咯咯笑了起來。理查看了她一眼，脫去想像中的白色絲質高帽向她致意，以手勢表示帽子高高丟向空中，再接住並戴回頭上。

「笨蛋。」朵兒笑著說。理查對此的回應是抓住她的手，繼續在階梯上面來回跳著舞步。朵兒遲疑了一會兒，隨即跟著跳起舞來。她的舞技比理查好多了。最後，他們在階底絆了一跤，順勢抱在一起，氣喘噓噓的兩人都感到精疲力竭，但仍咯咯笑個不停。

理查覺得自己的世界轉個不停。

他感覺朵兒的心貼著自己的胸膛劇烈跳動。這是非常微妙的時刻，而他不知道自己該不該做些什麼。他納悶自己是否想親朵兒，然後明白自己真的不知道。他看著朵兒那對總是令人驚奇的眼睛。朵兒見狀，立刻把臉轉開，掙脫出來。她將棕色皮夾克的領子高高豎起，包住臉，擺出防衛姿態。

「我們去找保鏢吧。」朵兒說。他們一起走離博物館，來到人行道上，朝大英博物館站走了過去，沿途還偶爾不小心絆跤。

「你，」格魯布問，「想要什麼？」

「每個人，」迪卡拉巴斯侯爵更具修辭性地反問，「都想要什麼？」

「死掉的東西，」凡德摩建議，「多一點牙齒。」

「我想，或許我們可以來做個交易。」侯爵說。

格魯布大笑起來，聲音好似幾根指甲同時刮過一塊黑板。「喔，侯爵先生，我想我可以在不抵觸在場任一方的利益下，自信地表示，你已經失去了你一向為人稱道的理智。如果換成俚語來說，你的腦袋鐵定有問題。」

「再說一個字，」凡德摩說，站在侯爵坐著的椅子後面，「你還來不及反應，你的頭跟脖子就會分家。」

1⊕弗雷・亞斯坦（Fred Astaire, 1899-1987）及金姊兒・羅傑斯（Ginger Rogers, 1911-1995）是美國三〇到四〇年代著名的舞蹈家及電影演員，曾合作過多部歌舞片。

侯爵用力吹吹指甲，在外套的翻領上磨了磨。「我一直有個想法，暴力是無能者最後的避難所，而口頭威脅不過是膽小鬼最後的庇護所。」

格魯布怒視著。「你來這裡幹什麼？」他嘴裡發出呼喝聲。

侯爵伸了伸懶腰，就像大貓——或許像山貓吧，要不就是巨型黑豹。最後他舒展一下，站了起來，雙手伸到那件華麗大衣的口袋裡面。「格魯布先生，」他用一種滿不在乎的語氣說，「我知道你是唐朝雕像的收藏家。」

「你怎麼知道？」

「人們會告訴我一些事情，我很容易親近。」侯爵的笑容純潔、平靜、誠懇：當一個人要把用過的聖經賣給你時，就會出現這樣的笑容。

「就算我是……」格魯布說。

「如果你是這樣的收藏家，」侯爵打斷他的話，「或許會對這樣東西感興趣。」他從口袋裡抽出一隻手，把東西展示在格魯布面前。當天傍晚之前，這件東西一直放在玻璃盒中，妥善收藏在倫敦一家著名商業銀行的金庫裡。某些收藏品目錄稱之為「秋意（雕像）」。這座上釉的陶瓷雕像約有八吋高，在歐洲的黑暗時期、哥倫布處女航之前的六百年，形塑、上釉、燒製。

格魯布不由自主發出呼喝，伸手想拿，侯爵立刻縮手，把雕像放在胸前。「不行，不行，」侯爵說，「事情可沒有這麼容易。」

「不行？」格魯布問，「有什麼可以阻止我們從你手中搶過來，然後讓你的身體碎片散布到整個下層世界？我們還沒肢解過侯爵呢。」

「有，」凡德摩說，「在十四世紀的約克郡，在雨中肢解的。」

「那人不是侯爵，」格魯布說，「他是愛塞特伯爵。」

「還有西摩蘭侯爵。」凡德摩露出相當得意的表情。

格魯布哼了一聲。「有什麼可以阻止我們，不要像對付西摩蘭侯爵那樣，把你砍成碎片？」他問。

迪卡拉巴斯把另一隻手從口袋裡伸出，手中握著一枝小鐵鎚。他把鐵鎚往空中一拋，隨即接住手把，作勢要朝那件陶瓷雕像敲下去。「哎呀，拜託幫個忙，別盡做一些無聊的恐嚇。如果你們兩個能退到後面那裡，我想我會覺得舒服一些。」

凡德摩迅速望了格魯布一眼，格魯布點頭，動作細微到幾乎無法察覺。黑影一閃，凡德摩已站在格魯布身旁，格魯布笑得像骷髏一樣。「一般人確實知道我在收購那種難得一見的唐朝文物，」他承認，「那是要出售的嗎？」

「在下層社會裡，我們不太做那種買賣之類的交易，格魯布先生。以物易物，或是等價交換，才是我們的方式。不過嘛，沒錯，這件非常吸引人的雕像確實要出讓。」

格魯布緊閉雙唇。他兩手交疊，過了一會兒又放開，以一隻手順過油膩的頭髮，接著說：「開出價碼來。」侯爵鬆了一口氣，深呼吸一下，幾乎聽得見氣息。他終於有辦法揭開整個精心策畫的詭計了。「首先，我提出三個問題，要聽到三個答案。」

格魯布點點頭。「彼此彼此，我們也要聽到三個答案。」

「很公平。」侯爵說，「第二，我可以安全離開這裡，而你們同意至少給我一小時先開跑。」

格魯布用力點了點頭。「同意。提出你的第一個問題。」他的眼光凝聚在雕像上。

「第一個問題，你們為誰工作？」

「喔，這個問題很容易。」格魯布回答。「答案也很簡單。我們為雇主工作，而他從未透露自己的身分。」

「嗯。你們為何殺害朵兒的家人？」

「這是我們雇主的命令。」格魯布說，笑容在這時變得更加狡猾。

「你們有機可趁的時候，為何沒殺了朵兒？」

格魯布還來不及回答，凡德摩就說：「必須讓她活命，只有她能夠開啟那扇門。」

格魯布狠狠瞪了搭擋一眼。「夠了，你幹嘛不把所有的事情都告訴他？」

「我以為輪到我了。」凡德摩低聲說。

「好了，」格魯布說，「你已經聽到三個答案，希望對你有所幫助。我的第一個問題：你為什麼要保護她？」

「她父親救過我的性命，」侯爵老實回答，「我一直沒機會還他人情。我希望人情都是別人欠我的。」

「我有個問題。」凡德摩說。

「我來問就行了，凡德摩先生。那個來自上層世界的傢伙，理查・馬修，為什麼要跟她一起行動？她為什麼允許這種情況發生？」

「她是因為多愁善感吧。」侯爵回答。他說出這句話，腦海中不禁納悶這是不是所有的實情。他開始懷疑，對那個上層的傢伙，其中或許還有其他不為人知的原因。

「現在輪到我了。」凡德摩說，「我現在想的是哪個數字？」

「你說什麼？」

「我現在想的是哪個數字？」凡德摩重複一次，「這個數字介於一和很多之間。」他好心地加上一句。

「七。」侯爵回答。凡德摩點點頭，表情折服。

格魯布接著說：「什麼地方……」但侯爵搖了搖頭。「少來了，做人不要太貪心。」

潮溼的地下室裡有段時間異常安靜，然後水滴又流了下來，蛆也沙沙作響。侯爵開口說：「一小時搶先開跑，別忘了。」

「沒問題。」格魯布應了一句。

侯爵將雕像拋向格魯布，格魯布迫不及待，一把抓住，臉上的神情就像犯了毒癮的人拿到一包裝滿白粉的塑膠袋。侯爵隨即離開地下室，頭也不回。

格魯布仔細檢視雕像，不斷在手中翻來覆去，就像為詛咒物博物館工作的狄更斯派策展人，正在仔細思量得獎的展示品。他的舌頭不時像蛇般啪地吐出。一團顯而易見的紅暈出現在他毫無血色的面頰上。「喔，好極了，好極了，」他低聲說，「的確是唐朝的東西。一千兩百年的歷史，世上最好的陶瓷雕像，是有史以來最出色的陶工九龍製作的。真是舉世無雙的寶物；看這釉藥的色澤、完美的比例，看這生命力……」他露出笑容，嬰兒似的，但天真的笑容裡卻隱含失落與困惑。「它為這個世界增添了更多讚嘆與美感。」

他咧著嘴笑了起來，嘴巴張得非常大，將臉湊向雕像，用牙齒咬碎頭部，放肆大聲咀嚼，再大口吞下。他的牙齒把瓷器磨成粉末，掉滿整張臉的下半部。

他因為雕像的毀滅而極端喜悅，像雞籠裡的狐狸，陷入詭異的瘋狂與無法控制的殺戮慾望。當雕像只剩一堆粉末之後，格魯布轉向凡德摩，神情看起來異常平靜，甚至有點無精打采。「我們說要給他多少時間？」

「一小時。」

「嗯。那現在過了多久？」

「六分鐘。」

格魯布低下頭，用一根手指摸摸下巴，舔著指尖上的黏土粉末。「去跟蹤他，凡德摩先生，我需要一點時間好好品嘗這件難得的寶物。」

獵人聽見他們走下階梯的聲音。她站在陰暗處，雙手交疊——自他們離開，就一直保持同樣姿勢。理查大聲哼著曲調，朵兒忍不住咯咯發笑；然後她會停下來，叫理查安靜。然後她又開始咯咯發笑。他們經過獵人，卻沒注意到她。

獵人從陰影中走出，說：「你們去了八個小時。」她只是陳述事實，不帶好奇或責備的語氣。

朵兒對她眨了眨眼睛。「我沒想到去了這麼久。」獵人沒有說話。

理查困倦無神地對她咧嘴而笑。「難道妳不想知道發生了什麼事情嗎?嗯，我們遭到格魯布和凡德摩的埋伏，很不幸，我們身邊沒有保鏢。儘管如此，我還是讓他們白費工夫了。」

獵人揚起一邊眉毛，冷冷說道：「你的格鬥技巧令我十分佩服。」

朵兒咯咯笑了起來。「他在開玩笑啦。事實上——他們把我們給殺了。」

「身為終結身體機能的專家，」獵人說，「我必須持不同意見。你們都還好端端活著；在我看來，你們是爛醉如泥。」

朵兒對保鏢伸出舌頭。「胡說……我沾不到一滴，就那麼一點點。」她彎起兩根手指，表示「那麼一點點」的量有多麼少。

「只不過去參加一場宴會，」理查說，「遇到了潔西卡，看到真正的天使，拿了一隻小黑豬之後，就回到這裡來了。」

「就喝了那麼一點酒，」朵兒熱切地繼續說，「年份很久、很久的酒，只沾了一滴滴，非常……非常少，幾乎感覺不到。」她開始打嗝，隨即又咯咯發笑，然後打嗝聲中斷她的笑聲，她突然坐倒在月臺上。「我想……或許我們真的醉了。」她清醒地說，閉上眼睛，開始神態莊嚴地打起鼾來。

迪卡拉巴斯侯爵在地底通道狂奔，彷彿所有地獄犬都聞到他的氣味，正在他後面窮追不捨。他涉過六吋深、絞刑執行地的泰朋河河水，一路激起水花，進入公園道正下方、往南通向白金漢宮的磚造下水道裡，利用黑暗掩護自己。他已經跑了十七分鐘。

來到大理石拱門下約三十呎處，侯爵暫停腳步。下水道分岔成兩條。他選擇左路，繼續往前跑。

幾分鐘之後，凡德摩走過這條下水道。當他到達那個交叉點，他也同樣暫停片刻，皺起鼻子嗅了嗅，也選擇左邊那條下水道繼續往前走。

獵人不滿地一哼，把不省人事的理查丟在一堆麥稈上面。理查在麥稈堆裡翻了個身，嘴裡含糊說了一句話，聽起來像是「我沒確你不用一竹搖啊」，然後又睡著了。獵人接著把朵兒放在理查身旁的麥稈堆上，動作比剛才輕柔些，然後站在朵兒身邊，在地底一個漆黑的馬廄裡，擺出守衛的靜止姿勢。

迪卡拉巴斯侯爵已經精疲力竭。他靠在下水道的牆上，盯著前面一道往上延展的階梯，拿出金色懷錶看看時間。從他逃出醫院地下室算起，已經過了三十五分鐘。

「一小時到了嗎？」凡德摩問。他就坐在侯爵前方的階梯上，正用小刀剔指甲。

「還差得遠呢。」侯爵回答，上氣不接下氣。

「感覺已經過了一小時。」凡德摩親切地說。

空氣裡出現微微顫動，格魯布已站在侯爵背後，下巴還沾著一些粉末。侯爵瞪了格魯布一眼，再轉身看著凡德摩，最後不由自主大笑起來。格魯布露出笑容。「你發現我們很有趣是吧，侯爵先生？是歡樂的來源，對不對？我們身上穿著漂亮的衣服，還有我們迂迴委婉……」

凡德摩先生低聲抱怨：「我可不委婉咧……」

「……的說話方式，加上有點愚蠢的態度和舉止，或許我們真的很有趣吧。」

格魯布舉起一根手指，對迪卡拉巴斯搖了搖。「但你一定從未想到，侯爵先生，」他繼續把話說完，「有些東西就是因為很有趣，才不會危險。」

凡德摩對著侯爵擲出小刀，刀柄又狠又準地命中他的太陽穴，他兩眼立刻翻白，雙膝一軟，倒在地上。「委婉，」格魯布對凡德摩說，「是一種兜圈子的說話方式。離題。廢話。」

凡德摩抓著迪卡拉巴斯侯爵的腰帶，拖上階梯。他們每走一步，侯爵的頭就「乒—乒—乒」地敲，凡德摩點了點頭。「我就覺得奇怪。」

獵人站著睡。

在他們沈睡時，守護他們的美夢。

夢裡的獵人正在曼谷下方的地底城市中。這座城市部分是迷宮、部分是森林，因為泰國的荒野景觀已經退守到地底深處，位於機場、飯店、街道的下面。整座城市充滿香料和芒果乾的氣味，瀰漫著不算不愉快的性愛氣息。天氣潮溼悶熱，獵人身上流著汗水。原本的黑暗被牆上發出磷光的斑點驅散——灰綠色菌類厚得發亮，足以讓眼睛看見四周，在裡面行走。

夢裡的獵人毫無聲息地移動，幽靈一般走過潮溼地道，從植被中找空隙穿過去。她右手握著一根沈重的擲棍，左前臂覆蓋著一面皮盾。

獵人在夢裡聞到刺鼻的野獸氣息，隨即在廢置的石造建築旁停下腳步，靠在牆邊等待，成為陰影的一部分，與黑暗融而為一。獵人相信，狩獵就像人生，大部分由等待所構成。然而，獵人在夢中並未等待。她剛到此處，那東西就穿過矮樹叢。是一隻棕白相間的狂獸，微微起伏，像條表皮溼透的蛇。牠的紅眼閃閃發光，從黑暗中透視過來，牙齒像針尖，是個掠食性殺手。這種生物在上層世界已經絕跡，重約三百磅，從鼻尖到尾端長約十五呎多一點。

牠經過身邊，獵人發出蛇般的嘶嘶聲，牠的原始本能暫時發揮作用，馬上僵住不動。然後，牠撲向獵人，臉上只有憎惡與鋒利的牙齒。夢裡的獵人記得，這樣的情景以前也發生過，那個時候，自己舉起左臂的皮盾擋住牠的嘴巴，用鉛製的擲棍敲碎牠的頭骨，盡量不傷到牠的毛皮。獵人後來把這隻大鼬鼠的毛皮送給了一名吸引她注意的女孩，而對方也很得體地表示感謝。

但現在，在她夢中，同樣的情形並未出現。反而是鼬鼠伸出一隻前掌，朝她抓了過來。獵人丟掉手中擲棍，握住牠的前掌。然後，在曼谷下方的地底城市裡，他們相擁起舞，踏著難以理解而又不斷重複的舞步。獵人在一旁以第三者的角度觀賞，對他們移動時的精巧動作十分佩服。他們的尾巴、手腳、手指、眼睛和頭髮，全都激烈而詭異地扭打成一團，陷入永無止境的翻滾。

清醒的世界裡傳來一陣細微的聲音，是小朵兒在說夢話。獵人馬上從睡眠狀態轉為清醒，再度恢復警覺，隨時提防。她一醒來，也把剛才的夢都忘了。

朵兒夢到父親。

夢裡，父親教她如何打開東西。他拿起一顆橘子，做了個手勢，橘子隨即順暢地由內翻轉到外：果肉跑到外面，橘子皮則在裡面的中心。**東西一定要保持類似**，父親對她說，剝了一片內外翻轉的橘子給她。**類似、對稱、地質學，這些將是我們接下來幾個月的主題。不過，朵兒，妳必須了解一個最重要的觀念，那就是：所有的東西都想打開。妳必須感受這種需要，運用這種需要。**他的頭髮棕褐濃密，是他過世前十年的時候。他臉上的輕鬆笑容，朵兒也還記得。但那是好久以前的事了。

在夢裡，父親拿給她一個掛鎖，她從父親手中接過。她的手跟現在的大小形狀一樣，但她心裡明白，實際上，這件事情發生在她很小的時候。她明白自己正從那十幾年中，取出一些時刻、對話、課程，濃縮成一堂課。**把它打開**。他對朵兒說。

她手握著掛鎖，感受那金屬的冰冷，感受掛鎖在手中的重量。有件事困擾她，而這件事是她必須了解的。朵兒學會走路後不久，就開始學習如何打開東西。她記得母親緊緊牽著她的手，從自己的臥室打開一扇門通往遊戲間。她也記得曾經看著哥哥雅克把一串相連的銀環分開，再串接起來。

朵兒試著打開掛鎖。她用手指撫摸，也用心靈摸索，但什麼事也沒發生。她把掛鎖往地上一丟，隨即哭了起來。父親彎下腰，撿起掛鎖，放回朵兒手中，細長的手指將掛在她臉頰上的一滴淚抹去。

別忘了，他告訴朵兒，**掛鎖想打開。妳只要讓它做它想做的事情就好了**。

掛鎖躺在她手中，冰冷、沈重、毫無生氣。然後，突然之間，她內心深處明白了，所以她就順其自然。響亮的喀嚓一聲，掛鎖打開。她父親露出了微笑。

好了。朵兒說。

好孩子，她父親說，要打開就只有如此，其餘不過是技巧而已。

朵兒突然明白是什麼事情困擾她。爸爸？她問，您的日誌，是誰收好的？誰有辦法把它藏起來？但父親離朵兒愈來愈遠，她已經開始遺忘了。朵兒呼喚著父親，但他聽不見；朵兒雖然聽得見他的聲音從遠處傳來，但聽不清楚他說些什麼。

清醒的世界裡，朵兒輕柔說著夢話。她翻了個身，把臉枕在手臂上，發出一兩個鼾聲，又睡著了。這次的睡眠無夢。

理查知道牠正等著他們。每走過一條地道，每轉一次彎，每到一個分岔點，這樣的感覺就愈來愈迫切沈重。理查知道牠就在那裡，等候；大禍臨頭的預感，隨著每個步伐愈加強烈。理查知道，當他轉過最後一個角落，看到牠在那裡，框在地道內，等候著，應該會感覺輕鬆——但他反而只感覺恐懼。在他夢中，那東西就像世界那麼大，整個世界只剩下那隻野獸。牠的側腹冒著熱氣，破舊武器的碎裂木桿和尖端從獸皮裡穿刺而出。牠的角和獠牙都有乾涸的血漬。那野獸噁心、龐大又邪惡。最後，野獸朝他衝了過來。

理查舉起手（但那不是他的手），將長矛朝怪物一丟。

他看到野獸的眼睛油亮、惡毒、貪婪，那兩隻眼朝他直奔而來，全在一秒鐘之內發生，這一秒鐘成了極小的永恆。然後，野獸衝上理查的面前……

水很冷，巴掌似打在理查臉上。他猛然張開眼睛，用力吸了一口氣。獵人正低頭看著他，手裡提著一個大木桶，桶子裡面是空的。理查抬起一隻手，頭髮整個溼透，臉上也都是水漬。他把水從眼皮上抹開，身子冷得發抖。

「妳沒有必要這樣。」理查說，嘴巴的氣息聞起來像是幾隻小動物把裡面當成廁所。他試著站起，沒兩下子又坐倒回去。「喔……」他哀號。

「你的頭還好吧。」獵人很專業地問。

「好多了。」理查回答。

獵人提起另一個裝滿清水的木桶，拖過馬廄地板。「我不知道你們喝了什麼東西，但這東西的後勁一定很強。」獵人把手伸入桶內取水，拍打在朵兒臉上，用水噴灑。朵兒的眼皮動了幾下。

「難怪亞特蘭提斯會沈下去。」理查喃喃自語，「如果他們早上都是這種感覺，或許可以減輕他們的痛苦吧。我們在什麼地方？」

獵人又舀了一點水，拍打在朵兒臉上。「在一個朋友的馬廄裡。」理查環顧四周，這地方看起來是有點像馬廄。他不禁暗自納悶，這裡是給馬匹用的嗎——如果是的話，有什麼樣的馬會住在地底？牆上畫著一個紋章：大寫的S（還是蛇的圖案？理查分辨不出來）周圍環繞著七顆星星。

朵兒舉起一隻手，試探地摸了摸自己的頭，似乎不確定自己會發現什麼東西。「喔……」她用近似模糊的聲音說，「聖殿拱門在上，我死了嗎？」

「還沒。」獵人回答。

「真是可惜。」

獵人幫她站了起來。「嗯，」朵兒仍昏昏欲睡，「他確實警告過我們這酒很烈。」話剛說完，她突然很快完全清醒，隨即抓住理查的肩膀，指著牆上的紋章：蛇一般的S，周圍環繞著七顆星星。朵兒瞪大眼睛。「蛇芬婷……」她結結巴巴對理查和獵人說，「那是蛇芬婷的紋飾！理查，快起來！我們得趕快逃命——趁她還沒發現我們在這裡……」

「妳想，」門口一個不帶感情的聲音問，「你們能在蛇芬婷不知道的情況下進她的房子裡嗎，小丫頭？」

朵兒往後退，靠在馬廄牆壁的木板上。她在發抖。理查雖然頭痛欲裂，但他很清楚自己從未看過朵兒這麼真實明白地表示恐懼。

蛇芬婷站在門口。她穿著緊身白皮衣，踩著高筒白皮靴，其餘衣飾看來一度是蕾絲鑲邊的白色絲質婚紗禮服，但現在已破爛不堪，還沾滿泥土污垢。她比其他人都高，濃密灰色的長髮擦過門梁，眼神非常銳利，嘴巴像是在傲慢的臉孔上用利刃直接劃開。她看著朵兒，彷彿驚慌失措是她的應得之物；彷彿她非常習慣看到別人的恐懼，而今她期望見到恐懼，甚至喜歡恐懼。

「保持冷靜。」獵人說。

「但她是蛇芬婷，」朵兒哀號，「七姊妹之一。」

蛇芬婷友善地點個頭，隨即踏出門口，朝他們走了過來，身後還跟著一名纖瘦女子。那女子有張嚴肅的臉孔，黑色長髮，身上穿著黑色細腰洋裝，什麼話也沒說。蛇芬婷走到獵人面前。「獵人很久以前為我工作過。」她伸出一根白手指，輕柔撫摸獵人的棕色臉頰，手勢充滿愛慕與占有的意味。「獵人，妳的外貌保持得比我好。」獵人低下頭來。「妳的朋友就是我的朋友。小丫頭，」蛇芬婷問，「妳叫做朵兒？」

「是的。」朵兒以乾啞的聲音回答。

蛇芬婷轉頭面向理查。「那你又是什麼？」她冷淡地問。

「理查。」

「我叫蛇芬婷。」她優雅地告訴理查。

「我想也是。」理查應了一句。

「已經為你們準備好食物了，」蛇芬婷說，「如果你們想要吃早餐。」

「天啊，不了。」理查客套而抽噎地說。朵兒沒說半句話，依舊背靠在牆上，微微發抖，就像秋風中的一葉。獵人把他們帶到這裡作為安全的避難所，但這樣做顯然沒辦法緩和她的恐懼。

「有什麼可以吃的？」獵人問。

蛇芬婷看著門口的瘦腰女子一眼。「這個嘛？」她問對方。那女子微微一笑——理查從未在人類臉上見過這麼冰冷的笑容——說道：「炒蛋水煮蛋鹹蛋咖哩鹿肉醃洋蔥醃鯡魚煙燻鯡魚鹽漬鯡魚香菇燉肉燻豬肉甘藍菜捲小牛腳肉凍……」

理查張開嘴巴，想懇求她不要再說下去，但為時已晚。他突然感到強烈的噁心感在喉頭翻攪。理查希望有人能夠攙扶他，告訴他一切都不會有問題、他很快就會覺得好多了；希望有人會給他一片阿斯匹靈和一杯水，然後把他帶回床上去。但沒人這麼做，而他的床恐怕要到下輩子才看得見。他用木桶裡的水洗把臉，搓搓手，嗽嗽口。然後，他站起身子，有點搖搖擺擺的，尾隨四個女人去吃早餐。

「把小牛腳肉凍遞給我。」獵人說，嘴巴塞滿食物。

蛇芬婷的餐廳在看似地鐵站的月臺上——是理查見過最小的月臺，大概只有十二呎長，大部分空間都被餐桌占據。白色織花桌布鋪在餐桌上，上面放著一套井然有序的銀製餐具。整張桌子堆滿氣味不太好聞的食物，尤其以醃鵪鶉蛋的味道最讓理查受不了。

理查的皮膚又溼又黏，眼珠子似乎放錯了眼窩，而頭骨給他的大致印象，像是有人趁他睡覺時用一個小了兩三號的頭骨把原先的掉包了。一部地鐵列車從他們身旁幾呎急馳而過，強風吹襲餐桌。列車通過的噪音像把炙熱的刀子穿過理查的腦袋。他呻吟了一聲。

「我看，妳的英雄顯然不勝酒力。」蛇芬婷客觀地判斷。

「他不是我的英雄。」朵兒說。

「恐怕是的。妳知道如何辨別這樣的人，或許是從眼睛看出來的吧。」蛇芬婷轉頭面向黑衣女子，她的身分似乎是總管之類的。

「拿點補藥給這位先生。」那女子若有似無地笑了笑，隨即滑開。

朵兒在蘑菇盤裡挑東西吃。「我們非常感激妳的盛情款待，蛇芬婷夫人。」

蛇芬婷不以為然地說：「叫我蛇芬婷就行了，丫頭，我可沒空去理會那些無聊的尊稱和虛名。嗯，妳是波提科的長女。」

「是的。」

蛇芬婷把手指伸進鹽水醬汁裡，當中似乎浸泡著幾條小鰻魚。她舔了舔手指，認可地點點頭。「我沒什麼空理妳父親。盡是些要讓下層社會團結的傻話，根本是無稽之談。笨蛋，只會到處惹麻煩。上次見到妳父親的時候，我告訴他，如果他敢再回到這裡，我就把他變成無足蜥蜴。」她轉頭面向朵兒。「對了，妳父親還好吧？」

「他已經死了。」朵兒回答。

蛇芬婷看上去非常得意。「看到沒？我的觀點完全正確。」朵兒默不吭聲。蛇芬婷抓起在自己灰髮裡爬動的東西，仔細看了一眼，隨即用拇指和食指捏碎，順勢丟到月臺上。她轉頭看著獵人，獵人正在清除一盤堆成小山丘的醃鯡魚。「那麼，妳正在獵捕野獸嘍？」獵人點點頭，嘴巴都塞滿了。「所以，妳用得到長矛。」蛇芬婷說。

細腰女子已經站在理查身旁，手裡拿著小托盤，托盤上有個小玻璃瓶，瓶裡裝著一種鮮艷欲滴的翠綠色液體。理查盯著那液體，看著朵兒。

「她要給他喝什麼東西？」朵兒問。

「不會傷害他的，」蛇芬婷冷冷一笑，「你們是客人。」

理查一口喝下綠色液體，嚐起來像是混合了百里香、薄荷、冬天的晨露。他感到這些液體流了下去，隨即準備好不讓液體反吐出來。但這種情形並未發生，理查深呼吸，略感驚訝地發現自己的頭不痛了，肚子也餓得要命。

就本質上來說，老貝利沒有講笑話的天分。儘管有這種障礙，他還是不間斷地嘗試。他喜歡講超長篇的荒謬故事，而且每次都以可憐的雙關語作為結尾。更妙的是，他講到結尾的時候，往往忘了雙關語。他的聽眾是一小群關起來的鳥兒。牠們（尤其是白嘴鴉）把他的笑話看成人類蘊含深奧而敏銳的洞察力、有深刻體認的哲理寓言。這些鳥兒還會不時提出要求，希望老貝利說說其他有趣的故事。

「好吧，好吧，好吧，」老貝利說，「如果你們先前聽過這個，就提醒我一下。有個男的走進一間酒吧，不對，他不是男的。這就是笑話。抱歉。他是馬。一匹馬……不對……是一根繩子，呃，是三根繩子才對，沒錯。三根繩子走進一間酒吧。」

一隻龐大的老白嘴鴉呱呱提出問題。老貝利摸摸牠的下巴，聳了聳肩膀。「它們就真的走進去了。這是笑話，繩子可以在笑話裡走來走去。他向酒保點一杯酒給自己，也幫朋友各點了一杯。酒保對其中一根繩子說：『我們這裡不招待繩子。』那根繩子轉身對朋友說：『他們這裡不招待繩子。』因為這是笑話，所以中間那根繩子也轉頭說了。別忘了，繩子總共有三根。輪到最後一根繩子時，它在自己身上打個結，把身體拉直，點了一杯酒。」白嘴鴉又睿智地呱呱叫。「點了三杯才對。酒保說：『喂，你不是其中一根繩子嗎？』那根繩子說：『不是，我是打結的。』聽懂了嗎？打結，打劫，這是雙關語，非常、非常好笑吧。」

椋鳥群禮貌地叫了幾聲，白嘴鴉群則點點頭，把頭歪向一邊。最老的白嘴鴉又向老貝利呱呱叫。

「再講一個？喂，我手上又沒有笑話集。得讓我想一想……」

帳篷裡傳來一陣聲響，一個深沈、有節奏的聲音，聽起來像是遠方傳來的心跳。老貝利急忙衝進帳篷，聲音從一個老舊木箱傳出來——老貝利把最珍惜的東西都存放在這個箱子裡。他打開箱子，有節奏的聲音變得更加響亮。小銀盒放在老貝利的寶物上面，他伸出一隻瘦骨嶙峋的手，拿了起來。一道紅光像心跳般，在裡面規律閃動，光線從銀絲花邊、縫隙和鎖扣透射到外面。「他有麻煩了。」老貝利說。

最老的白嘴鴉呱呱提出一個問題。「不，不是笑話。是侯爵，」老貝利回答，「他遇到大麻煩了。」

蛇芬婷把座椅往後推的時候，理查已經把第二盤早餐吃了一半。

「我想我已盡到地主之誼了。丫頭，年輕人，再見。獵人……」她頓了一下，伸出一根爪子般的手指，沿著獵人的下巴摸了一把。「獵人，這裡隨時歡迎妳來。」她傲慢地向眾人點點頭，隨即站起身子離開，細腰的總管尾隨在後。

「我們該走了。」獵人說，從餐桌旁站了起來，朵兒和理查只好不情願地跟在後面。

他們沿著長廊往前走，長廊的寬度一次只能允許一人通過。眾人爬了幾階石梯，在黑暗中越過鐵橋，過橋時還聽見地鐵列車的聲音在下面迴盪。他們接著進入一條由許多地窖所形成的複雜通道，裡面充滿磚塊、石頭、時間所散發出的潮溼和腐敗。「那女人是妳以前的雇主？她為人似乎還不錯。」理查對獵人說，但她沒有答腔。

一直稍微保持順從的朵兒說：「下層世界的大人想要讓小孩子守規矩時，總會說：『乖乖聽話，不然蛇芬婷就會把你抓走。』」

「喔，」理查說，「而獵人，妳為她工作？」

「我為那七姊妹工作。」

「我以為她們，嗯，至少三十年，彼此未曾交談過。」朵兒說。

「很有可能，但當時她們仍會相互交談。」

「妳到底幾歲了？」朵兒問。理查很高興朵兒問了，他自己可沒這個膽子。

「跟我的舌頭一樣歲數，」獵人拘謹地回答，「比我的牙齒老一點。」

「不管怎樣……」理查用無憂無慮的語調說，宿醉已退，也知道在上面很遠的地方，有人正在享受美好的一天。「都沒關係。食物很棒，也沒人想殺我們。」

「我相信總有一天，我們要為你說的這件事付出代價。」獵人肯定地說，「小姐，我們走哪條路到黑修士？」

朵兒停下腳步，專心思考。「我們走河道。跟我來。」

「他醒過來了沒有?」格魯布問。

凡德摩用一根細長的手指,在侯爵俯臥的身體上戳。他的呼吸很微弱。「還沒呢,格魯布先生。我想我把他弄壞了。」

「你要更愛惜自己的玩具啊,凡德摩先生。」格魯布說。

neverwher

第十一章

RICHARD WROTE A DIARY ENTRY IN HIS HEAD. DEAR DIARY, HE BEGA
FRIDAY I HAD A JOB, A FIANCEE, A HOME AND A LIFE THAT MADE SENSE. (
AS ANY LIFE MAKES SENSE.) THEN I FOUND AN INJURED GIRL BLEEDING O
PAVEMENT, AND I TRIED TO BE A GOOD SAMARITAN. NOW I'VE GOT NO FIA
NO HOME, NO JOB, AND I'M WALKING AROUND A COUPLE OF HUNDRED
UNDER THE STREETS OF LONDON WITH THE PROJECTED LIFE EXPECTAN
A SUICIDAL FRUITFLY. THERE ARE HUNDREDS OF PEOPLE IN THIS (
LONDON. THOUSANDS MAYBE. PEOPLE WHO COME FROM HERE, OR PEOPL
HAVE FALLEN THROUGH THE CRACKS. I'M WANDERING AROUND WITH A
CALLED DOOR, HER BODYGUARD, AND HER PSYCHOTIC GRAND VIZIER. WE
LAST NIGHT IN A SMALL TUNNEL THAT DOOR SAID WAS ONCE A SECTION (
GENCY SEWER. THE BODYGUARD WAS AWAKE WHEN I WENT TO SLEEP
AWAKE WHEN THEY WOKE ME UP. I DON'T THINK SHE EVER SLEEPS. WI
SOME FRUITCAKE FOR BREAKFAST; THE MARQUIS HAD A LARGE LUMP OF
HIS POCKET. WHY WOULD ANYONE HAVE A LARGE LUMP OF FRUITCAKE I
POCKET? MY SHOES DRIED OUT MOSTLY WHILE I SLEPT. I WANT TO GO H
THEN HE MENTALLY UNDERLINED THE LAST SENTENCE THREE TIMES
WROTE IT IN HUGE LETTERS IN RED INK, AND CIRCLED IT BEFORE PUTT
NUMBER OF EXCLAMATION MARKS NEXT TO IT IN HIS MENTAL MARGIN.

chapter eleven

第十一章

「妳在追求什麼？」理查問獵人。他們三人正沿著地底河流的堤岸，小心翼翼走著。堤岸很滑，狹窄的小徑沿著黑石與陡峭的岩壁向前。理查懷著敬畏，看著混濁河水在不到一隻手臂的距離外湍流急奔。這不是那種掉進去還能再爬上岸的河流；這是另外一種。

「追求？」

「嗯，」理查說，「就個人而言，我想回到真實的倫敦，恢復我以前的生活。朵兒想查明是誰殺害她的家人。那妳想要追求什麼？」他們沿著堤岸慢慢移動，一次一步，由獵人帶路。她沒回答理查的問題。河流的速度減緩下來，流進地底的小湖中。他們靠著水邊走，手裡的提燈在黑色水面上閃耀光芒，三人的倒影因河上的薄霧而模糊不清。「到底是什麼呢？」理查問，並不期待得到任何答案。

獵人的聲音輕而激昂，說話時也沒打亂自己的步伐。「我在紐約地底的下水道裡，跟巨大、瞎眼的白色短吻鱷王戰鬥。牠有三十呎長，靠著吃穢物長得很肥，打鬥時極為凶猛。但我打敗了牠，把牠給殺了。牠的雙眼就像黑暗中的大珍珠。」獵人奇怪的腔調穿透地表下面的黑夜，與薄霧纏繞一起，在地底發出陣陣回音。

「我在柏林底下的城市，跟在當地肆虐的熊戰鬥。牠殺了上千個人，爪子布滿百年來的乾涸血漬所形成的暗棕色斑點，但牠被我打敗了。牠死的時候，居然口出人言，低聲說了幾個字。」薄霧籠罩湖面，理查依稀覺得能夠在煙霧裡看到她所說的怪物。

「加爾各答的地底城裡有一頭黑虎，是非常聰明、令人痛恨的食人獸，大小跟一頭小象差不多。那隻老虎是很厲害的對手，但我赤手空拳解決了牠。」理查看了朵兒一眼，她正專注聆聽獵人的話，看來她也沒聽過這些事情。「接下來，我應該去殺倫敦的野獸。據說牠身上插了許多斷劍、長矛和小刀，都是試圖跟牠戰鬥卻失敗的人留下來的。牠的獠牙就像利刃，腳蹄好似雷霆。我會殺了牠，不然就是在戰鬥中死亡。」

獵人提到她的獵物時，眼裡閃耀著光芒。河上的霧氣已變成一片黃色濃霧。不遠處，一座鐘響了三次，鐘聲經由水面傳送過來，天色也開始變亮。理查認為自己可以看見四周那些建築物層層疊疊的形狀。黃綠色的霧氣愈來愈濃，聞起來像都市裡累積上千年的灰燼、油煙、污垢。濃霧緊緊黏著他們的提燈，減弱了不少光線。

「這是什麼東西？」理查問。

「倫敦霧。」獵人回答。

「但那不是幾年前就消失了嗎？在淨化空氣運動、推廣無煙汽油那些之後？」理查想起孩童時期看過的福爾摩斯偵探小說。「人們是怎麼稱呼它的？」

「豌豆湯，」朵兒說，「倫敦的特色之一。五百年來，黃色的河上濃霧混雜了煤灰和空氣中其他的髒東西。在倫敦上層已經，呃，有四十多年不見了，如今反倒是它們的幽靈出現在下層這裡。嗯，不是幽靈，應該說是回響才對。」理查吸進一縷黃綠色濃霧，咳了起來。「聽起來不太妙。」朵兒說。

「霧氣卡在我喉嚨裡。」理查說。地面變得愈來愈黏稠，愈來愈泥濘，在理查走路的時候吸住他的腳。「不過，」他自我安慰，「這麼一點霧氣又傷不了人。」

朵兒抬起頭來，用調皮的大眼睛看著他。「一九五二年的一場大霧，估計造成四千多人死亡。」

「這裡的人？」理查問，「倫敦下層的？」

「你們的人。」獵人回答。理查完全相信有這回事。他想憋住呼吸，但霧氣愈來愈濃，地面也愈來愈黏稠。「我不明白，」他問，「為何我們上層已經沒有這種濃霧了，而你們下層這裡卻有呢？」

朵兒搔了搔鼻子。「倫敦有些舊時代的小塊地區，當中的東西和街道都維持不變，就像琥珀裡的氣泡一樣。」她解釋，「倫敦有許多不同的時代，必須到別的地方去——但不會馬上就全部離開。」

「儘管我仍像是墜入五里霧中，」理查嘆了口氣，「但這聽起來還滿合理的。」

修道院院長知道這一天會引來許多朝聖者。這件事情變成他夢想的一部分，像黑夜般籠罩著他。因此，這個日子成了一種等待，但他也知道這是一種罪惡：那些即將能體會到的時刻，等待對於即將來臨的時刻，以及目前因等待而不受到尊重的時刻，都是一種罪惡。不過，他仍在等待。每天侍奉的時間，每次吃著勉強足以溫飽的飲食時，院長都專注聆聽，等待鐘聲響起，等著知道有誰來朝聖、來了多少人。

院長發現自己只求死得乾淨。最後一個朝聖者幾乎拖了一年，是個語無倫次，不斷尖叫的東西。院長認為自己對此視而不見，既非幸事，也非詛咒；的確就是如此。但就算如此，他還是很慶幸自己從未見過那可憐人一面。負責照顧那人的黑玉兄弟，仍會因為夢到那張扭曲變形的臉出現在自己面前，在半夜醒來大聲尖叫。

鐘在近傍晚時敲響了三次，院長正跪在神殿裡沈思冥想。他聽到鐘聲後立刻站起身子，朝長廊走了過去，在那裡等候。「神父？」這聲音來自煤灰兄弟。

「誰負責看守橋？」院長問對方。老人的聲音低沈而悅耳動聽。以他的年紀而言，著實令人訝異。

「黑貂。」黑暗中傳來了回答。院長伸出一隻手，挽著年輕人的手肘，在他的攙扶下，慢慢走過修道院長廊。

這既非堅實的土地，也不是湖泊。他們正在黃色濃霧中，踐踏過類似沼澤的地方。「這，」理查叫道，「真是噁心。」泥水滲過他的鞋子，浸溼短襪，讓他更清楚知道腳趾的存在，但他不太喜歡這種感覺。

前方有一座橋，從沼澤裡浮現出來。一個全身黑衣的人影在橋頭等候，那人穿著多明尼克教會的黑色僧袍，皮膚呈紅桃木般的深棕色，個子非常高大，手裡拿著一根齊眉的木棍。「站住，」他大聲說，「報上你們的姓名和身分。」

「我叫朵兒，」朵兒回答，「波提科伯爵的女兒，來自雅克家族。」

「我叫獵人，是她的保鏢。」

「我叫理查・馬修，」理查說，「都溼透了。」

「你們想通過這裡？」

理查往前站了一步。「是的，確實如此。我們是為了一把鑰匙而來。」那名修士不發一語，舉起齊眉棍，頂著理查的胸膛，輕輕推了一把。理查只感到腳底一滑，隨即跌坐在泥水裡。對方等了片刻，看理查是否會掄起拳頭朝他打去。理查沒有動靜。

反倒是獵人出手了。

理查剛從泥水中掙扎爬起身子，就張著嘴，目不轉睛看著修士和獵人揮舞棍棒，打得難分難解。那修士很不賴；他的體格比獵人壯碩許多，理查還懷疑他也比獵人孔武有力。但另一方面，獵人比修士敏捷。薄霧中不時傳來棍棒相交的碰撞聲。

突然之間，修士一棍觸及獵人的上腹部，她在泥漿裡踉蹌退了幾步。對方趁勢靠近——靠得太近了——他發現獵人不過是虛晃一招時，獵人手中的短棍已經又狠又準地打中他的腿彎，痛得他站不起來，身子倒臥在泥漿中，此時獵人已將棍頭停在他的後頸。

「夠了。」一個聲音從橋上傳了過來。

獵人往後退了一步，站回理查和朵兒的身邊。她連一滴汗水都沒有。高大的修士從泥漿中站起身子，嘴唇還流著血。他向獵人鞠了一躬，往橋頭走去。

「他們是什麼人，黑貂兄弟？」那聲音喊道。

「朵兒小姐，波提科伯爵的女兒，來自雅克家族；獵人，她的保鏢；還有理查・馬修，她們的同伴。」黑貂以烏紫的嘴唇說，「她在公平的比試贏了我，煤灰兄弟。」

「讓他們過去吧。」那聲音說。

獵人帶頭往橋上走去。在橋的中心點有另一個修士等著他們——那位煤灰兄弟。他比第一位修士年輕，個頭也較小，但身上是同樣打扮，皮膚呈紅棕色。更遠處的黃霧之中，還有幾個依稀可見的黑色人影。理查這時才會意，這些人就是黑修士。煤灰兄弟盯著他們三人看了一會兒，開口朗誦：

我轉過頭，你就可以到你想去的地方。
我再轉一次頭，你就只能待到地老天荒。
我沒有臉孔，但我的生命表徵
就是鋸齒——我是何方神聖？

朵兒往前站了一步，舔了舔嘴唇，半瞇著眼。「我轉過頭……」她不解地說，「鋸齒……到你想去的地方……」笑容掠過她的臉，她抬頭看著煤灰兄弟。「鑰匙。答案是，鑰匙。」

「非常聰明。」煤灰承認她猜對了。「已經過了兩關，還有一關。」

一名非常年邁的老人從黃霧中現身，瘦骨嶙峋的手攀附在橋梁石欄上，緩緩朝他們走來。老人來到煤灰身旁時停了下來。他那對帶著灰綠的藍白色眼睛，因白內障而顯得混濁。理查第一眼見到他，就對他頗有好感。老人向較年輕的修士問：「他們總共有幾個人？」他的聲音深沈而讓人安心。

「總共有三位，院長先生。」

「他們當中有一位打敗了第一位守門人？」

「是的，院長先生。」

「那麼，他們也有人答對第二位守門人的問題嗎？」

「有的，院長先生。」

老人的語調中流露出遺憾之情。「嗯，那他們當中還剩下一人，必須面對鑰匙的嚴酷考驗。讓那個人站上前來吧。」

朵兒叫道：「喔，不！」

獵人說：「讓我代替他的位置，由我來面對這個嚴酷考驗。」

煤灰兄弟搖了搖頭。「這件事我們不能答應。」

理查還小的時候，曾在校外遠足中到當地一座城堡參觀。他跟著同學爬了許多階梯，來到城堡最高點，是個已經部分毀損的高塔。他們全都聚集在高塔裡，順著老師的手勢，望向下面綿延而去的一整片鄉野景色。即使是在當時的年紀，理查的懼高症就很明顯了。他緊緊抓住護欄，閉上眼睛，不敢往下看。老師告訴他們，從這座古老高塔的頂端到該塔座落的山丘最底層，高度有三百呎。然後她又告訴這班學生，若一枚一便士硬幣從高塔頂端丟下去，將足以貫穿站在山丘底部的人的頭骨，就像子彈穿透頭骨一般。當天夜裡，理查在床上翻來覆去，無法成眠，想像一枚硬幣帶著閃電般的力道往下落。看起來仍是一便士硬幣，但掉落時卻具有致命的威力……

嚴酷的考驗？

硬幣朝理查急落而下，它就是那種閃電般的一便士硬幣。

「等等，」理查說，「別動。嗯……嚴酷的考驗。有人即將要面對嚴酷的考驗，有人沒在泥地裡跟別人打上一架，也沒回答謎語……」他胡說個不停。他聽得見自己在胡說，但他根本就不在乎。

「你們這個嚴酷的考驗，」理查向院長發問，「有多嚴酷？」

「往這邊走。」院長沒回答他的問題。

「你們不想要他吧，」朵兒說，「從我們兩人中挑一個去吧。」

「你們來了三個人，這裡也有三場試驗。你們每個人都得面對一場，這樣才公平。」院長說，「如果他通過嚴酷的考驗，就會回到妳們身邊。」

一陣微風稍微吹散濃霧。其他的黑影手裡握著十字弓，每張十字弓都對準理查、獵人或朵兒。這群黑修士合攏隊伍，將理查阻隔在獵人和朵兒之外。「我們在找一把鑰匙……」理查低聲向院長說。

「沒錯。」院長說，聲音相當沈穩。

「是要給一名天使的。」理查解釋道。

「沒錯。」院長伸出一隻手，挽在煤灰兄弟的臂彎裡。

理查把音量降得更低。「聽好，你不能拒絕天使的要求，更何況你還穿著修士服……為何不直接跳過嚴酷的考驗，直接把鑰匙交給我就好了，嗯？」

院長開始往前走下橋，橋的盡頭有一扇門開著，理查尾隨在他後面。有些時候，你真的就是無能為力。「我們的教會創立時，」院長說，「有人將那把鑰匙託付給我們，那是所有聖物中最神聖、也最有力量的一個。只有通過嚴酷考驗、證明自己價值的人，我們才會把聖物傳給他。」

他們走過一些迂迴曲折的狹窄長廊，理查身後留下一串溼泥的足跡。「假若我沒通過考驗，那我們就得不到鑰匙了，對吧？」

「是的。」

理查把這個狀況想了一會兒。「那我可以回來再試第二次嗎？」

煤灰咳了起來。「恐怕不行，」院長回答，「孩子，萬一失敗了，那你可能也……」他頓了一會兒，然後說：「不必擔心了。不用煩惱，或許你能夠通過考驗，拿到鑰匙也說不定，嗯？」老人的聲音帶著令人不快的安慰語氣，反而比任何恐嚇手段更讓理查害怕。

「你會殺了我？」

院長以混濁的藍白色眼睛瞪視著前方。「我們是聖潔之人。」他的聲音中帶有斥責的意味。「不會，是考驗會殺了你。」

他們沿著一段階梯走下去，進入一個地窖般的矮房間，其中一面牆上有著奇怪的裝飾品。「好了，」院長說，「笑一笑！」

照相機的閃光燈響起電子滋滋聲，照得理查有段時間睜不開眼睛。他恢復視力之後，煤灰正把老舊的拍立得相機放到腰間，使勁一拉，抽出照片。他等照片顯影之後，把照片釘在牆上。「我們將失敗者都放在這面牆上，」院長嘆了口氣，「確保他們都不會遭遺忘。但這樣的回憶卻也是我們的重擔。」

理查盯著那些臉孔。幾張拍立得相片，二、三十張大頭照，其中有深褐色相片，也有銀版照片。接下來是鉛筆素描、水彩畫、小幅畫像。照片沿著一面牆一路延伸。看來黑修士這個習慣已經持續了很長一段時間。

朵兒顫抖著。「我真是笨透了，」她低聲抱怨，「我早該知道的。我們三個人，我不應該直接到這裡來。」

獵人不停轉動頭，暗自記下每名黑修士與每把十字弓的位置。她先估算在毫髮無傷的情況下，帶著朵兒衝到橋的另一頭有多少成功機率；然後估算只受輕傷的情況下，成功的機率是多少；最後再估算自己身受重傷、朵兒只受輕傷時，成功的機率又有多大。她現在正重新估算一次。「如果妳早知道，會做出不同的決定嗎？」獵人問。

「一開始，我就不會把他帶到這裡來，」朵兒回答，「我會先找到侯爵。」

獵人將頭轉向另一邊。「妳相信他？」她直截了當地問。朵兒知道她指的是迪卡拉巴斯，不是理查。

「嗯，」朵兒回答，「我多少還是相信他的。」

朵兒還有兩天就滿五歲了。流動市集剛好在當天於基尤的英國皇家植物園舉行，她父親便帶著她一起去，當做生日禮物。那是朵兒第一次到流動市集。他們位於蝴蝶館裡，周圍都是色彩鮮艷的翅膀，燦爛輕盈的東西讓她看得出了神。父親在她身旁蹲了下來。「朵兒，慢慢轉過身來，看那邊。」

她轉身，往前看去。一名黝黑的男人，穿著大外套，後腦勺綁著一條又黑又長的馬尾，正站在門口旁，跟一對皮膚極佳的雙胞胎說話。那對雙胞胎是一對年輕男女，年輕女子正在哭泣，而且是成年人哭泣的方式——盡可能忍住淚水，但眼睛還是不聽話地流出淚來，讓表情既難看又好笑。朵兒把頭轉回來看著蝴蝶。「妳看到他了？」她父親問，朵兒點點頭。「他自稱是迪卡拉巴斯侯爵，」她父親說，「他是騙子，是個老千，甚至有可能是一種怪物。妳如果遇到麻煩，就去找他，他會保護妳——他非保護妳不可。」

朵兒又轉頭看著那個人。他把兩隻手各放在雙胞胎肩上，正帶領他們離開房間。但他走出門口之前，回頭望了後面一下，目光對準朵兒，露出燦爛的笑容，還對她眨了眨眼。

包圍她們的黑修士是濃霧裡的黑影。朵兒拉開嗓門。「請問一下，」她對著黑貂喊道，「我們去拿鑰匙的那個朋友。他要是失敗的話，我們會有什麼下場？」

黑貂朝她們靠近一步，稍微遲疑後，說道：「我們會護送妳們離開這裡，放妳們走。」

「那理查呢？」她問，最後終於在黑貂的帽兜下，看到他神情哀傷地搖搖頭。「我應該帶侯爵來的。」朵兒說，納悶侯爵此刻人在何處，在做些什麼。

迪卡拉巴斯侯爵被釘在一個巨大的X形木架上。這個木架是凡德摩利用幾個老舊的貨物棧板，加上一張椅子和一扇木門的部分材料拼湊而成。一大盒生鏽鐵釘也用掉了大半。

他們已經很久沒有把人釘在十字架上了。

侯爵的手腳伸展成一個大X形，生鏽的鐵釘插進他的雙手雙腳，腰部也以繩索綁著。經歷極度痛苦之後，他幾乎已呈昏迷狀態。整個木架用幾根繩子懸吊在空中，這房間原是醫院的員工自助餐廳。格魯布豎起大量的尖銳物，從剃刀、廚房裡的菜刀到丟棄的解剖刀、柳葉刀都有。甚至還有一枝火鉗，是從熔爐室拿來的。

「你何不去看看他的狀況如何，凡德摩先生？」格魯布問。

凡德摩舉起手中的鐵鎚，試著捅了侯爵一下。

侯爵不是好人，他也有自知之明，非常清楚自己不是勇敢的人。他在很久以前就已經認定全世界，包括上層和下層，不過是希望被他詐騙的場所。為了這個目的，他編織了虛假的童話，好為自己命名，並藉由服飾、態度、舉止，把自己塑造成玩世不恭的人物。

侯爵感到手腕和雙腳隱隱作痛，呼吸愈來愈艱難。假裝昏迷顯然已經沒有任何用處了，他只好使出全身力氣，抬起頭，朝凡德摩的臉吐了一大口鮮血。

他心想，這是勇敢的行為，也是愚蠢的行為。他如果沒這麼做，他們或許會讓他死得平靜一點。現在，他可以確定，那兩人會繼續折磨他。

或許他會因此而更早面臨死期也說不定。

蓋子打開的水壺正滾燙沸騰。理查看著冒泡的開水、白騰騰的蒸氣，猜想他們打算拿它做什麼。

他的想像力可以提供無數個答案，多半是無法想像的痛苦，但到頭來卻沒有一個答案是正確的。

沸騰的開水倒進茶壺，煤灰接著在裡面加了三匙茶葉。沖泡好的液體經由過濾器，從茶壺倒進三個磁杯中。院長抬起頭來，嗅著空氣，臉上露出微笑。「鑰匙的嚴酷考驗中，首先是來喝杯好茶。你要加糖嗎？」

「不用了，謝謝。」理查懷有戒心地說。

煤灰在茶裡加了一點牛奶，將杯碟遞給理查。「這茶有毒嗎？」理查問。

院長差點被他的話所冒犯。「天哪，當然沒有。」

理查啜飲著茶，覺得味道嚐起來跟一般的茶都差不多。「但這是嚴酷考驗的一部分？」

煤灰握著院長的雙手，將一杯茶放進他的手掌心。「那只是一種說話的方式。」院長說，「我們一向都會在開始前，為冒險者泡杯茶。這對我們是考驗的一部分，對你就不是了。」

他啜飲著自己的茶水，滿足的微笑浮現在老邁的臉上。「上等的茶，所有細節都考慮到了。」

理查放下茶杯，茶水幾乎絲毫未減。「如果你不介意，我們可以馬上開始考驗嗎？」

「沒問題，」院長回答，「當然沒問題。」他站起身子，三人朝一扇門走去，就位於房間的另一端。

「這項考驗……」理查頓了一下，把要提的問題考慮清楚，說：「這項考驗，你有沒有什麼要告訴我的？」

院長搖了搖頭。真的沒什麼好說的。他只把冒險者帶到門口。接下來，他會在外面的長廊等候

一、兩個小時，再回到這裡，將冒險者的遺體從神殿移走，埋葬在教堂下的墓穴內。有些時候，情況更慘。他們沒死，但你也說不出他們身上有哪些部分還活著。那些不幸的失敗者都由黑修士盡力悉心照料。

「也罷。」理查說，露出不太自然的微笑，又加了一句。「好，帶路吧，麥克杜夫。」

煤灰將門閂往後拉，發出一聲巨響，聽起來像雙管獵槍的聲音。他推開門，理查走了進去。煤灰把門從他身後關起，將門閂放回原來的位置。煤灰扶著院長回到椅子上坐下，將茶杯放回老人手中。院長啜飲著茶，不發一語。然後，用真心的痛惜語調說道：「那句應該是『受死吧，麥克杜夫』[1]才對，但我實在不忍心糾正他。他聽起來是那麼善良的年輕人。」

1⊕此句出自莎翁名劇《馬克白》。

neverwher

RICHARD WROTE A DIARY ENTRY IN HIS HEAD. DEAR DIARY, HE BE FRIDAY I HAD A JOB, A FIANCEE, A HOME AND A LIFE THAT MADE SENSE AS ANY LIFE MAKES SENSE.) THEN I FOUND AN INJURED GIRL BLEEDING PAVEMENT, AND I TRIED TO BE A GOOD SAMARITAN. NOW I'VE GOT NO F NO HOME, NO JOB, AND I'M WALKING AROUND A COUPLE OF HUNDR UNDER THE STREETS OF LONDON WITH THE PROJECTED LIFE EXPECTA A SUICIDAL FRUITFLY. THERE ARE HUNDREDS OF PEOPLE IN THIS LONDON. THOUSANDS MAYBE. PEOPLE WHO COME FROM HERE, OR PEOP HAVE FALLEN THROUGH THE CRACKS. I'M WANDERING AROUND WITH CALLED DOOR, HER BODYGUARD, AND HER PSYCHOTIC GRAND VIZIER. W LAST NIGHT IN A SMALL TUNNEL THAT DOOR SAID WAS ONCE A SECTION GENCY SEWER. THE BODYGUARD WAS AWAKE WHEN I WENT TO SLE AWAKE WHEN THEY WOKE ME UP. I DON'T THINK SHE EVER SLEEPS. SOME FRUITCAKE FOR BREAKFAST; THE MARQUIS HAD A LARGE LUMP HIS POCKET. WHY WOULD ANYONE HAVE A LARGE LUMP OF FRUITCAKE POCKET? MY SHOES DRIED OUT MOSTLY WHILE I SLEPT. I WANT TO GO THEN HE MENTALLY UNDERLINED THE LAST SENTENCE THREE TIM WROTE IT IN HUGE LETTERS IN RED INK, AND CIRCLED IT BEFORE PUT NUMBER OF EXCLAMATION MARKS NEXT TO IT IN HIS MENTAL MARGIN.

第十二章

chapter twelv

第十二章

理查・馬修沿著地鐵站月臺往前走。這是位於地區線的車站，標牌上面寫著站名：**黑修士**。月臺上空無一人。地鐵列車在遠處呼嘯而過，傳來喀嚓喀嚓的行進聲，月臺上刮起陰冷強風，將一份《太陽報》吹散開來，數張印著女性裸體的彩色頁與惡言謾罵的黑白頁，隨著風勢不停翻滾，飛落到鐵軌上面。

理查走到月臺最末端，在一張長椅上坐下，等著看會發生什麼事。

結果什麼事也沒有。

他揉揉前額，覺得有點不太舒服，聽到月臺上有腳步聲，就在他附近。理查把頭抬起，看到一個打扮整齊的小女孩從他面前走過，牽著一個女人的手。那女人就是小女孩的翻版，只是看起來比較大而已。她們看了理查一眼，隨即把頭一轉，望向別處。「梅蘭莉，不要太靠近他。」女人用清晰可聞的耳語聲警告小女孩。

梅蘭莉看著理查，就是那種小孩子盯著人看的模樣，既不自覺，也不會不好意思。她把頭轉向母親，好奇問道：「為何那樣的人還能活著？」

「因為沒有足夠的勇氣了結自己。」她母親解釋。

梅蘭莉鼓起勇氣又看了理查一眼，說：「真是可悲。」這對母女在月臺上的腳步聲愈來愈小，沒多久就消失了。理查心想這會不會是自己的幻覺。他試圖回想自己待在這月臺上的原因。他在等地鐵列車嗎？他要去什麼地方？他知道答案就在腦海某處、近在眼前，但他抓不到，無法將答案從失落的地方帶回來。理查坐在那裡，獨自納悶。他在做夢嗎？他用雙手感覺下面堅固的紅色塑膠椅，用沾滿泥巴的鞋子踏踏月臺（這些泥巴是從哪裡來的？），摸摸自己的臉……不，這不是夢。無論他身在何處，眼前的世界都是真實的。理查覺得很不對勁，孤立、沮喪、害怕、莫名的悲傷。有個人在他身旁坐下，但他沒看對方一眼，也沒轉頭。

「哈囉，」一個熟悉的聲音說，「迪克，好久不見，你還好吧？」

理查抬起頭，感覺臉上擠出一絲笑容，希望像鐵鎚似地敲擊他的胸口。「蓋瑞？」他試探地問，說：「你看得見我？」

蓋瑞咧嘴笑了起來。「你老是喜歡開玩笑，真是風趣的傢伙，太有趣了。」

蓋瑞穿西裝、打領帶，鬍子刮得乾乾淨淨，頭髮也梳理得非常整齊。理查明白自己看起來會是什麼德性：全身泥巴，滿臉鬍鬚，衣衫不整……「蓋瑞，我……呃，我知道我現在看起來亂七八糟，但我可以解釋。」他想了一會兒。「不……我沒辦法解釋，實在不行。」

「沒關係。」蓋瑞安慰理查，聲音穩健又柔和。「不曉得該怎麼說比較恰當，有點難以開口。」他停頓了一會兒。「聽好，」他解釋，「事實上，我人不在這裡。」

「誰說的，你在啊。」理查說。

蓋瑞搖了搖頭，露出同情的神色。「不，我不在這裡。我就是你，在跟你自己說話。」

理查一臉茫然，不確定是不是蓋瑞在開玩笑。「或許這樣會有點幫助吧。」蓋瑞說完後，舉起雙手在臉上又搓又揉，像黏土似地改變臉孔的形狀。

「這樣有沒有好一點？」那個曾經是蓋瑞的人問，聲音聽起來異常熟悉。理查認得那張新面孔：他自從離開學校之後，幾乎每天早晨上班都要幫他刮鬍子、刷牙、梳頭髮。有時候，理查希望他看起來更像湯姆．克魯斯，或約翰．藍儂，或其他人。毫無疑問，這是他自己的臉。「你在尖峰時間，坐在黑修士站的月臺上，」另一個理查若無其事地說，「自己對自己說話。你知道大家都怎麼說那些自言自語的人吧？這不過是你的神智慢慢開始恢復正常罷了。」

神情消沈、渾身是泥的理查，直視外表光鮮、穿著整齊的理查，說：「我不認得你，也不知道你想做什麼。但是，你實在沒什麼說服力，你看起來真的不像我。」他很清楚自己在睜眼說瞎話。

他的另一個自我頗表讚賞地笑了笑，隨即搖搖頭。「我就是你，理查，我是你僅剩的理智。」

這不是理查偶爾會在答錄機、錄音帶或錄影帶裡會聽到的那種討厭的回音、那種恐怖的共鳴聲，一般人都會認為是他的聲音。那人是以理查真正的聲音在說話，是理查說話時會在腦海裡聽到的聲音，宏亮而真實。

「集中精神！」那個有著理查臉孔的人叫道，「看看這個地方，試著觀察別人，試著看清事實真相……你已經到了這一星期以來最接近真實世界的時候了……」

「這根本是狗屎。」理查平板絕望地說。他搖搖頭，否認他的分身所言，但他仍盯著月臺，想知道自己應該要看什麼。有個東西在理查的眼角一閃而過，他急忙轉頭跟隨，但那東西已不見蹤影。

「快看，」他的分身說，「看哪。」

「看什麼？」他正站在空曠、昏暗的地鐵月臺裡，一個孤單單的陵墓之地。然後……人們噪音和光線就像一只瓶子從理查面前飛掠而過。他站在黑修士站，正是上下班的尖峰時刻。人們鬧哄哄走過他身旁，相互推擠，發出吵雜的喧鬧聲。地鐵列車在站內等候，理查可以從窗戶上的倒影看見自己的模樣。他看起來糟糕透了：鬍子有一星期沒刮，嘴邊都是食物殘渣，一隻眼睛最近才被打成烏紫，鼻子一邊還有個發炎的紅瘡。他很骯髒，覆蓋著一層乾掉的黑泥巴，把毛孔都堵住了，連指甲裡也有不少污泥。他兩眼布滿血絲、目光遲鈍，頭髮纏結成一團。他是無家可歸的流浪漢，在交通尖峰時間，獨自站在繁忙的地鐵車站月臺上。

理查用手緊緊捂住自己的臉。

等他再次抬起頭來，其他人都不見了。月臺又回到昏暗的狀況，四下空無一人。他坐在一張長椅上面，閉起了眼睛。一隻手碰觸到他的手，握了一會兒之後，又緊緊握住。是女人的手，理查聞得到一股熟悉的香水味。

另一個理查坐在他左邊，潔西卡就坐在他右邊，握著他的手，滿臉同情，看著他。理查之前從未在她臉上看過那種表情。

「潔絲？」他問。

潔西卡搖了搖頭，放開他的手。「你認錯人了，我還是你。親愛的，你一定要聽我說，現在是你最接近真實世界的時候……」

「你們這些人一直在說『最接近真實，最接近真實』。我不知道你們……」他頓了一下，突然想起某件事情，隨即轉頭看了另一個理查一眼，又瞧了瞧那個他深愛過的女人。「這是嚴酷考驗的一部分嗎？」他問。

「嚴酷考驗？」潔西卡問，與理查的分身交換了一個擔心的眼神。

「是的，住在倫敦下層的黑修士給予的嚴酷考驗。」此事在理查描述的同時變得更加真實。「我得將一把鑰匙拿給一名叫伊斯靈頓的天使。我只要把鑰匙交給他，他就會送我回家……」理查的嘴唇變得極為乾澀，再也說不下去。

「聽聽你自己說的話，」另一個理查柔和地說，「難道你分辨不出這聽起來有多麼荒謬嗎？」

潔西卡一副強忍淚水的模樣，眼裡閃爍淚光。「你不是在進行嚴酷的考驗，理查，而是你……有點精神崩潰。兩個星期前……我想你是受不了打擊。我取消我們的婚約——你那時的舉動實在是太詭異了，好像變成了另一個人，我……我根本不知道該怎麼應付……然後你就消失了……」淚水沿著她的臉頰流了下來，她停下來，拿起一張面紙擤鼻子。

理查的分身接著說道：「我在倫敦街頭漫無目標走著，既孤單又失神，累了就睡在橋下，餓了就吃垃圾桶裡的東西。顫抖、失落、孤獨。自言自語，跟不存在的人說話……」

「理查，我真的非常抱歉。」潔西卡說道。她正在哭泣，臉孔扭曲而失去原有的吸引力，睫毛膏化成數條黑線，鼻子也紅了。理查從未見到她如此傷心難過，這才明白自己多麼希望把她的痛苦帶走。理查伸手想要抱住她，好好安慰她，讓她放心，但世界整個扭曲，開始變化……

有人被理查絆了一下，那人咒罵一聲，隨即走開。此時的他正趴在月臺上，在尖峰時間格外引人注目。理查的側臉感到溼黏冰冷，他隨即把頭抬離地面，原來他正趴在自己的一團嘔吐物上──最起碼，他希望這團嘔吐物是他自己的。路過的旅客面帶嫌惡地盯著他看，有些只瞄了一眼就不再回頭。

理查用雙手抹了抹臉，試著站起身，卻忘了如何才能爬起來。他低聲發了幾句牢騷，緊緊閉上眼睛，一直閉著。他張開雙眼時，不知是過了三十秒、一個小時、還是一天，天色快暗了。他爬起來，發現一個人也沒有。「哈囉？有誰能幫幫我？」

蓋瑞坐在長椅上看著他。「怎麼，你還需要別人告訴你該怎麼辦嗎？」蓋瑞站起來走到理查站著的地方。「理查，」他堅持說服對方，「我就是你。我能給你的建議，就是你現在對自己說的話。或許，你是嚇得聽不進去了。」

「你不是我。」理查說，但已不再相信自己的話。

「摸摸我。」蓋瑞要求。

理查伸出一隻手，手指穿過蓋瑞的臉孔，對方的五官跟著扭曲變形，像是把手伸進溫暖的泡泡糖中，手的周圍除了空氣之外，什麼也沒有。他把手指從蓋瑞的臉孔抽了出來。

「看到了吧？」蓋瑞說，「我根本不在這裡。這裡只有你，在月臺上走來走去，自言自語，想辦法鼓足勇氣去……」

理查原本不想說話，嘴巴卻動了幾下，他聽見自己的聲音說：「想辦法鼓足勇氣去做什麼？」

一個低沈的聲音從擴音器傳了出來，回音沿著月臺朝四面扭曲擴散出去。「倫敦交通局對於列車誤點感到非常抱歉，這是因為黑修士站的一起意外事件。」「去做那個，」蓋瑞把頭歪向一邊，「變成黑修士站的意外事件，結束這一切。你的生活根本就是沈悶無趣、沒有愛情、毫無意義的空殼，你連朋友都沒有……」

「我有你啊。」理查低聲說。

蓋瑞翻著白眼，上下打量理查一番。「我認為你是混蛋，」他毫不留情地說，「是個天大的笑話。」

「我還有朵兒、獵人，還有安娜希斯亞。」

蓋瑞露出微笑，笑容中帶有真心的憐憫。這對理查造成的傷害，遠比憎恨或敵意來得大。「更多虛構的朋友？我們以前就常在辦公室裡取笑你那些巨魔玩偶。還記得那些玩偶吧？就在你的桌子上。」他大笑起來，理查也開始跟著笑。這實在太可怕了；除了笑之外，理查也不知道還能做什麼。

過了一會兒，他的笑聲停止。蓋瑞把手伸進口袋，拿出一隻塑膠做的小巨魔。它有一頭鬈曲的紫髮，原本放在理查的電腦螢幕上方。「拿去吧。」蓋瑞將巨魔丟向理查。理查伸出兩隻手想接住，但小巨魔直接從手掌穿了過去，就好像這對手掌不存在似的。他跪在地上，兩隻手在空曠的月臺上四處摸索，想找到那隻巨魔娃娃。對理查而言，那似乎是他真實生活裡僅剩的片斷，只要他能夠找到那隻巨魔娃娃，或許他就可以把一切都找回來……

一陣閃光。

又回到尖峰時刻。數百名乘客從一部列車蜂擁而下，另外數百名乘客則急著要上去，匍匐在地上的理查，不斷被通勤的旅客踢來撞去。有人重重踩到他的手指，他發出淒厲的尖叫，隨即出於本能地把手指放進嘴裡，就像燙到的小孩似的。手指的味道很噁心，但理查不在乎，他可以看到巨魔玩偶就在月臺邊緣，離他只有十呎遠。他四腳著地，穿過人群，慢慢爬過月臺。旅客不時對他咒罵，擋住他的去路，把他撞到一旁。他壓根兒沒想到，十呎居然會是這麼長的距離。

理查匍匐前進時，聽到一陣尖銳的咯咯笑聲，他心想不知道是誰發出來的。那笑聲詭異又可怕，聽了非常不舒服。他不禁納悶，是什麼樣的瘋子會如此咯咯發笑。他吞了吞口水，笑聲隨即停止，這時他才知道那是誰的聲音。

理查快爬到月臺邊緣了。一個老女人踏進列車，同時，她的腳也把那隻紫髮巨魔玩偶往下踢進列車與月臺之間的空隙，消失在黑暗中。「不！」理查大叫。他仍然笑著，那是一種痛苦和抽噎的笑聲，但淚水灼痛他的眼睛，從臉頰上流下。他用手揉揉雙眼，令刺痛感更加強烈。

一陣閃光。

月臺又是一片昏暗無人。理查爬起來，腳步蹣跚地走完最後幾呎，來到月臺邊緣。他看到就在下面，在鐵道上，就在第三條鐵軌旁，那一小團紫色的東西是他的巨魔玩偶。他抬頭看向前方：幾張巨大的海報貼在鐵道另一邊的月臺牆上，是信用卡、運動鞋、塞浦勒斯島黃金假期的廣告。理查看著那些海報，上面的文字開始扭曲變化，出現新的訊息。

其中之一是：

結束一切。

讓自己脫離悲慘的命運。
像個男子漢——自己動手。
今天就來場致命的意外。

理查點點頭。他對自己說，這些海報可沒真的那樣寫。沒錯，他正在自言自語，他也該把話聽進去了。他聽得到地鐵列車行駛的聲音，就在不遠處，朝車站而來。他咬緊牙關，前後搖擺。雖然月臺上只有他一個人，但他好像還在讓通勤的乘客撞來撞去。

列車朝他行駛過來，前照燈在隧道中發出光亮，就像小時候噩夢裡大惡龍的眼睛。這時的理查知道自己只要花一點點工夫，就可以終止痛苦——不管是他過去承受的所有痛苦，還是未來可能遭受的痛苦，全都永遠消失。他把手插進口袋，深深呼吸。這非常容易，只要痛一下，一切都會結束……

口袋裡有個東西。他用手指摸一摸，感覺有個光滑堅硬的物品，接近球形。他從口袋裡拿出來一看，是枚石英珠子。他想起自己撿起這枚珠子時，正在騎士橋的另一端。這珠子是從安娜希斯亞的項鏈來的。

他依稀聽到那鼠女對自己說：「理查，等一下。」這聲音來自某處，可能是他腦海裡的想像，也可能不是。他不確定到了這個節骨眼，是否還有人在幫他。他認為這是自己真誠地在對自已說話，是他的本尊在說話，而他，終於把話聽了進去。

他點點頭，把珠子放回口袋，站在月臺上等地鐵列車駛進。列車抵達月臺後，減緩速度，最後完全停下。

車門嘶的一聲打開。車廂內擠滿各式各樣的乘客，毫無疑問，他們全都死透了。有些屍體還很新鮮，不是喉嚨上有鋸齒狀的傷口，就是太陽穴有彈孔。也有些老舊枯乾的屍體。有些屍首被皮帶吊了起來，上面覆蓋著蜘蛛網，還有些像腫瘤的東西從臀部垂了下來。從這些屍體的外觀判斷，似乎每一個都是自我了結生命。有一些是男性，有一些是女性。其中有些臉孔，理查覺得自己曾在一面長長的牆上看過，卻想不起是在哪裡看到的，也忘了是什麼時候的事情。車廂內聞起來就像冷藏設備永久失修的停屍間，經過漫長而炎熱的夏天之後所散發的氣味。

理查再也搞不清楚自己到底是誰，也無法分辨什麼是真、什麼是假。他不知道自己是勇敢或懦弱，瘋狂或理智。不過，他知道接下來該做什麼事情。他跨進車廂，所有燈光隨之熄滅。

門閂往後一拉，兩聲巨響在房裡傳出陣陣回音。小神殿的門一推而開，提燈的光線從外側大廳透了進來。

一間斗室，頂端有很高的拱形天花板。天花板的最高點綁著一條線，線的尾端懸吊著一把銀色鑰匙。門打開後導引出一股氣流，吹得鑰匙前後搖擺，接著又慢慢旋轉，先是往一邊轉動，然後往另一邊。院長扶著煤灰的手臂，兩人並肩走進神殿。隨後院長放開煤灰的手臂，說道：「煤灰兄弟，把屍體搬走吧。」

「不過，神父……」

「怎麼了嗎？」

煤灰單腳跪在地上，院長聽得見手指摸索衣服和皮膚的聲音。「他沒死。」

院長嘆了一口氣。這種想法很邪惡，他也清楚；但他真的覺得，當場死亡要比剩下半條命幸運得多。這比死悲慘多了。「像他們那樣，嗯？也罷，我們會好好照顧這名可憐人，直到他獲得最終的獎賞為止。把他帶去醫務室吧。」

這時，一個聲音虛弱卻堅定地說：「我不是什麼可憐人。」院長聽到有人站了起來，聽到煤灰倒抽一口涼氣。「我……我想我通過考驗了。」理查·馬修的聲音突然又變得不太確定。「除非這是考驗的另一部分。」

「不，孩子。」院長說，聲調中似乎隱含欽佩，也可能是帶著遺憾。

當場一陣沈默。「我……如果你不介意的話，我想我現在可以喝那杯茶了。」理查說。

「當然沒問題，」院長對他說，「往這邊走。」理查看著這名老人；院長的藍白色眼珠什麼也看不見，似乎很高興理查能活著回來，但是……

「對不起，」煤灰恭敬地對理查說，打斷了他的思緒，「別忘了你的鑰匙。」

「啊，對喔。謝謝你。」理查已經把鑰匙給忘了。他伸出手，抓住那吊在線上慢慢旋轉的銀色冷鑰。一扯，線砰的一聲斷了。

理查張開手掌，鑰匙從手掌心裡望著他。**就是鋸齒**，理查想起那句謎語，**我是何方神聖？**

他把鑰匙放進口袋，擺在石英珠子旁，隨同兩人離開。

濃霧漸散，獵人也對此感到開心。她現在很有把握，萬一有必要，她可以帶著朵兒小姐毫髮無傷地躲開黑修士的攻擊，而她自己也能在只受輕微皮肉傷的情況下安然脫身。

橋的另一頭傳來急促的腳步聲。「有狀況發生了，」獵人低聲向朵兒說，「隨時準備脫逃。」

黑修士皆往後撤。理查．馬修，這位上層世界的人，穿過濃霧朝她們而來，就走在院長身邊。獵人仔細端詳他，想找出他身上有何變化。他的重心降得比較低，腳步變得更加平穩……不，不單只是這樣。他臉上少了幾分稚氣，看起來像是長大了。

「嗯，你還活著嘍？」獵人問。理查點點頭，將手伸進口袋，拿出一把銀色的鑰匙。他把鑰匙丟向朵兒，朵兒一把接住，縱身撲向他，張開手臂抱住他，又使出全身力氣，牢牢抱住。

朵兒將他放開，跑向院長，對院長說：「我實在無法表達，這對我們而言有多麼重要。」

院長微微一笑，笑容有點虛弱，但很慈祥。「願上天保佑各位，安然完成下層世界的旅程。」

朵兒屈膝行了一禮，將鑰匙緊緊握在手中，回到理查和獵人身旁。三人過了橋，逐漸遠去。黑修士站在橋上看著他們，直到人影移出視線，隱沒在下層世界的濃霧之後。

「我們失去了鑰匙。」院長一來是在自言自語，二來則是說給所有人聽。「願上帝保佑我們。」

neverwher

RICHARD WROTE A DIARY ENTRY IN HIS HEAD. DEAR DIARY, HE BEG
FRIDAY I HAD A JOB, A FIANCEE, A HOME AND A LIFE THAT MADE SENSE
AS ANY LIFE MAKES SENSE.) THEN I FOUND AN INJURED GIRL BLEEDING
PAVEMENT, AND I TRIED TO BE A GOOD SAMARITAN. NOW I'VE GOT NO F
NO HOME, NO JOB, AND I'M WALKING AROUND A COUPLE OF HUNDRE
UNDER THE STREETS OF LONDON WITH THE PROJECTED LIFE EXPECTA
A SUICIDAL FRUITFLY. THERE ARE HUNDREDS OF PEOPLE IN THIS
LONDON. THOUSANDS MAYBE. PEOPLE WHO COME FROM HERE, OR PEOP
HAVE FALLEN THROUGH THE CRACKS. I'M WANDERING AROUND WITH
CALLED DOOR, HER BODYGUARD, AND HER PSYCHOTIC GRAND VIZIER. W
LAST NIGHT IN A SMALL TUNNEL THAT DOOR SAID WAS ONCE A SECTION
GENCY SEWER. THE BODYGUARD WAS AWAKE WHEN I WENT TO SLEE
AWAKE WHEN THEY WOKE ME UP. I DON'T THINK SHE EVER SLEEPS. W
SOME FRUITCAKE FOR BREAKFAST; THE MARQUIS HAD A LARGE LUMP C
HIS POCKET. WHY WOULD ANYONE HAVE A LARGE LUMP OF FRUITCAKE
POCKET? MY SHOES DRIED OUT MOSTLY WHILE I SLEPT. I WANT TO GO
THEN HE MENTALLY UNDERLINED THE LAST SENTENCE THREE TIM
WROTE IT IN HUGE LETTERS IN RED INK, AND CIRCLED IT BEFORE PUT
NUMBER OF EXCLAMATION MARKS NEXT TO IT IN HIS MENTAL MARGIN.

第十三章

chapter thirteen

第十三章

天使伊斯靈頓正在做一場陰暗而慌亂的噩夢。

海上掀起巨大的波浪，衝擊整座城市；分岔的白色閃電劃破夜空，落在地平線上；天空下起傾盆大雨，城市不停搖晃；大火從圓形露天劇場附近冒了出來，迅速擴散至全城，公然向暴風雨挑戰。伊斯靈頓從遙遠的上方俯視這一切。他飄浮在空中，有如在夢境中飄浮，就像他在久遠以前的歲月中飄浮。那座城市有許多數百呎高的建築，但與大西洋的灰綠色巨浪相形之下，顯得非常矮小。突然之間，他聽到人們的尖叫。亞特蘭提斯住著四百萬居民，在他夢中，他可以清楚分明地聽見每一個人的聲音，一個個尖叫、窒息、受火紋烙、溺水、死去。海浪吞沒整座城，最後，暴風雨終於平靜下來。

黎明再度降臨大地時，已沒有東西足以證明當地曾經有過一座城市，更別提面積為希臘兩倍大的島嶼了。亞特蘭提斯沒有任何東西保存下來，只有孩童及男男女女的水腫屍體，在清晨冰冷的海水中漂浮。一群灰白相間的海鷗毫不留情地啄食那些屍體。

伊斯靈頓醒了過來。他站在鐵柱圍成的八角形空間裡，旁邊是一扇黑色大門，用燧石和失去光澤的純銀打造而成。他撫摸燧石冰冷的平滑面，感受金屬的寒冷。他摸了摸桌子，用手指輕柔畫過牆壁，走過教堂裡的房間，從一間到另一間，撫摸著器物，像是要確定那些東西的存在，或是要讓自己相信，他此刻正在此地。過去數百年來，他一直沿著路徑走，赤足早已在石頭上畫出痕跡。他走到石頭砌成的池子時停下腳步，跪了下來，讓手指碰觸冰冷的池水。

池水激起一陣漣漪，從他的指尖開始往外擴散到池子邊緣。池水裡的倒影有天使自己，還有映照出他影像的燭火。隨著漣漪擴散，倒影閃耀微光，開始變形，出現一個地窖的影像。他專注片刻，聽到電話鈴響從遠方某處傳了過來。

格魯布走到電話旁，拿起話筒，看起來相當得意。「格魯布與凡德摩，」他大聲說，「專門刨眼睛、斷鼻子、刺舌頭、砍下巴、割喉嚨。」

「格魯布先生，」伊斯靈頓說，「他們拿到鑰匙了，我要那個叫朵兒的女孩安全回到我這裡。」

「安全。」格魯布不以為然地複述，「好吧，我們會保障她的安全。這個點子真是高明——如此具有原創性，絕對令人訝異。大多數人雇用職業殺手，都滿足於處決或暗中殺害，甚至是見不得人的謀殺。只有閣下您會雇用兩個古往今來最出色的殺手，去確保一個小女孩不受傷害。」

「保護她的安全，格魯布先生，別讓她受到任何傷害。如果讓她傷到一根寒毛，你就會嚴重得罪到我。明白了嗎？」

「明白了。」格魯布的音調不太自在。

「還有其他事情嗎？」伊斯靈頓問。

「有的。」格魯布對著手掌咳嗽幾聲，「您還記得迪卡拉巴斯侯爵嗎？」

「當然記得。」

「我想應該沒有類似的禁令，說我們不能殺了侯爵吧？」

「再也沒有了，」天使回答，「只要保護那女孩就行了。」

伊斯靈頓把手從水池拿開，池裡的倒影只剩下燭火和兼具兩性之美的天使。他站了起來，回到裡面的房間，等候那幾位終究會到訪的客人。

「他說了什麼？」凡德摩問。

「凡德摩先生，他說我們可以任憑自己的意思來處置侯爵。」

凡德摩點點頭，有點迂腐地問：「也包括讓他極為痛苦地死去嗎？」

「是的，凡德摩先生。經過考慮後，我確定那也包括在內。」

「那好，格魯布先生，我可不想再挨罵了。」他抬頭看著吊在上方血淋淋的東西，「那我們最好趕快把屍體處理掉。」

超市的購物車有個前輪會發出嘎吱嘎吱響，還會向左偏。凡德摩先生在醫院附近植有草皮的安全島上發現這部金屬購物車。他一看就知道大小剛好可以用來移動屍體。當然，他可以背著屍體，但屍體可能會滲血或滴下其他液體，而他又只有這麼一套西裝。所以，他把迪卡拉巴斯侯爵的屍體放進購物車，在暴風雨中推著前進。車輪嘎吱、嘎吱地響，還往左偏移。凡德摩希望格魯布能跟他換一下手，幫忙推一下購物車，但格魯布正在說話。「你知道嗎，凡德摩先生，我現在實在是太滿足、太興奮，更不要說有多欣喜若狂了，我根本就沒辦法訴苦、抱怨、發牢騷。我們終於獲得允許，可以施展我們最拿手的事情……」

凡德摩設法繞過一個特別難應付的轉角。「你是指殺人？」

格魯布頓時眉開眼笑。「我是指殺人沒錯，凡德摩先生。管他是英雄人物、社會名流還是皇親國戚，一概殺了就是。然而，你現在一定在我那愉快、歡樂、爽朗的外表下，感到一個隱隱約約的『但是』。那是微小的煩惱，就像一丁點生肝黏在我靴子裡一樣。而我非常確定，你一定在跟自己說：『格魯布先生的心情不太好，我應該勸他把重擔交給我。』」

凡德摩思索這句話的涵義，用力打開一扇介於暴雨水流與下水道之間的圓形鐵門，艱困地爬了進去，再把裝著迪卡拉巴斯侯爵屍體的購物車粗暴地拉進入口。最後，他認定自己在想的事情跟格魯布說的話無關，因而回答了一句：「不。」

格魯布沒理會他，繼續說：「……而我，為了回應你的請求，得透露一點提示，讓你知道我在煩惱什麼，我只好承認：我的靈魂已經對我們必須隱藏才能而感到厭倦了。我們應該把已故侯爵悲慘的遺體，懸掛在倫敦下層最高的絞刑臺上，而不是直接扔了，像用過的……」他頓了一下，找尋最恰當的辭彙。

「老鼠？」凡德摩建議，「拇指夾[1]？脾臟？」購物車輪子持續嘎吱嘎吱響。

「這個嘛……」格魯布說。他們前面出現一條很深的棕色溝渠，在水面上漂流的是黃白色的肥皂泡沫和用過的保險套，偶爾還會冒出衛生紙。凡德摩將購物車停了下來。格魯布彎下腰，一把抓住侯爵的頭髮，抬起他的頭，對著他已經聽不見的耳朵嘶聲說：「這件事情愈快處理妥當，我就愈高興。很快就會有其他場合，需要兩位擅長用勒頸繩和剔骨刀的高手了。」

他說完後站起身子。「晚安，侯爵先生。別忘了寫信給我們。」

凡德摩翻倒購物車，侯爵的屍體跟著滾了出來，噗通掉進下方的褐色污水裡。由於凡德摩已經對這購物車極其厭惡，於是他隨手也將購物車推進了排水溝，看著它被水流沖走。

格魯布高舉手中的提燈，從他們站著的地方向遠方遙望。「這一思索就令人難過。凡德摩先生，那些在上層街道走動的人，永遠不會知道這些下水道有多麼美。他們腳下的這些紅磚大教堂。」

「精雕細琢。」凡德摩同意他的說法。

他們轉身背對褐色的排水溝，沿著通道往回走。「凡德摩先生，不管是城市還是人，」格魯布用挑剔的口吻說，「內在都是最重要的。」

朵兒用一條在皮衣口袋裡找到的繩子，串起鑰匙，掛在脖子上。「這樣不太安全吧。」理查說。

朵兒對他扮了個鬼臉。「嗯，」他說，「確實不太安全。」

朵兒聳了聳肩膀。「好吧，等我到了市集，再找條鏈子。」他們走在一座到處都是洞穴的迷宮，這些位於地底深處的隧道由石灰岩開鑿而成，似乎接近史前遺跡。

理查噗嗤一笑。「什麼事這麼好笑？」朵兒問。

他咧嘴笑了笑。「我只是在想，當我們告訴侯爵，我們在沒有他幫助的情況下，從黑修士手中拿

1⊕拇指夾：一種刑具。

到了鑰匙，他臉上會是什麼表情。」

「我相信他一定會冷嘲熱諷幾句，」朵兒說，「再把話題扯回天使身上，說什麼『路程遙遠危險』，諸如此類的話。」

理查讚賞著洞穴石壁上的繪畫。赤褐、黃土和黃褐色的線條，描繪出衝刺的野豬、奔逃的瞪羚、毛茸茸的乳齒象與巨大的樹獺。他剛料想這些繪畫一定有幾千年歷史，沒想到一個轉角後，他竟然看到同樣風格的筆觸，描繪著卡車、家貓、汽車，還有飛機——飛機顯然比其他圖形差了許多，像是偶爾從非常遙遠的地方瞥見似的。

這些圖案都距離地面不太高，理查懷疑創作者是否為地底的尼安德塔矮人的一支。畢竟在這個詭異的世界，真有這樣的人種也不足為奇。「下一次的市集在哪裡啊？」他問。

「沒啥概念。」朵兒回答，「獵人知道嗎？」

獵人從陰暗處現身。「我不知道。」

一個小人影從他們身旁竄過，沿著他們的來時路往回跑。不到一會兒，又有兩個小小的人影朝他們全速追來。獵人在這兩人經過時，猛然抽出一隻手，抓住一個小男孩的耳朵。「噢！」他用稚嫩的口氣叫道，「放開我！她偷了我的畫筆。」

「沒錯，」走廊深處傳來一個尖銳的聲音，「是她偷的。」

「我沒有！」一個更高、更尖銳的聲音，從走廊更遠處傳過來。

獵人指著洞穴石壁上的繪畫，問：「這是你畫的？」

男孩不可一世的模樣，只有在最偉大的藝術家和九歲男童身上才看得到。「對啊，」他傲慢地回答，「有一些是我畫的。」

「畫得還可以。」獵人說。男孩用憤怒的目光看著她。

「下次的流動市集在什麼地方？」朵兒問。

「貝爾法斯特，」男孩回答，「就在今晚。」

「謝了，」朵兒說，「希望你能找回自己的畫筆。獵人，放他走吧。」

獵人放開男孩的耳朵，他沒有馬上離開，而是上下打量了獵人一番，做了個鬼臉，表示沒有對她留下任何深刻的印象。「妳就是獵人？」他問。獵人低頭對他謙虛地笑了笑，他哼了一聲。「妳就是下層世界最偉大的保鏢？」

「是有人這麼說。」

男孩以流暢的動作，將手擺到後面再向前伸。他停下來，帶著困惑的表情把手攤開，仔細看自己的手掌。然後他一臉困惑，抬頭瞧著獵人。獵人張開手掌，露出一把十分鋒利的彈簧小刀。她高高握著刀子，讓男孩搆不著。男孩皺了皺鼻子。「妳怎麼辦到的？」

「快滾吧。」獵人說，折起彈簧刀，丟回給男孩，男孩頭也不回，沿著走廊繼續追他的畫筆去了。

迪卡拉巴斯侯爵的屍體臉部朝下，順著深深的下水道向東漂流。

倫敦下水道的生命起源於河流和小溪；溝渠裡的污水由北流向南（泰晤士河以南的區域則是由南流向北），夾帶著垃圾、動物屍骸、排泄物，流入泰晤士河，再帶著大部分的穢物排放入海。這種系統至少行之多年，直到一八五八年，倫敦的工廠和居民產生大量排放物，加上當年夏天非常炎熱，造成當時人稱的「惡臭」現象：泰晤士河本身變成一條開放的下水道。能夠離開倫敦的人都走了，留下的居民只好用浸泡石碳酸的衣物包住自己的臉，盡量不用鼻子呼吸。英國國會在一八五八年初被迫休會，隔年下令執行下水道興建計畫。數千哩的下水道建造完成，污水以和緩的坡度由西往東流去，在格林威治附近灌入泰晤士河河口，直接流進北海。已故迪卡拉巴斯侯爵的屍體，就是沿著這樣的路線，由西往東，朝著日出與污水處理廠的方向流了過去。

幾隻老鼠在磚頭砌成的高臺上，做著沒人看的時候會做的事情，看到那具屍體漂了過去。其中最大的一隻雄性大黑鼠吱吱叫了幾聲，另一隻較小的雌性棕鼠隨即吱吱回了幾句，然後從高臺一躍而下，跳到侯爵屍體的背上，在下水道裡騎了一小段距離。牠嗅了嗅頭髮和外套，嚐了嚐血漬，冒險地斜向一邊，想要盡量看清楚屍體的臉。

牠從侯爵的頭部跳進污水，奮力游到溝邊，再爬到滑溜的磚塊上，沿著一根橫梁迅速跑上去，回到其他夥伴身邊。

「貝爾法斯特？」理查問。

朵兒調皮地笑一笑，不打算再多說什麼，在他追問時也只說：「你馬上就知道了。」

他只好換一個方法。「這個市集，妳怎麼知道那小鬼說的是實話？」

「這裡的人不會對這種事情亂說，我……我認為我們不能拿這個來騙人。」朵兒頓了一下，「市集很特別。」

「那小鬼怎麼知道市集在哪裡？」

「有人告訴他。」獵人回答。

理查沈思了片刻。「那些人又是怎麼知道的？」

「有人告訴他們。」朵兒解釋。

「不過……」理查想知道，是誰最先選擇市集的地點？消息又是怎麼散布出去的？他正試著加以修飾，讓問題聽起來不會很愚蠢。

一個圓潤的女性聲音從暗處問道：「喂，有人知道下個市集在什麼時候嗎？」

女人站到光亮處，她戴著銀色首飾，黑髮梳理得相當漂亮，皮膚非常蒼白，身上穿著黑色天鵝絨洋裝。理查馬上想起來以前曾經見過她，卻花了不少時間才想起見過她的地點——就是第一次去的流動市集，哈洛德百貨公司。她對理查微微一笑。

「今晚，」獵人回答，「貝爾法斯特。」

「謝謝。」那女人說。理查心想，她擁有最奇特的雙眼——瞳孔是毛地黃的顏色。

「我們在那裡碰面嘍。」她說話時看了理查一眼，隨即有點害羞地把臉轉開。她走入陰暗處，消失在眾人面前。

「那是什麼人？」理查問。
「她們自稱是天鵝絨。」朵兒回答，「她們白天在下層世界睡覺，夜晚在上層世界活動。」
「她們危不危險？」理查又問了一句。
「每個人都很危險。」獵人回答。
「對了，」理查說，「回到市集的話題上。是誰決定市集的地點？何時決定的？最初那些人又是怎麼知道市集的舉行場所？」獵人聳聳肩膀。「朵兒知道嗎？」他問。
「我沒想過這個問題。」他們繞過一個轉角，朵兒隨即舉起手中的提燈。「畫得真不錯。」
「而且動作很快。」獵人說。她用指尖輕輕碰觸岩壁上的繪畫，墨水還沒乾透。這是一幅獵人、朵兒、理查的肖像畫，畫得十分逼真。
黑鼠態度謙恭地進入黃金家族的巢穴，牠把頭壓得很低，耳朵貼在後面，慢慢向前移動，發出吱吱叫聲。
黃金家族利用獸骨作為巢穴，英格蘭南部雪原仍有巨大長毛野獸行走的冰河時期，這些骨頭原本屬於一隻長毛象所有。黃金家族認為那片雪原在當時是長毛象的領地，至少這具骸骨讓他們更有理由堅信這樣的想法。
黑鼠站在骨頭堆的最下面行了一禮，仰著肚皮躺平，嘴巴張開，眼睛閉上，靜候。過了片刻，上面傳來吱吱聲，說牠可以把身體翻轉回來。

黃金家族的一名成員從頭骨堆最頂端的長毛象頭骨中爬出，沿著古老的象牙往下爬。那是一隻金毛鼠，有著銅色眼睛，體型像一隻大型家貓。

黑鼠開口說話。金毛鼠想了一下，吱吱下達命令。黑鼠翻身仰躺，嘴巴又張開了一會兒，然後奮力翻回身讓四腳著地，上路去了。

早在「惡臭」之前，陰溝族就存在了。他們居住在伊莉莎白女王一世時代[2]的下水道，或是王政復辟時期[3]的下水道，也可能是攝政時期[4]的下水道。隨著人口不斷擴增，產生了更多髒污、更多垃圾、更多廢水，倫敦因而有愈來愈多的運河被迫變成導管或加蓋的水道，陰溝族的人口也就跟著增加。然而，要等到惡臭現象、等到維多利亞下水道建設完成後，陰溝族才進入繁盛期。下水道中四處可見他們的身影，但這些人的永久居所是那些看似教堂的紅磚圓頂內，就在東邊冒著泡沫的水流匯集之處。陰溝族會坐在這裡，身旁放著長竿、網子或臨時拼湊的長鉤，目不轉睛注視著污水表面。

他們穿著衣服。棕色和綠色的衣物上面覆蓋一層厚厚的東西，可能是黴菌，可能是石化油污，當然，也可能是更不堪的東西。他們留著長髮，頭髮糾結成團，身上的氣味或多或少就如同常人想像般臭不可聞。無人知曉陰溝族用什麼當做燃料，但他們的防風燈裡冒出頗惹人厭的藍綠色火焰。

2⊕伊莉莎白女王一世（Elizabeth I）在位期間為一五五八到一六〇三年。
3⊕王政復辟（Restoration）是指一六六〇到一六八八年，英王查理二世復辟的時期。
4⊕英國的攝政時期（Regency）從一八一一到一八二〇年。

沒人知道陰溝族之間如何溝通。在他們少數與外界接觸的幾次裡，他們用的是一種手語。他們生活的世界裡有汩汩水流聲和滴水聲；有男，有女，還有沈默的下水道小孩。

唐尼基看到水裡有個東西。他是陰溝族首領，是最有智慧、年紀最大的長者。他對下水道了解得比原先的建築工人還清楚。他拋出長長的捕蝦網，雙手做出幾個熟練的動作，就從水裡撈起一具相當破舊的行動電話。他走向角落的一小堆垃圾，把電話丟向其他收穫。他們今天撈獲的東西，截至目前為止，包括兩隻不成對的手套、一隻鞋子、一具貓頭骨、一包溼透的香煙、一隻義肢、一隻死掉的長耳獵犬、一對鹿角（鑲在底座上）跟一輛嬰兒車的下半部。

今天的收穫並不理想，但流動市集今晚就要在戶外舉行，唐尼基因此一直注視著水面——誰知道會有什麼東西冒出來呢？

老貝利正把剛洗好的衣物拿出來晾，毛毯和床單在中央大樓的頂端迎風飛揚。中央大樓是難看而頗具特色的六〇年代摩天大廈，是牛津街東向最末端的地標，位於托特納姆法院路站的正上方。老貝利不怎麼喜歡中央大樓，然而，就如同他經常對鳥兒說的，這屋頂的景觀無與倫比，更何況，中央大樓頂是倫敦西區少數幾個不必整天看著中央大樓的地方。

一陣強風從老貝利的外套上扯下幾根羽毛，吹得老遠，飄浮在倫敦上空。他不以為意，就像他也經常對鳥兒說，反正羽毛的多得是。

一隻大黑鼠從破了大洞的通風孔蓋子爬出來，環顧四周，走到老貝利那個沾滿鳥糞的帳篷，從其中一邊跑到上面，再沿著他的晾衣繩往前爬，急切地向老貝利吱吱叫。

「慢一點，慢一點。」老貝利說。老鼠重複剛才的叫聲，把音調放低，語氣仍一樣急迫。「老天保佑。」老貝利一說完就衝進帳篷，拿出武器——一枝烤叉、一把煤鏟。他又匆匆回到帳篷，拿出一些廉價的工具。然後他最後一次走回帳篷，打開木箱，將銀色箱子裝入袋子。「我真的沒時間去做這種蠢事，」他最後一次從帳篷裡出來時對老鼠說，「我可是大忙人。鳥兒又不會自己抓住自己，你懂我的意思吧。」

老鼠對他吱吱叫了一聲，老貝利正解開纏在腰間的繩索。「嗯，」他告訴老鼠，「還有別人可以去找屍體。我已經不年輕了，再說我討厭到地底去，我是屋頂人，我生為屋頂人，長為屋頂人。」

老鼠發出粗魯的叫聲。

「欲速則不達。」老貝利應了一句，「我就要出發了，你這乳臭未乾的傲慢傢伙！我認識你的玄祖父呢，小鼠仔，少對我擺什麼臭架子！好了，市集到底會在什麼地方？」老鼠將地點告訴他。老貝利把老鼠放進口袋，爬到大樓的側面。

排水溝旁的平臺上，唐尼基坐在自己的塑膠躺椅上，腦海裡突然冒出大發利市的預感。他感到這筆財富正由西往東，朝他們漂了過來。

他大聲拍了拍手，其他人跑到他身邊，女人和小孩也都邊跑邊拿著鐵勾、網子、線繩，在防風燈閃爍不定的綠色光芒下，沿著滑溜的水溝外緣聚集起來。唐尼基一指，他們全屏息以待——陰溝族等待時不會發出聲響。

迪卡拉巴斯侯爵的屍體臉部朝下，順著排水溝往前漂流，水流如同出殯用的平底船，緩慢而莊嚴地載送著他。眾人不發一語，用鐵勾和網子拉著屍體，很快就拖上平臺。他們拿走了外套、靴子、金色懷錶，外套口袋裡的東西也洗劫一空，但其餘衣物仍留在屍體上。

唐尼基對著這次的戰利品眉開眼笑。他又拍了一次手，陰溝族人準備出發前往市集。現在他們確實有值錢的東西可以出售了。

「妳確定侯爵會去市集嗎？」道路開始慢慢上坡，理查向朵兒問。

「他不會讓我們失望。」朵兒盡可能以帶有信心的口吻說，「我相信他一定會到。」

neverwher

第十四章

RICHARD WROTE A DIARY ENTRY IN HIS HEAD. DEAR DIARY, HE BE
FRIDAY I HAD A JOB, A FIANCEE, A HOME AND A LIFE THAT MADE SENS
AS ANY LIFE MAKES SENSE.) THEN I FOUND AN INJURED GIRL BLEEDING
PAVEMENT, AND I TRIED TO BE A GOOD SAMARITAN. NOW I'VE GOT NO
NO HOME, NO JOB, AND I'M WALKING AROUND A COUPLE OF HUNDR
UNDER THE STREETS OF LONDON WITH THE PROJECTED LIFE EXPECT
A SUICIDAL FRUITFLY. THERE ARE HUNDREDS OF PEOPLE IN THIS
LONDON. THOUSANDS MAYBE. PEOPLE WHO COME FROM HERE, OR PEO
HAVE FALLEN THROUGH THE CRACKS. I'M WANDERING AROUND WIT
CALLED DOOR, HER BODYGUARD, AND HER PSYCHOTIC GRAND VIZIER. W
LAST NIGHT IN A SMALL TUNNEL THAT DOOR SAID WAS ONCE A SECTIO
GENCY SEWER. THE BODYGUARD WAS AWAKE WHEN I WENT TO SLE
AWAKE WHEN THEY WOKE ME UP. I DON'T THINK SHE EVER SLEEPS.
SOME FRUITCAKE FOR BREAKFAST; THE MARQUIS HAD A LARGE LUMP
HIS POCKET. WHY WOULD ANYONE HAVE A LARGE LUMP OF FRUITCAK
POCKET? MY SHOES DRIED OUT MOSTLY WHILE I SLEPT. I WANT TO GO
THEN HE MENTALLY UNDERLINED THE LAST SENTENCE THREE TIM
WROTE IT IN HUGE LETTERS IN RED INK, AND CIRCLED IT BEFORE PUT
NUMBER OF EXCLAMATION MARKS NEXT TO IT IN HIS MENTAL MARGIN.

chapter fourteen

英國皇家海軍「貝爾法斯特號」是一萬一千噸的砲艇，於一九三九年下水服役，參與第二次世界大戰。大戰結束後，一直停泊在泰晤士河南岸，在明信片上一律位於塔橋[1]與倫敦橋[2]之間，倫敦塔的對面。從甲板上望出去，看得見聖保羅大教堂，以及倫敦大火[3]後豎立的圓柱紀念碑那炫金碑頂（如同倫敦市許多重建的建築物，出於克里斯多弗・宛恩[4]之手）。今日的貝爾法斯特號則成為水上博物館、紀念碑、訓練場。

有條走道從河岸通到貝爾法斯特號，人們三三兩兩，成群結隊，沿著走道上船。倫敦下層的所有部落，一方面為了遵守市集停戰協定的約束，另一方面則想離陰溝族的攤位愈遠愈好，全都盡量提早到達設攤。

早在一百多年前，陰溝族就與其他部族協議，只有在戶外舉行的流動市集，陰溝族才能設置攤

1⊕塔橋（Tower Bridge）：位於倫敦市內靠近倫敦塔附近，橋身可以從中分成兩半讓船隻通過。
2⊕倫敦橋（London Bridge）：連接泰晤士河北岸的倫敦商業金融中心與南岸的薩瑟克自治區。
3⊕倫敦大火（the Great Fire of London）：指一六六六年九月的大火，一連燒了五天五夜，一萬三千多戶住家遭火焰吞沒，四百六十多條街道受損，教堂燒燬八十九間，整個倫敦幾乎化為灰燼，十萬餘人傷亡。倫敦重建後，在原先的舊址立了一座紀念這場大火的紀念碑，碑身以石磚砌成，約有二十層樓高。
4⊕克里斯多弗・宛恩（Christopher Wren, 1632-1723）：英國著名建築師，負責倫敦大火後的重建工作，共設計了五十一座教堂，聖保羅大教堂也是他的傑作。

位，而且只能設置一處。唐尼基和族人將收集來的戰利品全傾倒在橡膠布上，在一座很大的砲塔下面高高堆起。沒有人會馬上到陰溝族的攤位，通常要到市集快結束時，那些想撿便宜或好奇的客人，或少數幾個嗅覺不太靈光的幸運兒，才會來這裡逛逛。

理查、獵人、朵兒不斷推擠，好不容易才穿過人群來到甲板。理查發現自己似乎已經沒必要停步張望。這裡的人跟他在上次流動市集看到的一樣怪異，然而，他猜想自己在他們眼裡一定也很奇怪。他環顧四周，在人群中掃視每一張走過面前的臉孔，想要找出侯爵那帶著諷刺的笑容。「我沒看到他。」理查說。

他們走近一個打鐵的攤位，有個男人從炭盆夾出一塊燒得火紅的熔鐵，丟在鐵砧上。如果沒注意到鐵匠粗濃的棕色鬍子，很容易把他當做一座小山。理查以前從未看過真正的鐵砧，遠在十幾呎外，他就能感受熔鐵與炭盆的熱氣。

「繼續找。迪卡拉巴斯就像茅房裡的蛆，」朵兒邊說話，邊查看背後，「遲早會出現的。」她想了想，又補了一句：「蛆到底是什麼東西？」理查還來不及回答，朵兒就大聲尖叫：「大鋤頭！」

那名滿臉鬍子、個子像山一樣的男子抬頭看了一眼，暫停打鐵，發出洪鐘般的聲音：「老天爺，原來是朵兒小姐！」他隨手把朵兒提了起來，彷彿她不比老鼠重似的。

「你好啊，大鋤頭，」朵兒說，「我原先就好期待能在這裡見到你。」

「我可從來不錯過任何一次市集啊，小姐。」巨人聲如雷霆，顯得相當高興。過了一會兒，他壓低音量說話，聽起來像是炸藥從山洞深處傳出的悶爆聲。「嗯，這裡是做生意的地方，還有活兒要趕呢。」他把正在冷卻的鐵塊放到砧上。「妳在這裡等一下，我就快做完了。」鐵匠把朵兒放在打鐵攤位的頂端，剛好對齊他的眼睛，離甲板約有七呎高。

鐵匠用鎯頭敲打鐵塊，再用另一種工具弄彎。理查認為那些工具應該是鉗子之類的——他猜得沒錯。在鎯頭重擊下，原本只是一團沒有特定形狀的橘紅鐵塊，逐漸變成一朵漂亮的黑玫瑰。這是令人讚嘆的細緻工藝品，每片花瓣都很逼真，脈絡分明。大鎯頭夾起玫瑰，伸進鐵砧旁的一桶冷水，玫瑰立即發出嘶嘶聲響，冒出白色水氣。過了一會兒，他從桶子裡拿出鐵玫瑰，揩抹乾淨，交給一名身穿鏈甲、一直在旁邊耐心等候的肥胖男子。男子說了幾句話，表達他對這件作品極為滿意，然後把一只綠色的馬莎百貨[5]塑膠購物袋交給鐵匠當作報酬，裡面裝滿各種不同口味的乾酪。

「大鎯頭，」朵兒從攤子頂端說，「這些是我的朋友。」

大鎯頭握住理查的手，手掌少說有理查的幾倍大，握手時非常熱情，動作卻極為輕柔。理查猜想，他可能曾經有幾次意外將手握斷，便練習到自己掌握訣竅為止。「幸會幸會。」他聲如洪鐘。

「我叫理查。」理查自我介紹。

大鎯頭露出欣喜的表情。「理查！真是個好名字！我以前有匹馬就叫理查。」他放開理查的手，轉向獵人。「那這位是……獵人？乖乖隆地咚！真的是妳！」大鎯頭像小男生似地羞紅了臉。他朝手掌心吐了些口水，胡亂把頭髮往後梳，接著伸出手，這才想到剛剛在上面吐了口水，便在皮裙上把口

5⊕馬莎百貨（Marks and Spencer）：一般簡稱為M&S，英國最大的服裝和超市連鎖商。

水揩抹乾淨，將重心由一腳移到另一腳。

「大鄉頭，你好。」獵人露出完美的笑容說。

「大鄉頭？」朵兒問他，「把我放下來好嗎？」

大鄉頭面露羞愧。「啊，小姐，真是對不起。」他一說完就把朵兒抱了下來。理查這時已然明白，大鄉頭在朵兒還小的時候就認識她，內心對此巨漢產生無以名狀的嫉妒。「好了，」大鄉頭對朵兒說，「有什麼需要我幫忙的？」

「有幾件事情要拜託你。」朵兒回答，「但首先——」她轉向理查。「理查，我有一件工作要交給你。」

獵人揚起一邊眉毛。「給他？」

朵兒點點頭。「那就交給你們倆吧。你們可以去找一些吃的回來嗎？嗯？」

理查感到怪異的光榮感。他已經在嚴酷考驗中證明自己的價值。他是其中的一分子。他會去，也會帶回食物。他挺起胸膛。

「我是妳的保鏢，我留在妳身邊。」獵人說。

朵兒咧嘴笑了起來，眼裡閃爍光芒。「在市集裡？沒關係啦，獵人。市集停戰協定還有效力，沒人敢在這裡動我一根寒毛。再說，理查比我更需要有人照料。」理查的胸膛垮了下來，但沒人看他在做什麼。

「如果有人違反停戰協定，那該怎麼辦？」獵人問。

大鄉頭打了個冷顫，儘管他的火盆還冒出熱氣。「違反停戰協定？不會吧。」

「這種事不可能發生，你們兩個快去吧。我要咖哩，再幫我帶一些印度烤麵包片，要辣的。拜託你們了。」

獵人用手順了順頭髮，轉身朝人群走去，理查跟在她身邊。「如果有人違反停戰協定，會發生什麼事？」理查在他們擠著穿越人群時問道。

獵人想了一陣子。「上次發生這種事，大概是在三百年前。兩個朋友，在市集裡為了一個女人發生爭執。刀子出鞘，其中一人就死了。另一個逃走了。」

「那人後來怎麼樣了？被殺了嗎？」

獵人搖了搖頭。「正好相反，他仍然希望自己是當初死掉的那一個。」

「他還活著？」

獵人緊閉嘴唇。「勉強算是。」她過了好一會兒說，「活著，但跟死了差不多。」

又過了一段時間，理查「哎唷」一聲，感到胃裡一陣翻騰。「這是什麼……什麼臭味？」

「陰溝族。」

理查把頭轉開，盡量不用鼻子呼吸，直到遠離陰溝族的攤位。

「有看到侯爵的人影嗎？」他問。獵人搖搖頭，緊跟在他後面。兩人登上一條梯板，朝食物區走了過去，那裡的氣味就好聞多了。

老貝利靠著自己的鼻子，沒花什麼工夫就找到了陰溝族。他很清楚自己該做什麼事，也從小小的裝腔作勢中得到一些樂趣。他毫無顧忌地翻看死掉的長耳獵犬、義肢、潮溼發霉的手機，每看一件就搖一次頭，臉上還露出惋惜之情。然後，他把注意力轉移到侯爵的屍體上。老貝利搔了搔鼻子，戴上眼鏡，瞧得更加仔細。他點點頭，露出悶悶不樂的樣子，希望給別人留下一個含糊的印象：這男人急需屍體，儘管對貨色失望，但也只能將就點了。老貝利向唐尼基招招手，指向那具屍體。

唐尼基張開雙手，露出喜氣洋洋的笑容，抬頭凝視天空，希望將侯爵遺體所賜與的福氣都收納到自己身上。他把一隻手放在額頭上，低下頭，表露出極為不捨的模樣，藉此傳達失去如此難得的屍體是何等悲劇。

老貝利把手伸進口袋，拿出用剩一半的止臭劑，交給唐尼基。唐尼基不以為然地看了一眼，舔一舔，還給對方，表示對這東西不感興趣。老貝利把止臭劑收回口袋，回頭看了侯爵的屍體一眼——他半裸著身子，打著赤腳，身上還留有在下水道漂流期間所吸收的水氣。屍體極為蒼白，血液從許多大大小小的傷口流乾了，皮膚因為長時間浸泡在水裡而顯得皺巴巴，像醃梅乾似的。

老貝利把頭轉回來，從口袋裡拿出一只瓶子，瓶中裝了四分之三滿的黃色液體。他把瓶子遞給唐尼基，唐尼基用狐疑的眼神看只瓶子。陰溝族知道「香奈兒五號」的瓶子長什麼模樣，便聚在唐尼基身邊盯著看。唐尼基一副不可一世的神情，小心翼翼轉開瓶蓋，沾了最少量的香水在手腕上，用法國最出色的香水師也自嘆弗如的強勁吸力嗅聞。之後，他興奮地點點頭，走到老貝利身旁將他一把抱住，表示交易完成。這名可憐的老人只好把臉轉開，在擁抱完成之前盡量憋氣。

老貝利舉起一根手指，費了一番工夫，表示自己已不再年輕，而侯爵不管是死是活，對他而言都太重了些。唐尼基若有所思地挖挖鼻孔，也用手勢表示自己這麼做非但是高尚的行為，同時也慷慨過了頭，搞不好會把自己跟整個陰溝族送進救濟院，但還是願意派一個族裡的年輕人幫他把屍體綑綁在舊嬰兒車的下半部。

屋頂老人拿了一塊布蓋在侯爵屍體上，拉著它離開陰溝族，穿越擠滿人的甲板往外走。

「請給我一份蔬菜咖哩，」理查對咖哩攤的女人說，「另外，我想請問一下，燉肉咖哩是用什麼肉做的？」女人告訴他。「喔！」理查楞了一下，「那麼，呃，我還是全部都點蔬菜咖哩好了。」

「嗨，又見面了。」他身旁一個圓潤的聲音說。是先前在洞窟遇見的那位全身黑衣、有著紫紅色雙眼的蒼白女子。

「妳好。」理查露出笑容說，「……啊，還要一些印度烤麵包片，麻煩妳了。嗯，妳也來這裡買咖哩嗎？」

她用那雙紫色的眼睛凝視理查，模仿貝拉盧古西[6]的語調嘲弄地說：「我才不吃……咖哩呢。」之後她笑了起來，露出璀燦開懷的笑容。理查這才想到自己有多久沒跟女人分享笑話了。

6⊕貝拉盧古西（Bela Lugosi, 1882-1956）：生於東歐的美國電影演員，以扮演吸血鬼德古拉而聞名全球。

「喔。嗯，我叫理查，理查．馬修。」他伸出手，女子用手碰了他的手一下，算是一種握手吧。她的手指非常冰冷，然而在如此的深秋夜晚，在泰晤士河的船上，一切都是冰冷的。

「我叫娜米亞，是天鵝絨的一員。」

「啊，」理查應了一句，「我想起來了。妳們有很多人嗎？」

「只有幾個。」女子回答。

理查把裝著咖哩的容器收起來。「妳從事哪方面的工作？」

「我不在覓食的時候，」她笑著回答，「是嚮導。我對下層世界的一草一木都瞭若指掌。」

獵人突然出現在娜米亞身旁，理查斷定她剛才就站在攤位的另一邊。獵人開口說：「他不是妳的。」

娜米亞露出甜美笑容。「我會自己來判斷這一點。」

理查趕緊出來打圓場：「獵人，這位是娜米亞，她是天鵝湖的一員。」

「是天鵝絨。」娜米亞溫柔地糾正他。

「她是嚮導。」

「你想去哪裡，我都可以帶你去。」

獵人從理查手邊拿起裝了食物的袋子。「該回去了。」

「嗯，」理查說，「如果我們打算去找妳說的那個東西，她或許幫得上忙。」

獵人沒說半句話，反而看著理查。如果她是在今天之前這樣盯著理查，理查絕對會打消剛才的主意，但今非昔比了。「我們問問朵兒的想法吧。」他說，「有侯爵的消息嗎？」

「還沒。」獵人回答。

老貝利拖著那具綁在嬰兒車底部的屍體，沿著梯板走了下去。侯爵的屍體看起來就像蓋伊・福克斯[7]的塑像——此人的年代還不算很久遠。倫敦的兒童在十一月初會把這樣的塑像放在拖車上，拉著到處向路人展示，到十一月五號的篝火之夜[8]才丟進營火中燒成灰燼。老貝利拉著屍體走向塔橋，唸唸有辭，發著牢騷，吃力地把屍體拖上山丘，從倫敦塔旁邊走了過去。他一路向西，朝塔丘站的方向前進，在地鐵站前方不遠處一塊灰色斷牆旁停下。那不是屋頂，老貝利心想，但還是能派上用場。

這片斷牆是倫敦城牆僅存的遺蹟之一。根據傳說，倫敦城牆是西元三世紀時羅馬的君士坦丁大帝[9]為了滿足母親海倫娜的要求而下令建造的。當時，倫敦是帝國內少數幾個沒有雄偉城牆的大城市之一。城牆完工後，整座城市都被包圍起來：它有三十呎高，八呎寬——毫無疑問，它就是倫敦城牆。

7⊕蓋伊・福克斯（Guy Fawkes, 1570-1606）：陰謀計畫在英國國會引發爆炸，暗殺詹姆士一世未遂的主謀。該次暗殺行動也就是著名的火藥陰謀事件。

8⊕篝火之夜（Bonfire Night）：也稱為蓋伊・福克斯之夜。英國為了慶祝一六〇五年火藥陰謀事件主謀蓋伊・福克斯被捕所訂的紀念日，日期為十一月五號。當天晚上會點燃篝火、施放煙火。

9⊕君士坦丁大帝（Constantine the Great, 288-337）：羅馬皇帝，首度准許人民信奉基督教，遷都君士坦丁堡（現改稱伊斯坦堡，屬土耳其）。

這段斷牆已經沒有三十呎高了——遠從君士坦丁大帝的母親還在世的時代，該處的地平線就已不斷上升（原始的倫敦城牆大多埋在今日街道下十五呎處）——也無法再包圍城市，但它仍是氣勢宏偉的牆城。老貝利對自己用力點了點頭。他先在嬰兒車上綁了一條長索，自己也爬到斷牆上，嘴裡一邊呼喝，一邊費勁兒把侯爵拉到牆頂。他把屍體從嬰兒車底盤上的繩索解開，輕輕平放，兩手靠在體側。屍體上面有些傷口仍不斷滲出血水。它已經死透了。

「你這個笨蛋！」老貝利哀傷地低聲說，「何苦要讓自己被殺了呢？」

小小的明月高掛在寒冷夜色裡，秋天的星辰像碎成粉末的鑽石，散布在深藍色天空。一隻夜鶯飛落牆頭，端詳侯爵的屍體，發出甜美叫聲。「閉上你的鳥嘴！」老貝利粗暴地說，「你們這些鳥聞起來也不像該死的玫瑰花。」鳥兒對老貝利說了一句悅耳動聽的夜鶯髒話後，隨即拍動翅膀，飛入夜色。

老貝利把手伸進口袋，掏出已經睡著的黑老鼠。老鼠睜開惺忪的雙眼，打了個呵欠，露出整片雜色大舌頭。「就個人而言，」老貝利對黑老鼠說，「如果我再也聞不到味道，我會很高興。」他放下老鼠，讓牠的四肢踏在倫敦城牆的石頭上。黑鼠對他吱吱叫了幾聲，還用前肢打手勢。老貝利嘆了口氣，小心翼翼從口袋裡拿出銀色箱子，再從內袋掏出烤叉。

他將銀色箱子放在侯爵的胸膛上，神情緊張地伸出烤叉，掀開箱蓋。銀色箱子裡墊了一塊紅色天鵝絨，上面有顆大鴨蛋，在月光下浮現淡淡的灰綠色。老貝利舉起烤叉，閉上眼睛，朝鴨蛋揮了下去。

蛋殼啪喳一聲爆裂開來。

接下來幾秒，一片死寂，然後起風了。風向並不固定，像是突如其來的強勁旋風，從四面八方而來。落葉、報紙、城市裡所有的碎石，都被風勢從地面吹到空中。這陣風吹過泰晤士河的河面，將冰冷的河水帶向天空，激起一道優美強勁的水花。那是場瘋狂危險的暴風。貝爾法斯特號上的攤販發出咒罵，抓牢自己的物品，以免被強風吹跑。

風勢變得極為強勁，強到像是要把整個世界吹散，要把所有星辰都吹走，而人們也要像秋風掃落葉般被捲到空中。

就在此時……

……風停了，落葉、報紙、塑膠購物袋也飄落地面、道路、水面。

倫敦城牆遺跡頂端，在強風吹過後恢復寂靜，那寂靜被咳嗽聲打破。一陣帶有水聲的劇烈咳嗽。隨後又傳出有人掙扎翻身的聲音，接著有人發出痛苦的呻吟。

迪卡拉巴斯侯爵將下水道的污水吐在倫敦城牆側面，使灰色石牆沾染了棕色污點。侯爵花費很長的時間，才把體內的污水吐乾淨。完事之後，他用刺耳又細微的嘶啞嗓音說：「我想我的喉嚨割傷了，你有什麼可以用來包紮嗎？」

老貝利在口袋裡翻找了一陣子，拿出一團骯髒的布條，遞給侯爵。侯爵用布條在自己的喉嚨上纏繞了幾圈，綁緊。看到他這副模樣，老貝利不禁想起英國攝政時期花花公子流行的高衣領。

「有什麼喝的嗎？」侯爵沙啞地問。

老貝利從後面褲袋掏出酒瓶，轉開蓋子，遞給他。侯爵灌了一大口，痛苦地抽搐，又虛弱地咳嗽。黑鼠很感興趣地看完這一整幕，沿著斷牆爬下去，離開此地。牠會回去告訴黃金家族：欠下的人情都已償還，義務都已了結。

侯爵把酒瓶還給老貝利，老貝利順手放進口袋。「你現在覺得如何？」

「我覺得好多了。」侯爵撐起上半身，微微顫抖。他的鼻水流個不停，雙眼來回轉動；他凝視著世界，就好像以前沒見過。

「我只想知道，你讓自己去送死，到底是為了什麼目的？」老貝利問。

「為了取得消息。」侯爵有氣無力地回答，「壞蛋知道你快死掉的時候，會告訴你很多事，而且會在你身旁交談。」

「那你得到你想要的消息嗎？」

侯爵用手指摸摸手臂和大腿上的傷痕。「當然有嘍！幾乎都到手了。事實上，我現在對這整個事件的了解，不單只有表面程度而已。」他說完後又閉上眼睛，雙手環抱自己，緩慢地前後擺動。

「那是什麼感覺？」老貝利問，「死掉的時候？」

侯爵嘆了一口氣。過沒多久，他揚起嘴角，露出笑容，還帶著昔日的光彩。他回答：「你已經活得夠久啦，老貝利，你很快就會知道答案。」

老貝利一臉失望。「你這個混蛋！虧我還費盡千辛萬苦，把你從有去無回的鬼門關給硬生生拖了回來。嗯，通常是有去無回啦。」

迪卡拉巴斯侯爵抬頭看著老貝利，眼睛在月光下顯得很白。他低聲說道：「死掉是什麼感覺？老朋友，我可以告訴你，非常寒冷。非常黑暗，而且非常寒冷。」

朵兒將項鏈拿在手中，銀色鑰匙就吊在鏈子上，在大鎯頭的火盆光線下散發橘紅光芒。朵兒笑著對他說：「做得真好，大鎯頭。」

「謝謝妳，小姐。」

朵兒把項鏈掛在脖子上，將鑰匙藏在層層衣服裡。「你想要什麼報酬？」

鐵匠露出不好意思的表情。「我實在無意冒犯妳善良的天性……」他咕噥。

朵兒擺出「放馬過來吧」的模樣。鐵匠彎下腰，從一堆金屬工具中拿出一個黑盒子，以漆黑的木頭做成，上面鑲嵌了象牙和螺鈿[10]，大小跟一本大字典差不多。鐵匠將它放在手裡不停翻動。「這是一個智力玩具，」他解釋，「是我在多年前用一些鐵匠工作換來的報酬。儘管我花了很大工夫，還是沒辦法打開。」

朵兒接過盒子，用手指撫摸它的光滑表面。「你打不開，沒什麼好奇怪的，因為裡面的機械都卡住了，根本沒辦法觸動。」

10⊕螺鈿：一種工藝技術，以河蚌、鮑魚貝、夜光螺等優質貝殼為原料，將其珍珠層加以研磨，做成各種圖案，拼貼、鑲嵌於器物之上。

大鄒頭悶悶不樂。「所以我永遠沒辦法知道裡面有什麼東西了。」

朵兒做出頑皮的鬼臉。她的手指探索盒子表面，一根橫桿從側面滑出。她把橫桿半推回盒裡，轉動，盒子內部深處喀的一聲，一扇門便從側面開啟。「拿去吧。」朵兒說。

「真不愧是小姐。」大鄒頭說，從朵兒手中接過盒子，把上面的門完全打開。盒子裡面有個抽屜，他打開抽屜，抽屜裡有隻小蟾蜍呱呱叫了一聲，用紅銅色的眼睛不怎麼帶勁地環顧四周。大鄒頭表情一垮。「我原本希望會是鑽石和珍珠呢。」

朵兒伸出一隻手，摸摸蟾蜍的腦袋。「它有一雙漂亮的眼睛，留著吧，大鄒頭，會給你帶來好運的。我還要再謝謝你一次，我就知道你的謹慎能讓我信任。」

「妳可以信任我，小姐。」大鄒頭誠摯地說。

他們一起坐在倫敦城牆頂端，沒有開口。老貝利把嬰兒車的輪子慢慢放到下方的地面。

「市集在什麼地方？」侯爵問。

老貝利指著一艘砲艇。「就在那邊。」

「朵兒跟其他人，他們一定還在等我。」

「依你現在的狀況，哪裡也去不了。」

侯爵咳了幾聲，表情相當痛苦。老貝利由咳嗽聲判斷，他的肺裡似乎仍有很多下水道的髒東西。

「我今天已經走了夠遠的路，」迪卡拉巴斯虛弱地說，「再多走一點不會有問題的。」他檢視雙手，緩緩彎了彎手指頭，似乎要看看那些手指頭能否照自己的意思動作。然後，他將身體一翻，開始吃力地沿牆面往下爬。在這之前，他用嘶啞——或許還帶點哀傷——的語調說：「老貝利，看來我欠了你一份人情。」

理查帶著咖哩回來時，朵兒跑向他，張開雙手抱住他，緊緊擁著他，甚至拍拍他的臀部，才從他手中接過紙袋，迫不及待將袋子打開，拿出裝著蔬菜咖哩的容器，高興地吃了起來。

「謝謝。」朵兒用塞滿食物的嘴巴說，「有侯爵的消息嗎？」

「完全沒有。」獵人回答。

「格魯布和凡德摩呢？」

「也沒有。」

「這咖哩好吃，味道真的很棒。」

「拿到項鏈了嗎？」理查問。朵兒把脖子上的鏈子拉出一截，表示確實戴在她身上，然後把手放開，讓鑰匙的重量將鏈子拉回去。

「朵兒，這位是娜米亞，她是嚮導。她說可以帶我們到下層世界的任何地方。」

「任何地方？」朵兒嚼著印度烤麵包片。

「任何地方都行。」娜米亞回答。

朵兒把頭一歪。「那妳知道天使伊斯靈頓在什麼地方嗎？」

娜米亞緩緩眨了眨雙眼，細長的睫毛遮住又露出淡紫色的眼睛。「伊斯靈頓？妳不能到那裡去……」

「妳知道在哪裡嗎？」

「下通街，」娜米亞答道，「就在下通街底，但那裡並不安全。」

獵人先前只是手臂交疊，神色冷淡，看著兩人交談。這時她說話了：「我們不需要嚮導。」

「嗯，」理查說，「我想我們需要。侯爵已經不在身旁，而我們都知道接下來將是一段危險的路程。我們必須把……把我拿到的那個東西……交給天使，然後他會告訴朵兒她家人的事情，也會告訴我該怎麼回家。」

娜米亞興高采烈地抬頭看著獵人，高興地說：「他可以給妳頭腦，給我一顆心。」

朵兒用手指把碗裡最後一點咖哩抹起來舔。「我們不會有事的。就我們三個，理查，我們負擔不起嚮導的費用。」

娜米亞顯得相當氣惱。「我會從他身上拿到酬勞，不向妳拿。」

「那敢問妳要求的酬勞是什麼？」獵人問。

「這個嘛，」娜米亞露出甜美的笑容，「只有我知道，而他只能猜測了。」

朵兒搖搖頭。「我真的認為沒有必要。」

理查輕蔑地哼了一聲。「妳只是不喜歡我這次把狀況都搞清楚，而不是盲目跟在妳後面，到妳要我去的地方。」

「根本不是這樣。」

理查轉身面向獵人。「好吧，獵人，那妳知道找到伊斯靈頓的路嗎？」獵人搖了搖頭。

朵兒嘆了口氣。「我們該繼續前進了。妳說是在下通街嗎？」娜米亞的紫紅色雙唇露出微笑。

「是的，小姐。」

侯爵趕到市集時，他們已經離開了。

neverwher

RICHARD WROTE A DIARY ENTRY IN HIS HEAD. DEAR DIARY, HE BEG
FRIDAY I HAD A JOB, A FIANCEE, A HOME AND A LIFE THAT MADE SENSE
AS ANY LIFE MAKES SENSE.) THEN I FOUND AN INJURED GIRL BLEEDING
PAVEMENT, AND I TRIED TO BE A GOOD SAMARITAN. NOW I'VE GOT NO F
NO HOME, NO JOB, AND I'M WALKING AROUND A COUPLE OF HUNDRE
UNDER THE STREETS OF LONDON WITH THE PROJECTED LIFE EXPECTA
A SUICIDAL FRUITFLY. THERE ARE HUNDREDS OF PEOPLE IN THIS
LONDON. THOUSANDS MAYBE. PEOPLE WHO COME FROM HERE, OR PEOP
HAVE FALLEN THROUGH THE CRACKS. I'M WANDERING AROUND WITH
CALLED DOOR, HER BODYGUARD, AND HER PSYCHOTIC GRAND VIZIER. W
LAST NIGHT IN A SMALL TUNNEL THAT DOOR SAID WAS ONCE A SECTION
GENCY SEWER. THE BODYGUARD WAS AWAKE WHEN I WENT TO SLEE
AWAKE WHEN THEY WOKE ME UP. I DON'T THINK SHE EVER SLEEPS. W
SOME FRUITCAKE FOR BREAKFAST; THE MARQUIS HAD A LARGE LUMP O
HIS POCKET. WHY WOULD ANYONE HAVE A LARGE LUMP OF FRUITCAKE
POCKET? MY SHOES DRIED OUT MOSTLY WHILE I SLEPT. I WANT TO GO
THEN HE MENTALLY UNDERLINED THE LAST SENTENCE THREE TIM
WROTE IT IN HUGE LETTERS IN RED INK, AND CIRCLED IT BEFORE PUT
NUMBER OF EXCLAMATION MARKS NEXT TO IT IN HIS MENTAL MARGIN.

第十五章

chapter fifteen

他們沿著長梯板下船，來到岸上，走下幾級階梯，穿過一條很長、沒有燈光的地下通道，又往上走。娜米亞信心十足地邁步走在眾人前面，帶領大家來到一條鋪有鵝卵石的小巷子。兩邊牆上的煤氣燈燃燒著劈啪作響。

「往前走第三道門。」她說。

他們在那扇門前面停了下來。門上有塊銅牌，寫著：

英國皇家防止虐待貴族協會

這段文字下方還有一行更小的字體：

下通街・請先敲門

「妳打算穿過這間屋子到那條街去？」理查問。

「不，」娜米亞回答，「那條街就在屋子裡面。」

理查敲了敲門，沒有任何回應。他們等著，清晨的低溫讓眾人冷得微微發抖。理查又敲了一次，最後，按下門鈴。一名睡眼惺忪的男僕打開門，他戴著摻粉的鬈曲假髮，身穿鮮紅色制服。他看著這群站在門階上、衣著雜亂的下層民眾，表情透露出一個訊息：你們這些人不值得我從床上爬起來。

「有什麼我可以效勞的嗎？」男僕問。他是叫理查滾到一邊去死，只是說法比較親切幽默罷了。

「下通街。」娜米亞用傲慢的口氣回答。

「往這邊走，」男僕嘆了口氣，「麻煩先把腳底擦乾淨。」

他們穿過極為富麗堂皇的大廳，等男僕將燭臺上的蠟燭逐一點燃，再沿著極為富麗堂皇、鋪有華貴地毯的樓梯往下走；沿著較不富麗堂皇、地毯較不華貴的樓梯往下走；沿著完全不富麗堂皇，只鋪了棕色破麻布的樓梯往下走。最後，沿著完全沒鋪地毯的黃褐色樓梯往下走。

樓梯底端有座骨董級的升降梯，梯門掛了一塊牌子，寫著：

故障

男僕不理會那塊牌子，一聲金屬巨響，他拉開鐵網柵門。娜米亞客氣地向他道謝，走進升降梯，其他人也跟著進去。男僕轉過身，理查從網眼看著他手握燭臺，往回爬上木梯。升降梯面板上有一小排黑色按鈕，娜米亞按下最底端的按鈕，金屬格門立刻鏗的一聲自動關上。馬達啟動，升降梯吱吱嘎嘎緩慢下降。四人把升降梯塞得滿滿的。理查聞得到每個跟他擠在升降梯裡的女人散發的氣味。朵兒幾乎都是咖哩味。獵人身上有股汗味，氣味不算難聞，只差會讓他想起動物園中籠子裡的大型貓科動物。至於娜米亞，她聞起來有如歐鈴蘭[1]加上忍冬[2]與麝香，散發令人陶醉的香味。

升降梯繼續往下降。理查全身冒著溼黏冷汗，指甲深深掐入掌心。他盡量鼓起勇氣，用平常的口氣說：「如果現在才發現有人有密室恐懼症，那可真不是時候，對吧？」

「沒錯。」朵兒說。

「幸好我沒有這方面的問題。」理查加了一句。

他們繼續往下降。

最後，升降梯隨著一陣車廂減速的聲音晃動了幾下，隨即停止。獵人拉開梯門，向外看了一圈，走出去，踏在狹窄平臺上。

理查從開啟的梯門往外望，發現他們正懸吊在半空中，下方那個結構體讓理查想起先前看過的一幅巴別塔[3]畫作，要不就是從巴別塔由內往外看的樣子。那是一條非常龐大、雕琢華麗的螺旋通道，由岩壁開鑿而成，沿著中央的樓梯井一直往下延伸。通道旁的牆壁上到處可見昏暗的燭火閃爍。下面很遠很遠的地方，有幾團小小的火焰正在燃燒。升降梯就懸吊在中央樓梯井頂端，距離地面大概有幾千呎，微微晃動。

1⊕歐鈴蘭：蘭花的一種，花梗直而細長，花苞為白色，外形酷似鈴鐺。香氣濃郁芬芳，常用做香水原料。

2⊕忍冬：藤蔓植物，具香氣，花初開時為白色，漸漸轉成黃色，葉片呈長橢圓形，常作為觀賞或藥用植物。

3⊕巴別塔（Tower of Babel）：源自聖經中的故事。傳說以前人類在巴比倫建塔，想讓塔直抵天國，因而觸怒上帝，使人類語言混亂，建塔計畫也因而成為泡影。

理查深呼吸，跟隨其他人走上木板平臺。上去之後，他明知不妥，卻還是往下看。他與幾千呎深的岩石地面之間，除了腳下的木製平臺外，什麼也沒有。有塊長條木板介於他們所在的平臺與岩石通道頂端之間，兩者相距約二十呎遠。「呃，我想，」理查用一種遠比自己認為還要不在乎的語氣說，「現在恐怕不是說出我有懼高症的時候吧。」

「這條木板很安全，」娜米亞告訴他，「不然我就再也沒有機會來了。看好嘍！」她走過木板，黑絲絨發出窸窣聲，即使頭上頂著十幾本書，也不會掉下一本。娜米亞到達另一端的岩石通道後，停下來轉過身子，帶著鼓勵的表情向眾人微微一笑。獵人隨後走了過去，到達另一端時也轉身，站在娜米亞身旁等候。

「看到沒？」朵兒說，伸手捏了理查手臂一把。「不會有事的。」

理查點點頭，嚥了嚥口水。好吧。

朵兒走過去，臉色看起來不太好，但終究過去了。三位女士等著理查，但他杵在原地不動。過了半晌，他突然意會，儘管他對自己的雙腳下達「前進！」的指令，但他絲毫沒有走上木板的跡象。

上面遠處，有人按下按鈕。理查聽到喀咚一聲，老式電力馬達的轉動聲遠遠傳來。升降梯鐵門在理查背後砰的一聲關上，留下他搖搖晃晃站在一片木製平臺上，寬度與長條木板相當。

「理查！」朵兒大叫，「快過來！」

升降梯開始上升。理查從搖動的平臺踏上長條木板，雙腿成了果凍，四腳著地趴在木板上，為了保命，動也不敢動。他腦中理性的一小部分思考著：是誰把升降梯叫上去的？是什麼原因？至於他大腦的其餘部分，則盡力告訴自己的四肢必須緊緊抓住木板，並在腦裡用最大的音量尖叫著：「我還不想死！」理查盡其所能緊閉雙眼，確信自己如果張開眼睛，看到底端的岩石地面，就會放開雙手，從木板墜落，一直往下掉，一直往下掉，直到……

「我不怕掉下去，」理查對自己說，「我怕的是那個結束墜落的地方。」但他知道他是在對自己說謊，他怕的就是墜落本身——害怕自己在半空中無助地朝遙遠的岩石地板急速墜落，而他完全沒辦法救自己一命，也不會有奇蹟……

理查慢慢感應有人在跟他說話。

「理查，只要沿著木板往前爬就行了。」那人說。

「我……我辦不到。」他低聲回答。

「理查，你通過比這還要恐怖的考驗，還拿到了鑰匙。」那人說。是朵兒的聲音。

「我真的有懼高症。」理查固執說道。他把臉緊緊貼在木板上，牙齒不停打顫。然後他說：「我想回家！」他感覺木板緊緊貼在自己臉上，木板開始搖動。獵人的聲音說：「我真的不確定這塊木板能支撐多少重量，妳們兩個壓住這裡。」木板因為有人在上面朝理查走過來而震動。他牢牢抓住木板，雙眼依舊閉著。獵人在他耳朵旁冷靜地輕聲說：「理查？」

「嗯。」

「只要慢慢移動就行了，理查，一點一點往前移，來吧……」她伸出蜜色手指，抓住理查緊扣著木板而指節發白的手掌。「來吧。」

理查深吸一口氣，往前移動一點，隨即僵住不動。「你做得很好。」獵人說，「好極了，繼續往前。」就這樣，她一吋一吋地指引理查緩慢沿著木板爬行。他們到達木板另一頭後，獵人把手架在理查腋下，把他抬了起來，放在堅實的地面上。

「謝謝妳。」理查對獵人說，一時之間想不出什麼更恰當的言語，足以表達自己內心對她的感謝，所以只好再說一次：「謝謝妳。」然後，他對所有人說：「我很抱歉。」

朵兒抬頭看著理查。「沒關係啦，你現在安全了。」理查看著下面那條螺旋通道，目光一直往下移；接著又看了看朵兒、獵人和娜米亞，笑得眼淚都流了出來。

「什麼事情，」朵兒等理查終於笑完後，開口問他，「這麼好笑？」

「**安全了**。」他的回答很簡單。朵兒先是望著他，然後也露出微笑。「那我們現在該往哪裡走？」理查問。

「往下走。」娜米亞回答。他們開始沿著下通街往下走。獵人在前面帶頭，朵兒與她並肩而行，理查走在娜米亞身旁，聞著她身上那股歐鈴蘭混著忍冬的香味，心裡很高興有她作伴。

「我真的很感激妳跟我們一起來，」他對娜米亞說，「當我們的嚮導。希望不會給妳帶來什麼厄運。」

她張大紫色眼睛望著理查。「當嚮導為什麼會有厄運？」

「妳知道鼠言人是什麼樣的人嗎？」

「當然知道。」

「有一位名叫安娜希斯亞的女孩，她是鼠言人，她……嗯，我們後來也算是朋友，她要帶我到一個地方，結果被綁走了，就在騎士橋上面。我一直搞不清楚她到底出了什麼事。」

娜米亞同情地對他微微一笑。「我的族人也流傳這種故事，其中有些或許是真實的。」

「那妳一定要跟我說說那些故事。」理查應道。空氣很冷，他的氣息在空中化為白濛濛的霧氣。

「改天吧。」娜米亞回答。她的氣息沒有化為白色霧氣。「你真的很好，讓我加入你們。」

「這是我們最起碼能做的事情。」

朵兒和獵人繞過前方的彎道，離開了他們的視界。「唉呀，」理查說，「那兩人走得滿前面了，我們快點趕上去吧。」

「讓她們先走，」娜米亞輕聲回了一句，「我們會追上的。」

理查心想，這就好像青少年時帶女孩去看電影，也可能是在電影結束後一起回家，兩人停在巴士候車亭或靠在牆邊，趁別人不注意時相互擁吻，倉促地撫摸肌膚，舌頭糾纏在一起，然後加快腳步追上前面的朋友……

娜米亞用一根冰冷的手指由上而下畫過理查的臉頰。「你好溫暖喔。」她讚賞，「能夠擁有這樣的溫暖，感覺一定很棒。」

理查試著讓自己看起來更穩重一些。「老實說，我很少想過這方面的問題。」他聽到電梯門的金屬碰撞聲遠遠從頂端傳來。

娜米亞抬起頭，以滿懷期待的溫柔眼神望著他。「你願意把自己的溫暖給我一些嗎，理查？我覺得好冷。」

理查不確定自己該不該親她。「呃？我……」

娜米亞看起來一臉失望。「你不喜歡我嗎？」理查深切希望自己沒傷到她的感情。

「我當然喜歡妳，」理查聽到自己的聲音說，「妳很好。」

「但你不打算把自己全部的熱量都用上，對吧？」她理性指出這一點。

「我是沒這個打算……」

「你說你會支付我的嚮導費用，而我想要的酬勞就是溫暖，你能給我一些嗎？」

她要什麼都行。忍冬與歐鈴蘭的香氣將理查團團圍住，除了她白皙的皮膚、深紫色的唇與烏黑秀髮外，什麼也看不見。理查點了點頭，內心某處有股聲音正在吶喊，但不論喊些什麼，都可以留待之後處理。娜米亞伸出雙手捧住理查的臉，將他慢慢拉向自己，把嘴唇湊上去，給了他一個銷魂的長吻。理查起初被那對雙唇的冰冷嚇了一跳，接著是冰冷的舌頭，最後則完全屈服在她的親吻之下。

過了一陣子，她往後退去。

理查感覺嘴唇一股寒意。他一個踉蹌向後靠在牆上，想眨眨眼睛，卻發現雙眼似乎凍得只能張著。娜米亞看著他，露出愉快的微笑。她的皮膚開始有了血色，雙唇鮮紅欲滴，氣息在冷空氣中化為白霧。最後，她用溫暖的深紅色舌頭舔舔紅唇。理查的世界開始變暗。他昏過去之前，還以為自己看到一個黑色的人影。

「我還要。」娜米亞將手朝他伸了過去。

他看著娜米亞把理查拉過去親吻，看著冰霜在理查的皮膚上擴散開來，看著娜米亞愉悅地往後退。然後，從娜米亞背後走上前去，趁她打算了結理查性命的當兒，伸出手來，一把狠狠抓住她的脖子，將她抬離地面。

「還給他，」他在娜米亞耳邊厲聲說，「把他的生命還給他。」娜米亞的反應就像被丟進浴缸的小貓，扭動、掙扎、嘶叫，還伸出爪子抓來抓去。但這些動作全都不管用，她還是被牢牢抓住脖子。

「你不能命令我。」她用極不悅耳的聲音說。

那人增強手上的力量。「把他的生命還給他，」他以嘶啞的腔調直截了當告訴對方，「否則我就掐斷妳的脖子。」娜米亞一縮，那人將她推向理查，理查已凍得癱倒在石牆上。

她拉著理查的手，將氣息吐向他的口鼻。煙霧從她嘴裡冒了出來，慢慢流進理查口中。理查皮膚上的冰開始融化，結在頭髮上的冰霜也消失了。

那人再次勒緊她的脖子。「娜米亞，全都吐出來！」

她發出憤怒的嘶叫聲，極為不甘願，再次張開嘴巴。一股霧氣從她嘴裡飄向理查口中，消失在理查體內。理查眨了眨眼，眼皮上的冰融化成淚水，從臉頰上流了下來。「妳剛剛對我做什麼？」

「她吸乾你的生命，」迪卡拉巴斯侯爵用嘶啞的嗓子低聲說，「奪走你的體溫，把你變得跟她一樣冰冷。」

娜米亞哭喪著臉，像小孩被搶走最心愛的玩具，紫色眼睛閃著淚光。「我比他還需要溫暖。」她嗚咽地說。

「我還以為妳喜歡我。」理查傻呼呼地說。

侯爵單手把娜米亞拎了起來，將她的臉孔拉到自己面前。「如果妳或天鵝絨的小鬼敢再靠近他，我就趁妳們熟睡時到妳們的洞穴，放把火燒成平地！聽清楚了嗎？」

娜米亞點了點頭。侯爵把手放開，她跌落地上，但很快就站直身子（也沒有多高），把頭一轉，用力朝侯爵臉上吐了一口唾沫。她拉起黑絲絨衫裙前擺，跑上斜坡，揚長而去，腳步聲在下通街迂迴的岩石通道間發出陣陣回音。同時，她冰冷的唾液流下侯爵的臉頰。侯爵舉起手背擦拭掉。

「她打算殺了我。」理查結結巴巴地說。

「不是馬上，」侯爵輕蔑地應了一句，「但等她把你的生命吸乾之後，你終究難逃一死。」

理查盯著侯爵，他的身體非常骯髒，隱藏在污穢下的皮膚又顯得十分蒼白。他的外套不見了，取而代之的是披在肩頭的舊毯子，看來像是南美樣式的披風外套。有件體積很大的物品（理查分辨不出是什麼東西）捆綁在毯子下。侯爵打著赤腳，脖子上還纏繞了一塊褪色的布條，理查認為那八成是某種奇怪的流行打扮。

「我們正在找你。」理查說。

「那你現在找到了。」侯爵聲音沙啞，一本正經。

「我們原本以為會在市集見到你。」

「嗯，是啊。有人以為我掛掉了，所以我只好把姿態擺低一些。」

「呃……為何會有人以為你死掉了？」

侯爵用歷盡滄桑的雙眼看著理查。「因為他們把我給殺了。」他回答，「快走吧，另外兩個一定就在前面不遠。」

理查望過通道邊緣，越過中央的樓梯井，看到朵兒和獵人就在對面的下一層。她們正東張西望——理查猜想是在找他吧。他向兩人大聲呼喊，一邊揮手，但聲音顯然沒傳過去。侯爵伸出一隻手，搭在理查的手臂上。「你看！」他指著朵兒和獵人所在的下一層。有東西動了一下，理查眯起眼睛，隱約看見兩個人影站在陰暗處。「格魯布和凡德摩！」侯爵說，「這是陷阱！」

「我們該怎麼辦？」

「快跑！」侯爵對他叫道，「去警告她們！我還沒辦法跑步……快去啊，媽的！」

理查跑了起來。他使出全身力量，以最快的速度順著向下傾斜的石板路面朝前狂奔。他的胸口突然感到刺痛，但他仍然堅持下去，繼續向前跑。

理查轉過一個角落，所有人也映入他的眼簾。「獵人！朵兒！」他上氣不接下氣，「停下來！小心！」

朵兒轉身。格魯布和凡德摩從一根石柱後面現身。凡德摩猛然從朵兒身後抓住她的雙手，用尼龍繩俐落綁起。格魯布手裡拿著一個扁扁長長的東西，用棕色的布匹蓋著，看來就像理查的父親以前裝釣具的袋子。獵人楞在當地，張著嘴。理查大叫：「獵人！快！」

她點點頭，迴身踢出一腳，動作如芭蕾般流暢優美。

她的腳直接踹中理查腹部。理查跌落在幾呎外，感到一陣劇痛，喘不過氣，雙手在半空中胡亂揮舞。「獵人？妳……」他喘著氣說。

「對不起。」獵人說完就轉身離開。理查感到痛苦，也極為難過。獵人的背叛就如同那一踢，重重傷害了他。

格魯布和凡德摩根本不理會理查與獵人。凡德摩正在捆綁朵兒的手臂，格魯布站在一旁觀看。

「別把我們當成是殺手啊，小姑娘，」格魯布以尋常口吻說道，「把我們想成是在執行護送任務。」

獵人站在岩壁旁，誰也不看；理查則躺在岩石地面上扭動，掙扎著要把空氣吸進肺裡。格魯布轉過頭對朵兒微微一笑，露出許多牙齒。「總之，朵兒小姐，我們是來確保妳能安全抵達目的地。」

朵兒不理他。「獵人！這到底怎麼回事？」獵人依舊不動，也沒回答。

格魯布眉開眼笑，得意洋洋。「獵人在同意擔任妳的保鏢之前，已經答應為我們的委託人工作，負責照顧妳。」

「我們早就告訴過妳，」凡德摩在一旁幸災樂禍，「說你們當中有一個叛徒。」他把頭高高揚起，像狼一樣嗥叫。

「我以為你們是說侯爵。」朵兒說。

格魯布用很誇張的動作搔弄橘色的頭髮。「說到侯爵，不知他人在什麼地方？他有一點遲到了吧，凡德摩先生？」

「其實是遲到很久了，格魯布先生，恐怕會永遠遲到下去。」

格魯布稍微清了清喉嚨，說出那句極具衝擊力的對白。「從現在開始，我們必須稱他為『已故』的迪卡拉巴斯侯爵。我很遺憾他這麼快就……」

「死翹翹了。」凡德摩補上這句話的後半段。

理查終於能把足夠的空氣吸進肺裡，喘著氣罵了一句：「妳這背信忘義的臭女人！」

獵人看著地面。「我沒有惡意。」她低聲說。

「你們從黑修士手中取得的那把鑰匙，」格魯布問朵兒，「在誰身上？」

「在我這裡，」理查喘著氣回答，「要的話，不妨搜我的身。你們看！」他在自己的口袋裡掏摸了一陣，發現後口袋有個很硬的陌生物品，但他現在沒時間弄清楚那是什麼東西。他掏出舊公寓的大門鑰匙，拖著雙腳走向格魯布和凡德摩。「拿去。」

格魯布伸出手接過鑰匙。「我的天啊！」他叫了一聲，連看也沒看一眼。「凡德摩先生，我竟然上了這小子的大當！」

格魯布將鑰匙交給凡德摩，凡德摩用拇指和食指一夾，將鑰匙如錫箔般捏成一團。「格魯布先生，我們又被騙了。」

「扁他，凡德摩先生。」格魯布說。

「非常樂意，格魯布先生。」凡德摩一腳踹在理查的膝蓋，痛得他倒在地上打滾。他可以聽見凡德摩的聲音，彷彿從遙遠的地方傳來，似乎在對他說教。「大家都以為疼痛跟踢得多用力有關，」凡德摩說，「但事實上不是踢得多用力，而是踢在什麼部位。我是說，這真的只是輕輕一踢……」有個東西重重撞在理查左肩，他的左手先是一陣麻木，一股劇痛隨著紫白色腫脹浮現在肩膀。感覺像是整條左手都著了火，動彈不得，如同有人將電子探針深深刺進他的肌肉，把電流開到最大。他嗚咽地咒罵。凡德摩繼續說：「……但它的疼痛程度就像這樣——這個就用力多了……」一隻靴子像砲彈般猛擊理查的側身，他聽到自己的哀號。

「鑰匙在我這裡。」理查聽到朵兒說。

「要是你有瑞士刀就好了，」凡德摩親切地對理查說，「我還可以把刀子的每種用途示範給你看，甚至包括開瓶器，還有那個用來挖出馬蹄裡的石子的工具。」

「別理他了，凡德摩先生。要玩瑞士刀，有的是時間。她有沒有那件信物？」格魯布將朵兒所有口袋都搜了一遍，拿出黑曜石雕像，是天使送給她的小野獸。

獵人的聲音低沈宏亮：「那我呢？我的報酬呢？」

格魯布哼了一聲，將釣袋丟給她。獵人單手接住袋子。「祝妳狩獵順利。」格魯布對她說。然後，他和凡德摩左右夾著朵兒，轉身沿著下通街的迂迴斜坡往下走。理查躺在地上，眼睜睜看著他們離開，一股絕望的悲慘情緒從內心散布開來。

獵人半跪在地上，解開釣具袋外面的布，眼睛圓睜，閃爍光芒。理查一陣抽痛。「那是什麼東西？三十枚銀幣嗎？」獵人將東西慢慢從袋子裡拿出來，用手指溫柔撫摸，依戀著。「長矛。」她的回答相當簡短。

那枝長矛以青銅色金屬打造而成，矛頭的尖刃很長，形狀像波刃短劍般彎曲，一邊非常鋒利，另一邊則是鋸齒。矛柄上刻了許多臉孔，因銅鏽而呈綠色，此外還有一些裝飾的奇怪圖案和花體字。從矛尖到矛柄尾端，長約五呎。獵人碰觸著，幾乎是帶著恐懼，就好像這是她見過最美的東西。

「妳竟然為了一枝長矛出賣朵兒。」理查說。獵人沒有回話。她用粉嫩的舌頭沾溼指尖，輕輕劃過矛頭尖刃，測試鋒不鋒利，然後露出笑容，看來她對指尖感受到的效果相當滿意。「妳打算殺了我嗎？」理查問。他很訝異自己竟然再也不畏懼死亡——至少，並不畏懼這樣的死法。

此時，獵人轉過身，看著理查。她看起來比理查先前所見更有光彩，更加豔麗，也更加危險。「獵殺你有什麼挑戰呢，理查．馬修？」她帶著明豔的笑容問道，「我有更大的獵物要對付。」

「這就是妳說的那枝用來獵捕倫敦巨獸的長矛，對吧？」理查問。

獵人看著長矛，沒有一個女人用這樣的眼神看過理查。「聽說沒有人能夠抵擋它。」

「但是，朵兒信任妳，我也信任妳。」

她臉上不再掛著笑容。「別再說了！」

慢慢地，理查的痛楚開始減輕，肩膀、側腰和膝蓋只留下隱約的疼痛。「好吧，那妳是為誰工作？他們把朵兒帶到什麼地方？是誰在幕後指使這一切？」

「獵人，告訴他吧。」迪卡拉巴斯侯爵用粗嘎的嗓門說道。他拿著十字弓對準獵人，赤腳牢牢站在地上，露出絕不心軟的表情。

「我一直懷疑你是不是像格魯布和凡德摩宣稱的那樣，已經死掉了。」獵人說，幾乎連頭也沒有轉。「我總覺得你是很難殺掉的人。」

侯爵稍微低頭，諷刺地鞠了一躬，但眼睛沒有移開，雙手仍保持平穩。「妳也給我同樣的感覺，親愛的小姐。不過，當弩箭穿透喉嚨，掉落到幾千呎深處後，或許會證明這種印象是錯的，嗯？把長矛放下，往後退！」獵人依依不捨地將長矛輕輕放在地上，挺直身子，往後退了幾步。「獵人，妳不妨告訴那小子吧。我已經知道答案了，還付出極大的代價。獵人，告訴他在背後指使這一切的是誰。」

「伊斯靈頓。」獵人回答。

理查搖了搖頭，像是設法趕走蒼蠅。「這不可能。我的意思是，我見過伊斯靈頓，他是天使。」過了一會兒，他又以近乎絕望的口氣問道：「這是為什麼？」

侯爵的目光一直沒離開獵人，手中的十字弓也沒晃動。「我要是知道就好了。總之，伊斯靈頓就在下通街底，而他就是這整件陰謀的幕後黑手。現在，我們與伊斯靈頓之間，還卡著迷宮和野獸。理查，把長矛撿起來。獵人，麻煩妳在前面帶路。」

理查撿起長矛，吃力地撐著從地上爬起來，站直身子。「你要她跟我們一起走？」他不解地問。

「難道你希望她在我們後面？」侯爵一本正經地反問。

「你可以殺了她。」理查說。

「沒錯，但那是在別無選擇的時候。」侯爵向他說明，「再說，我很討厭在絕對必要之前就放棄一項選擇。畢竟，人死就什麼都沒了，不是嗎？」

「是這樣嗎？」理查問。

「有時候是這樣。」迪卡拉巴斯侯爵說。三人開始往下走。

neverwher

RICHARD WROTE A DIARY ENTRY IN HIS HEAD. DEAR DIARY, HE BE
FRIDAY I HAD A JOB, A FIANCEE, A HOME AND A LIFE THAT MADE SENS
AS ANY LIFE MAKES SENSE.) THEN I FOUND AN INJURED GIRL BLEEDING
PAVEMENT, AND I TRIED TO BE A GOOD SAMARITAN. NOW I'VE GOT NO F
NO HOME, NO JOB, AND I'M WALKING AROUND A COUPLE OF HUNDR
UNDER THE STREETS OF LONDON WITH THE PROJECTED LIFE EXPECTA
A SUICIDAL FRUITFLY. THERE ARE HUNDREDS OF PEOPLE IN THIS
LONDON. THOUSANDS MAYBE. PEOPLE WHO COME FROM HERE, OR PEOP
HAVE FALLEN THROUGH THE CRACKS. I'M WANDERING AROUND WITH
CALLED DOOR, HER BODYGUARD, AND HER PSYCHOTIC GRAND VIZIER. W
LAST NIGHT IN A SMALL TUNNEL THAT DOOR SAID WAS ONCE A SECTION
GENCY SEWER. THE BODYGUARD WAS AWAKE WHEN I WENT TO SLE
AWAKE WHEN THEY WOKE ME UP. I DON'T THINK SHE EVER SLEEPS.
SOME FRUITCAKE FOR BREAKFAST; THE MARQUIS HAD A LARGE LUMP
HIS POCKET. WHY WOULD ANYONE HAVE A LARGE LUMP OF FRUITCAK
POCKET? MY SHOES DRIED OUT MOSTLY WHILE I SLEPT. I WANT TO GO
THEN HE MENTALLY UNDERLINED THE LAST SENTENCE THREE TIM
WROTE IT IN HUGE LETTERS IN RED INK, AND CIRCLED IT BEFORE PUT
NUMBER OF EXCLAMATION MARKS NEXT TO IT IN HIS MENTAL MARGIN.

第十六章

chapter sixteen

他們沿著迂迴的岩石通道一路向下，沈默無語地走了幾個小時。理查還是疼得要命，走路一拐一拐，心理和身體都承受著奇怪的創痛——挫敗與背叛在他內心翻滾，加上剛才幾乎把性命斷送在娜米亞手上，又被凡德摩重毆，還在懸空的木板上嚇個半死，讓他幾乎快要崩潰了。不過，他非常確定這一天的遭遇跟侯爵經歷的事情相比，根本微不足道。所以，他什麼話都沒說。

侯爵也保持緘默，因為他只要一說話，喉嚨就痛得要命，而他希望喉嚨的傷勢快點復原，好全神貫注留意獵人。他非常清楚，只要稍微一個不留神，獵人就會趁機逃走，甚至回過頭來攻擊他們。所以，他什麼話都沒說。

獵人稍微走在他們前面，也什麼話都沒說。

數小時後，他們來到下通街底，街尾有一扇龐大的巨門，以極為粗糙的石塊堆砌而成。那扇門是巨人建造的吧，理查心想，依稀憶起一些早已作古的英國君王的神話故事，想到了布蘭國王、巨人歌革和瑪各[1]，他們的雙手和橡樹一樣粗，還有幾個像山丘一樣大的腦袋。大門入口早已崩塌，腳下的泥土裡到處可見從入口處斷落的碎石塊，有些斷片仍無助地懸盪在大門邊緣鏽蝕的鉸鏈上。那鉸鏈比理查還高。

1⊕歌革和瑪各（Gog and Magog）：英國傳說中巨人族的倖存者。

侯爵示意獵人停下。他潤潤嘴唇，說：「這扇大門代表下通街尾，也代表迷宮起點。過了迷宮，天使伊斯靈頓就在那裡等我們，而在迷宮裡等著我們的是怪獸。」

「我還是搞不懂。」理查說，「伊斯靈頓，我確實見過他，他是天使。我是說，他真的是天使。」

侯爵皮笑肉不笑。「理查，天使墮落的時候，比誰都要邪惡。別忘了，路西弗原先也是天使。」

獵人的淡棕色眼睛看著理查。「你去過的地方是伊斯靈頓的城堡，也是他的監牢。」這是她在這數小時內開口說的第一句話，「他離不開那裡。」

侯爵對獵人說：「我想那迷宮和野獸是用來嚇阻其他人的。」

獵人點點頭。「我也這麼想。」

理查突然對侯爵怒吼，所有的怒氣、無力、挫折，全在一瞬間爆發出來。「你何必再跟她廢話？為何還讓她跟我們在一起？她是叛徒——她還設計讓我們以為你才是叛徒。」

「理查．馬修，我也救過你的性命，」獵人低聲說，「很多次。在橋上，在車站月臺縫隙，在來此的木板上。」她直視理查的雙眼，逼得理查把頭轉開。

有個聲音從地道裡傳了出來，是轟鳴聲，或咆哮聲。理查脖子上的寒毛全都豎起。那聲音很遠，但這也是唯一能讓他保持鎮定的原因。他認得那個聲音，曾經在夢裡聽過，但現在那聲音聽起來不像公牛也不像野豬，而像獅子。像龍。

「這座迷宮是倫敦下層最古老的地方之一，」侯爵說，「早在路德王於泰晤士河畔的溼地建立村落之前，這裡就有迷宮了。」

「沒有野獸吧。」理查說。

「那時還沒有。」

理查猶豫了一下。遠方的咆哮聲再度傳來。「我……我想我做過跟這隻野獸有關的夢。」

侯爵揚起一邊眉毛。「什麼樣的夢？」

「噩夢。」理查回答。

侯爵思量著，轉動眼珠子，說道：「聽好了，理查。我要帶獵人進去，但你如果想留在這裡等也沒關係，不會有人笑你孬種。」

理查搖了搖頭。有些時候，形勢就是比人強。「我不會掉頭回去，至少不是現在。他們把朵兒抓去了。」

「是啊，」侯爵說，「那好，我們該走了吧？」

獵人的蜜色雙唇微微一動，露出輕蔑冷笑。「你們一定是瘋了才會進去，沒有天使的信物，你們絕對找不到路，也絕對過不了野獸的地盤。」

侯爵把手伸進披風外套，掏出小小的黑曜石雕像，那是他從朵兒父親的書房裡拿的。「妳是說……像這樣的東西？」侯爵看著獵人的表情，覺得自己在前一週遭遇的種種磨難都有了回報。他們穿過大門，進入迷宮。

朵兒的雙手反綁在背後，凡德摩走在她後面，一隻巨掌搭在她肩頭上，推著她前進。格魯布在他們前面快步移動，手握從朵兒身上拿來的信物，反覆翻看，就像正準備偷襲雞籠、沿途還到處炫耀的黃鼠狼。

迷宮本身是個完全瘋狂的地方，以倫敦上層失落的片斷建造而成：巷道、馬路、迴廊、下水道，一千年來，經由縫隙掉入這個失落與遺忘的世界。兩個男人和一個女孩，走過鵝卵石，穿過泥濘，經過各種不同類型的穢物，越過腐朽的長木板。他們走過白天和黑夜，穿過以煤氣燈照明的街道、以鈉素燈照明的街道、以燈心草蠟燭與火炬照明的街道。這裡是個不斷改變的地方，每一條路徑都分岔、轉圈，再折回原點。

格魯布感受到信物強大的拉力，順著它的意思，讓它帶領自己。他們沿著小巷子走，這條巷子曾是維多利亞時期的貧民窟——由髒亂、竊盜、劣酒與廉價妓女所組成的陋巷。他們聽到了，沈重的氣息從附近傳來，在深沈黑暗處怒吼。格魯布走到一道短木梯時放慢腳步，在巷底停下，瞇起眼睛思考，才帶領其他人走下幾級階梯，進入曾在聖殿騎士[2]時期穿越佛里特沼澤、由岩石構成的狹長地道。

朵兒說：「你害怕了，對吧？」

格魯布狠狠瞪了她一眼。「妳給我閉嘴！」

朵兒微微一笑，但她不覺得自己在微笑。「你是在擔心自己手上的護身符不能讓你通過野獸的地盤。你在計畫什麼？去綁架伊斯靈頓？把我們兩個賣給出價最高的買主？」

「安靜！」凡德摩說，格魯布只是在一旁偷笑。朵兒此時已經知道天使伊斯靈頓並非她的朋友。

她突然張口大叫：「喂！野獸！在這裡！」凡德摩一掌打中她的頭，震得她撞在牆上。「我叫妳安靜。」他平靜地對朵兒說。朵兒嚐到嘴裡的鮮血，在泥地上吐了一口血絲，張嘴準備再叫一次。但凡德摩早料到她會來這一招，已經從口袋裡掏出手帕，趁她張開嘴時塞進去。朵兒順勢想咬他的大拇指，但他臉上看不出有何吃痛的表情。

「這下妳總算安靜了吧。」

凡德摩對這條布滿綠色、棕色、黑色斑點的手帕非常自豪，它原本屬於一八二〇年代一名過胖的鼻煙壺交易商，此人後來死於中風，這條手帕在他壽衣口袋裡隨同他一起下葬。凡德摩偶爾仍會在手帕上發現那鼻煙壺商的部分遺骸，但不管怎樣，他還是覺得這是一條不錯的手帕。

眾人繼續沈默走著。

理查在自己的心靈日記裡寫下另一則記事。今天，他想著，**我成功跨越長板條，在死亡之吻下逃過一劫，還熬過錐心般的痛楚。現在，我正通過迷宮，旁邊跟著一個死而復活的瘋狂混蛋，還有一名背叛的保鏢，她已經變成……呃，變成跟保鏢相反的東西。我深深感到……**理查想不到恰當的隱喻，然後，他跳脫明喻及隱喻的虛幻空間，進入現實世界，而這個世界正在改變他。

他們涉水穿過一條地板非常潮溼、兩側只有黑色石牆的狹窄通道。侯爵手握護身符和十字弓，保

2⊕聖殿騎士（Templar）：十二世紀初為保護朝聖者而組織的騎士團。

持警覺，跟在獵人身後約十呎處。理查走在前頭，手提獵人的長矛和一盞侯爵從披風底下拿出來的黃色照明燈，燈光把石牆和泥地照得一片通明，讓他可以平穩地走在獵人前面。沼澤發出惡臭，巨大的蚊子不時飛落在理查的手臂、雙腿、臉上，叮得他十分疼痛，出現奇癢的巨腫。獵人和侯爵都沒提到蚊子的侵擾。

理查開始懷疑他們已經完全迷失方向。沼澤裡的死人多得不得了，乾癟的皮膚、變色的骷髏、慘白水腫的屍體，讓他心情更加低落。他看不出這些屍體在這裡多久了，是遭野獸殺害，還是給蚊子叮死的。他們又走了五分鐘，理查再被蚊子叮了十一次之後，終於大叫：「我想我們迷路了！我們剛才走過這地方。」

侯爵高舉著護身符。「沒有，我們好得很，這個護身符正引導我們向前走。管用的小東西。」

「是啦，」理查不以為然地應了一句，「非常管用。」

這時，打著赤腳的侯爵一腳踏在一具半掩埋的屍體上，腳後跟被它的胸腔肋骨刺穿，絆了一跤。黑色小雕像飛到空中，伴隨著躍出水面的魚回到水裡時發出的撲通聲，落入黑色泥沼。侯爵穩住身子，將十字弓對準獵人背後。

「理查，我弄掉了！你能回來這裡嗎？」理查往回走，把照明燈高高舉起，希望能看到黑曜石的閃光，但除了沼澤的泥水之外，什麼都沒看到。「下去泥巴裡找。」侯爵說。

理查發出痛苦的抱怨。

「理查，你夢見過那頭野獸，」侯爵對他說，「難道你真的想遇到牠？」

理查思索半晌，沒有考慮很久，便將青銅長矛的握柄插進泥沼，再把照明燈豎在長矛旁的泥地上。斷斷續續的琥珀色燈光照亮了泥沼水面。理查雙膝著地，趴在泥沼中，雙手在爛泥巴裡到處摸索，希望能儘快找到雕像，而不是摸到死人骨頭。「這樣根本找不到，它可能掉在任何地方。」

「繼續找就是了。」侯爵說。

理查試圖想起以前通常是怎麼找到東西的。首先，他讓腦袋空白一片，再讓雙眼凝視前方，漫無目標地掃視泥沼表面。有個東西在他左邊五呎遠處閃閃發亮。是野獸雕像！「我看到了！」理查大叫。

他費力踏著爛泥朝發亮處走去。那尊黑曜石小雕像正頭部朝下，趴在一灘黑水裡。或許是理查移動時擾動了泥沼，也可能純粹只是命運在捉弄他（理查後來一直堅信是命運的捉弄），不管是哪個原因，總之在他幾乎走到雕像旁邊時，那灘泥水突然傳出一陣類似腸胃蠕動的聲響，一個大氣泡冒了出來，在雕像旁發出討厭的一爆，雕像也隨之消失在水面下。

理查伸到雕像先前的位置，兩手深深在爛泥巴中胡亂摸索，毫不在乎自己的手指可能會摸到什麼鬼東西。沒有用，雕像不見了。「我們現在該怎麼辦？」理查問。

侯爵嘆了一口氣。「你先回這裡來，我們再想想辦法。」

理查低聲回答：「太遲了。」

那東西正朝他們靠近，如此緩慢而沈重的步伐，讓他有那麼一瞬以為那東西又老又病，甚至快死了。然而，這只是他最初的想法。理查馬上察覺牠在接近時涵蓋了多大面積。牠奔跑時，泥巴和污水在蹄下飛濺，而這也讓理查清楚知道自己誤以為牠動作很慢，錯得有多離譜。野獸在距離他們三十呎處放慢腳步，噴出一口氣後停了下來，身體兩側冒著熱氣。牠一聲巨吼，一來是耀武揚威，二來也有挑戰的意味。牠的側身和背部盡插著斷矛、折劍、鏽刀，紅眼、獠牙和足蹄在照明燈的黃色光線下閃閃發光。

野獸把厚實的頭部放低。理查心想，那應該是某種野豬，又立刻體認這根本不可能——世界上不可能有這麼大的野豬。那是公牛或小象的體型。野獸瞪視著他們，停頓了一百年，但這麼長的時間卻在一瞬間蒸發。

獵人以極為流暢的動作蹲了下來，啵的一聲，拔出來自佛利特沼澤的長矛，用純粹喜悅的聲音說道：「啊，終於讓我找到你了！」

獵人把一切都拋在腦後，忘了在泥地裡的理查，忘了侯爵和他那可笑的十字弓，忘了這個世界。她渾然忘我，沈浸在一個完美的世界。她是為了這世界而活——這世界只有兩樣東西：獵人及野獸。那野獸也很清楚這一點。這是一場勢均力敵的比試：獵人與獵物。至於誰是獵人，誰是獵物，只有時間能夠揭曉，只有時間與舞蹈。

野獸往前衝。

獵人屏息以待，直到看見野獸把頭放低，從嘴裡滴下白色唾沫，才將手裡的長矛刺出。然而，就在獵人試圖將長矛刺進對方側腹時，她知道自己的動作慢了幾分之一秒。長矛從她失去知覺的雙手飛彈出去，一根比任何刀刃都要鋒利的獠牙劃開她的腹部。她滾落到野獸龐大的身軀下，感覺自己的手臂、髖關節、肋骨全都在對方沈重的足蹄下碎裂了。野獸離開，再度消失在黑暗之中。舞蹈也宣告結束。

格魯布不太放心自己真的能夠通過迷宮，但他和凡德摩都安然通過了，連他們的俘虜也毫髮未傷。前方有塊岩壁，岩壁中有一座橡木雙扇大門，右手邊的門上有一面橢圓形鏡子。

格魯布伸出一隻污穢的手碰觸那面鏡子，鏡面在他的碰觸下混濁成一團，像一大桶翻滾冒泡的水銀，沸騰片刻後，才恢復平靜。天使伊斯靈頓從鏡子裡看著他們。格魯布清了清喉嚨：「早安，閣下。是我二人，您派我們去接來的那位年輕小姐，我們已經帶來了。」

「那鑰匙呢？」天使柔和的聲音似乎從他們的四面八方傳來。

「就掛在她天鵝般的脖子上。」格魯布回答，聲調中顯露出些微不安。

「好，進來吧。」天使說。橡木門應聲打開，他們走了進去。

一切有如電光火石。野獸從黑暗中現身，獵人一把抓住長矛，野獸朝她直衝，隨即又消失在黑暗裡。

理查極力想聽到野獸的動靜，但他什麼也聽不到，只聽到附近某處一滴一滴的水聲，與蚊子在高處發出的嗡嗡魔音。獵人橫躺在泥漿裡，一隻手臂彎成奇特的角度。理查穿越泥沼，朝她爬了過去。

「獵人？」他低聲問，「妳聽得見我的聲音嗎？」

許久之後，理查才聽到十分微弱的回答，聲音非常細微，讓他一時以為是自己想像出來的。「可以。」

侯爵仍在幾碼外，一動也不動，靠牆站立。他這時大聲叫道：「理查，待在原地不要動！那頭怪物只是在等候時機，牠還會再回來。」

理查不理他，對獵人說：「妳……」他頓了一下。說這種話似乎很蠢，但他還是說了：「妳還好吧？」獵人聽後大笑，雙唇滿是血跡，然後她搖了搖頭。「下面這裡會有醫療人員嗎？」理查問侯爵。

「有是有，但不是你想像的那一種。我們有一些巫醫和用水蛭治病的外科醫生……」

獵人咳起來，一陣抽搐，紅色鮮血從嘴角流下。侯爵稍稍移動身子。「獵人，妳把命藏在哪裡嗎，嗯？」他問。

「我是獵人，」她的聲音很細微，語調卻十分驕傲，「我們不做那種事……」她奮力將空氣吸進肺部，呼出，彷彿這簡單的呼吸動作對她已成了過於沈重的負擔。「理查，你用過長矛嗎？」

「沒有。」

「拿去吧。」她低聲說。

「但是……」

「拿去！」她的聲音又低又急，「撿起來，握住鈍的那一端。」

理查撿起掉落的長矛，抓住鈍端。「我知道該怎麼握。」他對獵人說。

獵人的臉上閃過一絲笑容。「我知道。」

「嗯……」理查覺得自己是瘋人院裡唯一神志正常的人——這種感覺已經不是第一次了。「我們為什麼不保持非常安靜，或許牠會走開也說不定。我們會設法幫妳找救兵。」然而，他說話的對象完全不理他——當然，這也不是第一次了。

「我做了一件壞事，理查．馬修，」獵人語調哀傷地低聲說，「我做了一件非常惡劣的壞事，因為我想成為殺死野獸的人，因為我需要那枝長矛。」然後，在難以置信的情況下，她硬撐著站起。理查不清楚她的傷勢到底有多嚴重，也無法想像她承受多大的痛苦。他看到獵人的右手軟綿綿地從肩頭垂下，一截白骨從皮膚穿刺出來，模樣十分嚇人。鮮血不斷從她側腹的傷口流出來，她的胸腔看起來也不對勁。

「別這樣，」理查壓低嗓門，「趕快趴下。」

獵人用左手從腰間拔出一把匕首，放到右手，彎起軟弱無力的手指握住刀柄。「我做了一件壞事，」她重複，「現在，我要補償。」

獵人開始發出嗡嗡聲，音調起先忽高忽低，直到她找到可以讓牆壁、通道、房間產生共鳴的頻率後，才固定在這個音調嗡鳴。直到她覺得整座迷宮一定都迴盪著她的嗡鳴聲為止。接下來，她猛吸一口氣到骨折的胸腔內，大聲叫道：「喂，大傢伙！你在哪裡？」沒有回應。除了水滴聲外，什麼雜音都沒有，甚至連蚊子也安靜無聲。

「或許牠已經……走了。」理查說，抓著長矛的雙手因握得太用力而感到疼痛。

「我想是還沒。」侯爵低聲說。

「出來啊，你這個混蛋！」獵人放聲大叫，「難道你怕了不成？」

眾人前面傳來一陣深沈的咆哮，野獸從黑暗中現身，再度衝過來。這次絕對沒有任何犯錯的空間。「舞……」獵人低聲說道，「舞還沒跳完呢！」

野獸朝她而來，把犄角壓低，她大叫：「就是現在——理查，出手！從下往上刺！快……」野獸一頭撞上她，她的話都成了無言的尖叫。

理查看到野獸從黑暗處出來，進入照明燈光範圍內。這一切都發生得非常緩慢，就如同夢境一般，如同他所有的夢境。野獸近得能聞到牠身上那股混雜糞便與血液的牲畜臭味，近得讓理查感受得到牠的體熱。理查使盡畢生力氣，奮力刺入長矛，從野獸的側腹向上貫穿，讓長矛留在裡面。

一聲憤怒、憎恨、痛苦的咆哮或怒吼傳來。又歸於沈寂。

理查聽得見自己的心跳在耳朵裡怦怦作響。他也聽得到水滴聲，蚊子又開始嗡嗡鳴叫。他發現自己仍緊抓著長矛柄，尖利的矛頭已深深沒入動也不動的野獸體內。他放開長矛，搖搖晃晃繞過野獸的屍體，找尋獵人。她被壓在野獸下面。理查突然想到，如果這時候移動她，將她從野獸下面拖出來，可能會令她喪命。因此，理查換個方式，推動野獸尚有餘溫的側腹，試圖移開。這就好比試圖推動雪曼戰車，但他最後還是吃力地推離野獸，讓獵人的上半身露了出來。

她平躺在地上，凝視著漆黑的頂端。她雙眼睜開，但眼神渙散。理查心裡很清楚，她的眼睛什麼也看不見了。

「獵人？」他叫了一聲。

「我還在這裡，理查．馬修。」她的聲音聽起來幾乎分離了。她沒有試圖張望尋找理查，眼神還是一樣渙散。「牠死了嗎？」

「我想是吧，動也不動了。」

獵人開始大笑。那是種詭異的笑聲，就好像她剛聽到這世上最好笑的笑話。在笑聲被一陣劇烈咳嗽打斷之前，她將這則笑話告訴了理查。「你殺了野獸，所以你現在是倫敦下層最偉大的獵人了，是勇士……」她的笑聲停止了。「我的雙手都失去知覺。握住我的右手。」理查在野獸的屍體下摸索，握住獵人冰冷的手指。他突然覺得這些手指變得好小。「我手裡還有一把匕首嗎？」獵人低聲問。

「有。」他摸到了，感覺既冰冷又黏稠。

「把匕首拿去。是你的了。」

「我不要妳的……」

「拿去。」理查在獵人手中把匕首硬扳下來。「現在是你的了。」獵人低聲說，除了她的嘴唇之外，一切都靜止不動；她的雙眼愈來愈混濁。「這把匕首總是照料著我。但是要把我的血漬從上面擦掉……千萬不能讓刀刃生鏽……一個獵人一定會好好照顧自己的武器。」她用力吸了一口氣。「現在……把野獸的血……塗到你的雙眼和舌頭上。」

理查不確定自己有沒有聽錯，也不敢相信自己的耳朵。「妳說什麼？」

理查沒有發現侯爵靠近，但侯爵熱切地在他耳邊說：「塗吧，理查，她說得對。這可以讓你安然通過迷宮。快塗。」

理查把手放在長矛上，順著矛柄滑去，碰觸到野獸的毛皮和獸血溫熱的黏滑感。儘管覺得有點荒謬，他還是將沾血的手指放在舌頭上，嚐了獸血的鹹味。出乎意料，他不感到噁心。那味道非常自然，嚐起來跟海水一樣。他再用沾血的指頭碰觸自己的雙眼，獸血在眼睛裡像汗水般微微刺痛。

他對獵人說：「我塗了。」

「很好。」獵人低聲說完，就再也沒出聲了。

迪卡拉巴斯侯爵伸出手，合上她的雙眼。理查用襯衫將獵人的匕首擦乾淨，這是獵人叫他做的事情，省得他還得思考。

「最好繼續前進吧。」侯爵說，站起身。

「我們不能把她留在這邊。」

「我們先離開，以後再回來處理她的屍體。」

理查死命地用襯衫擦亮匕首。如今他正在哭泣，但他自己沒注意。「如果沒有以後呢？」

「那我們只能希望有人會來處理我們的屍體，包括朵兒小姐的遺體在內。她一定等我們等得不耐煩了。」理查低頭看著匕首，把獵人最後的血跡擦掉，收在自己的皮帶上，點了點頭。「你先走，」迪卡拉巴斯對他說，「我會儘快跟上。」

理查遲疑了一下，然後，以自己最快的速度拔腿狂奔。

或許真是因為獸血吧，理查實在也找不出其他解釋。無論是什麼原因，他確實毫無阻礙地在迷宮中正確穿梭，這裡對他而言已不再神祕。理查覺得自己對迷宮裡每個轉角、每條小徑、每條巷弄、每條通道，全瞭若指掌。他跌跌撞撞、精疲力竭地跑過迷宮，血液在太陽穴裡不停跳動。奔跑的時候，一段韻文突然出現在他腦海裡，還隨雙腳的移動打著拍子。這是他小時候就聽過的詩歌。

黑夜來，黑夜來
往後的每個黑夜
室內燭火熒然
主啊，請納此亡靈

這幾段像輓歌似的，不停在他腦海迴盪。室內燭火熒然……

迷宮盡頭是一面陡峭的花崗岩峭壁，峭壁內有座高聳的木製雙扇大門，其中一扇門上掛著橢圓形的鏡子。大門緊閉。理查伸手碰觸門板，大門隨即毫無聲息地打開。

理查走了進去。

neverwher

第十七章

RICHARD WROTE A DIARY ENTRY IN HIS HEAD. DEAR DIARY, HE BE
FRIDAY I HAD A JOB, A FIANCEE, A HOME AND A LIFE THAT MADE SENS
AS ANY LIFE MAKES SENSE.) THEN I FOUND AN INJURED GIRL BLEEDING
PAVEMENT, AND I TRIED TO BE A GOOD SAMARITAN. NOW I'VE GOT NO
NO HOME, NO JOB, AND I'M WALKING AROUND A COUPLE OF HUNDR
UNDER THE STREETS OF LONDON WITH THE PROJECTED LIFE EXPECT
A SUICIDAL FRUITFLY. THERE ARE HUNDREDS OF PEOPLE IN THIS
LONDON. THOUSANDS MAYBE. PEOPLE WHO COME FROM HERE, OR PEO
HAVE FALLEN THROUGH THE CRACKS. I'M WANDERING AROUND WIT
CALLED DOOR, HER BODYGUARD, AND HER PSYCHOTIC GRAND VIZIER. W
LAST NIGHT IN A SMALL TUNNEL THAT DOOR SAID WAS ONCE A SECTIO
GENCY SEWER. THE BODYGUARD WAS AWAKE WHEN I WENT TO SLE
AWAKE WHEN THEY WOKE ME UP. I DON'T THINK SHE EVER SLEEPS.
SOME FRUITCAKE FOR BREAKFAST; THE MARQUIS HAD A LARGE LUMP
HIS POCKET. WHY WOULD ANYONE HAVE A LARGE LUMP OF FRUITCAK
POCKET? MY SHOES DRIED OUT MOSTLY WHILE I SLEPT. I WANT TO GO
THEN HE MENTALLY UNDERLINED THE LAST SENTENCE THREE TIM
WROTE IT IN HUGE LETTERS IN RED INK, AND CIRCLED IT BEFORE PU
NUMBER OF EXCLAMATION MARKS NEXT TO IT IN HIS MENTAL MARGIN.

chapter seventeen

第十七章

理查沿著兩側都是燭火的通道往前走，一路穿越天使的教堂，來到大廳。他認出四周景物：這裡是他跟伊斯靈頓一起喝葡萄酒的地方。鐵柱圍成的八角形支撐著上方的岩石屋頂，黑燧石和金屬打造的大門，年代久遠的木桌，還有那些蠟燭。

朵兒被鐵鏈拴了起來，四肢展開，懸吊在黑燧石大門旁的兩根鐵柱上。理查進來時，朵兒盯著他看，顏色怪異的眼睛張得老大，神色滿是恐懼。站在她身旁的天使伊斯靈頓則轉頭對他微微一笑。那才是最令人膽寒的事：他的笑容中充滿了仁慈、憐憫、溫柔。

「進來吧，理查．馬修，快進來。」天使伊斯靈頓說，「我的天啊，你看起來真是狼狽。」他的語調帶有誠懇的關懷，理查遲疑了一下。「請進來。」天使打手勢，彎起蒼白的食指，敦促他再往前進。「我想我們彼此都認識吧。你當然認得朵兒小姐，另外兩位是我的同事，格魯布先生、凡德摩先生。」理查轉身，格魯布和凡德摩正分站在自己兩側。凡德摩對他微微一笑，格魯布則面無表情。

「我一直期待你出現。」天使繼續說，敲了敲自己的頭，問道：「有個題外話，獵人到哪裡去了？」

「她死了。」理查回答，聽到朵兒倒抽了一口氣。

「噢，真是可憐。」伊斯靈頓說，悲傷地搖搖頭，顯然對人類生命的無常、對凡人生來受難受死的脆弱感到遺憾。

「話說回來，」格魯布輕鬆說道，「要煎蛋捲就得殺幾個人[1]。」

理查盡量不理會他們。「朵兒，妳還好吧？」

「到目前為止還算好，謝了。」她下唇腫起，臉頰上也有淤青。

「我擔心……」伊斯靈頓說，「朵兒小姐似乎不願意妥協。我剛剛才跟格魯布和凡德摩商量，要請他們……」他沒再說下去。顯然有些事情，他覺得說出來有失自己的身分。

「折磨她。」凡德摩熱心地提供建議。

「畢竟，」格魯布說，「我們在酷刑方面的造詣可是舉世皆知。」

「擅長虐待人。」凡德摩把話說個明白。

天使好像沒聽到他們兩人的話，只是專注盯著理查，繼續說：「不過，朵兒小姐讓我覺得她不會輕易改變心意。」

「只要給我們足夠的時間，」格魯布說，「我們一定讓她崩潰。」

「崩潰成許多小塊。」凡德摩補上一句。

伊斯靈頓搖搖頭，對他們表現出的熱誠不以為意。「沒有時間了，」他對理查說，「沒有時間了。然而，朵兒小姐讓我覺得，她會為了終止朋友遭受的折磨和痛苦而行動，就好比是為了你，理查……」格魯布一拳打中理查的小腹，對著後腦門重重一擊，把他打得幾乎身體對折。理查感覺凡德摩的手指抓住自己的後頸，把他拉起來站好。

「但那樣不對。」朵兒說。

伊斯靈頓似乎陷入沈思。「有何不對？」他問，夾雜著困惑和被逗樂的情緒。

格魯布將理查的頭拉到自己臉旁，露出骷髏般的笑容。「他已經走得太遠，早就超越了對錯，就算在晴朗無雲的夜晚用望遠鏡看，也看不見對錯。」他壓低音量說，「現在，凡德摩先生，能否請你盡盡地主之誼？」

凡德摩用左手抓住理查的左手，再用兩根巨大的手指夾住他的左手小指，往後彎到斷為止。他發出慘叫。

伊斯靈頓緩緩轉過身來，似乎為了什麼事而分心，珍珠白的雙眼眨了幾下。「有人在外面。格魯布？」格魯布原先站的地方浮現陰冷的微笑，但他早就不見蹤影。

迪卡拉巴斯侯爵整個人緊貼在紅色花崗岩峭壁的側面，盯著通往伊斯靈頓住處的橡木門。

各種計謀在他腦海飛快打轉，但似乎沒有一個管用。他原本以為只要來到這裡，就會知道該怎麼做，卻沮喪地發現自己毫無概念。這裡沒有人情可以討，沒有槓桿可以拉，沒有按鈕可以按，他只好仔細檢視大門，想知道是否有人看守；想知道門如果開了，天使是否會察覺。侯爵認為一定有個明顯的解決方法是他沒想到的，只要再努力想想，或許可以找到端倪。至少，他有點得意地想，他至少擁有出其不意的優勢。

這個念頭在一柄尖刀抵住喉嚨時，全化為烏有。他聽見格魯布油膩膩的腔調在自己耳邊低聲說：

1⊕這句話是從英文諺語「要煎蛋捲就免不了打破雞蛋」轉化出來的。意思是「有得必有失」。

「我今天已經殺了你一次，你怎麼沒學到教訓呢？」

格魯布用匕首押著迪卡拉巴斯回來，此時理查已經戴上手銬，被鐵鏈吊在兩根鐵柱之間。伊斯靈頓看了侯爵一眼，露出失望的表情，搖搖那顆俊美的頭顱。「你說他已經死了。」

「他是死了。」凡德摩回答。

「他本來死了。」格魯布糾正他。

伊斯靈頓的聲音少了點溫柔和關懷。「我可不允許別人騙我。」他警告。

「我們不會說謊！」格魯布公然犯上地說。

「會。」凡德摩說。

格魯布伸出一隻污穢的手，面帶怒容順了順骯髒的橘色頭髮。「沒錯，我們會說謊，但這次沒有。」

理查手臂上的疼痛絲毫沒有緩和的跡象。「你怎麼能做出種事？」他憤怒地問，「你是天使！」

「我是怎麼跟你說的，理查？」侯爵語帶諷刺。

理查想了一下。「你說，路西弗原先也是天使。」

伊斯靈頓露出輕蔑的笑容。「路西弗？」他哼了一聲，「路西弗是笨蛋！他以下犯上，結果什麼都沒得到。」

侯爵咧嘴笑道：「那你也是以下犯上，結果得到兩個惡棍和滿屋子的蠟燭？」

天使舔了舔嘴唇。「他們對我說，要為亞特蘭提斯的事懲罰我。我告訴他們，我當時根本無能為力。這整個事件……」他頓了一下，似乎是在腦海裡找尋恰當的字眼。然後他以遺憾的語調說：「很不幸。」

「但上百萬人民都喪命了。」朵兒說。

伊斯靈頓把雙手緊握在胸前，像是在擺姿勢讓人拍成聖誕卡。「這種事難免會發生。」他理性地解釋。

「是啦……」侯爵和顏悅色地說，諷刺的意味隱藏在言語中，而非腔調內。「每天都有城市沈沒，難道都與你無關？」

似乎有個蓋子從某個黑暗扭曲的東西上掀開：一個精神錯亂、狂怒和極端邪惡的地方；在理查先前經歷過的可怕事物當中，這次見到的最令他驚懼。天使原有的穩重和優雅瞬間完全瓦解，他的眼神閃爍著怒火，在堅持自己絕對正當的情況下，情緒失控地對著他們厲聲叫道：「**那是他們活該！**」

周遭沈寂片刻。伊斯靈頓低下頭，嘆了口氣，把頭抬起，以非常平靜而深切自責的語調說：「只有一樁是如此。」天使指了指侯爵。「把他鏈起來。」

格魯布和凡德摩將手銬緊緊扣住侯爵手腕，再拿鐵鏈把手銬牢牢綁在理查身旁的柱子。伊斯靈頓將注意力轉回朵兒，走到她身邊，伸出一隻手，托住她的尖削下巴，把她的頭抬起來，直視著她的眼。「妳的家族，」他溫柔說道，「妳來自一個極不尋常的家族。極為傑出。」

「那你為何要殺害我們全家？」

「不是全部。」他回答。理查以為他在講朵兒的事，但他接著說：「總有些時候，事情的進展並不如……原先的打算。」他放開朵兒的下巴，用細長的白手指撫摸她的臉頰。「妳的家人會開門，他們可以在沒有門的地方無中生門，他們可以把鎖住的門打開。打開不應該開的門。」伊斯靈頓沿著朵兒的頸部輕柔移動手指，像是在撫慰她，然後一把抓住她脖子上的鑰匙鏈。「我被判來此的時候，他們給了我的監獄這扇門，然後拿走門的鑰匙，放在這個下層世界。真是精心設計的折磨方式。」他抓著鏈子，輕柔拉動，從朵兒身上層層棉質、絲質、蕾絲中，露出銀色鑰匙。他用手指撫摸鑰匙，彷彿撫弄朵兒的敏感部位。

理查突然明白了。「黑修士負責保管鑰匙，不讓你拿走。」

伊斯靈頓放開鑰匙。朵兒被鐵鏈拴在由黑燧石與舊化銀打造的大門邊。天使走到門前，把一隻手放在上面，在漆黑的門板上顯得更加白皙。「沒錯。」他承認，「鑰匙，門，開門人，三者缺一不可。你看，這根本是精心策畫的惡作劇。他們當初的構想，是在我獲得寬恕、重新恢復自由之後，派一名開門人過來，再把鑰匙交給我。我只不過決定自己動手處理這些事情，早一點離開罷了。」

伊斯靈頓走回到朵兒身旁，再次撫弄鑰匙，然後一把抓住，用力扯下。鏈子應聲而斷，朵兒抽搐了一下。「朵兒，我最早是找妳父親商量，」天使繼續說，「他很擔心下層世界。他希望能夠聯合倫敦下層，聯合大莊園與封地——甚至與倫敦上層之間產生某種聯繫。我告訴他，我可以幫他，但他必須先幫我。然後我把我需要的協助告訴他，他居然嘲笑我。」伊斯靈頓重複最後幾個字，似乎仍不相信這件事。「他、嘲、笑、我。」

朵兒搖了搖頭。「因為他拒絕你，所以你就殺了他？」

「我沒有殺他，」伊斯靈頓溫和糾正，「而是讓他被殺。」

「不過，他說我可以信任你，還要我到這裡來，這些都記錄在他的日誌中。」

格魯布突然咯咯發笑，告訴朵兒：「他可沒這麼說，他從來沒說過那些話，是我們說的。凡德摩先生，你還記得他當初說了些什麼嗎？」

「朵兒，我的好孩子，提防伊斯靈頓。」凡德摩模仿她父親的聲音說道，腔調完全一樣。「伊斯靈頓就是整件事情的幕後主使。他是危險分子，朵兒……不要接近他……」

伊斯靈頓用鑰匙撫弄朵兒的臉頰。「我想……用我的日誌版本，能讓妳快一點來到這裡。」

「我們把日誌拿走，」格魯布說，「修改過後，再放回原處。」

「那扇門通往什麼地方？」理查問。

「家。」天使回答。

「天堂？」

伊斯靈頓沒說話，只是微微一笑。

「所以，你以為他們不會注意到你回來了嗎？」侯爵輕蔑地笑，「只會說『啊，你們看，有天使，快拿豎琴彈奏讚美詩吧』？」

伊斯靈頓的灰眼珠閃耀光芒。「我才不需要這樣的諂媚奉承，也不需要讚美詩、光環和那些自滿的祈禱人，我有……自己的計畫。」

「也罷，反正你現在已經拿到鑰匙。」朵兒說。

「而且我還有妳，」伊斯靈頓說，「妳就是開門人。沒有妳，這鑰匙也沒用。幫我把門打開。」

「你殺了她的家人，」理查感到不可思議，「害她在倫敦下層到處被人追殺。現在，你居然要她幫你開門，好讓你隻身獨闖天堂？看來你對人類的性格一無所知。她絕不會幫你開的。」

天使用那對比銀河系還古老的眼睛看著理查，說：「唉，天啊。」然後轉身背對著他，彷彿是不想看到接下來要發生的不愉快。

「幫他增加一些痛苦吧，凡德摩先生。」格魯布說，「把他的耳朵割掉。」

凡德摩舉起手來，手中空無一物，他微微抖動手臂，動作小到很難察覺，然後手裡多了一把匕首。「早就告訴過你，你總有一天會知道自己的肝臟是什麼味道，」他對理查說，「看來今天是你走運。」他握著刀子，在理查耳垂下面輕輕滑過。理查不覺得疼痛——他心想，或許是他今天已承受太多痛苦，也或許是刀刃太鋒利而不感到痛楚。不過，他察覺溫熱的鮮血從耳朵後面滴在脖子上。朵兒睜大雙眼看著理查，理查的視線裡充滿她稚氣未脫的臉龐和蛋白色眼睛。他試著用心電感應的方式傳送訊息給她：**撐住！別讓他們逼妳去做這件事情，我不會有事的。**凡德摩在匕首上稍加施力，理查強忍著，沒有尖叫。他試圖不讓自己的臉孔扭曲成一團，但尖刃再一次戳刺，卻讓他不止臉孔扭曲，還發出呻吟。

「叫他們住手，」朵兒說，「我就幫你把門打開。」

伊斯靈頓打個簡短的手勢，凡德摩隨即同情地嘆了口氣，將匕首拿開。溫熱的鮮血從理查的脖子滴了下來，在他的鎖骨凹陷處聚集成一團膠狀物。格魯布走到朵兒面前，打開她右手的手銬。她站在原地，搓揉著自己綁在柱子上的手腕。她的左手仍被鐵鏈拴在柱子上，但她現在有一定的活動自由。她伸出手，準備接過鑰匙。「別忘了，」伊斯靈頓說，「妳朋友在我手上。」

朵兒用極度藐視的眼神看著他，不折不扣是波提科的長女。「把鑰匙給我。」天使將銀鑰匙交給她。

「朵兒，」理查叫道，「別開門！千萬別讓他跑了！不必在乎我們。」

「老實說，」侯爵說，「我非常在乎，但我必須同意這小子說的話。千萬別開門。」

朵兒的目光從理查移到侯爵身上，她的眼光在他們銬住的雙手和將他們綁在黑色鐵柱的粗重鐵鏈上不停游移。她看起來非常脆弱。她轉過身去，走到身上鐵鏈容許的最遠距離，站在黑燧石與舊化銀打造的黑色大門前。門上沒有鑰匙孔。她將右手掌放在門板上，閉上眼睛，找到自己內部能夠與門相互溝通之處，再讓門告訴她該從哪裡打開，告訴她這扇門能做些什麼。她將手移開，一個原本沒有的鑰匙孔出現在門板上。一道白光從鑰匙孔後面透射過來，光線非常明亮耀眼，如同雷射般射進只有燭光的昏暗大廳。

朵兒將銀色鑰匙插進鑰匙孔，停頓一下，在門鎖裡轉動。某個地方卡嗒一聲，接著出現鐘鳴聲，整扇大門突然籠罩在光線內。「等我離開之後……」伊斯靈頓用輕柔、仁慈和憐憫的語調，非常小聲地向格魯布和凡德摩說，「把他們全殺了，用什麼方法隨你們高興。」他轉身面對大門，朵兒正將門推開；門開啟的速度非常緩慢，似乎有很大的阻力。她汗如雨下。

「你們的雇主就要離開了，」侯爵對格魯布說，「我希望你們倆有拿到全部酬勞。」

格魯布瞪了侯爵一眼，問道：「什麼意思？」

「呃……」理查說，他猜不出侯爵想做什麼，但很願意一搭一唱。「你們難道以為自己還有機會再看到他嗎，嗯？」

凡德摩眨了眨眼，速度很慢，就像是骨董照相機。他問：「什麼？」

格魯布摸了摸下巴。「這兩個快變成死屍的傢伙，說的也有道理。」他對凡德摩說。格魯布走向伊斯靈頓，天使正交疊手臂，站在大門前面。「閣下？您在進行下個階段的旅程之前，最好先把餘款付清吧。」

天使轉過頭來，露出鄙夷的眼神看著格魯布，就好像他連一丁點糞土都不如，然後轉過身去。理查猜不出伊斯靈頓到底盤算些什麼。「這已經無關緊要了，」天使說，「等我登上王座，任何在你們小腦袋裡能夠想出的獎賞，都會是你們的。」

「這擺明要詐嘛。」理查說。

「我不喜歡炸的東西，」凡德摩說，「會讓我打嗝。」

格魯布舉起一根手指，對凡德摩搖了搖。「他打算賴我們的帳。你別想賴格魯布和凡德摩的帳，我們可是專門負責討債的。」

凡德摩走到格魯布旁邊。「半毛都不能少。」

「利息也要一起算。」格魯布大聲說。

「還要加上掛肉的鉤子。」

「從天堂送過來？」理查在他們後面大聲叫。格魯布和凡德摩走向沈思中的天使。「喂！」格魯布叫道。

門打開了，雖然只有一道細縫，但畢竟打開了。光線從門縫中流洩而進。伊斯靈頓向前走了一步，像是張大眼睛在夢遊。從門縫裡流出的光線沐浴在他臉上，他像啜飲葡萄酒般享用這道光。「無所畏懼。當世間萬物都在我掌握之中，齊聚在我的王座旁，為我唱讚美詩的時候，我將獎勵傑出人物，還要讓我看不順眼的傢伙吃盡苦頭。」

朵兒加了一把勁，將黑色大門完全打開，門後的景象因為熾烈強光而令人目眩：一團由色彩和光線形成的漩渦，不停打轉。理查瞇起眼睛，轉頭避開刺眼強光，但他的視網膜仍充滿邪惡的橘紫色。**天堂是這個模樣？看起來比較像地獄。**

接著理查感受到一股強風。

一根蠟燭飛越他的頭頂，穿過大門後消失。接著又一根蠟燭飛了進去。半空中到處都是蠟燭，不停旋轉翻滾，飛向大門後的光亮處，好像整個房間都被那扇門吸了進去。這不只是一陣風，理查很清楚這一點。他手腕銬住的地方痛了起來——突然之間，他的身體似乎變成兩倍重，視角也開始改變。門後的景象——**由上往下看**——原來不只是強風把所有的東西都吸進去，還有地心引力。事實上，這陣強風是大廳裡的空氣被大門另一邊吸進去所形成的。理查猜不出門的另一邊有什麼東西——或許是星星的表面？還是黑洞的轉折點？或是他根本想像不到的東西。

伊斯靈頓死命抓住大門旁的鐵柱。「這不是天堂！」他厲聲叫道，灰眼閃爍怒火，優美的雙唇滿是唾沫。「妳這瘋狂的小女巫，到底做了什麼？」

朵兒緊緊抓住那條將自己拴在柱子上的鐵鏈，指節都已發白，但她眼中露出勝利的神情。凡德摩先抓到一隻桌腳，格魯布則趁勢抓住凡德摩。「這把鑰匙是假的，」朵兒得意洋洋，在強風怒吼中說道，「那只是我在市集裡要大鎯頭幫我打的複製品。」

「但它把門打開了。」天使尖叫。

「不，」有著蛋白色眼珠的女孩冷淡地說，「我是打開一扇門。在我能力所及的最遠處，打開了一扇門。」

伊斯靈頓的臉上再也沒有絲毫慈愛或寬容的痕跡，只有憎恨，完全、徹底而冷酷的憎恨。「我要殺了妳！」

「就像你殺害我家人那樣？我看你已經沒有本事再去殺人了。」

伊斯靈頓以蒼白的手指緊緊抓牢鐵柱，但身體已經跟大廳呈九十度角，大半都被吸到門裡面。這幅景象看起來滑稽又恐怖。他舔了舔嘴唇。「快住手，」他哀求，「把門關起來，我就把妳妹妹的下落告訴妳……她還活著……」

朵兒一縮。

伊斯靈頓被大門吸了過去，一個渺小的人影筆直落下，掉入眼睛無法直視的烈焰深淵。拉力愈來愈強；理查祈禱自己的鐵鏈和手銬撐得住。他感覺自己正被開口吸過去，也從眼角看到侯爵掛在鐵鏈上，身子懸吊在半空中，就像傀儡戲偶要被真空吸塵器吸走似的。

那張被凡德摩緊緊抓住腳的桌子，飛過空中，剛好卡在門口，格魯布和凡德摩就懸掛在大門外。格魯布真的是牢牢抓著凡德摩的上衣後襬。他深深吸了一口氣，雙手並用往前移動，爬到凡德摩背上，桌子咯吱咯吱響。格魯布看了朵兒一眼，露出狐狸般的笑容。「殺死妳家人的是**我**，」格魯布說，「不是他。現在，我——總算——可以結束……」

就在這時，凡德摩的黑色西裝終於再也支撐不住，整個撕裂開來。格魯布發出淒厲的叫聲，瞬間被吸進虛無的空間，手裡還抓著一長條黑布。凡德摩低頭看著格魯布不停打轉的身影離他們愈來愈遠。他接著抬頭看著朵兒，眼神中不帶威脅。他聳了聳肩膀——在一個人為了保命而緊緊抓住桌腳的情況下，盡可能做出的聳肩動作——溫和說聲「掰掰」，把手放開。

凡德摩毫無聲息地直落過大門，進入光線，身體因為墜落而縮小，朝向格魯布的渺小身影追上去。不久，兩個黑影在一片劇烈攪動的紫、白、橘三色光海中，融合成一團黑色小泡泡，最後連那個黑點也消失了。這還滿合理的，理查心想，畢竟他們是一對搭檔。

呼吸愈來愈難。理查開始覺得頭昏眼花。卡在門口的桌子裂成碎片，被吸到門外去。理查的一隻手銬彈了開來，右手也跟著甩開，他抓住拴著左手的鐵鏈，牢牢抓緊鏈子，心中暗自慶幸斷掉的手指仍在銬住的左手上。儘管如此，隨著紅腫與淤青而來的劇痛卻也迅速貫穿他整條左臂。他聽得到自己痛苦的尖叫聲從很遠的地方傳了過來。

理查感到呼吸困難，白色光點在他眼球後面迅速擴大。他感覺鐵鏈快支撐不住了……黑色大門用力關上的聲音，響徹理查的世界，他重重撞回冰冷的鐵柱，跌落到地上。地底下的大廳一片沈寂。只有沈寂，而且非常黑暗。理查閉上雙眼，這在漆黑中也沒什麼差別，所以他又睜開眼睛。

侯爵的聲音打破沈默。他用沙啞的嗓音問道：「妳把他們送到哪裡去了？」

理查聽到一個女孩子說話，他知道那是朵兒的聲音，但聽起來非常年輕，就像一個小小孩，累了一整天之後準備上床睡覺。「我不知道……很遠很遠的地方。我現在……覺得好累……我……」

「朵兒，」侯爵對她說，「振作！」幸好他說出了這句話，理查心想，總得有人開口。理查再也不記得該怎麼說話了。黑暗中傳來卡嗒聲，有個手銬打開。接著又傳出鏈條靠在鐵柱上的聲響，然後是火柴劃過的聲音，一根蠟燭點燃了，微弱的光亮在稀薄空氣中閃爍不定。**室內燭火熒然**——理查心想，但他想不起來為何會這樣。

朵兒腳步不穩地走向侯爵，手裡握著蠟燭。她伸出一隻手，碰觸侯爵身上的鐵鏈，手銬卡嗒而開。侯爵搓揉著自己的手腕。朵兒接著走到理查面前，碰觸仍銬著他的手銬，手銬馬上就打開。朵兒嘆了口氣，在理查身旁坐下。理查伸出沒受傷的那隻手，托著她的頭，讓她靠在自己身上，輕緩地讓她前後搖擺，嘴裡哼著一首搖籃曲。空曠的大廳中很冷、很冷；但不久，不省人事的溫暖已將他們兩人完全包覆。

迪卡拉巴斯侯爵看著兩個沈睡中的年輕人。他從未想到，經歷過一度瀕臨死亡的恐怖狀態後（即使這個狀態的時間不長），睡眠竟會令他感到如此畏懼。然而，到了最後，連他也把頭放在自己手臂上，閉上眼睛。

再過一會兒，這裡連一個人也沒有了。

neverwher

RICHARD WROTE A DIARY ENTRY IN HIS HEAD. DEAR DIARY, HE BE
FRIDAY I HAD A JOB, A FIANCEE, A HOME AND A LIFE THAT MADE SENS
AS ANY LIFE MAKES SENSE.) THEN I FOUND AN INJURED GIRL BLEEDING
PAVEMENT, AND I TRIED TO BE A GOOD SAMARITAN. NOW I'VE GOT NO
NO HOME, NO JOB, AND I'M WALKING AROUND A COUPLE OF HUNDR
UNDER THE STREETS OF LONDON WITH THE PROJECTED LIFE EXPECT
A SUICIDAL FRUITFLY. THERE ARE HUNDREDS OF PEOPLE IN THIS
LONDON. THOUSANDS MAYBE. PEOPLE WHO COME FROM HERE, OR PEOP
HAVE FALLEN THROUGH THE CRACKS. I'M WANDERING AROUND WITH
CALLED DOOR, HER BODYGUARD, AND HER PSYCHOTIC GRAND VIZIER. W
LAST NIGHT IN A SMALL TUNNEL THAT DOOR SAID WAS ONCE A SECTIO
GENCY SEWER. THE BODYGUARD WAS AWAKE WHEN I WENT TO SLE
AWAKE WHEN THEY WOKE ME UP. I DON'T THINK SHE EVER SLEEPS.
SOME FRUITCAKE FOR BREAKFAST; THE MARQUIS HAD A LARGE LUMP
HIS POCKET. WHY WOULD ANYONE HAVE A LARGE LUMP OF FRUITCAK
POCKET? MY SHOES DRIED OUT MOSTLY WHILE I SLEPT. I WANT TO GO
THEN HE MENTALLY UNDERLINED THE LAST SENTENCE THREE TIM
WROTE IT IN HUGE LETTERS IN RED INK, AND CIRCLED IT BEFORE PUT
NUMBER OF EXCLAMATION MARKS NEXT TO IT IN HIS MENTAL MARGIN.

第十八章

chapter eighteen

第十八章

蛇芬婷女士（排除奧林匹亞不算，她是七姊妹當中最年長的）正穿越下通街後面的迷宮。她的頭抬得很高，白色皮靴踏在潮溼的泥巴上，發出泥水潑唧的聲音。這是她一百多年來離家最遠的一次。那位細腰女管家從頭到腳都是黑色皮革，走在她前面，手裡提著一盞大型馬車油燈。蛇芬婷的另外兩名侍女穿著類似，走在她後面，恭敬地保持一段距離。

蛇芬婷的蕾絲裙襬在身後污泥中拖曳，但她毫不在意。她看到前面有個東西，在燈光照射下閃閃發亮，旁邊還有一團黑漆漆的形狀。

「就在那裡。」她說。

那兩名跟在後面的女人聽到後，立刻快步向前，穿越泥沼時激起片片水花，並在蛇芬婷的女管家靠近時，帶給她暖光的圓形光暈。原本漆黑的形狀變成了物體。先前在燈光下閃閃發亮的是一枝銅製長矛。獵人渾身血污、蜷曲成一團的屍體，躺在一片凝結的血泊中，一半埋在泥裡，雙腳則壓在一頭像野豬的龐大怪獸下面。她的雙眼緊緊閉著。

侍女將屍體從野獸下面硬拖出來，平放在泥地上。蛇芬婷單腳跪在泥沼裡，伸出一根手指滑過獵人冰冷的臉頰，最後停在她那血跡發黑的嘴唇上，逗留了一會兒，而後起身。「把長矛帶走。」

一名女人抬起獵人的屍身，另一名則從野獸屍體中拔出長矛，放在自己肩上。四人一起轉身，沿著來路慢慢往回走，成了地底深處下層世界裡沈默前進的送葬行列。蛇芬婷行走時，燈光不時照在她傲慢的臉上，但上面沒有流露任何情緒——既不是高興，也沒有悲傷。

neverwher

第十九章

RICHARD WROTE A DIARY ENTRY IN HIS HEAD. DEAR DIARY, HE BE
FRIDAY I HAD A JOB, A FIANCÉE, A HOME AND A LIFE THAT MADE SENS
AS ANY LIFE MAKES SENSE.) THEN I FOUND AN INJURED GIRL BLEEDING
PAVEMENT, AND I TRIED TO BE A GOOD SAMARITAN. NOW I'VE GOT NO
NO HOME, NO JOB, AND I'M WALKING AROUND A COUPLE OF HUNDR
UNDER THE STREETS OF LONDON WITH THE PROJECTED LIFE EXPECTA
A SUICIDAL FRUITFLY. THERE ARE HUNDREDS OF PEOPLE IN THIS
LONDON. THOUSANDS MAYBE. PEOPLE WHO COME FROM HERE, OR PEOP
HAVE FALLEN THROUGH THE CRACKS. I'M WANDERING AROUND WITH
CALLED DOOR, HER BODYGUARD, AND HER PSYCHOTIC GRAND VIZIER. W
LAST NIGHT IN A SMALL TUNNEL THAT DOOR SAID WAS ONCE A SECTION
GENCY SEWER. THE BODYGUARD WAS AWAKE WHEN I WENT TO SLE
AWAKE WHEN THEY WOKE ME UP. I DON'T THINK SHE EVER SLEEPS.
SOME FRUITCAKE FOR BREAKFAST; THE MARQUIS HAD A LARGE LUMP
HIS POCKET. WHY WOULD ANYONE HAVE A LARGE LUMP OF FRUITCAKE
POCKET? MY SHOES DRIED OUT MOSTLY WHILE I SLEPT. I WANT TO GO
THEN HE MENTALLY UNDERLINED THE LAST SENTENCE THREE TIM
WROTE IT IN HUGE LETTERS IN RED INK, AND CIRCLED IT BEFORE PUT
NUMBER OF EXCLAMATION MARKS NEXT TO IT IN HIS MENTAL MARGIN.

chapter nineteen

第十九章

他走路時，曾有短暫片刻完全不知道自己是誰。那是種完全解脫的感覺，彷彿想變成什麼，都可以隨心所欲。他可以變成任何人，嘗試各種不同的身分，可以是男人或女人、老鼠或小鳥、怪物或神祇。然後，有人一陣沙沙作響，令他從半路中醒來。就在他逐漸清醒的時候，他發現自己叫理查・馬修，但他不知道此人是誰，也不明白這代表什麼含意。他叫理查・馬修，而他不曉得自己身在何處。

涼爽的亞麻布蓋著他的臉。他全身到處都痛，有些部位（例如左手的小指頭）比別處更痛。

身旁有人。理查聽得見呼吸聲與遲疑的沙沙聲，那人就在同個房間內，正盡量不引起注意。理查抬起頭，發現脖子才一動，全身就有更多部位痛了起來，有些地方更是痛得厲害。遠處（隔了好幾個房間）有人正在唱歌。歌聲非常遙遠微弱，理查知道自己只要一睜開雙眼，就再也聽不到這深沈、旋律優美的讚美詩……

他張開眼睛。那房間很小，光線昏暗。他躺在低矮的床上，而先前聽到的沙沙聲是從一個身穿黑袍、頭戴僧帽的人影傳出來的。此人背對理查，拿著顏色非常鮮艷、跟他的服飾頗不協調的羽毛撣子，正在清除房裡的灰塵。「這是哪裡？」理查問。

黑袍人差點把羽毛撣子掉在地上，接著一個轉身，露出一張瘦削、黝黑、極為不安的臉龐。「要不要喝點水？」黑修士問道。從他的神情看來，好像有人告訴他，病人如果醒了，就得問對方需不需要喝水，因此在這四十分鐘內，他不斷自我複述，以免自己忘了。

「我……」理查這時才發覺自己確實非常口渴。他從床上坐起來。「要，我要喝水，麻煩你了。」修士拿起老舊的鐵壺，在老舊鐵杯裡倒了些水，遞給理查。理查忍住一口氣灌下去的衝動，慢慢啜飲。這水冷冽清澈，嚐起來像是冰泉。

理查低頭看了看自己，發現原先穿的衣服不見了，取而代之的是一件長袍，樣式跟黑修士的僧袍很像，卻是灰色的。他的斷指已用夾板固定，妥善包紮。他伸出一隻手指摸了摸耳朵，發現那裡也有繃帶，繃帶下面摸起來像是用針線縫合的傷口。「你是黑修士吧？」理查問道。

「是的，先生。」

「我是怎麼到這裡來的？我的朋友呢？」

修士神色緊張，不發一語，指著迴廊。理查走下床，稍微掀開身上的灰袍，發現裡面什麼也沒穿。他的身體和大腿到處都是瘀腫與紫色的挫傷，也似乎都已塗上某種膏藥，聞起來像是咳嗽糖漿和塗了奶油的吐司麵包，右膝蓋也包了繃帶。理查想知道自己的衣服在什麼地方。床邊擺著一雙涼鞋，他穿上涼鞋，走出房間到迴廊上。修道院院長正沿著通道向他走來，一手挽著煤灰的臂膀，失明的雙眼在漆黑的帽兜裡散發珍珠般的光芒。

「噢，你醒過來了啊，理查．馬修。」院長問，「你現在覺得如何？」

理查露出痛苦的神色。「我的手……」

「我們把你的手指固定住，它被人折斷了。我們也把你的瘀腫和傷口都處理過了。而且你需要休息，所以我們讓你好好休息。」

「朵兒在什麼地方？侯爵呢？我們是怎麼到這裡來的？」

「是我把你們帶過來的。」院長回答。兩名黑衣修士開始沿著迴廊往前走，理查跟在他們身邊。

「獵人，」理查接著又問，「你有把她的屍體帶回來嗎？」

院長搖了搖頭。「那裡沒有屍體，只有野獸。」

「喔，嗯。我的衣服……」他們穿過一間單人房的門口，裡面的格局跟理查清醒時所處的房間差不多。朵兒就坐在床緣，正讀著手裡的《曼斯菲爾德莊園》；理查很確定黑修士先前不知道他們有這本小說。朵兒身上也穿著灰色僧袍，那件袍子對她而言實在太大了，大得有點滑稽。他們進來時，朵兒把頭抬了起來。「嗨，你昏睡了好幾百年了，現在感覺如何？」

「我想應該還好吧。妳呢？」

朵兒微微一笑，但那不是很有說服力的笑容。「還是有點心神不寧。」她老實承認。迴廊傳來一陣嘈雜的嘎吱聲，理查將身子一轉，看到迪卡拉巴斯侯爵坐在搖搖晃晃的骨董輪椅裡，讓人推了過來。推的人是一名高大的黑修士。理查想不透侯爵到底用了什麼花招，讓「坐在輪椅裡被人推著走」這種事看起來這麼浪漫又出風頭。侯爵以非常亮麗的笑容向眾人致敬。「大家早安。」

「現在，」院長說，「既然你們都在這兒，我們也該好好談談了。」

院長帶他們到一個大房間，壁爐裡燒著柴火，感覺相當暖和。眾人在一張桌子旁各自找到椅子，院長作勢要他們全都坐下。他自己也摸了摸身旁的椅子，坐了下來，請煤灰與泰納布里（侯爵的輪椅就是由他負責推動）兩位修士離開房間。

「那麼，」院長說，「先談正事。伊斯靈頓到什麼地方去了？」

朵兒聳了聳肩膀。「我盡可能把他送到最遠的地方去了。某個時空的交會點吧。」

「我明白了。」院長頓了一下，又加上一句：「很好。」

「你先前為什麼不警告我們要提防伊斯靈頓？」理查問。

「那不是我們的責任。」

理查一哼。「那接下來該怎麼辦？」他問眾人。

院長沒說半句話。

「什麼該怎麼辦？」朵兒不明白他的意思。

「嗯，妳想為自己的家人報仇，妳就報了仇。而且，妳也把每個跟此事相關的人都遠遠送到什麼不知名的角落去了。我的意思是說，不會再有人想殺害妳了，對吧？」

「目前沒有。」朵兒很認真地回答。

「還有你，」理查問迪卡拉巴斯侯爵，「你要的東西都到手了嗎？」

侯爵點了點頭。「我想是到手了。我欠波提科伯爵的人情已經還清，而朵兒小姐又欠了我一個很大的人情。」

理查看了朵兒一眼，她點了點頭。「那我呢？」理查問。

「嗯，」朵兒回答，「要不是有你，我們沒辦法成功。」

「我不是這個意思。我是說，要怎麼讓我回去？」

侯爵揚起一邊眉毛。「你以為她是誰？《綠野仙蹤》裡的巫師嗎？我們沒辦法送你回去，這裡就是你的家。」

朵兒說：「這一點我早就告訴過你了，理查。」

「一定還有別的方法。」理查邊說邊用左手重重拍桌加強語氣。這個動作讓他的手指一陣疼痛，但他的表情仍強自鎮定，過了一會兒才喊：「哎喲！」不過，他喊痛的聲音非常小，畢竟他經歷過更糟糕的情況。

「鑰匙在什麼地方？」院長問。

理查把頭一歪。「在朵兒身上。」

朵兒調皮地搖搖頭。「不在我這裡。」她告訴理查，「上次在市集，我趁你捧回咖哩的時候，偷偷放進你的口袋了。」

理查張大了嘴又閉上，接著開口：「妳是說，在我告訴格魯布和凡德摩，鑰匙在我身上，歡迎他們來搜身的時候……鑰匙就在我身上？」朵兒點點頭。理查記得在下通街時，他感覺後口袋有個硬硬的東西；還想起朵兒曾在船上擁抱他……

院長伸出手，滿是皺紋的褐色手指從桌上拿起一個小鈴鐺搖了搖，把煤灰叫到跟前。「把勇士的長褲拿來給我。」煤灰點點頭，隨即離開。

「我不是什麼勇士。」理查說。

院長溫和一笑。「你殺了野獸，」他用一種近乎遺憾的語調向理查解釋，「你就是勇士。」

理查將雙手交叉在胸前，神情相當惱怒。「所以，到頭來我還是回不了家，只有一個安慰獎，說我上了古老的地底世界裡的什麼受勳名冊。」

侯爵看來對理查的處境毫不同情。「你再也不能回到上層世界了。是有幾個人過著介於兩個世界的日子——你也見過伊利亞斯德和李爾——但你充其量也只能這樣，那種生活並不好過。」

朵兒伸手碰觸理查的臂膀。「對不起，但你看看你的貢獻有多大，鑰匙是你幫我們拿到的。」

「那，」理查問，「這件事的重點到底是什麼？妳不過就偽造了一把鑰匙……」煤灰又出現了，手裡拿著理查的牛仔褲；那褲子已經扯破，上面沾滿泥巴，還有不少血污，臭得要命。院長從修士手中接過褲子，逐一搜尋口袋。朵兒露出甜美笑容。「若是沒有真正的鑰匙，我可沒辦法讓大鎖頭複製。」她提醒院長。

院長清了清喉嚨。「你們真是非常無知，」他和藹地對眾人說，「根本什麼都不懂。」他舉起銀鑰匙，鑰匙在火光下閃閃發光。「理查通過了鑰匙嚴酷的考驗，所以他在把鑰匙交還給我們保管之前，都是鑰匙的主人。這把鑰匙擁有特殊的力量。」

「這是通往天堂的鑰匙……」理查說，不確定院長暗示什麼事，也不知道院長想表達的重點是什麼。

老人的聲音低沈動聽。「這是一把通往各種現實世界的鑰匙。如果理查想回倫敦上層，那鑰匙就會帶他回去。」

「就這麼簡單？」理查問。院長點點頭，失明的頭顱在帽兜陰影下微微晃動。「那我們何時可以動身？」

「你一準備好就行。」院長回答。

修士將理查的衣物洗滌縫補好，送還給他。煤灰修士帶著他穿過修道院，爬了許多左彎右拐的階梯和臺階，向上進入鐘塔。鐘塔頂端有扇厚重木門，煤灰修士將門鎖打開，兩人推門進去，置身於狹窄的通道內，裡面到處結滿蜘蛛網，其中一面牆上裝了鐵梯。他們沿著鐵梯往上爬，大概爬了幾千呎之後，才從積滿灰塵的地鐵月臺冒了出來。

夜鶯巷

牆上幾面老舊的標牌如此寫道。煤灰修士祝福理查一切順利，要他在原地等候，有人會來接他。說完後，煤灰從牆邊爬了下去，不見人影。

理查在月臺上乾坐了二十分鐘。他猜不出這是什麼樣的地鐵站。看起來既不像大英博物館站那樣遭到棄置，也不像黑修士站那樣真實，反倒像幽靈車站，一個遭人遺忘、氣氛怪異的虛構空間。他念頭一轉，又納悶侯爵為何沒跟他道別。理查向朵兒問起時，她說她也不知道，但她猜想道別或許就像安慰別人那樣，都是侯爵不太擅長的事情。然後，朵兒告訴理查，她的眼睛裡跑進了沙子。她把一張寫著指示的紙條交給理查，隨即就離開了。

有個白白的東西在通道陰暗處揮舞，是一條綁在木樁上的手帕。「哈囉？」理查叫道。

老貝利被羽毛包覆住的圓滾滾身軀從陰影中走了出來，看起來相當忸怩，神色侷促不安。他正揮舞著理查的手帕，全身都是汗水。「這是我的小旗子。」他指著手帕說。

「很高興能派上用場。」

老貝利心神不安地咧嘴一笑。「理查，閒話就不多說了，我有東西要給你。就是這個，拿去吧。」他將手伸進大衣口袋，掏出一根帶有藍、紫、綠色光澤的黑色羽毛，羽毛尾端的翮管用一條紅線纏繞起來。

「喔。好吧，謝了。」理查說，不確定這東西要拿來做什麼。

「這是羽毛，」老貝利解釋，「而且是很好的羽毛喔。是給你的紀念品，可以勾起回憶的東西。而且免費，是我送給你的禮物。只是想聊表一下心意而已。」

「啊，你真是太客氣了。」

理查把羽毛放進口袋。溫暖的微風吹過通道，列車即將進站。「這就是你要搭的火車，」老貝利說，「我自己是不坐火車的，只要每天給我一個好屋頂待就行嘍。」他跟理查握了握手，一溜煙便不見蹤影。

列車駛進車站。車頭燈沒有點亮，前方的駕駛區也空無一人。列車完全靜止下來：整排車廂昏暗一片，也沒有任何車門打開。他敲了敲自己正前方的車門，希望自己沒有敲錯。車門咻的一聲打開，溫暖的黃色光線流進幽靈車站。兩名個子矮小的老兵各拿著長長的銅管喇叭，走出車廂來到月臺。理查認得這兩人，是達格伐與哈法德，在伯爵庭見過他們。不過，就算他先前知道誰是誰，他現在也沒辦法把人跟名字連起來。兩人把喇叭舉到唇邊，吹出一段刺耳卻誠懇的號角聲。理查走進車廂，兩人也跟在他後面進去。

伯爵坐在車廂末端，撫摸一隻巨大的愛爾蘭獵犬。他的弄臣（理查依稀記得他的名字叫圖雷伊）就站在伯爵身旁。除了他們與那兩名軍人之外，車廂裡什麼都沒有。「是誰來了？」伯爵問。

「就是他，閣下。」弄臣回答，「理查・馬修，殺死野獸的人。」

「勇士？」伯爵搔著紅灰色鬍子，思考了一會。「把他帶過來。」

理查走到伯爵面前。伯爵把他上下瞧了個仔細。從伯爵臉上的表情來看，他並不記得先前見過理查。「我還以為你的個子會高一些。」伯爵終於說道。

「抱歉讓你失望了。」

「也罷，我們還是趕快進行吧。」伯爵站起身子，向空蕩蕩的車廂發表演說。「大家晚安，在此要授予爵位給馬靴先生。呃，吟遊詩人是怎麼說的？」他的大嗓門以抑揚頓挫的聲調朗誦一段詩句：「**鮮紅傷口血四濺，仇敵斃命一瞬間；勇敢真誠守護者，英雄總是出少年……**呃，他已經不是少年了吧，圖雷伊？」

「當然不是，閣下。」

伯爵伸出一隻手。「少年郎，把你的劍給我。」

理查將手放到皮帶上，把獵人送的匕首拔了出來。「這把可以嗎？」

「可以、可以。」伯爵回答，從他手上接過匕首。

「跪下。」圖雷伊用一種故意給人聽見的聲音自言自語，指著車廂地板。理查依言單腳跪下；伯爵拿著匕首輕輕碰觸他的兩肩。「請起身，」伯爵大聲說，「理查．馬份爵士。經由這把匕首，我賦予你下層世界的自由行動權，從此之後，你可以到處行走，不受任何限制……諸如此類……等等等等……總之是一堆廢話……」他的聲調愈拖愈模糊。

「謝謝。」理查說，「是馬修。」但列車已慢慢停下。

「這裡就是你下車的地方。」伯爵說，把理查的匕首——原本是獵人的匕首——還給他，輕拍他的背脊，伸手指向車門。

理查下車的地點並非地鐵站。它蓋在地表之上，建築風格讓理查依稀想起聖潘克拉斯車站——具有雄偉的結構和仿哥德式的建築風味，但也有一些「破綻」或多或少透露這裡是下層世界的一部分。周遭的光線呈現一種詭譎的灰色，這種光線只有在黎明前片刻或日落後沒多久、整個世界一片灰暗、顏色和距離都無法判斷時，才看得到。

有個人坐在長木椅上盯著理查一直看。理查小心地走了過去。灰濛的光線下，他根本無法判斷那人是誰，也不知道自己是否見過那人。理查剛剛仍握著獵人的匕首（現在是他的匕首了），他現在把刀柄握得更緊，讓自己心安。那人在理查靠近時把頭抬了起來，隨即一躍而起，用手碰觸前額向理查行了一禮——理查只有在古典小說改編的電視劇裡看過這種動作。那人看起來既古怪，又令人討厭。

理查認出此人就是鼠言長老。

「這個嘛，沒關係啦，」鼠言長老沒頭沒尾地說，「我是說，那個叫安娜希斯亞的女孩。不傷感情。老鼠還是你的好朋友，鼠言人也是。你來找我們，我們就會幫你。」

「謝了。」理查說。**安娜希斯亞會來找你算帳**，他心想，**因為你把她給犧牲了**。

鼠言長老在長椅上摸索一陣，將拉上拉鏈的黑色運動袋交給理查。袋子非常眼熟。「東西都在這裡了，每一樣都在。你看一下。」理查打開袋子，他的私人物品都在裡面，包括皮夾在內——就放在幾條摺得很整齊的牛仔褲上頭。理查把袋子的拉鏈拉好，甩上肩膀，連謝謝也沒說，頭也不回地離那人而去。

理查走出車站，沿著灰色石梯往下走。

四周一片死寂，連半個人影也沒有。秋天的枯葉被強風吹過空曠的中庭，形成一道黃色、赭色與棕色的旋風，突然間為灰濛的光影增添了柔和色彩。理查穿過中庭，往下走了幾級階梯，進入一條地下道。昏暗中傳來一陣像是衣服飄動的聲音，理查帶著提防轉過身子，發現身後迴廊裡有十幾個女人，幾乎毫無聲息朝他滑行而來，周遭只有黑色天鵝絨裙衫的窸窣聲，純銀首飾的叮噹聲從不同方位傳來。樹葉的沙沙聲都比這群皮膚蒼白的女人要大聲得多。她們用饑渴的眼神望著理查。

理查嚇壞了。沒錯，他手中有一把匕首，但要他拿著匕首作戰，簡直比一口氣跳越泰晤士河還要困難。事實上，他只希望她們萬一採取攻擊，自己能夠用手中的匕首嚇退她們。他聞到忍冬、歐鈴蘭和麝香的香味。

娜米亞從天鵝絨的成員裡現身，慢慢走到最前面。理查緊張得舉起匕首，想起她那蘊含著冰冷激情的擁抱，是多麼令人愉悅，又是多麼冷酷。她對著理查露出甜美微笑，點了點頭，隨即親吻自己的指尖，對理查送了一個飛吻。

理查打了個寒顫。地底通道的昏暗處傳來一陣窸窣。他定神看去，那裡只剩下陰影。

他穿過地下道，向上走了幾級階梯，發現自己來到綠草如茵的小山丘頂端。天剛破曉，讓他剛好看見圍繞四周的田野景觀：葉子幾乎掉光的橡樹，還有白蠟樹、山毛櫸，枝幹隨著天色慢慢變亮，形狀變得愈來愈清楚。寬闊清澈的河流緩慢曲折地穿過綠油油的鄉間。他轉過身子，發現自己像是在一座小島上——兩條較小的河流匯集成一條較大的河川，將他目前所在的山丘從其他陸地分割開來。雖然說不出原因，但他相當確定自己仍在倫敦，只差是在三千多年或更早之前的倫敦，當時還沒有人類將房子的第一塊基石安放在這裡。

他拉開運動袋拉鏈，將匕首放進去收好，放在皮夾旁邊，再把拉鏈拉上。天空亮了起來，但光線相當古怪。那光線比理查熟悉的陽光還要年輕——或許是更加純潔。橘紅色的太陽從東方升起，那裡有一天將成為倫敦東區的新開發地段[1]。理查望著晨曦灑落在森林和溼地上，腦海裡想著格林威治[2]、肯特[3]及海洋。

「嗨。」朵兒說。理查沒注意到她走了過來。她那件舊破的棕色皮夾克下換穿了不同的衣服，雖然是用平紋綢[4]、絲絹、蕾絲、錦緞做成，卻還是一樣層層疊疊、滿是破爛補丁。她的紅色短髮在晨光中閃閃發亮，就像擦亮的紅銅。

「嗨。」理查說。朵兒站到他身旁，小小的手指握住他提著運動袋的右手。「這裡是哪裡？」他問。

「西敏區一座令人畏懼的島嶼。」朵兒回答，聽起來像是引用某段文章的句子，但理查確信自己先前沒聽過這種說法。他們並肩走過廣闊的長草地；草地因冰霜溶化而顯得白茫茫一片，充滿潮溼的水氣。他們在草地上留下一長串深綠色足跡，標示他們自何處走來。

「聽我說，」朵兒說，「伊斯靈頓趕走了，倫敦下層也有許多整頓工作要做，但只有我要來處理這些事。我父親希望能夠統一倫敦下層……我想我應該設法完成他的遺願吧。」他們手牽著手往北走，離泰晤士河愈來愈遠。白色海鷗在他們上方的天空盤旋而飛，發出呱呱叫聲。「理查，你也聽到伊斯靈頓對我們說的話，他說我妹妹還活著。假若是真的，那我們家族就不只剩下我一個人了。再說，你救過我的性命，還不只一次。」她頓了一下，隨即鼓起勇氣說出心裡的話：「理查，你一直都

1⊕新開發地段（Docklands）：位於倫敦東部、泰晤士河北岸的新開發地區。此處原本是倫敦東區的貧民窟，經改造後面貌為之一變。

2⊕格林威治（Greenwich）位於倫敦東南郊外的自治區，為本初子午線（經度零度）的基點，昔日亦為格林威治天文臺所在地。

3⊕肯特（Kent）：英格蘭東南部的一個郡。

4⊕平紋綢：又稱為塔夫綢（Taffeta），是一種表面光滑、質料略硬的薄綢。

是我非常要好的朋友，而我也挺喜歡有你在身旁的感覺。請你不要離開，好嗎？」

他輕輕捏住朵兒的手掌。「嗯，我也挺喜歡有妳在身旁的感覺，但我不屬於這個世界。在我居住的倫敦……呃，最需要提防的危險事，就是有點趕時間的計程車。我也喜歡妳，真的，喜歡得不得了。但是我一定要回家。」

朵兒用顏色奇異的眼睛抬頭看著理查，瞳孔裡閃爍著綠色與青色的火焰。「那我們就再也沒有機會見面了。」

「我想是沒有了。」

「我很感激你做的一切。」朵兒誠摯說道，然後伸出雙手抱住理查，抱得非常緊，讓他挫傷的肋骨感到一陣疼痛。然而他也緊緊抱住朵兒，緊到自己身上的每根肋骨都痛得要命，根本不在乎。

「那麼，」他最後開口說，「非常高興能夠認識妳。」朵兒的眼睛眨個不停。理查猜想，她是不是又要告訴自己，有東西跑進她的眼睛裡。但她沒有這麼說。「你準備好了嗎？」

理查點點頭。

「鑰匙帶在身上嗎？」

他把袋子放下，用沒受傷的手伸進後口袋翻找，掏出鑰匙交給朵兒。她將鑰匙伸向前面，插入虛構的門孔。「好了，一直向前走，不要回頭看。」

理查開始走下小山丘，離泰晤士河的湛藍河水愈來愈遠。一隻灰色海鷗往下俯衝而過。走到山丘底後，他回頭望了一眼。朵兒站在山丘頂，在升起的太陽中，呈現黑色的輪廓，臉頰閃爍著淚光。橘紅色陽光將鑰匙照得微微發光。

朵兒果決地轉動鑰匙。

世界暗了下來，一聲低吼灌入理查腦海，就像一千頭狂暴的野獸同時發出怒吼。

neverwher

RICHARD WROTE A DIARY ENTRY IN HIS HEAD. DEAR DIARY, HE BE
FRIDAY I HAD A JOB, A FIANCEE, A HOME AND A LIFE THAT MADE SENS
AS ANY LIFE MAKES SENSE.) THEN I FOUND AN INJURED GIRL BLEEDIN
PAVEMENT, AND I TRIED TO BE A GOOD SAMARITAN. NOW I'VE GOT NO
NO HOME, NO JOB, AND I'M WALKING AROUND A COUPLE OF HUNDR
UNDER THE STREETS OF LONDON WITH THE PROJECTED LIFE EXPECT
A SUICIDAL FRUITFLY. THERE ARE HUNDREDS OF PEOPLE IN THI
LONDON. THOUSANDS MAYBE. PEOPLE WHO COME FROM HERE, OR PEO
HAVE FALLEN THROUGH THE CRACKS. I'M WANDERING AROUND WIT
CALLED DOOR, HER BODYGUARD, AND HER PSYCHOTIC GRAND VIZIER. V
LAST NIGHT IN A SMALL TUNNEL THAT DOOR SAID WAS ONCE A SECTIC
GENCY SEWER. THE BODYGUARD WAS AWAKE WHEN I WENT TO SLE
AWAKE WHEN THEY WOKE ME UP. I DON'T THINK SHE EVER SLEEPS.
SOME FRUITCAKE FOR BREAKFAST; THE MARQUIS HAD A LARGE LUMP
HIS POCKET. WHY WOULD ANYONE HAVE A LARGE LUMP OF FRUITCAK
POCKET? MY SHOES DRIED OUT MOSTLY WHILE I SLEPT. I WANT TO GC
THEN HE MENTALLY UNDERLINED THE LAST SENTENCE THREE TIM
WROTE IT IN HUGE LETTERS IN RED INK, AND CIRCLED IT BEFORE PU
NUMBER OF EXCLAMATION MARKS NEXT TO IT IN HIS MENTAL MARGIN.

第二十章

chapter twenty

世界轉為黑暗，一陣低吼灌入理查的腦海，就像一千頭狂暴的野獸同時在他頭顱裡發出怒吼。他在黑暗中眨著雙眼，手裡緊緊抓住袋子。他覺得自己實在很蠢，居然把匕首收了起來。昏暗中，數人從理查身旁掠過，他起步遠離這些人。前面有一道階梯，他往上走。隨著一步步爬升，外頭的世界逐漸展露在他眼前。

低吼聲原來是交通的喧鬧。他最後從特拉法加廣場的地下道入口走了上來。天空就像電視螢幕轉到空白頻道般，呈現完全靜止的藍。

時間是上午十點左右，暖和的十月天。他就站在廣場上，手裡提著袋子，面向陽光不停眨眼。黑頭計程車、紅色巴士和各種顏色的車輛隆隆作響，在廣場上呼嘯而過。觀光客一把把灑落鴿子飼料，餵食那群數目龐大的肥鴿，又在納爾遜銅像及兩旁的蘭德瑟[1]巨獅旁拍照留念。理查穿過廣場，納悶自己是不是真實存在。日本觀光客無視於他的出現。他試著向一個漂亮的金髮女孩走去，女孩笑著，搖了搖頭，說了幾句話。理查猜想她說的可能是義大利語，但事實上是芬蘭語。

有個分辨不出性別的小孩，雙眼盯著鴿子之餘，嘴裡還啃著巧克力棒。理查在小孩身旁蹲了下來。「呃……你好啊，小傢伙。」小孩熱切吸吮著巧克力棒，根本沒有把理查當成一個人來看待的跡

1⊕蘭德瑟（Sir Edwin Henry Landseer, 1802-1873）：英國著名的動物畫家。

象。「哈囉。」理查又說了一次，但腔調中已帶有些許絕望。「看得見我嗎，小傢伙？哈囉？」

兩隻小眼睛從沾滿巧克力的臉蛋怒視理查，小孩的下唇開始發抖，他溜開，伸手抱住最近的成年女性的雙腿，哭號著：「媽咪！那個人在搔擾我！他在搔擾我！」

小孩的母親滿臉怒容地面向理查。「你在幹嘛？」她質問，「敢來騷擾我家的萊斯利？你們這種人不要來這個地方！」

理查露出微笑，那是種非常高興的笑容。「實在非常抱歉。」說話的同時，還像加菲貓似的咧著嘴笑。他一把抓住袋子，跑過特拉法加廣場，沿途還嚇到一群鴿子，爆發出一陣振翅高飛的聲音。

理查從皮夾裡拿出提款卡，放進提款機。機器認得他的四位數密碼，建議他將密碼保管好，不要透露給任何人，又問他需要什麼服務。他選擇提款，機器給了他許多現鈔。他的手興奮得往空中一揮，不好意思之餘，假裝自己在攔計程車。

一輛計程車隨即停下——它停下來了！而且是因為他的關係！他鑽進車裡，坐在後座，臉上堆滿笑容。他要司機將他載到辦公室去，司機卻告訴他，步行搞不好會更快些。理查聽了笑得更加開心，還說他不在乎。車子開動之後沒多久，他就要求（說哀求還比較切實一點）計程車司機對倫敦市內的交通問題、如何最有效打擊犯罪、及當天引發爭議的政治議題發表看法。司機指責理查「喝了摻有麻藥的酒精飲料」，整段開到濱河街的五分鐘車程裡，一直含怒不語。理查毫不在乎，最後還給了多得離譜的小費。然後，他走進辦公室。

理查一進入辦公大樓，就感到笑容從臉上消失。每走出一步，都讓自己更加焦慮、更加心神不安。假若他還是沒有工作該怎麼辦？就算吃得滿臉巧克力的小孩和計程車司機都看得到他，但萬一有某種厄運作祟，他在同事眼裡還是個隱形人，那該如何是好？

大樓警衛費吉斯從一本《狂野的小妖精》裡探出頭來（他把這本色情刊物藏在《太陽報》下），冷淡地說：「早安，馬修先生。」這可不是歡迎人的「早安」，而是那種說話的人根本不在乎對方是死是活的「早安」。甚至可以說，他根本不在意現在是不是早上。

「費吉斯！」理查興奮地大叫，「你也好啊，費吉斯先生。你真是了不起的警衛！」從沒有人對費吉斯說過這樣的話，連他幻想中的裸女也不曾這麼說過。費吉斯用懷疑的眼神盯著理查，直到他走進電梯，從視野內消失，才把注意力移回《狂野的小妖精》。然後他開始懷疑那些小妖精，不管有沒有拿著棒棒糖，可能都超過二十九歲了。

理查離開電梯後，略帶遲疑地沿著迴廊往前走。一切都不會有問題的，他告訴自己，只要我的辦公桌還在。只要我的辦公桌還在，就一切都不會有問題。理查走進一個到處都是隔板的大房間，他在這裡上了三年的班。大家正埋首工作、講電話、在檔案櫃裡翻找資料、喝著粗劣的茶或更粗劣的咖啡。這就是他的辦公室。

房間裡有個靠窗的位置，他的辦公桌原本放在這裡，但此處已被幾排灰色檔案櫃和一個絲蘭盆景占據。他正打算轉身跑開，有人把一杯裝在保麗龍杯的茶遞給理查。

「浪子回頭了，嗯？」蓋瑞說，「這是給你的。」

「嗨，蓋瑞，」理查應了一句，「我的辦公桌到那裡去了？」

「往這邊走。」蓋瑞回答，「馬荷卡島還不錯吧？」

「馬荷卡島？」

「你不是一向都去馬荷卡島渡假嗎？」蓋瑞問。他們沿著房間後面通往四樓的樓梯往上走。

「這次不是。」理查回答。

「我正要說，」蓋瑞說，「曬得沒多黑呢。」

「是沒有。」理查同意，「嗯，你也知道，我需要一點改變。」

蓋瑞點了點頭，指向一扇門。那扇門後，在理查就職期間，一直都是存放行政文件和文書用品的房間。「一點改變？呃，好吧，你現在確實是有點改變。嗯，我可以第一個向你道賀嗎？」

門上的金屬名牌寫著：

理查．馬修

合夥人

「真是幸運的混蛋！」蓋瑞以充滿感情的口吻說道。

他說完之後就走開了，理查一臉困惑地穿門而入。這間辦公室已不再是存放文書用品和檔案的地方；檔案櫃和文具都清走，重新粉刷成灰、黑、白三色，也重新鋪了地毯。房間正中央有張大辦公桌，他仔細看了一下——沒錯，是他自己的桌子。巨魔玩偶都整整齊齊收放在一個抽屜裡，他全拿出來放在房間四周。他擁有自己專屬的窗戶，視野還算不錯，可以遠眺泰晤士河的泥濘河水與南側河堤的沿岸景觀。此外，房間裡甚至還擺了一盆大大的綠色植物，像是人造盆栽，上面有塗了蠟般的巨型葉子——但那不是人造盆栽。他那部老舊、滿是灰塵的米色終端機，已經由一部更光鮮清潔的黑色終端機取代，占用書桌的空間也比較少。

理查走到窗邊啜飲著茶，凝視那條骯髒的棕色河流。

「嗨，一切都還好吧？」他抬起頭來，看到了西維亞——那位辦事俐落有效率的總經理特助就站在門口。理查看見她時，她露出了微笑。

「嗯，都很好。對了，我家裡還有點事要處理……妳想我下午如果請個假，會不會有什麼問題……」

「隨便你吧，反正你原本預定明天才要來上班的。」

「是喔？啊，沒錯。」

西維亞皺起眉頭：「你的手指怎麼了？」

「不小心折斷了。」他回答。

她頗為擔心地看著理查的手。「你不會是跟人家打架了吧？」

2⊕馬荷卡島（Majorca）：位於地中海西部，屬西班牙領地。

「我？」

她咧嘴笑了起來。「只是試試你而已。我猜你大概是關門時夾到的吧，我老妹就常這樣。」

「不，」理查打算說實話，「我是跟人打……」西維亞揚起一邊的眉毛。「被門夾到的。」他的語氣轉得很硬。

理查沒有把握自己可以搭乘地下鐵到別處；還不是時候。所以他搭計程車回到先前住的公寓大樓。他沒有大門鑰匙，只好敲了敲門，結果很失望地看到一個女人來應門。他先前曾在公寓浴室裡見過這個女人，或說是緣慳一面。他向女人自我介紹，說他是先前的房客，而且很快就證實了兩件事。一、他，理查，不住在這裡了；二、她，布查蘭太太，完全不知道他的私人家當到哪裡去了。理查做了一些筆記，客氣地說聲再見，隨即攔了一部黑頭計程車去找那位穿駝絨外套的人。

那個穿駝絨外套的溫和男人沒穿駝絨外套，態度也沒有理查上次遇到時那樣隨和。他跟理查坐在自己的辦公室裡，靜靜聽著理查的一連串抱怨，臉上的表情就好像最近不小心把一隻蜘蛛整個活吞下去，而現在正感到牠在蠕動。

「嗯，沒錯，」他看了看檔案之後說，「經你這麼一提，這其中似乎真的有一些問題。我實在搞不清楚怎麼會發生這種事情。」

「這件事情怎麼發生的並不重要，」理查耐住性子說，「整件事情的重點在於，你們趁我出差的這幾個星期，把我的公寓租給……」他看了一下筆記。「喬治·布查蘭和愛德兒·布查蘭。他們並不打算搬走。」

那人把檔案夾蓋了起來。「嗯，錯誤難免會發生，人為疏失嘛。恐怕我們是無能為力了。」

過去的理查，那個曾住在如今是布查蘭夫婦居所的理查，會在聽到這句話之後猛打退堂鼓，為自己打擾到對方而致歉，然後離開。但今日的理查說：「你說什麼？你們對這件事情無能為力？你們把我從貴公司合法租來的公寓轉租給別人，在搬遷過程中把我的私人物品全弄丟了，然後你們對此無能為力？聽好，我真的認為——我相信我的律師也會這麼認為——這件事，你們能做的可多了呢。」

沒穿駝絨外套的人看起來像蜘蛛正要爬上喉嚨。「但我們在那棟大樓內，沒有其他跟你那間一樣的空房間了，只剩下一間閣樓套房。」

「套房……」理查冷冷地對他說，「也可以……」那男人鬆了一口氣。「……當做住家。現在，」理查接著說，「我們來討論該如何賠償我失去的家當。」

新公寓比原先那間好得多，有更多窗戶，外加陽臺，客廳也很寬敞，還有一間大小剛好的臥室。理查四處看了一下，不甚滿意。那個沒穿駝絨毛外套的男人當然是極度不情願地給這間套房配置了一張床、一張沙發、幾張椅子、一臺電視機。

理查把獵人的匕首放在壁爐架上。

他到馬路對面的印度餐廳外帶咖哩餐，坐在新公寓鋪了地毯的地板上吃起來，暗自納悶自己是否真的曾在深夜、在停泊於塔橋附近的砲艇上所舉行的流動市集裡吃過咖哩。既然他想到了，這件事似乎不太像是真的。

門鈴響起，他立刻起身應門。「馬修先生，我們找到好多你的東西。」那名又把駝絨毛外套穿上的男人說，「搞了半天，原來都放進倉庫了。好了，老兄，把東西搬進來吧。」

兩名魁梧的工人把幾個大型木箱扛進來，堆放在客廳中央的地毯上。箱裡塞滿理查的私人物品。

「謝了。」理查說。他把手伸進第一個木箱，將最上面一個用紙包著的物品打開，結果是裝著潔西卡照片的相框。他盯著相片看了一會兒，放回盒子裡。他找到衣物箱，把衣服全搬出來，收在臥室。但其他箱子就原封不動擺在客廳中央。隨著日子一天天過去，他的內心對這種狀況愈來愈感到內疚，但他還是沒打開箱子。

內部對講機響起時，理查正在辦公室裡，坐在辦公桌旁，凝視窗外景象。「理查？」西維亞說，「總經理請你在二十分鐘後到他的辦公室開個會，討論溫茲沃斯報告。」

「我會過去的。」他說。然後，由於接下來的十分鐘他沒別的事情可做，只好拿起一隻橘色巨魔，威脅另一隻較小的綠髮巨魔。「我是倫敦下層最偉大的勇士，你準備受死吧！」他用危險的巨魔腔調說，拿著橘色巨魔左右搖晃。接下來，他拿起綠髮巨魔，用較小聲的巨魔腔調回應：「啊哈！不過，你應該先來喝一杯好茶……」

外面有人敲門，理查懷著罪惡感，放下巨魔玩偶。「請進。」門隨即打開，潔西卡走了進來，站在門口。她看起來相當緊張。理查已經快忘記她長得有多美。「嗨，理查。」

「嗨，潔絲。」理查說，隨即又糾正自己的說法。「對不起——潔西卡。」

她微微一笑，將長髮順到腦後。「喔，潔絲也不錯啊。」她說——語氣聽起來像是認真的。「潔西卡——潔絲。好久沒人叫我潔絲了，我還挺懷念這個名稱呢。」

「那麼，」理查問，「是什麼風把妳給吹來了？」

「只是想要見見你，真的。」

理查不確定自己該說些什麼。「那好。」

潔西卡把辦公室的門關上，向他走了幾步。「理查，你知道嗎，有件事情很奇怪。我只記得取消婚約，但忘了我們當初爭吵些什麼。」

「是嗎？」

「反正這也不重要了，對吧？」她環顧一下辦公室，「你升遷了？」

「是的。」

「我真為你高興。」她把一隻手伸進外套口袋，掏出棕色小盒子，放在理查的桌子上。雖然他早知道盒子裡有什麼東西，還是打開了。「這是我們的訂婚戒指。我想……嗯……我應該把它還給你。以後……呃……如果有什麼轉變的話……或許有那麼一天，你會再把它送給我。」

戒指在陽光下閃閃發光——理查這輩子還沒有在什麼東西上花過這麼多錢。他蓋上盒子，交還給潔西卡。「妳留著吧，潔西卡。」又接了一句：「我很抱歉。」

潔西卡咬著下唇。「你認識了別人嗎？」

理查猶豫了一陣子。他想到娜米亞、獵人、安娜希斯亞，甚至朵兒，但她們當中沒有一個是她說的那樣。「沒有，沒有別人了。」他理解到自已說的是實話。「我只是變了，如此而已。」

他的內部對講機響了起來。「理查，我們正在等你。」他壓下按鈕。「西維亞，我馬上下去。」

理查看了潔西卡一眼，她什麼話也沒說——或許是她不知道該說什麼才好。潔西卡走出辦公室，輕輕把門帶上。

理查一隻手拿起待會兒需要的報告，舉起另一隻手抹了抹臉，像是要抹掉什麼東西。悲傷?或許吧，也可能是眼淚，或是潔西卡。

理查又開始搭乘地鐵上下班，但他很快發現自己不再像過去一樣，每天早晨或傍晚都買報紙到車上看。他反而開始掃視車上乘客的臉孔，各種膚色、各種模樣的臉龐，猜想他們是否都來自倫敦上層?他們的眼睛背後又在想些什麼?

理查遇到潔西卡之後幾天，在下班的交通尖峰時刻，他以為自己在車廂另一側看到娜米亞。她背對著理查，黑髮高高束在頭頂，洋裝黑而修長。理查的心臟開始在胸腔裡怦怦直跳。他設法穿過擁擠的車廂，慢慢朝她接近。當他靠得更近的時候，列車到站，車門嘶的一聲打開，女子也下了車。但那不是娜米亞，他失望而領悟，那只是倫敦一個年輕的哥德族[3]女孩，趁晚上到城裡找樂子罷了。

某個星期六中午，理查看到一隻棕色大老鼠，坐在牛頓大樓後面的塑膠垃圾桶上清理鬍鬚，看起來就像擁有整個世界。理查靠近時，老鼠立刻一躍而下，跳到人行道上，在垃圾桶的陰影裡等著，以警覺的黑眼珠抬頭看他。

理查蹲了下來。「哈囉，」他溫柔地說，「我們認識嗎？」老鼠沒有做出任何理查得以察覺的回應，但也沒有跑開。「我叫理查．馬修，」他繼續壓低嗓門說下去，「我其實也不是鼠言人，但我……呃，認識幾隻老鼠……總之我見過一些老鼠就是了。我想打聽一下，你認不認識朵兒小姐……」

理查聽到一隻鞋子在他背後發出擦地聲，他轉身看到布查蘭太太正好奇地盯著他瞧。「你……弄丟了什麼東西嗎？」布查蘭太太問。理查聽到了，卻不理她。她先生用粗啞的嗓音低聲說：「只是在找彈珠而已。」

「不，」理查老實地回答，「我正在，呃，向一隻老……」老鼠急匆匆跑開。

「剛剛那是老鼠嗎？」喬治．布查蘭吼叫，「我要向市議會抗議，真是太丟臉了！但這正是倫敦，不是嗎？」

是的，理查同意。沒錯，的確是。

理查的家當還是原封不動放在客廳中央的那些木箱中。

3⊕哥德族（Goth）：泛指喜好哥德搖滾、身穿黑衣的年輕人。哥德搖滾屬於後龐克音樂，曲風充滿頹廢與無奈。該類藝人在視覺上偏好呈現死亡美學。

他至今還未曾打開電視。他會在晚上回家吃東西，站在窗戶邊俯視倫敦景色，看著汽車、屋頂還有馬路上的燈光。深秋的薄暮變成了黑夜，燈火從城市的每個角落傳出來，他依舊獨自站在漆黑一片的公寓裡，繼續看著外面的夜景。直到燈火陸續熄滅，他才會不情願地脫下衣服，爬上床準備睡覺。

某個週五下午，西維亞走進理查的辦公室。他那時正在拆信，用匕首（獵人的匕首）充當拆信刀。「理查？我想問一下，你這幾天常到外面活動嗎？」他搖了搖頭。「那好，我們有一夥人打算今晚出去玩，你看要不要一起來？」

「嗯，好啊，我喜歡出去玩。」

結果他討厭這麼做。

總共有八人：西維亞和她的小男友——那傢伙老是在談骨董車；企業客戶部的蓋瑞——他最近才剛跟女友分手，至於分手的原因，蓋瑞堅稱是一點小小的誤會（他認為女友對他跟她最要好的朋友上床這件事情能夠理解，但事實不然）；幾位好得不得了的人和這些人的朋友；還有剛到電腦維修部上班的女孩。

首先，他們來到萊斯特廣場，在擁有超大型銀幕的奧帝安劇院裡欣賞了一部電影。好人最後獲得勝利，片中還有不少爆破和飛行物體。西維亞決定理查必須坐在電腦維修部女孩旁邊，她的理由是，這女孩才剛到公司，認識的人還不多。

看完電影後，他們沿著蘇活區[4]邊緣的舊康普頓街[5]往前走，這條街上雅俗並陳，吸引不同的群族。他們在拉里士餐廳吃飯；蒸丸子和十幾盤風味絕佳又有異國情調的菜餚擺滿餐桌，有些擺不下的還放到鄰近沒人的桌子上。之後，一行人來到伯維克街[6]附近一家西維亞很喜歡的小酒吧。他們喝了幾杯酒，閒聊。

電腦維修部女孩頻頻向理查微笑，但整個晚上，他都沒有對人家說半句話。他買了一輪啤酒請大家喝，那女孩幫他把啤酒從吧臺端到桌上。蓋瑞離座去上廁所，女孩隨即坐到他的位置，剛好就在理查旁邊。理查的腦子裡充滿玻璃杯的叮噹聲響和點歌機的刺耳樂聲，灌滿潑濺出來的巴卡第雞尾酒、啤酒和香菸刺鼻的味道。理查想聽聽桌子周圍的人在談些什麼內容，但他發現自己沒辦法集中精神去聽清楚每個人所說的話，更糟糕的是，他對自己聽得到的事情也絲毫不感興趣。

一幅景像浮現在他眼前，就如同他在萊斯特廣場奧帝安劇院的超大型銀幕上看到的畫面，非常清晰、非常確切——他看到自己的後半輩子。他今晚會帶著電腦維修部女孩回家，他們會溫柔地做愛，而明天是週末，他們會在床上消磨整個早晨。接著他們會起床，一起把他的家當從木箱裡搬出來，再放到合適的位置。一年後或不到一年，他會把這位電腦維修部女孩娶進門，再獲升遷，然後他們會有

4⊕蘇活區（Soho）：倫敦最繁華的不夜城，當地劇院聚集，許多著名的外國餐廳（以義大利和法國料理為主）都開在此處。這裡也是倫敦著名的紅燈區，區內隨處可見脫衣酒吧和成人玩具店。

5⊕舊康普頓街（Old Compton Street）：蘇活區的核心地帶，也是倫敦同性戀的大本營，許多同性戀酒吧、偷窺秀深植此處，另外還有許多美食餐廳。

6⊕伯維克街（Berwick Street）：這是一座傳統露天市場，以販售青菜水果為主，另外也以販售古玩、紡織品，影音製品、各種服裝及珠寶而聞名。

兩個孩子，一男一女，接著往外搬到近郊，像是哈羅[7]、克羅伊登[8]、漢普斯特[9]，甚至更遠的瑞丁[10]。

那樣的生活算是相當不錯了，他自己也很清楚。有時候，你就是無能為力。

蓋瑞從廁所回來時，滿臉迷惑地左看右看。所有人都在，除了……「迪克呢？」他問，「有誰看到理查？」

電腦維修部女孩聳了聳肩膀。

蓋瑞到外面的伯維克街上。夜晚的寒風像一盆冷水潑在他臉上，他在空氣中聞到冬天的氣息。他對著馬路叫道：「迪克？理查？你到哪兒去了？」

「在這兒。」

理查靠在一面牆上，藏身陰影之中。「只是出來呼吸新鮮空氣而已。」

「你還好吧？」蓋瑞問。

「還好。」理查回答，「不好，我不知道。」

「嗯，」蓋瑞說，「那決定權在你。你想談談嗎？」

理查表情嚴肅地看著他。「你聽了一定會笑我。」

「反正我無論如何一定會笑你。」

理查看著蓋瑞，蓋瑞看到理查露出笑容，鬆了一口氣，也確定他們仍然是好朋友。蓋瑞轉身看了酒吧一眼，將雙手插進外套口袋。「來吧，我們走一段路吧。你可以把心裡的苦水全吐出來，然後我就可以取笑你了。」

「混蛋。」理查說，聽起來比過去幾週以來更像理查。

「朋友原本就該互相幫忙嘛。」

他們開始在街燈下漫步。「蓋瑞，」理查開口說，「你有沒有懷疑過，這一切就只是這樣子而已嗎？」

「什麼？」

理查含糊地打個手勢，泛指一切事物。「工作、家庭、酒吧、約女孩出來、住在城市裡。人生就只有這樣而已嗎？」

「我想大概就是這樣了，沒錯。」蓋瑞回答。

理查嘆了口氣。「嗯，打從一開始，我根本就沒去馬荷卡島。我是說，我真的沒有去馬荷卡島。」

他們在蘇活區介於攝政街[11]與查令十字路之間的狹小後街高高低低走著。理查說個不停，從在人行

7⊕哈羅（Harrow）：倫敦西北部的自治區，著名的哈羅公學就位於此處。

8⊕克羅伊登（Croydon）：倫敦南部的自治區，環境優美、文風很盛。

9⊕漢普斯特（Hampstead）位於倫敦西北部的高級住宅區，當地多為藝術家及作家的住宅。

10⊕瑞丁（Reading）：倫敦西方泰晤士河畔的都市，瑞丁大學所在地。

11⊕攝政街（Regent Street）：倫敦市內觀光人潮洶湧的熱鬧地帶，街上滿是各種專為觀光客開設的商店，故有旗艦店大街之稱。

道發現一名流血的女孩開始講起，說他伸出了援手，因為他不能坐視不管，然後又敘述接下來發生的事。而後他們因為冷得走不下去，只好跑進一家通宵營業的廉價咖啡廳。這是一家典型的「價格便宜但髒兮兮的」小咖啡廳，整間店油膩不堪，所有食物都用豬油料理，大量的茶盛在有缺口的白色大杯子裡端了上來，杯身因培根的油脂而閃閃發亮。理查和蓋瑞坐了下來。理查說個不停，蓋瑞也默默聽著。然後他們點了炒蛋、白扁豆燒醃肉加吐司麵包，吃了起來。吃東西的時候，理查繼續說話，蓋瑞也繼續聆聽。他們用吐司麵包把最後剩下的蛋黃抹乾淨，又多喝了些茶。最後理查終於說：「……然後呢，朵兒用那把鑰匙做了某件事，我就又回來了，回到倫敦上層，呃，也就是真實的倫敦。接下來……嗯，後面的事情，你都知道了。」

兩人沈默了一陣子。「全部就這樣。」理查說，喝光杯裡的茶。

蓋瑞搔了搔頭。「喂，」他終於開口說話，「你說的是真的嗎？不會是什麼胡搞的惡作劇吧？我的意思是說，不會有人拿著攝影機，突然從螢幕或什麼地方跳了出來，告訴我『嘿，老兄，你上整人頻道了』。」

「我當然不希望是這樣，」理查回答，「你……你相信我說的話嗎？」

蓋瑞看了一眼桌上的帳單，掏出一把硬幣點出正確數目，放在合成樹脂桌面上，剛好就在一只塑膠番茄醬罐子旁邊——它的造型是特大號番茄，開口處因為番茄醬結塊而呈黑色。「我相信，呃，你顯然是遇到了什麼事情……不過，更重要的是，你相不相信？」

理查張大眼睛瞪著蓋瑞，眼窩下方有著黑眼圈。「我相不相信？我不知道該怎麼說，真的。我曾經在那個地方。你知道嗎，連你也在那裡出現過。」

「你剛才沒有提到這一點。」

「那一段好可怕。你說我發瘋了，正在倫敦到處遊蕩，產生了幻覺。」

他們走出咖啡廳，往南朝皮卡迪利大道[12]走去。「嗯，」蓋瑞說，「你不得不承認，這個會有人從裂縫掉進去的下層倫敦，聽起來比較像是你虛構出來的。理查，我見過那些掉進裂縫裡的人，他們就睡在河濱路上的商店門口。那些人根本沒去一個什麼很特別的倫敦，他們都在冬天裡凍死了。」

理查無言以對。

蓋瑞繼續說道：「我想或許你是被什麼敲到了也說不定，也可能是你被潔西卡甩了，受到太大的打擊。先前有一陣子，你有點瘋瘋癲癲，然後才開始好轉。」

理查打了個寒顫。「你知道我最怕的是什麼嗎？我想你說得可能沒錯。」

「所以生活不夠刺激？」蓋瑞繼續說下去，「好極了。就讓我過無聊的生活。至少我知道今晚要去哪裡吃飯，去哪裡睡覺，而且我在星期一還有一份工作。對吧？」他轉身看著理查。

理查遲疑地點點頭。「是啊。」

蓋瑞看看手錶。「該死！」他驚叫一聲，「已經兩點多了。希望我們還叫得到計程車。」

他們走到皮卡迪利大道位於蘇活區的尾端，轉進釀酒街，在一整排偷窺秀和脫衣俱樂部的店頭燈

12⊕皮卡迪利大道（Piccadilly）：倫敦市中心的繁華大街。

光下漫步。蓋瑞一直在講計程車，說的話了無新意，甚至可說是無趣。他只是在克盡身為倫敦客的義務，不停對計程車發牢騷。「……車頂的載客燈亮著，車子也停了下來，我告訴司機我要去哪裡，他說：『抱歉，我正要回家。』我就說：『你們計程車司機到底都住在什麼地方？為何連一個住在我家附近的都沒有？』這一招剛開始還滿有用，然後我告訴他們，我住在河的南岸。你猜他怎麼回答？他說：『如果你家在我家附近，那巴特西[13]就在加德滿都』……」

理查沒再去聽他說些什麼。他們走到風車街，理查穿越馬路，盯著一家舊雜誌專賣店的櫥窗，專注看著裡面陳列的物品，包括世人遺忘的電影明星卡通造型人偶，以及舊海報、舊漫畫、過期雜誌。理查從中瞥見冒險與奇幻的國度。但那不是真實的國度，他對自己這麼說。

「那麼，你覺得呢？」蓋瑞問道。

理查的思緒猛然拉回到現實。「什麼？」

蓋瑞發現理查根本沒把他說的話聽進去，又重說一次。「如果攔不到計程車，我們可以搭夜間巴士。」

「好啊，」理查說，「好極了，沒問題。」

蓋瑞扮了個鬼臉。「你真令我擔心。」

「對不起。」

他們沿著風車街朝皮卡迪利大道的方向往前走。理查把手伸進口袋底，一時面露困惑，隨即掏出一根幾乎壓扁的黑烏鴉羽毛，翮管尾端還綁著一條紅線。

「這是什麼東西？」蓋瑞問。

「這是……」理查頓了一下，「只是一根羽毛。你說得對，不過是垃圾而已。」他把羽毛丟進人行道旁的排水溝，連看也沒再看一眼。

蓋瑞遲疑一會兒，小心選擇自己要用的字眼：「你想過要去給醫生看看嗎？」

「給醫生看？蓋瑞，我沒發瘋。」

「你確定嗎？」一輛計程車朝他們行駛過來，黃色載客燈發出耀眼光芒。

「不確定。」理查很老實地回答，「計程車來了，你先搭吧，我搭下一部。」

「謝了。」蓋瑞舉起手攔下計程車。他先爬進後座，才告訴司機要到巴特西。司機把車開走時，他搖下車窗，對理查說：「理查，這就是現實，好好適應吧。現實就這麼回事。我們星期一見了。」

理查對他揮手，目送計程車離開。他轉身，慢慢遠離皮卡迪利大道的街燈，朝釀酒街的方向往回走。排水溝裡的羽毛已經不見了。理查駐足在一個老婦人身邊，老婦人正在一家店門口熟睡，身上蓋著一件破爛的舊毯子。她身上僅有的財產是兩個裝滿廢物的小紙板箱和一把原本是白色的骯髒雨傘，用一根繩子綁起來放在身旁。繩子另一頭綁在她的手腕上，以防有人趁她睡著時偷走。她戴了一頂羊毛帽，但看不出是什麼顏色。

理查掏出皮夾，翻出一張十鎊紙鈔，彎下腰，將摺起來的紙鈔塞進老婦人手裡。她眼睛張開，突

13⊕巴特西（Battersea）：倫敦西南部的一個地區。

然醒了過來，眨著年老的眼看著鈔票。「這是什麼東西？」她睡眼惺忪地問，因為被吵醒而不太高興。

「妳留著吧。」理查回答。

她將紙鈔展開，隨即一把塞進袖子。「你要什麼東西？」她用懷疑的口氣詢問理查。

「沒什麼。」理查說，「我真的不要，什麼都不要。」然後，他理解到自己說的話有多麼真實，也發現這種情況變得多麼可怕。「妳想要的東西，是不是都得到了？結果卻發現妳根本不想要這些？」

「不能這麼說。」她說話的同時，眼角流露出一股睡意。

「我以為我想要這樣，」理查說，「我以為我想要美好正常的生活。我是說，或許我瘋了。我是說，或許。但如果美好正常的生活只是這樣，那我寧可瘋掉。妳懂嗎？」她搖了搖頭。理查把手伸進內袋。「妳看見沒有？」理查說著，舉起那把匕首。「獵人斷氣之前把這把刀給了我。」

「不要傷害我，」老婦驚惶說道，「我什麼也沒做。」

理查聽見自己的聲音異常高亢。「我把刀上的血跡擦掉了。一名獵人一定會照料自己的武器。伯爵用這把匕首封我為爵士，賦予我下層世界的自由行動權。」

「那個我什麼都不知道，」老婦說，「拜託，把它拿開，這樣才乖。」

理查舉起匕首，對準磚牆猛然刺了過去，那磚牆就在老婦睡覺的門口旁。他揮砍三次，一次橫向，兩次縱向。「你在幹嘛？」老婦人忐忑不安地問。

「開一扇門。」理查告訴她。

她哼了一聲。「你最好把那東西收好。如果警察看見，他們會以持有攻擊武器的罪名把你抓起來。」

理查看著牆上被他用刀子劃出來的門。他把匕首收回口袋，掄起拳頭敲打牆壁。「喂！有人在裡面嗎？聽得見我的聲音嗎？是我——理查。朵兒？有人在嗎？」他傷了手，卻仍一直搥打磚牆。

然後，他恢復正常，手也停了下來。

「對不起。」他對老婦說。

她什麼也沒說。她或許又睡著了，但更有可能是假裝睡著了。老邁的鼾聲（不管是真是假）從門口傳了出來。理查坐在人行道上，納悶這世上怎麼會有人像他這樣，把自己的生活搞得一團糟。他轉頭看著他在牆上劃出來的門。

牆上有個像門一樣的洞，是他用刀子劃出門的地方。有個男人站在門口，雙手以誇張的姿勢交叉在胸前。男人一直站在當地，直到確定理查看見自己為止。他用黝黑的手遮住嘴巴，打了個大呵欠。

迪卡拉巴斯侯爵揚起一邊眉毛。「喂？」他不耐煩地問，「你來是不來？」

理查看著侯爵半晌。

接著他點點頭，一句話也沒說，站了起來。他們一起穿過牆上的洞，走進黑暗，什麼痕跡也沒留下，甚至連牆上的門也消失了。

鳴謝

感謝在本書經歷不同階段的草稿及版本時，投入相當多精力並提供建議和回饋的所有讀者——尤其是Steve Brust、Martha Soukup、Dave Langford、Gene Wolfe、Cindy Wall、Amy Horsting、Lorraine Garland、Kelli Bickman。感謝BBC Books的Doug Young和Sheila Ableman，Avon Books的Jennifer Hershey和Lou Aronica提供協助及支援。此外，我也要感謝所有在本書寫作過程中遇到電腦問題時跑來救援我的人，以及諾頓工具組。

——尼爾・蓋曼

感謝您購買 **無有鄉**

爲了提供您更多的讀書樂趣，請費心塡妥下列資料，直接郵遞（免貼郵票），即可成爲繆思奇幻館的會員，享有定期書訊與優惠禮遇。

姓名：＿＿＿＿＿＿＿＿ 身分證字號＿＿＿＿＿＿＿＿＿＿

性別：□女 □男 民國＿＿＿年生

職業：□學生 □服務業 □大眾傳播 □資訊業 □金融業 □自由業

□教職員 □公務員 □軍警 □製造業 □其他

連絡地址：□□□＿＿＿＿＿＿＿＿＿＿＿＿＿＿＿＿

連絡電話：公（ ）＿＿＿＿＿＿＿＿宅（ ）＿＿＿＿＿＿＿＿

E-mail：＿＿＿＿＿＿＿＿＿＿＿＿＿＿＿＿＿＿＿＿

■您從何處得知本書訊息？（可複選）

□書店 □書評 □報紙 □廣播 □電視 □雜誌 □共和國書訊

□直接郵件 □全球資訊網 □親友介紹 □其他

■您通常以何種方式購書？（可複選）

□逛書店 □郵撥 □網路 □信用卡傳眞 □其他

■您對本書的評價（請塡代號：1.非常滿意 2.滿意 3.尚可 4.待改進）

書名＿＿＿＿＿＿ 封面設計＿＿＿＿＿＿ 版面編排＿＿＿＿＿＿

印刷＿＿＿＿＿＿ 內容＿＿＿＿＿＿ 整體評價＿＿＿＿＿＿

■請推薦親友，分享好書出版訊息：

姓名＿＿＿＿＿＿ 地址＿＿＿＿＿＿＿＿＿＿＿＿＿＿

姓名＿＿＿＿＿＿ 地址＿＿＿＿＿＿＿＿＿＿＿＿＿＿

■您對本書的建議：

請沿虛線剪下

繆思出版

客服電話：0800-221029　傳真：02-22181142

電子信箱：muses@sinobooks.com.tw

請沿虛線對折寄回

廣　告　回　函
板橋郵局登記證
板橋廣字第10號

信　函

23141

臺北縣新店市中正路506號4樓

繆思出版有限公司　收

請沿虛線剪下